本书由新疆石河子大学哲学社会科学
优秀学术著作出版基金资助

南开风文丛

二晏研究

唐红卫　著

南开大学出版社
天　津

图书在版编目(CIP)数据

二晏研究 / 唐红卫著. 一天津: 南开大学出版社, 2010.1

ISBN 978-7-310-03327-0

Ⅰ.二… Ⅱ.唐… Ⅲ.①晏殊(991～1055)一人物研究②晏几道(1038～1110)一人物研究 Ⅳ.K825.6

中国版本图书馆 CIP 数据核字(2009)第 236568 号

南开大学出版社出版发行

出版人:肖占鹏

地址:天津市南开区卫津路 94 号 邮政编码:300071

营销部电话:(022)23508339 23500755

营销部传真:(022)23508542 邮购部电话:(022)23502200

*

河北昌黎太阳红彩色印刷有限责任公司印刷

全国各地新华书店经销

*

2010 年 1 月第 1 版 2010 年 1 月第 1 次印刷

880×1230 毫米 32 开本 8.5 印张 2 插页 239 千字

定价:16.00 元

如遇图书印装质量问题,请与本社营销部联系调换,电话:(022)23507125

目 录

第一章 临川蕴玉万山辉——二晏家世、生平、交游

第一节 二晏家世

关于二晏家世，目前可以利用的材料主要是欧阳修的《晏元献公神道碑铭》(后简称《碑》)、《宋史·晏殊传》(后简称《传》)、《东南晏氏重修宗谱·临川沙河世系》[1](后简称《晏氏宗谱》)、《临川县志》、宛敏灏的《二晏及其词》之《二晏年谱》和夏承焘的《二晏年谱》。笔者再结合其他一些相关的零碎的历史材料，将二晏家世梳理如下。

1.1.1 先辈

《晏氏宗谱》第一代——晏墉，据《晏氏宗谱》记载其一字宗道，一字仰高，唐太和九年乙卯(公元 835 年)生，唐大顺元年(公元 890 年)卒。唐懿宗咸通元年(公元 860 年)试奇陵图国史于麟德殿，进《乐赋》、《小雪排松诗》、《霍将军辞第诗》，侍郎王凝榜三十三人举进士登第。由家乡山东临淄出外做官，曾任江西观察判院；任满将迁，民攀辕不舍，适故乡兵变，从此定居于高安县太平乡二十八都花桥里之晏源(今宜丰县花桥乡晏源自然村，宜丰时属高安)。晏氏自此繁衍于江西，故晏墉被

---

〔1〕 为晏殊第 29 世孙、江西省湖口县令晏成玉于清高宗乾隆三十二年主修，该谱是由晏氏后裔历代相传而保存下来的，所载内容有一定的参考价值。

列为江西晏氏始祖，花桥晏源被视为江西晏氏肇基之地。娶王氏封夫人，生子延昌。《碑》载："公世家江西之临川……其世次晦显，迁徙不常。自其高祖讳墉，唐咸通中举进士，卒官江西，始着籍于高安"[1]。明代吴与弼《长山晏氏族谱序》云："讳墉者，唐咸通中举进士，卒官江西，始着藉高安"[2]。上面两条文献可以佐证《晏氏宗谱》关于晏墉的记载。

《晏氏宗谱》第二代——晏延昌，据《晏氏宗谱》记载其字允世，唐咸通元年庚辰（公元 860 年）生，后唐天成元年丙戌（公元 926 年）卒。始随父居花桥二十八都之晏源，娶同安（今宜丰县同安乡）张氏为妻。后梁时，晏延昌为谋生计，由晏源择居临川之闻家港，以白鳝泽为茔地，以沙河为基地（今江西进贤县文港镇沙河村）。晏延昌在沙河生长子晏部、次子晏邵。因曾孙晏殊贵，追赐太师中书令韩国公。《碑》载："曾祖讳延昌，又徙其籍于临川。"[3]宋代黄震《临川章府君墓志铭》云："公远祖名瞻，初与晏元献公之祖皆今之瑞州高安人，善地理之学，同游临川，各寻葬地，晏之祖葬沙河。"[4]《长山晏氏族谱序》云："墉生延昌，自高安徙临川长乐乡之沙河"。上面三条文献可以佐证《晏氏宗谱》关于晏延昌的记载。《临川县志》卷二十之三《选举·封赠》云："晏延昌，推诚佐运动臣枢密使特进检校太傅行刑部尚书上柱国临淄开国公殊曾祖"[5][6]。《临川县志》的这条记载与《晏氏宗谱》稍异，或许其所记并非最后的封赐，所以出现误差。

---

〔1〕（宋）欧阳修. 晏元献公神道碑铭. 欧阳修全集：卷二十二. 北京：中华书局，2001：351

〔2〕（明）吴与弼. 长山晏氏族谱序. 见：（清）查慎行. 西江志：卷一百八十六. 康熙五十九年刻本

〔3〕（宋）欧阳修. 晏元献公神道碑铭. 欧阳修全集：卷二十二. 北京：中华书局，2001：351

〔4〕（宋）黄震. 黄氏日抄：卷九十七. 见：全宋文. 上海：上海辞书出版社，2006：第 348 册 378 页

〔5〕（清）陈庆龄等. 临川县志：卷二十之三. 同治九年尊经阁刻本

〔6〕（明）吴与弼. 长山晏氏族谱序. 见：（清）查慎行. 西江志：卷一百八十六. 康熙五十九年刻本

《晏氏宗谱》第三代——晏部，据《晏氏宗谱》记载其字虔夫，唐大顺元年（公元 890 年）生，宋开宝四年（公元 971 年）卒。晏部留居临川沙河，娶妻傅氏，生子八：旦、固、谏、情、亮、聪、贞、渐；加上晏邵生七子，十五兄弟先后分徙宜丰、临川、上高、新建等处。因孙晏殊贵，赠开府仪同三司、金紫光禄大夫、太师中书令兼尚书令，追封英国公。《碑》载："祖讳部，追封英国公"[1]。《临川县志》卷二十九《茔墓·晏元献祖墓》条亦载："祖讳部"[2]。《长山晏氏族谱序》云："延昌生部"[3]。《溪堂集》卷九云："宗武（笔者案：晏殊侄孙）抚之临川人，姓晏讳防，宗武字也，高祖讳部累赠开府仪同三司太师中书令兼尚书令。"[4]上面四条文献可以佐证《晏氏宗谱》关于晏部的记载。

《晏氏宗谱》第四代 ——晏固，据《晏氏宗谱》记载其字伯坚，后晋开运二年（公元 945 年）生，宋天禧元年（公元 1017 年）卒[5]。后因子晏殊贵，赠太师中书令兼尚书令，封秦国公，追封楚国公。娶吴氏，生子融、殊、颖、宁。《碑》载："考讳固，追封秦国公"[6]。《长山晏氏族谱序》云："部生旦、固、谏、清、亮、聪、贞、渐"[7]。《临川县志》卷二十九《茔墓·晏元献祖墓》亦载："考讳固"[8]。《宋名臣言行录》前集卷六云："同叔父固本抚州手力节极"[9]，节极盖唐宋吏役之职。上面四条文献可以佐证《晏氏宗谱》关于晏固的记载。

---

〔1〕（宋）欧阳修．晏元献公神道碑铭．欧阳修全集：卷二十二．北京：中华书局，2001：351

〔2〕（清）陈庆龄等．临川县志：卷二十九．同治九年尊经阁刻本

〔3〕（明）吴与弼．长山晏氏族谱序．见：（清）查慎行．西江志：卷一百八十六．康熙五十九年刻本

〔4〕（宋）谢逸．溪堂集：卷九．见：全宋文．上海：上海辞书出版社，2006：第 133 册 265 页

〔5〕卒年疑有误，详见晏殊生平。

〔6〕（宋）欧阳修．晏元献公神道碑铭．欧阳修全集：卷二十二．北京：中华书局，2001：351

〔7〕（明）吴与弼．长山晏氏族谱序．见：（清）查慎行．西江志：卷一百八十六．康熙五十九年刻本

〔8〕（清）陈庆龄等．临川县志：卷二十九．同治九年尊经阁刻本

〔9〕（宋）李幼武．宋名臣言行录：前集卷六．文渊阁四库全书影印本．台湾：商务印书馆，1983：第 449 册 71 页

1.1.2 兄弟

1.1.2.1 晏殊之兄弟

据《临川县志》卷二十九《茔墓·晏元献祖墓》载:“固生三子”[1];然而《晏氏宗谱》却记载晏殊有兄一个,弟两个——即晏固生了四子。

1. 晏殊之兄——晏融,据《晏氏宗谱》记载其字华叔,生于太宗雍熙甲申年(公元984年),卒于仁宗庆历辛巳年(公元1041年),官殿中丞,判衡州,赠吏部侍郎,[2]金紫光禄大夫。娶章氏,封寿安人,生子十人。《溪堂集》卷九《故通仕郎晏宗武墓志铭》云:“祖讳融,任殿中丞,赠金紫光禄大夫……大丞相元献公,宗武叔祖也,欧阳文忠公尝为墓碑。”[3]依志文所叙,晏宗武为晏融之孙,晏殊之侄孙,则晏融为晏殊之兄极为明白。《临川县志》卷三十一《艺文·诰敕》载有除晏融殿中丞敕:“敕曰:具官晏融,三陲御史,事为耳目之官;一台纪纲,实系朝廷之治。矧兹言责之任,以纠官邪为功,宜得俊髦,克膺高选。以尔气节刚毅,趋操端方,学术通于古今,议论极其坚正,擢自赞善,往副台端。尔其执宪度于殿中,达视听于天下,使玩令者惩殄而加肃,犯义者愧悔而知非,副朕以期,为尔称职。可依前赞善大夫加殿中丞。”敕文题下注:“元献兄,字

---

[1] (清)陈庆龄等. 临川县志:卷二十九. 同治九年尊经阁刻本

[2] 北宋程颢撰写的《故户部侍郎致仕彭公行状》云:“公娶晏氏,故相元宪公之侄,而刑部侍郎讳容之子也。”记载稍异。

[3] (宋)谢逸. 溪堂集:卷九. 见:全宋文. 上海:上海辞书出版社,2006:第133册265页

华叔。”[1]此亦可证晏融为晏殊之兄。

2.晏殊之长弟——晏颖，据《晏氏宗谱》记载其字秀叔，生于太宗至道丙申年（公元 996 年），卒于真宗大中祥符癸丑年（公元 1013 年）十月。为童子时，俊秀有才，宋真宗闻之，召试翰林，与殊皆中神童科，年九岁，赐同进士出身，诏于兄弟同读书龙图秘阁，后授奉礼郎，敕下闭户高卧，家人呼之久不应，启户则蜕矣，留诗云：“江外三千里，人间十八年。此时谁复见，一鹤上辽天”。一作：“去国几千里，来家十八年。欲知归去路，白鹤在西天”。此损一白鳝之谶也。年方十八岁而逝。娶王氏，封夫人，生子一人，全节立继（晏殊之第三子）为嗣。《临川县志》所载晏颖事迹材料有三条，一见卷二十九《茔墓·晏元献祖墓》条：“元献与弟颖举神童，入秘阁，而颖夭。”[2]一见卷二十《选举·荐辟》条：“晏颖，殊弟，景德初，以童子召试，与兄殊同留秘阁，赐出身。”[3]一见卷二十五《仙释》条：“晏奉礼，名颖，元献公弟。童子时，真宗与试翰林院，与元献公同读书秘阁。赋《宫沼瑞莲》，赐出身，授奉礼郎。闻报，闭书室

---

〔1〕（清）陈庆龄等.临川县志.卷三十一.同治九年尊经阁刻本.《临川县志》以晏融除殿中丞载宋真宗时，与史实不合。宋庠《元宪集》卷二十五载有《尚书职方员外郎知归州沈厚载可尚书屯田郎、殿中丞知平定军乐平县张杰可国子博士、太子右赞善大夫通判吉州晏融可殿中丞制》。宋庠任知制诰在仁宗景祐元年至宝元二年（公元 1034 年—公元 1039 年），而据《淳熙三山志》卷二十六载：“沈厚载，字元兴，闽县人，历潮、剑、归三州，终屯田郎中”，又《续资治通鉴长编》卷一百一十四载：“（景祐元年六月）壬辰遣职方员外郎沈厚载往怀、卫、磁、相、邢、洺、镇、赵州教民种水田”；又《宋名臣奏议》卷九十七所收录景祐四年庞籍《上仁宗论近年赏典太优刑章稍纵》有弹劾沈厚载知剑州至归州事迹：“又职方员外郎沈厚载知南剑州，在任贪浊不公，只为勘官非才，致其漏网；然其曲情枉法，事迹灼然，洎移知归州亦转正郎”；故可以根据沈厚载的事迹推测晏融除殿中丞在公元 1035 年至公元 1037 年。又据晏殊《答中丞兄家书》云：“深喜王事外万福安宁，此中婆婆、新妇等如常。……宁殿直二年，大段听人言语，谨卓不曾出入，兼识好慈善得力，免劳人心力，亦应是从有家累，知惜身事兄弟，且免一件忧煎。因信上闻，希令诸子知之……二娘子已商量与应茂才异等秀才富弼为亲，极有行止文艺。三郎一面为问觅新妇……”可进一步肯定晏融除殿中丞当在公元 1035 年初（详情参看晏几道之兄弟）。

〔2〕（清）陈庆龄等.临川县志：卷二十九.同治九年尊经阁刻本

〔3〕（清）陈庆龄等.临川县志：卷二十.同治九年尊经阁刻本

卧，家人呼弗应，揞锁就视，已蜕去。旁书纸云：‘江外三千里，人间十八年。此时谁复见，一鹤上辽天。’时年十八。”[1]另外《道山清话》云：“临淄公既显，其季弟颖，自幼亦如临淄公警悟。章圣闻其名，召入禁中，因令作《宫沼瑞莲赋》，大见称赏，赐出身，授奉礼郎。颖闻之，走入室内，反关不出，其家人辈连呼不应，乃破壁而入，则已蜕去。案上有纸，大书小诗二首，一云：‘兄也错到底，犹夸将相才。世缘何日了，了却早归来。’一云：‘江外三千里，人间十八年。此行谁复见，一鹤上辽天’。时年十八岁矣。章圣御篆‘神仙晏颖’四字，赐其家。”[2]仙去、谶纬之说，自属虚妄，剔除这些成分，可以约略看出晏颖生平，但有舛误之处。据《玉海》卷一百九十九《祥符瑞龟》条载：“祥符二年四月甲戌，宜圣殿池获绿毛龟，示辅臣，上作七言诗，近臣和。四年七月甲申，赐晏颖出身。颖献文稿十卷，上嘉其《宫沼瑞龟赋》，召试三题而命之。”[3]《宋会要辑稿》第一百十一册《选举》之九亦载此事，记述更为详细：“大中祥符四年七月十三日，赐进士晏颖出身。颖，殊之弟，幼能文，东封岁，尝献文业。至是殊病，帝遣中使张怀德挟医视之，因索颖文稿，颖献十卷。帝甚嘉奖，以示辅臣，尤赏其《宫沼瑞龟赋》。俄召至便殿，试三题而命焉。”[4]据《玉海》、《宋会要辑稿》所述，则知晏颖赐进士出身在大中祥符四年（公元1011年），而晏殊早载于景德二年（公元1005年），二人赐进士出身时间距隔有六年之久。《晏氏宗谱》、《临川县志》说二人同以童子召试，并同留秘阁读书是，但说二人同赐出身则误。《道山清话》、《临川县志》记真宗称赏晏颖所作《宫沼瑞莲赋》，据《玉海》、《宋会要辑稿》所述，则知为《宫沼瑞龟赋》之误。此外，还有两条相关材料：《梦溪笔谈》卷九记载，晏殊“为馆职时，天下无事，许臣僚择胜燕饮。当时侍从文馆士大

[1] (清)陈庆龄等. 临川县志：卷二十. 同治九年尊经阁刻本
[2] 佚名. 道山清话. 见：宋元笔记小说大观. 上海：上海古籍出版社，2001：2948
[3] (宋)王应麟. 玉海：卷一百九十九. 文渊阁四库全书影印本. 台湾：商务印书馆，1983：第948册243页
[4] (清)徐松. 宋会要辑稿：第一百一十一册卷一万零六百五十三之五十四. 北京：中华书局，1957：4399

夫为燕集，以至市楼酒肆，往往皆供帐为游息之地。公是时贫甚，不能出，独家居与昆弟讲习”[1]。《续资治通鉴长编》卷八十二记载大中祥符八年（公元1015年）十二月，真宗在赞叹晏殊时提到：“京城赐酺，京官不得预会，同辈召之出游，不答，但掩关与弟颖读书着文”[2]。这两条材料所称弟应都是晏颖。

3. 晏殊之二弟——晏宁，据《晏氏宗谱》记载其字康叔，生于真宗咸平戊戌年（公元998年），卒于仁宗嘉祐庚子年（公元1060年）。官朝奉郎，光禄寺丞，知南雄，赐绯衣，银青荣禄大夫，后迁毕县。娶杨氏，封夫人，生子五人。《南雄府志》载：“晏宁，大理寺丞，庆历五年二月到任，庆历七年三月替。”[3]晏殊《答中丞兄家书》云：“（晏）宁殿直二年，大段听人言语，谨卓不曾出入，兼识好慈善得力，免劳人心力，亦应是从有家累，知惜身事兄弟，且免一件忧煎。”上面两条文献可佐证《晏氏宗谱》关于晏殊之弟晏宁的记载。另外《南阳集》卷十八《虞部郎中知沂州晏宁亲姊故节度推官李壶妻晏氏可特封靖安县君》云：“勅某氏，尔之弟宁笃同生之恩，愿纳官秩祈锡尔宠，朕甚嘉之，兹启邑封之，大以为闺阃之荣，往绥寿康，益懋柔。可。”由此可知，晏宁还以虞部郎中担任过沂州知州，并纳官为姐求得靖安县君之封。[4]

1.1.2.2 晏几道之兄弟

据《碑》载：“子八人”。然而《晏氏宗谱》载晏殊生子九人，但三子全节从小过继给晏颖为子，所以算是八子。

1. 晏几道之长兄——晏居厚。据《晏氏宗谱》载其字德茂，行三，生于真宗大中祥符丙辰年（公元1016年）十月，[5]卒于仁宗景祐丙子年

---

〔1〕（宋）沈括. 梦溪笔谈：卷九. 见：梦溪笔谈校证. 上海：上海古籍出版社，1987：389

〔2〕（宋）李焘. 续资治通鉴长编：卷八十五. 上海：上海古籍出版社，1986：757

〔3〕转引自：李之亮. 宋两广大郡守臣易替考. 成都：巴蜀出版社，2001：143

〔4〕查询相关史料可知，韩维任知制诰在公元1065—1067年，而与晏宁这条敕文紧连的是《龙图阁学士吏部郎中权知开封府沈遘可右谏议大夫余如故》等，都大约发布于1065—1066年。由此可知，晏宁这一事件也当在这一段时间里。

〔5〕生年疑有误，考证详见晏殊生平。

（公元 1036 年）三月。官大理评事，仁宗景祐甲戌年（公元 1034 年）随侍亳州，作《瑞麦赋》，时年十九岁。赠大理寺丞 。娶妻李氏，生一女。《碑》云："长居厚，大理评事，早卒。"[1]《续资治通鉴长编》卷一百一十载：（仁宗天圣九年即公元 1031 年四月，晏殊奉诏撰太后御殿乐章成）"殊子秘书省正字居厚、颠孙将作监主簿惟直，并迁奉礼郎（迁官在六月甲申今并书）。"[2]上面两条文献可佐证《晏氏宗谱》关于晏几道之长兄晏居厚的记载。

2. 晏几道之二兄——晏承裕，一作晏成裕。据《晏氏宗谱》载其字仲容，行五，生于真宗天禧己未年（公元 1019 年）三月，卒于神宗元丰癸亥年（公元 1083 年）四月。赐进士出身，官尚书屯田员外郎。娶妻李氏封淑人；续娶章氏，封淑人。[3] 关于晏承裕，史书颇有一些记载流传下来。康定二年（公元 1041 年）八月晏承裕召试学士院，赐进士出身。《宋会要辑稿》第一百十一册《选举》之九："（康定二年八月）晏承裕召试学士院，赐进士出身。"[4]至和二年（公元 1055 年）晏殊卒时，晏承裕为尚书屯田员外郎。《碑》云："故其（晏殊）薨也，天子尤哀悼之，赐予加等，以其子承裕为崇文院检讨，孙及甥之未官者九人，皆命以官。……次承裕，尚书屯田员外郎。"[5]嘉祐六年（公元 1061 年），晏承裕同知太常礼院。《续资治通鉴长编》卷一百九十三云："己亥宰臣富弼以母丧去位，庚子以富弼母丧罢大燕，时同知礼院晏成裕言：'君臣之义哀乐所同，请罢春燕，以表优恤大臣之意。'上亟从其言。成裕，殊子、弼妻之弟

---

〔1〕（宋）欧阳修. 晏元献公神道碑铭. 欧阳修全集：卷二十二. 北京：中华书局，2001：351

〔2〕（宋）李焘. 续资治通鉴长编：卷一百一十. 上海：上海古籍出版社，1986：981

〔3〕疑有误，与晏殊家颇有渊源的北宋刘攽的《彭城集》卷三十九《永安县君张氏墓志铭》云："永安县君张氏者（工部侍郎张去华之孙），相国晏元献公之冢妇、祠部郎中成裕之嫡妻也。"

〔4〕（清）徐松. 宋会要辑稿：第一百一十一册卷一万零六百五十三之五十四. 北京：中华书局，1957：4399

〔5〕（宋）欧阳修. 晏元献公神道碑铭. 欧阳修全集：卷二十二. 北京：中华书局，2001：351

也。”[1]《九朝编年备要》卷十六、《宋史全文》卷九、《宋宰辅编年录》卷五、《止堂集》卷五、《宋会要辑稿》第三十五册《礼》之四十五等亦载。嘉祐八年(公元1063年),晏承裕迁司封员外郎。《临川文集》卷五十《度支员外郎充崇文院检讨晏成裕可司封员外郎制》:“敕某尔以文艺之学,在讨论之官丞,于太常典掌礼乐有劳,可录其以序迁。于世大家,尔为能保往思淑慎,无废厥勤。”[2]治平二年(公元1065年)三月十七日,晏承裕因事追两官勒停。《宋会要辑稿》第九十八册《职官》之六十五载:“三月十七日,祠部员外郎秘阁校理同知太常礼院晏承裕追两官勒停。坐监礼太庙留祭酒,不以实尊及门;入真宗庙室为宫门令所发会降。当从御史杖赵鼎请,重贬责以惩贪恶,故有是命。”[3]熙宁四年(公元1071年)八月,晏承裕又因事勒停。《宋会要辑稿》第九十八册《职官》之六十五载:“特勒停,经恩未得叙用。坐行检不饰,尝亵服狎游里巷,为御史言而绌之”[4]。承裕屡遭绌责,其中有因行为放佚,有失检点,但也有因党争而被牵连。例如熙宁四年的勒停就是如此,据《续资治通鉴长编》卷二百二十六记载此事时引林希《野史》:“晏承裕者,富弼之妻弟也。久流落失官居京,素无廉隅,尝微服游娼家。会弼方以青苗得罪,邓绾以劾奏承裕游娼家、弼当国时承裕凭藉声势以悦朝廷。事下府尹绛,即日捕追娼陈氏,收禁搒掠,得三岁前承裕窬违状。”[5]表面上劾奏承裕,实是借以倾压富弼。上面文献可佐证《晏氏宗谱》关于晏几道之二兄晏承裕的记载。

3.晏几道之三兄——晏宣礼。据《晏氏宗谱》载其字均仪,行九。生于仁宗天圣乙丑年(公元1025年)六月,卒于神宗熙宁甲寅年(公元

---

〔1〕(宋)李焘.续资治通鉴长编:卷一百九十三.上海:上海古籍出版社,1986:1780

〔2〕(宋)王安石.临川文集:卷五十.见:王荆公文集笺注.成都:巴蜀书社,2005:478.同卷还有《楚建中邢梦臣王异张师颜晏成裕并司封员外郎制五道》,这些制文撰写于仁宗嘉祐八年(公元1063年)。

〔3〕(清)徐松.宋会要辑稿:第九十八册卷三千八百八十四.北京:中华书局,1957:3859

〔4〕(清)徐松.宋会要辑稿:第九十八册卷三千八百八十四.北京:中华书局,1957:3865

〔5〕(宋)李焘.续资治通鉴长编:卷二百二十六.上海:上海古籍出版社,1986:2112

1074年)。官通议大夫,娶妻康氏,封夫人。续娶王氏(参知政事王沔之曾孙)。《碑》云:“宣礼,赞善大夫”[1]。张耒《柯山集》卷五十《王夫人墓志铭》:“于咸平时,夫人年十六,丞相晏元献闻其贤,为子虞部君娶之。……次子方提,孩其伯父以为已子,奏得官后,伯父失官,子未官,夫人曰吾子可教,取补牒还之。”[2]上面两条文献可佐证《晏氏宗谱》关于晏几道之三兄晏宣礼的记载。

4.晏几道之四兄——晏崇让。据《晏氏宗谱》载其字善处,行十,生于仁宗天圣丁卯年(公元1027年)五月。中皇祐元年冯京榜,避濮邸讳改名知止,官鸿胪寺卿,赠正议大夫。卒于神宗熙宁丁巳年(公元1077年)九月——卒年疑有误。元丰八年(公元1085年),知泽州,司马光曾荐之于朝。《续资治通鉴长编》卷三百五十七载元丰八年六月,司马光上言荐人名单中,有“朝议大夫知泽州晏知止”[3]。《皇宋通鉴长编纪事本末》卷九十五、《宋宰辅编年录》卷九等亦载有此事。所荐人中有刘挚、范纯仁、范祖禹、梁焘、苏轼、苏辙等,于此可知晏知止的基本政治倾向。哲宗元祐元年(公元1086年),为成都副运。《续资治通鉴长编》卷三百五十七载:“朝议大夫知泽州晏知止(十二月二十四日知止自泽改晋,元年五月八日为梓路运副)。”[4]哲宗元祐三年(公元1088年),为主客郎中。《续资治通鉴长编》卷四百一十六:“左中散大夫晏知止为主客郎中(司马光荐知止累外任知州监司,及今乃入为郎)。”[5]哲宗元祐六年(公元1091年)正月,知蔡州,三月,为少府监。《续资治通鉴长编》卷四百五十四载:“左中散大夫主客郎中晏知止知蔡州(三月二十二日为少府监)。”[6]《续资治通鉴长编》四百五十六载:“辛巳左中散大夫晏

---

〔1〕(宋)欧阳修. 晏元献公神道碑铭. 欧阳修全集:卷二十二. 北京:中华书局,2001:351
〔2〕(宋)张耒. 王夫人墓志铭. 柯山集:卷五十. 见:全宋文,上海:上海辞书出版社,2006:第127册299页
〔3〕(宋)李焘. 续资治通鉴长编:卷三百五十七. 上海:上海古籍出版社,1986:3297
〔4〕(宋)李焘. 续资治通鉴长编:卷三百五十七. 上海:上海古籍出版社,1986:3297
〔5〕(宋)李焘. 续资治通鉴长编:卷四百一十六. 上海:上海古籍出版社,1986:3941
〔6〕(宋)李焘. 续资治通鉴长编:卷四百五十四. 上海:上海古籍出版社,1986:4261

知止为少府监(正月二十二日以主客知蔡州)。"[1]哲宗元祐七年(公元1092年)二月,知颍州。《续资治通鉴长编》卷四百七十载:"辛酉……少府监晏知止知颍州。"[2]哲宗元祐七年(公元1092年)五月,知邓州。《续资治通鉴长编》卷四百七十四载:"殿中侍御史吴立礼言:'知颍州晏知止新除知邓州,按知止庸懦不才、贪污无耻。昨任成都府路转运使日,每巡历州县,殊不以观省风俗、按察官吏为意,专务营私,诛求无厌,自当投置闲散,以戒贪夫'。(诏知止知寿州、知止除邓州在十二日今附此)"[3]通过上面史料,我们可以大略明白晏几道之四兄晏崇让的生平事迹和政治思想。

5. 晏几道之五兄——晏明远。据《晏氏宗谱》载其字达夫,行十三,生于仁宗天圣庚午年(公元1030年)七月,卒于神宗熙宁癸丑年(公元1073年)八月。官虞部员外郎,娶妻李氏,封宜人。《碑》云:"明远、祗德,皆大理评事"。[4] 上面这条文献可佐证《晏氏宗谱》关于晏几道之五兄晏明远的记载。宋庠《宋元宪集》卷二十五《礼部尚书知亳州晏殊男明远可秘书省校书郎制》有云:"率在妙龄,未参初仕。适因诞节,旅集庆仪。乘嘉会之均休,复乃亲之言念,愿延赏典,以启荣阶。"[5]查询相关史料,可知乃公元1034年四月事也。

6. 晏几道之六兄——晏祗德。据《晏氏宗谱》载其字严甫,行十四,生于仁宗景祐甲戌年(公元1034年)十月,卒于徽宗崇宁乙酉年(公元1105年)。官判太平州,赠朝议大夫。娶妻韩氏,封恭人;再娶张氏,封恭人;三娶张氏,封恭人。《碑》云:"明远、祗德,皆大理评事"[6]。《苏魏公文集》卷三十一有《大理寺丞晏祗德可右赞善大夫》:"勅具官某:尔

---

[1] (宋)李焘. 续资治通鉴长编:卷四百五十六. 上海:上海古籍出版社,1986:4276

[2] (宋)李焘. 续资治通鉴长编:卷四百七十. 上海:上海古籍出版社,1986:4399

[3] (宋)李焘. 续资治通鉴长编:卷四百七十四. 上海:上海古籍出版社,1986:4437

[4] (宋)欧阳修. 晏元献公神道碑铭. 欧阳修全集:卷二十二. 北京:中华书局,2001:351

[5] (宋)宋庠. 宋元宪集:卷二十五. 见:全宋文. 上海:上海辞书出版社,2006:第20册232页

[6] (宋)欧阳修. 晏元献公神道碑铭. 欧阳修全集:卷二十二. 北京:中华书局,2001:351

以丞相子，仕录京司，能持谨循。保守门法。试以记征之局，颇彰干办之称，克逭过尤，有足嘉尚。揽攸司之会课，属累久之当迁，进陟春坊之僚，使通朝着之籍，其思自勉，益振绪风。可。”[1]上面两条文献可佐证《晏氏宗谱》关于晏几道之六兄晏祗德的记载。

7. 晏几道之弟——晏传正。据《晏氏宗谱》载其字彦世，行十六，生于仁宗庆历辛巳(公元1041年)二月，卒于徽宗元符己卯年(公元1099年)三月。娶妻张氏，封夫人。官太平乡，知扬州，赠宝文阁学士、户部尚书——此当为后人晏敦复显贵所得诰封。《碑》云：“几道、传正，皆太常寺太祝”[2]。《道园学古录》卷三十二《临川晏氏家谱序》云：“临川逍遥峰福胜院主僧师吉以所修晏元献公家谱相示，深叹其以为委身于释氏而不忍忘先世之疏阔，因其族兄某得其谱系而叙录焉。按其谱自师吉上距于元献八世，距尚书公五世——盖元献公九子，尚书则第九子之孙……”[3]上面两条文献可佐证《晏氏宗谱》关于晏几道之弟晏传正的记载。

1.1.3 重要姻亲

1. 晏殊之岳父——李氏之父李虚己，字公受，建安(今福建建瓯)人，生卒年不详，《宋史》有传。太宗太平兴国二年进士。历沈丘县尉，知城固县，改大理评事，累迁殿中丞，提举淮南茶场。召知荣州，未行，改遂州。时太宗遣使察川峡吏能否，虚己以能任职称。再迁尚书屯田员外郎。以便亲，请通判洪州。是时其父寅已谢归，春秋高，寅母尚无

[1] (宋)苏颂.苏魏公文集:卷三十一.见:全宋文.上海:上海辞书出版社,2006:第60册303页.查询相关史料可知,苏颂任知制诰在公元1068—1070年,而与晏祗德这条敕文紧连的《右谏议大夫权御史中丞吕诲可落御史中丞依前官知邓州》等都大约发布于公元1069年六七月。由此可知,晏祗德任右赞善大夫也当在这一段时间里。

[2] (宋)欧阳修.晏元献公神道碑铭.欧阳修全集:卷二十二.北京:中华书局,2001:351

[3] (元)虞集.道园学古录:卷三十二.见:全元文.南京:凤凰出版社,2004:第26册71页.《晏氏宗谱》亦录有此文,两者稍异,在此以《晏氏宗谱》为准。

恙，虚己双举迎侍。后任侍御史，出提点荆湖南路刑狱，徙淮南转运副使，累迁兵部郎中，为龙图阁待制，历判大理寺。久之，求补外，真宗称其儒雅循谨，特迁右谏议大夫。数月，出知河中府。召权御史中丞。未几，以疾辞，进给事中、知洪州。迁尚书工部侍郎，徙池州。求分司南京，寻卒。有《雅正集》，已佚。《晏氏宗谱》载晏殊元配工部侍郎虚己公女。《碑》称："公初娶李氏，工部侍郎虚己之女。"[1]

2. 晏殊之岳父——孟氏之父孟虚舟，生平事迹不详，《文庄集》卷二《秘书丞知洪州丰城县事孟虚舟可太常博士太子中舍知信州》。[2]《晏氏宗谱》载晏殊次娶屯田员外郎孟虚舟公女，封巨鹿郡夫人。《碑》称："次孟氏，屯田员外郎虚舟之女，封巨鹿郡夫人。"[3]

3. 晏殊之岳父——王氏之父王超（？－1012 年），赵州人，《宋史》有传。太宗尹京，召置麾下；及即位，以隶御龙直。淳化二年，累迁至河西军节度使、殿前都虞侯。真宗嗣位，以翊戴功，加检校太傅、领天平军节度。又以超为侍卫马步军都虞侯、镇州行营都部署；帅镇、定、高阳关三路。李继迁陷清远军，以超将西面行营之师御之，徙帅永兴军，定州路行营。寻加镇、定、高阳关三路都部署。加开府仪同三司、检校太尉。景德初，罢超三路帅，为崇信军节度使，徙知河阳。又移镇建雄，知青州，卒。《苏魏公文集》卷六十《西上合门使王公墓志铭》："观国朝以来将相大臣子孙保有其家室迨数世而不坠门法者，不十数家；而建雄军节度使、鲁国武康王公（超）其一也。"[4]由此可知王超家族的情况。《晏氏宗谱》载晏殊三娶太师尚书令王超公女，封荣国夫人。《碑》称："次王氏，太师尚书令超之女，封荣国夫人。"[5]

4. 晏殊之妻舅——王德用（公元 987 年－1065 年），字符辅，王超

[1] （宋）欧阳修. 晏元献公神道碑铭. 欧阳修全集：卷二十二. 北京：中华书局，2001：351
[2] （宋）夏竦. 文庄集：卷二. 见：全宋文. 上海：上海辞书出版社，2006：第 16 册 314 页
[3] （宋）欧阳修. 晏元献公神道碑铭. 欧阳修全集：卷二十二. 北京：中华书局，2001：351
[4] （宋）苏颂. 苏魏公文集：卷六十. 见：全宋文. 上海：上海辞书出版社，2006：第 62 册 148 页
[5] （宋）欧阳修. 晏元献公神道碑铭. 欧阳修全集：卷二十二. 北京：中华书局，2001：351

子，赵州人，《宋史》有传。以父荫补衙内都指挥使，累迁内殿崇班，以御前忠佐为马军都军头，出为邢、洺、磁、相巡检，为环、庆路指挥使。寻以奏事忤旨，责授郓州马步军都指挥使。历内殿直都虞侯、殿前左班都虞侯、柳州刺史，迁捧日左厢都指挥使、英州团练使。天圣初，以博州团练使知广信军。徙冀州，历龙神卫、捧日天武四厢都指挥使、康州防御使、侍卫亲军步军马军都虞侯。召还，又为并、代州马步军副都总管，迁殿前都虞侯、步军副都指挥使。历桂州、福州观察使。后拜检校太保、签书枢密院事。久之，以奉国军节度观察留后同知院事，迁知院。历安德军，加检校太尉、定国军节度使、宣徽南院使。因貌似太祖，得军心，罢为武宁军节度使、徐州大都督府长史。又降右千牛卫上将军、知随州。徙知曹州。起为保静军节度观察留后、知青州，改澶州。徙真定府、定州路都总管，陈州。出判相州，拜同中书门下平章事、判澶州。徙郑州，封祁国公。还，为会灵观使，加检校太师，复判郑州，徙澶州，改集庆军节度使，封冀国公。皇祐三年致仕。后起为河阳三城节度使、同中书门下平章事、判郑州。至和元年，为枢密使。后封鲁国公。治平二年卒。

5. 晏几道之大姐夫——富弼（公元 1004 年－1083 年），字彦国，河南洛阳人。《宋史》有传。天圣八年举茂材异等，授将作监丞、签书河阳判官，通判绛州，迁直集贤院。召为开封府推官、知谏院，除盐铁判官、史馆修撰、知制诰。庆历三年，授资政殿学士兼侍读学士。七月，拜枢密副使。与范仲淹等主持改革。夏竦不得志，中弼以飞语。弼惧，求宣抚河北，还，以资政殿学士出知郓州。岁余，谗不验，加给事中，移青州，兼京东路安抚使。迁大学士，徙知郑、蔡、河阳，加观文殿学士，改宣徽南院使、判并州。至和二年，召拜同中书门下平章事、集贤殿大学士。嘉祐三年，进昭文馆大学士、监修国史。弼为相，守典故，行故事，而傅以公议，无容心于其间。六年，以母忧去位。英宗立，召为枢密使。居二年，以足疾求解，拜镇海军节度使、同中书门下平章事、判扬州，封祁国公，进封郑。熙宁元年，徙判汝州。二年，召拜司空兼侍中，以左仆射、门下侍郎同平章事。因与王安石不合，称疾求退，拜武宁节度使、同中书门下平章事、判河南，改亳州。因反青苗法，以仆射判汝州。后遂请老，加拜司空，进封韩国公致仕。元丰六年卒。弼性至孝，恭俭好修，与人言必尽敬，虽微官及布衣谒见，皆与之亢礼，气色穆然，不见喜愠。其好善嫉恶，出于天资。有《富郑公集》。《晏氏宗谱》载晏殊女长适户部侍郎同中书门下平章事富弼，封周国夫人。《碑》："（晏殊女）长适户部侍郎同中书门下平章事富弼。"[1]《宋史·富弼传》、《隆平集》卷五《晏殊传》等亦载。

6. 晏几道之二姐夫——杨察（公元1011年—1056年），字隐甫，安徽合肥人，《宋史》有传。景祐元年举进士甲科，除将作监丞，通判宿州。迁秘书省著作郎、直集贤院，出知颍、寿二州，入为开封府推官，判三司盐铁、度支勾院，修起居注。庆历元年为江南东路转运使。二年，还为右正言、知制诰，权判礼部贡院。晏殊执政，以妻父嫌，换龙图阁待制。母忧去职。服除，复为知制诰，拜翰林学士、权知开封府。擢右谏议大夫、权御史中丞。庆历八年，出知信州。徙扬州，复为翰林侍读学士。又兼龙图阁学士、知永兴军。加端明殿学士、知益州。再迁礼部侍郎，复权知开封府。复兼翰林学士、权三司使。嘉祐元年卒。杨察遇事明决，勤于吏职，虽多益喜不厌；为文敏捷，其为制诰，初若不用意，及稿成，皆雅致有体，当世称之。有文集二十卷，已佚。《晏氏宗谱》载晏殊女次适礼部侍郎三司使杨察，封长春郡夫人。《碑》："（晏殊女）次适礼部侍郎三司使杨察"[2]。《宋史·杨察传》、《隆平集》卷五《晏殊传》等亦载。

7. 晏几道之外甥婿——冯京（公元1021年—1094年），字当世，鄂州咸宁（今湖北咸宁）人，《宋史》有传。少隽迈不群，举进士，自乡举、礼部以至廷试，皆第一。出守将作监丞、通判荆南军府事。还，直集贤院、判吏部南曹，同修起居注。试知制诰，避妇父富弼当国嫌，拜龙图阁待制、知扬州。改江宁府，以翰林侍读学士召还，纠察在京刑狱。为翰林

---

〔1〕（宋）欧阳修.晏元献公神道碑铭.欧阳修全集：卷二十二.北京：中华书局，2001：351

〔2〕（宋）欧阳修.晏元献公神道碑铭.欧阳修全集：卷二十二.北京：中华书局，2001：351

学士、知开封府。出安抚陕西，除端明殿学士、知太原府。神宗立，复为翰林学士，改御史中丞。王安石为政，京论其更张失当，累数千百言，安石指为邪说，请黜之；帝以为可用，擢枢密副使。进参知政事。会选人郑侠上书言时政，荐京可相，吕惠卿因是谮京与侠通，罢知亳州。未几，以资政殿学士知渭州，徙知成都府；以观文殿学士知河阳。哲宗即位，拜保宁军节度使、知大名府；又改镇彰德，为中太一宫使兼侍讲。改宣徽南院使，拜太子少师，致仕。绍圣元年卒。《江西通志》卷一百五十九云："冯京，式之子也。既登第第一，初娶富弼女，再娶晏殊女。故曰：'两娶相国女，三魁天下儒'。京后亦执政。晏元献又一女适富弼，范文正公所举者。此翁婿俱相也"[1]。《山堂肆考》卷八十四云："宋冯当世京，举进士，自乡选至廷对皆第一。张尧佐倚外戚欲妻以女，使人拥入其家，顷之中人以酒肴至，且示以奁具，甚厚，京力辞之。后富弼以女妻之，再娶晏殊女"[2]。查《东坡全集》卷八十七《富郑公神道碑》："公之配曰周国夫人晏氏，后公四年卒……女四人，长适保宁军节度使北京留守冯京，卒又以其次继室，封安化郡夫人"[3]。《南阳集》卷二十九《富文忠公墓志铭》："公之配曰周国夫人，晏氏元献公之女也……女子四人，长适观文殿学士冯京，卒，又以其次继室，封延安郡夫人"[4]。《范忠宣集》卷十七《故开府仪同三司守司徒检校太师武宁军节度徐州管内观察处置等使徐州大都督府长史致仕上柱国韩国公食邑一万二千七百户食实封四千九百户富公行状》："夫人晏氏封周国夫人……女四人，长适观文殿大学士知真定府冯京，早亡，追封某郡夫人。次为之继室。封某郡夫人。"[5]可见晏殊女适冯京是冯京两娶相国富弼女的误传。

---

〔1〕（清）谢旻．江西通志：卷一百五十九．文渊阁四库全书影印本．台湾：商务印书馆，1983：第518册726页

〔2〕（明）彭大翼．山堂肆考：卷八十四．文渊阁四库全书影印本．台湾：商务印书馆，1983：第975册583页

〔3〕（宋）苏轼．东坡全集：卷八十七．见：苏轼全集．上海：上海古籍出版社，2000：1007

〔4〕（宋）韩维．南阳集：卷二十九．见：全宋文．上海：上海辞书出版社，2006：第49册237页

〔5〕（宋）范纯仁．范忠宣集：卷十七．见：全宋文．上海：上海辞书出版社，2006：第71册326页

8. 晏几道之岳父——王靖，字詹叔，亦作瞻叔。生卒年不详，《宋史》有传。真宗时期宰相王旦之孙，十岁而孤，自力于学，好讲切天下利害。以祖荫得官，曾通判阆州，嘉祐年间知滁州，主管北京御史台。擢利州路转运判官，提点陕西刑狱。徙河东长子县，入为开封府推官。徙广南转运使。熙宁元年以广南东路转运使、司勋郎中拜太常少卿、直昭文馆、知广州，颇有政绩。初，广人讹言交址且至，老幼入保。事闻，中外以为忧。神宗以王靖在彼，无须担忧。居二年，入为度支副使，元丰中，为尚书主客郎中，权发遣开封府判官，官终宝文阁直学士。《晏氏宗谱》载晏几道娶王氏三司使王靖公女，封夫人。李贵录著《北宋三槐王氏家族研究》中根据《王氏宗谱》录有王靖之女出嫁情况："女三。长适丞相韩绛子宗师；次适丞相元献公晏殊子几道……"[1]

9. 晏几道之妻舅——王古，王靖之子，字敏仲，又作敏中。生卒年不详，《宋史》有传。第进士，力学自进，才名显于时。熙宁八年，为司农主簿，使行淮、浙赈旱灾，究张若济狱，劾转运使王廷老、张靓失职，皆罢之。连提举四路常平，王安礼欲用为太常丞，神宗谓古好异论，止以为博士。出为湖南转运判官，提点淮东刑狱，历工部、吏部、右司员外郎，太府少卿。奉使契丹，异时北使所过，凡供张悉贷于民，古请出公钱为之，民得不扰。绍圣初，迁户部侍郎，详定役法，与尚书蔡京多不合。诏徙古兵部，寻以集贤殿修撰为江、淮发运使，进宝文阁待制、知广州。言者论其常指平岁为凶年，妄散邦财，夺职知袁州。徽宗立，复拜户部侍郎，迁尚书。与御史中丞赵挺之不合，遂改刑部。挺之攻不已，以宝文阁直学士知成都。堕崇宁党籍，责衡州别驾，安置温州。复朝散郎，寻卒。

10. 晏几道之外甥——吴居厚(公元 1039 年－1114 年)，字敦老，榜名居实。嘉祐八年中进士，熙宁初，为武安节度推官。大力奉行新法，得大理丞，转补司农属。元丰间，提举河北常平，增损役法五十一条，赐银绯，为京东转运判官，升副使。又因理财得力，擢天章阁待制、

---

[1] 李贵录. 北宋三槐王氏家族研究. 济南：齐鲁书社，2004:245

都转运使。元祐时贬成州团练副使，安置黄州。章惇用事，起为江、淮发运使。疏支家河通漕，楚、海之间赖其利。召拜户部侍郎、尚书，以龙图阁学士知开封府，为永泰陵桥道顿递使。坐积雨留滞，罢知和州。崇宁初，复尹开封，拜尚书右丞，进中书门下侍郎。以老避位，为资政殿学士、东太一宫使。后出知亳州、洪州，徙太原，道都门，留使祐神观，复还政府，迁知枢密院。政和三年，以武康军节度使知洪州，寻卒，赠开府仪同三司。《丹阳集》卷十二《枢密吴公墓志铭》："（枢密吴公）大父某赠太师、庆国公，配曰越国夫人晏氏、魏国夫人葛氏，晏即丞相元献公女也"[1]。《枢密吴公墓志铭》未提及吴公为谁，但据其所记事实再查《宋史》得知为吴居厚。

由上可知，二晏家族从晏墉定居江西以后，连续三代虽然人丁兴旺，但是此时的晏氏家族由于无人仕宦，故不论是家族本身还是其姻亲均是默默无闻。到了晏殊这一代及其后一代，因为晏殊的仕宦顺利，长期身居高位；所以晏氏家族的所有直系亲属都得到了恩荫，担任着或大或小的官职，晏氏家族的姻亲也由原先的默默无闻之辈逐渐转变成有意识选择显赫一时的世家贵戚，这既是现实政治的需要，也是家族长久兴旺的策略之一。

第二节　二晏生平

1.2.1 太平宰相不太平——晏殊生平

1.2.1.1. 少年得志，亲人早逝

据《晏氏宗谱》载晏殊字同叔，生于太宗淳化辛卯年（公元 991 年），

---

[1] （宋）葛胜仲. 丹阳集：卷十二. 文渊阁四库全书影印本. 台湾：商务印书馆，1983：第 1127 册 514 页

佐证材料有二，一是《碑》云："至和二年（公元1055年）薨，年六十有五"[1]；二是《春明退朝录》卷上云："枢密副使……晏元献公三十五"[2]，据《宋史宰辅表》及《翰苑群书》的《学士年表》记载，晏殊迁枢密副使在仁宗天圣三年（公元1025年）；故晏殊生于太宗淳化辛卯年无误。《晏氏宗谱》又载登神童科进士，对此，《碑》云："公生七岁，知学问，为文章，乡里号为神童。年始十四，一日起田里，进见天子。真宗召见，既赐进士出身，后二日，又召试诗赋。公徐启曰：'臣尝私习此赋，不敢隐。'真宗益嗟异之，因赐以它题。以为秘书省正字，置之秘阁，使得悉读秘书。命故仆射陈文僖公视其学。"[3]《宋会要辑稿》一百一十册《选举》之九云："景德二年五月十五日，召抚州进士晏殊试诗赋各一首，大名府进士姜盖试诗六篇。赐殊进士出身，盖同学究出身。后二日，召殊试诗、赋。论三题于殿内，移晷而就。擢为秘书省正字，赐袍笏，令读书于秘阁，就直馆陈彭年习诸科。"[4]《传》云："帝召殊与进士千余人并试廷中，殊神气不慑，援笔立成。帝嘉赏，赐同进士出身。宰相寇准曰：'殊江外人。'帝顾曰：'张九龄非江外人邪？'"《续资治通鉴长编》卷六十云："抚州进士晏殊年十四，大名府进士姜盖年十二，皆以俊秀闻，特召试。殊试诗赋各一首，盖试诗六篇，殊属辞敏赡，上深叹赏。宰相寇准以殊江左人欲抑之而进盖。上曰：'朝廷取士惟才是求，四海一家，岂限遐迩？如前代张九龄辈，何尝以僻陋而弃置耶？'乃赐殊进士出身，盖同学究出身。后二日，复召殊试诗赋论。殊具言赋题尝所私习，上益爱其淳直，改试他题，既成，数称善，擢秘书省正字，秘阁读书，仍命直史馆陈彭年视其所学及检察其所与者"[5]。被赐进士出身后，晏殊既严格律

---

〔1〕（宋）欧阳修．晏元献公神道碑铭．欧阳修全集：卷二十二．北京：中华书局，2001：351

〔2〕（宋）宋敏求．春明退朝录：卷上．见：宋元笔记小说大观．上海：上海古籍出版社，2001：957

〔3〕（宋）欧阳修．晏元献公神道碑铭．欧阳修全集：卷二十二．北京：中华书局，2001：351

〔4〕（清）徐松．宋会要辑稿：第一百一十一册卷一万零六百五十三之五十四．北京：中华书局，1957：4399

〔5〕（宋）李焘．续资治通鉴长编：卷六十．上海：上海古籍出版社，1986：519

己、勤奋苦读；又常常献文，积极参与当时各种重要文化活动：

时间	年龄	文化活动	任命、恩宠	资料来源
景德二年十月	15	晏殊上章愿观大礼。	上怜其意，许之。	《续资治通鉴长编》卷六十一
景德三年	16	晏殊献其所为文。	召试中书，迁太常寺奉礼郎。	《宋史·晏殊传》
大中祥符元年十月	18	晏殊跟随封祀泰山。	推恩迁光禄寺丞。	《玉海》卷二十七
祥符二年四月	19	晏殊献《大酺赋》。	召试学士院，命为集贤殿校理。	《玉海》卷七十三
大中祥符七年	24	从祀太清宫，诏修宝训。	同判太常礼院。	《宋史·晏殊传》
大中祥符八年十二月	25	晏殊上《皇子冠礼赋》。	诏奖之。	《续资治通鉴长编》卷八十二
祥符九年五月	26	晏殊献《景灵宫》《会灵观》二赋。	上嘉之，迁太常寺丞。	《玉海》卷一百
天禧元年十月	27	晏殊献《维德动天颂》。	诏褒之。	《玉海》卷六十

他的谨厚勤学深得真宗的厚爱，正如《西溪集》卷九《赠司空兼侍中晏殊谥元献》所云："初以圣童召见，章圣皇帝即以卿器之，维先帝知人之哲，所以奖励而育成其材者，非他臣敢望；而司空亦自以天子为知已，所以感奋一心，以事上者又非他臣所及，故终先帝世未尝去左右，君臣之遇盛以极矣！"[1]由此可见真宗对晏殊的宠爱。正因为深受真宗喜爱，晏殊不仅仕途一路顺利，年纪轻轻参与朝廷机密——"真宗每所谘访，多以方寸小纸细书问之，由是参与机密。凡所对，必以其稿进，示不泄。其后悉阅真宗阁中遗书，得公所进稿类为八十卷，藏之禁中，人莫之见也"[2]；还因此成为东宫升王府参军——《梦溪笔谈》卷九云："一

[1] (宋)沈遘. 赠司空兼侍中晏殊谥元献. 西溪集：卷九. 见：全宋文. 上海：上海辞书出版社，2006：第74册336页

[2] (宋)欧阳修. 晏元献公神道碑铭. 欧阳修全集：卷二十二. 北京：中华书局，2001：351

日迁东宫官，忽自中批除晏殊。执政莫谕所因。次日进覆，上谕之曰：'近闻馆阁臣寮，无不嬉游燕赏，弥日继夕，唯殊杜门与兄弟读书。如此谨厚，正可为东宫官。'"[1]从而得以与仁宗也建立了不错的关系。晏殊此时的少年得意在其诗歌中也隐隐约约有所体现：

> 太液波才绿，灵和絮未飘。霞文光启旦，珠琲密封条。积润涵仙露，浓英夺海绡。九阳资造化，天意属乔繇。(《奉和真宗御制后苑杂花海棠》)

从题目可知，这是一首早年奉和真宗的作品，全诗写得雍容富贵，咏海棠的同时作者之仕途顺利、深受皇帝喜爱的意气和神态也暗中掺和在其中——"九阳资造化，天意属乔繇。"

在仕途顺利的同时，晏殊家庭生活方面却接连遭遇不幸——最亲近的家人短短几年里接二连三死去。第一个去世的亲人是卒于真宗大中祥符癸丑年(公元 1013 年)十月的晏殊之弟——晏颖(详见上节晏颖条)。第二个去世的亲人是晏殊之父晏固。据《晏氏宗谱》记载晏固卒于真宗天禧元年(公元 1017 年)，然而据《碑》云："封祀泰山，推恩迁光禄寺丞，数月充集贤校理，明年迁著作佐郎，丁父忧去官，已而真宗思之，即其家起复，命淮南发运使具舟送之(一作至)京师，从祀太清宫"[2]；又据《传》："明年召试中书，迁太常寺奉礼郎。东封恩迁光禄寺丞，为集贤校理。丧父归临川，夺服起之，从祀太清宫"[3]；皆叙在为集贤校理之后，从祀太清宫之前。查相关史料可知晏殊开始任集贤校理是真宗大中祥符二年(公元 1009 年)四月，"明年迁著作佐郎"则应当是真宗大中祥符三年(公元 1010 年)；从祀太清宫是大中祥符七年即公元 1014 年正月，故晏固卒年当在公元 1010 年至公元 1013 年间。又据父死守丧三年的规定和晏殊及其弟晏颖在公元 1010 年至公元 1013 年间

---

〔1〕(宋)沈括. 梦溪笔谈：卷九. 见：梦溪笔谈校证. 上海：上海古籍出版社，1987：389

〔2〕(宋)欧阳修. 晏元献公神道碑铭. 欧阳修全集：卷二十二. 北京：中华书局，2001：351

〔3〕(元)脱脱等. 宋史：卷三百一十一. 晏殊传. 北京：中华书局，1977：10195

均在京城参与过活动、晏殊公元 1013 年生育一女;[1]因此推断晏固很可能卒于儿子晏颖死后的两三个月里;此时真宗祀太清宫的重大活动之准备工作正在最后的关键时刻,于是"已而真宗思之,即其家起复"也便合情合理了。第三个去世的亲人是晏殊第一任妻子——李氏,《碑》称:"公初娶李氏,工部侍郎虚己之女。次孟氏,屯田员外郎虚舟之女,封巨鹿郡夫人。次王氏,太师尚书令超之女,封荣国夫人。"[2]《碑》所述晏殊先后所娶三位夫人中,惟李氏未见封,当系早逝。又《续资治通鉴长编》卷八十五记载,真宗大中祥符八年(公元 1015 年)十二月,晏殊上《皇子冠礼赋》,真宗称赞晏殊人品端肃,说他"造次不逾矩,甚为缙绅所器。或闻有大族欲妻以女,殊坚拒之"[3]。"大族欲妻以女",表明早年聘娶的李夫人已经去世,所以有大族之家想以女相嫁;而晏殊公元 1013 年生育一女;故推断李夫人大约卒于公元 1013 年至公元 1015 年间。第四个去世的亲人是晏殊之母,据《碑》云:"从祀太清宫,赐绯衣银鱼,同判太常礼院。又丁母忧,求去官服丧,不许。"[4]又据《传》载:"从祀太清宫,诏修宝训,同判太常礼院。丧母,求终丧,不许,再任太常寺丞。"[5]从祀太清宫如前所云是大中祥符七年即公元 1014 年正月;"诏修宝训"即《文献通考》卷二百二十五所云:"《降圣记》五十卷……大中祥符五年十月十七日圣祖降,七年谓请编次事迹,诏利瓦伊、宋绶、晏殊同编。"[6]又"同判太常礼院"——《玉海》卷一百六十八载:"祥符七年

---

〔1〕《宋名臣言行录》前集卷七之三引《沂公笔录》:"晏殊判南京,范希文以大理寺丞丁忧,权掌西监,一日,晏曰:'吾有女及笄,仗君为我择婿。'公曰:'监中有二举子,富皋、张为善,皆有文行,他日皆至卿辅并可婿也。'晏曰:'然则孰优?'范曰:'富修谨,张疏俊。'晏曰:'唯。'即取富为婿。后改名,即弼也。为善后亦更名方平云。"云判南京,则公元 1027 年事;此时有女及笄,则此女当由李夫人生于公元 1013 年左右。

〔2〕(宋)欧阳修. 晏元献公神道碑铭. 欧阳修全集:卷二十二. 北京:中华书局,2001:351

〔3〕(宋)李焘. 续资治通鉴长编:卷八十五. 上海:上海古籍出版社,1986:756—757

〔4〕(宋)欧阳修. 晏元献公神道碑铭. 欧阳修全集:卷二十二. 北京:中华书局,2001:351

〔5〕(元)脱脱等. 宋史:卷三百一十一. 晏殊传. 北京:中华书局,1977:10195

〔6〕(元)马端临. 文献通考:卷二百二十五. 杭州:浙江古籍出版社,2000:1809

四月，同判院四员，张俊、张蝎专主祠祭，而宋绶、晏殊常在礼仪院。”[1]《续资治通鉴长编》卷一百十一载同。而“任太常寺丞”则在《玉海》卷一百有记载：“祥符九年（公元 1016 年）五月戊午，晏殊献《景灵宫》《会灵观》二赋，上嘉之，迁太常寺丞。”[2]故晏殊之母应该卒于公元 1014 年四月后至公元 1016 年五月间。

1.2.1.2 中年富贵，几经风波

整个真宗时代，晏殊的仕途都一直是顺顺当当，没有丝毫波折；仁宗继位后，晏殊由于自己的能力和声望良好，加上“先帝之所属，且东朝之旧”，于是被“大任之”，官职一路迁升，最终“登丞相府，为国元老”[3]，得以“谋猷存二府，台阁遍诸生”[4]，功名与事业都达到了古代一个普通文人士大夫梦寐以求的所能够达到的最高峰。

这一时期的晏殊之功名事业为人广知的首先是荐贤。《碑》云：“得一善称之如已出。当世知名之士如范仲淹、孔道辅等皆出其门。及为相，益务进贤材。当公居相府时，范仲淹、韩琦、富弼皆进用，至于台阁多一时之贤。……公既乐善而称为知人，士之显于朝者多公所荐达。”[5]《石林燕语》卷九载：“晏元献公喜推引士类，前世诸公为第一。为枢府时，范文正公始自常调荐为秘阁校勘。后为相，范公入拜参知政事，遂与同列。孔道辅微时，亦尝被荐，后元献再为御史中丞，复入为枢府，道辅实代其任，富韩公其婿也，吕申公荐报聘契丹，公时在枢府，亦从而荐之，不以为嫌。苏子容为谥议，以比胡广与陈蕃并为三司，谢安

〔1〕（宋）王应麟．玉海：卷一百六十八．文渊阁四库全书影印本．台湾：商务印书馆，1983：第 947 册 370 页

〔2〕（宋）王应麟．玉海：卷一百．文渊阁四库全书影印本．台湾：商务印书馆，1983：第 945 册 650 页

〔3〕（宋）沈遘．赠司空兼侍中晏殊谥元献．西溪集：卷九．见：全宋文．上海：上海辞书出版社，2006：第 74 册 336 页

〔4〕（宋）欧阳修．晏元献公挽辞三首．欧阳修全集：卷五十六．北京：中华书局，2001：812

〔5〕（宋）欧阳修．晏元献公神道碑铭．欧阳修全集：卷二十二．北京：中华书局，2001：351

引从子元北伐云。”[1]对于晏殊荐贤的重要意义，吴曾曾经独具慧眼地指出：“予尝谓公以童子被遇章圣，观庆历圣德诗，名首诸公，则公之为人可知也。方国家承五季，文章卑陋，公师杨刘，独变其体，识欧阳公诸生遂以斯文付之，殊之文于是视古无愧；功德如范富，气节如孔道辅，咸出其门，然则仁宗治致太平，非公而谁？”[2]吴曾此语虽然对晏殊个人的作用有些过于推崇；但是晏殊在政坛和文坛的这种推荐贤能确实为仁宗朝的太平盛世做出了重大贡献。

其次是兴学。《碑》云：“留守南京，大兴学校，以教诸生。自五代以来，天下学废，兴自公始。”[3]《续资治通鉴长编》卷一百零五载：“殊至应天，乃大兴学，范仲淹方居母丧，殊延以教诸生。自五代以来，天下学废，兴自殊始。”[4]《传》云：“（晏殊）罢知宣州。数月，改应天府，延仲淹以教生徒，自五代以来，天下学校废，兴学自殊始。”[5]对于这次兴学的具体经过和良好效果，《范文正集》卷六《南京府学生朱从道名述》有详细记载：“天圣纪号之六载，枢密留守侍郎齐郡公，以东朝旧德，右弼上贤，将启秉钧之猷，尚图分政之任，善下成乎江海，养浩充乎天地，诚明之际，无隐不及。居一日曰：‘祖宗之都，仪刑万邦，道德之所兴，礼义之所出，风化不作，四方何仰哉？’乃首访胶庠，躬省亲诵，敦六籍以恢本，发四科以彰善。于是人乐名教，复邹鲁之盛；士为声诗，登周召之美。既而丘园初秀，阀阅令嗣，拳拳允集，济济如归”[6]；“由是四方从学者辐辏。其后宋人以文学有声名于场屋朝廷者，多其所教也”[7]。由此可知，晏殊的这次兴学不仅对应天府书院意义重大，而且对于整个北宋

---

〔1〕（宋）叶梦得．石林燕语：卷九．见：宋元笔记小说大观．上海：上海古籍出版社，2001：2556

〔2〕（宋）吴曾．能改斋漫录：卷十二．上海：上海古籍出版社，1979：367

〔3〕（宋）欧阳修．晏元献公神道碑铭．欧阳修全集：卷二十二．北京：中华书局，2001：351

〔4〕（宋）李焘．续资治通鉴长编：卷一百零五．上海：上海古籍出版社，1986：935

〔5〕（元）脱脱等．宋史：卷三百一十一．晏殊传．北京：中华书局，1977：10196

〔6〕（宋）范仲淹．范文正集：卷六．见：全宋文．上海：上海辞书出版社，2006：第18册416页

〔7〕（宋）司马光．涑水记闻：卷十．见：宋元笔记小说大观．上海：上海古籍出版社，2001：873

中后期的文学与文化都有影响。

不过从这一时期开始，晏殊终于体验到了变化无常的仕途风波。晏殊第一次被贬官是仁宗继位初，刘后执政时期。据史料记载，这次贬官的原因是由于立朝刚峻的晏殊弹劾太后重用无才的张耆为枢密使，忤了太后之意——《续资治通鉴长编》卷一百零五有详细记载："先是太后召张耆为枢密使，殊言枢密与中书两府同任天下大事，就令乏贤亦宜使中材处之。耆无它勋劳，徒以恩幸极宠荣，天下已有私徇非材之议。奈何复用为枢密使也？太后不悦。"[1]于是被太后借助"忿躁无大臣体"的小事罢官，贬黜出京城——《传》："坐从幸玉清昭应宫，从者持笏后至，殊怒，以笏撞之，折齿。御史弹奏，罢知宣州。数月，改应天府。"[2]晏殊第二次被贬官是刘后去世，仁宗首掌实权之际。据史料记载，这次贬官的原因是章懿志文事件——《龙川别志》卷上："章懿之崩，李淑护葬，晏殊撰志文，只言生女一人早卒，无子。仁宗憾之。及亲政，内出志文以示宰相曰：'先后诞育朕躬，殊为侍从，安得不知，乃言生一公主又不育，此何意也。'吕文靖曰：'殊固有罪。然宫省事秘，臣备位宰相，是时虽略知之，而不得其详。殊之不审，理容有之。然方章献临御，若明言先后实生圣躬，事得安否。'上默然良久，命出殊……"[3]对于这两次并非自己真正有什么过错而导致的贬官，晏殊心中肯定会有不平，这些在其诗歌中也有体现：

> 山郡多暇日，社时放吏归。坐阁独成闷，行塘阅清辉。春风动高柳，芳园掩夕扉。遥思里中会，心绪怅微微。（《社日》）

由"山郡多暇日"推断此诗很可能作于晏殊第二次贬官之地——亳州，刚从京城为执政而无辜贬到山郡为太守的他自然而然容易"坐阁独成闷"、"心绪怅微微"。

---

〔1〕（宋）李焘.续资治通鉴长编：卷一百零五.上海：上海古籍出版社，1986：935

〔2〕（元）脱脱等.宋史：卷三百一十一.晏殊传.北京：中华书局，1977：10196

〔3〕（宋）苏辙.龙川别志：卷上.北京：中华书局，1982：79

另外晏殊这一时期还经历了中年丧子、丧妻。《碑》云："长居厚，大理评事，早卒。"[1]据《晏氏宗谱》载晏殊长子晏居厚卒于仁宗景祐丙子年(公元1036年)三月十五日。晏殊第二任妻子孟氏——《碑》云："公初娶李氏，工部侍郎虚己之女。次孟氏，屯田员外郎虚舟之女，封巨鹿郡夫人。次王氏，太师尚书令超之女，封荣国夫人。"[2]据《续资治通鉴长编》卷八十五记载，真宗大中祥符八年(公元1015)十二月，晏殊上《皇子冠礼赋》，真宗称赞晏殊人品端肃，说他"造次不逾矩，甚为缙绅所器。或闻有大族欲妻以女，殊坚拒之"[3]。"大族欲妻以女"，表明早年聘娶的李夫人已经去世，所以有大族之家想以女相嫁，"殊坚拒之"，则知此时尚未续娶；又由于晏殊的母亲逝世于公元1014年至公元1016年间，那么孟夫人不可能娶于公元1017年前——也因此不可能有公元1016年十月晏居厚的出生。据《文庄集》卷三有《枢密副使礼部侍郎晏殊妻江夏郡孟氏可进封巨鹿郡夫人制》[4]可知，晏殊自翰林学士、礼部侍郎迁枢密副使在天圣三年十月，而同年十二月甲寅，晏殊加刑部侍郎，则孟氏封巨鹿郡夫人当在本年十月之后，十二月之前。据《彭城集》卷三十九《永安县君张氏墓志铭》云："永安县君张氏者，相国晏元献公之冢妇、祠部郎中成裕之嫡妻也。……初元献公自枢府罢，以某官知陈州。事驾部君才为州节度推官，元献为子择妇，独以张氏为宜，而驾部君亦自以家世华显，思女之才不以大小敌否为间也。及归果称良妇，事舅姑以孝闻。"[5]晏殊自枢府罢后知陈州在公元1035年至公元1037年，则晏殊第二子成裕娶妻也在这段时间；由"及归果称良妇，事舅姑以孝闻"可知当时孟夫人尚在世。又据晏殊《答中丞兄家书》云："深喜王事外万福安宁，此中婆婆、新妇等如常。……宁殿直二年，大段听人言

〔1〕(宋)欧阳修.晏元献公神道碑铭.欧阳修全集：卷二十二.北京：中华书局，2001：351

〔2〕(宋)欧阳修.晏元献公神道碑铭.欧阳修全集：卷二十二.北京：中华书局，2001：351

〔3〕(宋)李焘.续资治通鉴长编：卷八十五.上海：上海古籍出版社，1986：756—757

〔4〕(宋)夏竦.文庄集：卷三.见：全宋文.上海：上海辞书出版社，2006：第16册330页

〔5〕(宋)刘攽.彭城集：卷三十九.文渊阁四库全书影印本.台湾：商务印书馆，1983：第1096册382页

语，谨卓不曾出入，兼识好慈善得力，免劳人心力，亦应是从有家累，知惜身事兄弟，且免一件忧煎。因信上闻，希令诸子知之……二娘子已商量与应茂才异等秀才富弼为亲，极有行止文艺。三郎一面为问觅新妇……”可进一步肯定成裕娶妻当在公元 1035 年初。[1] 再据《柯山集》卷五十《王夫人墓志铭》记载：“于（开封）咸平时，夫人年十六，丞相晏元献闻其贤，为子虞部君（笔者案：虞部君即晏殊第三子晏宣礼，生于公元 1025 年，详见上节）娶之。夫人家中微起嫔相门，能以礼自持，接上下有则，堂无姑，夫人宰家事内外无不允者。元献尝曰：‘吾无忧矣’”[2]。儿媳妇王氏不可能娶于公元 1035 年前，因为此时晏殊第二子成裕尚

〔1〕 晏殊女嫁给富弼的具体时间，夏承焘先生认为是公元 1029 年左右。其证据与推理如下：《宋名臣言行录》卷七之三引《沂公笔录》：“晏殊判南京，范希文以大理寺丞丁忧，权掌西监，一日，晏曰：‘吾有女及笄，仗君为我择婿。’公曰：‘监中有二举子，富皋、张为善，皆有文行，他日皆至卿辅并可婿也。’晏曰：‘然则孰优？’范曰：‘富修谨，张疏俊。’晏曰：‘唯。’即取富为婿。后改名，即弼也。为善后亦更名方平云。”云判南京，则公元 1028 年事。又据《石林燕语》卷九、《范文正公集·言行拾遗事录》卷三引《谈苑》、《宋史·富弼传》言此事，均未提南京，口气似乎是京城。再据《孙公谈圃》卷上记相士王青为富弼说媒事，亦谓在京师。且有王青料富弼“明年状元及第”，富弼以公元 1030 年中制科，故据以定议婚在本年也。这些推断，笔者应为均没有错误，因为这里推断的只是议婚时间。嫁女时间，笔者认为当在公元 1035 年。证据如下：1. 晏殊《答中丞兄家书》云：“深喜王事外万福安宁，此中婆婆、新妇等如常。……二娘子已商量与应茂才异等秀才富弼为亲，极有行止文艺。三郎一面为问觅新妇，婚姻事逼，日日婴心也。”可知以女嫁富弼在晏成裕娶媳妇（公元 1035 年）后。2.《邵氏闻见录》卷十八：“尝白先公先夫人，未第绝不娶，弟妹当先嫁娶之。故田氏妹先嫁元均也。”查询《富秦公言墓志铭》可知：“三女，长适殿中丞柏孝隆，中适登封尉潘允迪，幼许昭武军节度推官田况。”而“田氏妹先嫁元均”为景祐元年（公元 1034 年）。3. 富弼女嫁给皇祐元年（公元 1049 年）状元冯京为妻；而冯京生于公元 1021 年，富弼女应当不会小于冯京 15 岁以上。

〔2〕 （宋）张耒. 柯山集：卷五十. 见：全宋文. 上海：上海辞书出版社，2006：第 128 册 299 页

未娶妻且晏宣礼年纪太小;也不大可能娶于公元 1039 年后。[1] 加上孟夫人去世,晏殊的儿子应该为其母亲守孝三年;故孟夫人应逝世于晏殊贬官在外的公元 1035 年成裕娶妻、嫁女富弼之后不久。

1.2.1.3 晚年罢相,贬官十年

仁宗庆历三年(公元 1043 年)三月,东宫旧臣晏殊终于因为杰出的才能和崇高的声誉——"文经朝猷,器适时用。夙事圣考,见知冲人。向以储禁之师臣,委之枢密之武事。忠劳形于夙夜,谋略制于边陲。宜正台铉之司,尚参兵幄之议。益升华于书殿,更衍食于真封。虽倚大谋,且旌旧德"[2] 而登上相位;然而第二年仁宗却罢免了晏殊的相位——"(晏殊)夙有雅才,被遇文考。实参储宷之选,因附天鳞之华。程其器能,与我朝柄。或间守屏翰,或主领剧繁。比缘枢省之劳,遂至冢司之总。属边场日骇,调饷繁兴,老师留屯,旰食焦虑;而罔念艰疚,颇图晏安,广营产以殖私,多役兵而规利,致乃公论,达于予闻。永惟宰辅之方,思全进退之礼,俾上机政,改秩冬官,仍委州邦,且迩京邑。于戏!承弼未验,罢免所宜。眷旧人之勿忘,匪至公之获已,当体恩遇,毋怠省循。"[3] 关于这次相位的罢免,时人与后世一致认为晏殊是无辜被罢免——《传》云:"及为相,益务进贤材,而仲淹与韩琦、富弼皆进用。至于台阁,多一时之贤。帝亦当然有意,欲因群材以更治,而小人权幸皆不便。殊出欧阳修为河北都转运,谏官奏留,不许,孙甫、蔡襄上言,宸妃生圣躬为天下主,而殊尝被诏志宸妃墓,没而不言,又奏论殊役官

[1] 据《碑》载晏殊第三任夫人乃王超之女,查相关史料可知王超逝世于公元 1012 年,因此王夫人即使是遗腹子,按照古代婚姻常理,她嫁给晏殊不大可能迟于公元 1040 年。另外王夫人之兄王德用在宝元二年五月(公元 1039 年)因为貌似宋太祖,且颇得军心,被弹劾,遭遇严厉贬谪,一年多不敢与人来往,经过三年谨慎为人,方被释疑。所以晏殊不可能在宝元二年五月后娶王夫人;而应该娶王夫人在宝元二年五月(公元 1039 年)前的与王德用京城共事期间。或许宝元元年晏殊推荐仁宗纳用王德用的"不与阵图授诸将"可以佐证(夏承焘先生便是以此为证)。既然晏殊娶王夫人在宝元二年五月(公元 1039 年)前,则晏宣礼娶儿媳妇王氏应当在服孝满后的公元 1038 年。

[2] 晏殊拜集贤相制.宋大诏令集:卷五十四.北京:中华书局,1962:274

[3] 晏殊罢相工部尚书知颍州.宋大诏令集:卷六十七.北京:中华书局,1962:327

兵治僦舍以规利。坐是降工部尚书知颍州。然殊以章献太后方临朝，故志不敢斥言，而所役兵乃辅臣例宜借者，时以谓非殊罪。”[1]尤其可疑的是制词之严厉，是整个仁宗时代罢相制词中极其罕见的，而且该制词是由晏殊最亲密的门生宋祁执笔；于是猜议纷纷，如图谶说——《龙川别志》卷上云：“殊作相，八王疾革，上亲往问。王曰：‘叔久不见官家，不知今谁作相。’上曰：‘晏殊也。’王曰：‘此人名在图谶，胡为用之。’上归阅图谶，得成败之语，并记志文事，欲重黜之。宋祁为学士，当草白麻，争之，乃降二官知颍州。词曰：‘广营产以殖赀。多役兵而规利。’以它罪罪之。殊免深谴，祁之力也。”[2]这次无辜罢相，使晏殊晚年时候从前半生比较安定圆满的人生开始转向十年奔波：仁宗庆历四年（公元1044年）九月，晏殊以工部尚书知颍州；仁宗庆历八年（公元1048年）春，晏殊以刑部尚书知陈州；仁宗皇祐元年（公元1049年）八月，晏殊以刑部尚书知许州；仁宗皇祐二年（公元1050年）秋，晏殊以户部尚书、观文殿大学士知永兴军；仁宗皇祐五年（公元1053年）秋，晏殊以户部尚书、观文殿大学士徙知河南，兼西京留守，迁兵部尚书。到了仁宗至和元年（公元1053年）六月，晏殊终于得以因疾归京师。对于晚年的无辜罢相以及长达十年的贬谪，晏殊不可避免地会满怀伤感：

> 资善堂中三十载，旧人多是凋零。与君相见最伤情。一尊如旧，聊且话平生。　　此别要知须强饮，雪残风细长亭。待君归觐九重城。帝宸思旧，朝夕奉皇明。（《临江仙》）

这首词作根据首句“资善堂中三十载”，我们可以推断其写作时间。“资善堂”据《宋史·真宗本纪》记载：“（大中祥符九年）甲午诏以皇子就学之所名资善堂”[3]；《玉海》卷一百六十一《祥符资善堂》云：“在元符观南，大中祥符八年置，仁宗肄学之所。祥符九年二月甲午，诏以元符观

---

〔1〕（元）脱脱等．宋史：卷三百一十一．晏殊传．北京：中华书局，1977：10197

〔2〕（宋）苏辙．龙川别志：卷上．北京：中华书局，1982：79—80

〔3〕（元）脱脱等．宋史：卷八．北京：中华书局，1977：159

南皇子就学新堂宜以资善为应，因制记，取于资始善长之义。……命晏殊、崔遵度为记室咨议。”[1]由此可知晏殊是真宗大中祥符九年（公元1016年）进入资善堂；“三十载”即是公元1045年左右——晏殊罢相知颍州。此词虽然流露了一些不满与伤感，但是尚未有凄厉之声——“帝宸思旧，朝夕奉皇明”，让人依然怀有希望。然而仅仅过了几年，不满与伤感便变成了凄厉之声：

家住西秦。赌博艺随身。花柳上、斗尖新。偶学念奴声调，有时高遏行云。蜀锦缠头无数，不负辛勤。　数年来往咸京道，残杯冷炙谩消魂。衷肠事、托何人。若有知音见采，不辞遍唱阳春。一曲当筵落泪，重掩罗巾。（《山亭柳·赠歌者》）

此词正如郑骞先生《词选》所说：“‘西秦’、‘咸京’，当是知永兴军时作，时同叔年逾六十，去国已久，难免抑郁”[2]；于是表面写一个早年得意、晚景凄凉的才艺超群的歌者，实际“借他人酒杯，浇胸中块垒”；“全词写得声情激越，有无限寂寥落寞之感”[3]。或许是仁宗终于想起了晏殊一生“由王官宫臣卒登宰相，凡所以辅道圣德，忧勤国家，有旧有劳，自始至卒，五十余年”；且“先帝之名臣与陛下东宫之旧人，皆无在者，宜其褒宠优异”[4]；于是“至和元年八月壬子，召观文殿大学士晏殊赴经筵赐坐，待如宰相仪”[5]。仁宗至和二年（公元1055年）正月，晏殊因疾逝世，走完了自己的一生。晏殊逝世后，据《碑》云：“其月丁亥以公薨闻，天子震悼，亟临其丧，以不即视公为恨，赠公司空兼侍中，谥曰元献。

〔1〕（宋）王应麟．玉海：卷一百六十一．文渊阁四库全书影印本．台湾：商务印书馆，1983：第947册224页

〔2〕郑骞．词选．引自：刘扬忠．晏殊词新释辑评．北京：中国书店，2003：176

〔3〕叶嘉莹．唐宋词名家论稿．石家庄：河北教育出版社，1997：60

〔4〕（宋）欧阳修．晏元献公神道碑铭．欧阳修全集：卷二十二．北京：中华书局，2001：351

〔5〕（宋）彭百川．太平治迹统类：卷二十六．文渊阁四库全书影印本．台湾：商务印书馆，1983：第408册648页

有司请辍视朝一日，诏特辍二日，以其年三月癸酉葬公于许州阳翟县麦秀乡之北原。既葬，赐其墓隧之碑首曰：'旧学之碑'；既又勅史臣修考次公事，具书于碑下。"[1]晏殊的门生故吏等也纷纷写诗作文悼念，对晏殊的人品与一生的功名事业都给予了很高的评价：

欧阳修：接物襟怀旷，推贤品藻精。谋猷存二府，台阁遍诸生。帝念官臣旧，恩隆衮服荣。春风绿野迥，千两送铭旌。[2]

王珪：富贵谁为并，文章世所稀。勋名丹史在，体貌九天违。嵩极朝催峻，台躔夜掩辉。空余旧游客，泪向寝门挥。[3]

韩维：大策安宗社，高文着庙堂。从容造辟议，感激荐贤章。貂冕崇厥服，銮舆俯奠觞。哀荣岂无有，公德倍辉光。[4]

王安石：终贾年方妙，萧曹地已亲。优游太平日，密勿老成人。抗论辞多秘，赓歌迹已陈。功名千载下，不负汉庭臣。[5]

……

1.2.2 贵人暮子，落拓半生——晏几道生平

1.2.2.1 晏几道的生卒年

要想真正了解晏几道的生平，首先不得不考察清楚其具体生卒年。

[1] （宋）欧阳修．晏元献公神道碑铭．欧阳修全集：卷二十二．北京：中华书局，2001：351

[2] （宋）欧阳修．晏元献公挽辞三首．欧阳修全集：卷五十六．北京：中华书局，2001：812

[3] （宋）王珪．晏元献公挽辞二首．华阳集：卷六．见：全宋诗．北京：北京大学出版社，1991：5960

[4] （宋）韩维．元献公挽辞三首．南阳集：卷十二．见：全宋诗．北京：北京大学出版社，1991：5259

[5] （宋）王安石．元献晏公挽辞三首．临川文集：卷三十五．见：全宋诗．北京：北京大学出版社，1991：6746

有关晏几道的材料，因为史书和地方志等都极少有有关他的记载流传下来，所以宛敏灏的《二晏及其词》主要根据郑侠的生卒年推断晏几道生于公元1041年（或推前几年），卒于公元1119年左右；夏承焘的《二晏年谱》则主要根据黄升的《花庵词选》所说庆历中晏几道奉召作词和王灼《碧鸡漫志》所载晏几道为蔡京填词两事推算晏几道生于公元1030年左右，卒于公元1106年左右；后来的中国文学史大多采用了夏承焘的说法。虽然也曾经有人对宛敏灏、夏承焘的推测提出过质疑，并提出了新说，例如钟陵《晏几道生卒年小考》等；然而因为材料不够充分，所以没有得到学术界的一致公认。真正在这方面取得较大进展的是在公元1997年，涂木水和晏立豪到二晏的故里江西省进贤县文港乡沙河村查阅了《东南晏氏重修宗谱·临川沙河世系》（简称《晏氏宗谱》），此谱里面明确记载："殊公八子几道，字叔原，行十五，号小山……宋宝元戊寅（公元1038年）四月二十三日辰时生，宋大观庚寅年（公元1110年）九月殁，寿七十三岁。"于是他们分别在《文学遗产》、《文献》发表了产生过重大影响的关于晏几道生卒年的文章——《关于晏几道的生卒年和排行》、《二晏年谱小考》，从此晏几道的生卒年就似乎成了定论，再也没有人怀疑。其实《晏氏宗谱》记载的晏几道之生卒年依然值得怀疑：

1. 由与晏家颇有渊源且比晏几道年长的史学家刘攽为晏几道的嫂子写的墓志铭可知，《晏氏宗谱》记载的晏几道生年值得怀疑。刘攽的《永安县君张氏墓志铭》云："永安县君张氏者，相国晏元献公之冢妇、祠部郎中成裕之嫡妻也。……元献薨，有三男子、四女子幼稚。夫人养毓调护，皆至成立，娶妇嫁夫"[1]。晏殊卒于公元1055年，根据《晏氏宗谱》中关于晏几道及其兄弟的生卒年记载，则晏殊死时，晏殊最小的三个儿子之晏祇德（生于仁宗景祐甲戌年即公元1034年）、晏几道（生于仁宗宝元戊寅年即公元1038年）已经分别有22岁、19岁，说不上"幼

[1] （宋）刘攽. 彭城集：卷三十九. 见：全宋文. 上海：上海辞书出版社，2006：第69册260页

稚”。换句话说,晏几道此时的年龄应该更小一些——即晏几道的生年应该比《晏氏宗谱》的记载更晚一些。

2.由晏几道的好朋友黄庭坚的相关诗歌可知,《晏氏宗谱》记载的晏几道生年值得怀疑。在黄庭坚的《自咸平至太康鞍马间得十小诗寄怀晏叔原》诗中,黄庭坚自称“四十垂垂老”,称呼晏几道“云间晏公子,风月兴如何”,写他们的友谊“忆同嵇阮辈,醉卧酒家床。今日垆边客,初无人姓黄。对酒诚独难,论诗良不易。人生如草木,臭味要相似。春色挟曙来,恼人似官酒。酬春无好语,怀我文章友”[1];在黄庭坚的《同王稚川晏叔原饭寂照房》诗中,黄庭坚自称“鄙夫得秀句,成诵更怀藏”,称呼晏几道“晏子与人交,风义盛激昂”,写他们的友谊“平生所怀人,忽兹共榻床。常恐风雨散,千里郁相望。斯游岂易得,渊对妙濠梁”[2]。由此可见,二人交往全是平辈口吻,似乎黄庭坚年岁稍微还大一点。然而按照《晏氏宗谱》记载晏几道生于仁宗宝元戊寅年(公元1038年),则晏几道比黄庭坚(生于公元1045年)大七岁,而宋人习惯,年长七八岁即为前辈;但是我们由上列黄庭坚的诗歌可以看出,黄庭坚论及晏几道的时候,完全不像对年长者的口气。换句话说,晏几道的生年应该比《晏氏宗谱》的记载更晚一些。

3.由晏殊三位夫人的娶、卒时间可知,《晏氏宗谱》记载的晏几道生年值得怀疑。前面已经详细分析晏殊三位夫人的情况——即李氏大约娶于公元1003年,卒于公元1014年;孟氏大约娶于公元1017年或以后,卒于公元1035年;王氏大约娶于公元1039年。由此可知,晏几道不大可能出生于《晏氏宗谱》记载的公元1038年四月——在公元1036年至1038年这段时间里,晏殊根本没有夫人,怎么可能有晏几道的出生?[3]

4.由晏几道的同时代人晁端礼的《鹧鸪天》10首及其自序可知,

---

〔1〕(宋)黄庭坚.山谷集·外集:卷一.见:全宋诗.北京:北京大学出版社,1991:11500

〔2〕(宋)黄庭坚.山谷集·外集:卷一.见:全宋诗.北京:北京大学出版社,1991:11500

〔3〕没有任何史料记载,晏几道是晏殊正房夫人之外的女人所生。

《晏氏宗谱》记载的晏几道卒年值得怀疑。晁端礼自序云："晏叔原近作《鹧鸪天》曲，歌咏太平，辄拟之为十篇。野人久去辇毂，不得目睹盛事，姑诵所闻万一而已。"词中云："须知大观崇宁事"，"依稀曾听钧天奏，耳冷人间四十年"[1]。根据相关史料记载，晁端礼熙宁六年（公元 1073 年）举进士，因此得到"集英深殿听胪传"、"曾听钧天奏"的机会；那么"耳冷人间四十年"之际便是公元 1112 年至 1113 年间（晁端礼死于公元 1113 年七月）。故这 10 首《鹧鸪天》及其自序应该作于公元 1112 年至 1113 年间。也因此晁端礼自序提到的晏几道歌咏太平的《鹧鸪天》"近作"，即王灼《碧鸡漫志》卷二所载蔡京重九、冬至日，遣客向晏几道求的《鹧鸪天·九日悲秋不到心》、《鹧鸪天·晓日迎长岁岁同》便很可能是公元 1112 年重九、冬至日所作。[2] 换句话说，晏几道不应该是《晏氏宗谱》记载的公元 1110 年就去世了，即晏几道的卒年也应该比《晏氏宗谱》的记载更晚一些。

5. 由《晏氏宗谱》中记载生卒年错误之处不少可知，《晏氏宗谱》记载的晏几道生卒年值得怀疑。据笔者考证现存的《晏氏宗谱》的有史料可以查询的宋代人物，除了晏殊和晏敦复这两个相关史料流传下来很多的人物之外，其他人的生卒年全部有问题。例如前面已经详细辨析过的晏固、晏居厚、晏知止。又如晏几道之长子晏溥，《晏氏宗谱》记载其生于皇祐庚寅年（公元 1050 年），然而其同时代人且为姻家的翟耆年《籀史》有如下记载："（晏溥）靖康初官河北，金人犯顺，散家财，募兵扞

---

[1] （宋）晁端礼.鹧鸪天十首及其序.见：唐圭璋编.全宋词.北京：中华书局，1999：563

[2] 这段文字既是要表现"年未至乞身"的晏几道"不践诸贵之门"的孤傲品质，他这两首"竟无一语及蔡者"的词的创作时间，当在蔡京为相、权势正盛之时。据《宋史·宰辅表》记载，蔡京于公元 1102 年七月拜相，公元 1106 年二月罢相；公元 1107 年五月复相，公元 1109 年六月罢相；前面这两次担任宰相与晁端礼公元 1112 年至 1113 年间所作《鹧鸪天》自序提到的晏几道歌咏太平的《鹧鸪天》"近作"时间不合。然而公元 1112 年五月于罢相三年后重新担任宰相，并在十一月被封鲁国公，既可谓权势正盛之时；又与晁端礼公元 1112 年至 1113 年间所作《鹧鸪天》自序提到的晏几道歌咏太平的《鹧鸪天》"近作"时间相合。

御，与妻玉牒赵氏戎服率义士力战而死。”[1]如果晏几道之长子晏溥果真生于皇祐庚寅年（公元1050年），则不大可能有靖康（公元1126年—公元1127年）时近八十岁的他“官河北，金人犯顺，散家财，募兵扞御，与妻玉牒赵氏戎服率义士力战而死”之事。再如晏几道之侄晏防（字宗武），《晏氏宗谱》载其生于景祐甲戌年（公元1034年）九月，卒于绍圣乙亥年（公元1095年）二月。而同时代人谢逸的《溪堂集》录有两篇相关材料：一篇是大观二年（公元1108年）五月十二日为晏防新建的淇澳堂所作的《淇澳堂记》；另一篇是大观四年（公元1110年）二月二十日为刚死不久的晏防所撰写的《故通仕郎晏宗武墓志铭》。在《故通仕郎晏宗武墓志铭》中谢逸明确记载了晏防的年龄：“享年四十有八。”[2]由此可以推断，晏防大约生于公元1063年，卒于公元1110年，与《晏氏宗谱》的记载完全不同。

通过以上的具体分析，笔者认为晏几道的生卒年均应该在《晏氏宗谱》的基础上往后再推数年。具体的生年或许可以参考其几个平辈的好朋友的情况：郑侠（公元1041生）、王肱（公元1043生）、黄庭坚（公元1045生）。由于上面提到的黄庭坚的相关诗歌中透露出黄比晏稍微大一点，则晏几道生于公元1045年稍后。具体的卒年或许是靖康之难期间，证据是晏几道《小山词》中从来没有证据可以证明是伪作的一首词——“都人离恨满歌筵，清唱倚危弦。星屏别后千里，更见是何年？骢骑稳，绣衣鲜，欲朝天。北人欢笑，南国悲凉，迎送金鞭。”（《诉衷情》）此词首句说京都的人充满了离愁别恨；下阕则描写敌人兵强马壮，逼得宋人流离失所，“迎送金鞭”，此显然指靖康之难。

1.2.2.2. 晏几道的生平经历

如果以上的推断没有错的话，我们再来看晏几道一生的大致经历。晏几道的早年生活，据其《小山词自序》云：“叔原往者与二三忘名之士

---

〔1〕（宋）翟耆年.籀史.文渊阁四库全书影印本.台湾：商务印书馆，1983：第681册442页

〔2〕（宋）谢逸.溪堂集：卷九.见：全宋文.上海：上海辞书出版社，2006：第133册265页

浮沉酒中，病世之歌词，不足以析酲解愠。试续南部诸贤绪余，作五、七字语，期以自娱。不独叙其所怀，兼写一时杯酒间闻见，所同游者意中事。……始时沈十二廉叔、陈十君龙家，有莲、鸿、苹、云品清讴娱客，每得一解，即以草授诸儿，吾三人持酒听之，为一笑乐。”[1]可见过的是逍遥自在的风流公子生活。这种生活在晏几道《小山词》中也流露无遗，例如：

白纻春衫杨柳鞭。碧蹄骄马杏花鞯。落英飞絮冶游天。

南陌暖风吹舞榭，东城凉月照歌筵。赏心多是酒中仙。(《浣溪沙》)

然而这段好时光并不长。仁宗至和二年(公元1055年)晏殊去世，此时晏几道兄弟中还没有一个显贵的；不过由于姐夫富弼、杨察，舅父王德用以及晏殊一些身居高位的门生故吏的照应，晏氏家族的衰败还不明显。到了王安石变法时期，杨察、王德用去世，富弼退位，晏殊原先的门生故吏大多属于旧党，此时自顾不暇；加上晏几道与晏承裕(关于晏承裕，详见上节)都无意中被牵连进了新旧党争——《侯鲭录》卷四：“熙宁中，郑侠上书，事作下狱，悉治平时往还厚善者。晏几道叔原皆在数中。侠家搜得叔原与侠诗云：‘小白长红又满枝，筑球场外独支颐。春风自是人间客，主张繁华得几时。’裕陵称之，即令释出。”[2]这两次被无意之中牵连进了新旧党争，使晏氏家族的衰败日益明显，晏几道之诗可以为证：

生计唯兹碗，般擎岂惮劳。造虽从假合，成不自埏陶。阮杓非同调，颜瓢庶共操。朝盛负余米，暮贮藉残糟。幸免墦间乞，终甘泽畔逃。挑宜筇作杖，捧称葛为袍。傥受桑闲饷，何

[1] (宋)晏几道.小山词自序.见：孙克强.唐宋人词话.郑州：河南文艺出版社，1999：221

[2] (宋)赵令畤.侯鲭录：卷四.见：宋元笔记小说大观.上海：上海古籍出版社，2001：2058 据相关史料记载，此次惩治郑侠实际是新党吕惠卿借机惩治晏几道的外甥婿冯京——当时的参知政事，旧党的代表人物之一。

堪井上螬。绰然真自许，噂尔未应饕。世久轻原宪，人方逐子敖。愿君同此器，珍重到霜毛。(《戏作示内》)

据《墨庄漫录》卷三记载此诗的具体写作背景："叔原聚书甚多，每有迁徙，其妻厌之，谓叔原有类乞儿搬漆碗。叔原作诗云……"[1]加上饱含感情的写实诗句"生计唯兹碗，般擎岂惮劳"、"朝盛负余米，暮贮藉残糟"，我们完全可以看出当年的贵公子晏几道之生活处境已经发生了翻天覆地的变化；对于此时的晏几道之所以会沦落到如此地步，好朋友黄庭坚有十分精辟的解释："仕宦连蹇而不能一傍贵人之门，是一痴也；论文自有体，而不肯一作新进士语，此又一痴也；费资千百万，家人寒饥，而面有孺子之色，此又一痴也；人百负之而不恨，已信人，终不疑其欺己，此又一痴也。"[2]也因此晏几道在当时党争激烈、仕宦黑暗的官场自然而然大半生都升迁不顺利——据《碑》云："故其(晏殊)薨也，天子尤哀悼之，赐予加等。……子八人：长曰居厚，大理评事，早卒；次承裕，尚书屯田员外郎；宣礼，赞善大夫；崇让，著作佐郎；明远、祗德，皆大理评事；几道、传正皆太常寺太祝"[3]，由此可知，晏殊去世时晏几道已经因恩荫得官太常寺太祝。又据《邵氏闻见后录》卷十九："晏叔原，临淄公晚子，监颍昌许田镇。手写自作长短句，上府帅韩少师。少师报书：'得新词盈卷，盖才有余而德不足者。愿郎君捐有余之才，补不足之德，不胜门下老吏之望'云。一监官敢以杯酒自作长短句示本道大帅，以大帅之严，犹尽门生忠于郎君之意。在叔原为甚豪，在韩公为甚德也。"[4]查询相关史料可知晏几道这次监颍昌许田镇是神宗元丰五年(公元 1082 年)，[5]距离晏殊逝世已经有 28 年，晏几道依然还是一个

---

[1] (宋)张邦基.墨庄漫录：卷三.北京：中华书局，2002：103

[2] (宋)黄庭坚.小山集序.豫章黄先生文集：卷十六. 见：全宋文.上海：上海辞书出版社，2006：第 106 册 150 页

[3] (宋)欧阳修.晏元献公神道碑铭.欧阳修全集：卷二十二.北京：中华书局，2001：351

[4] (宋)邵博.邵氏闻见后录：卷十九.见：宋元笔记小说大观.上海：上海古籍出版社，2001：1958

[5] 详情参看：钟陵.晏几道生卒年小考.南京师大学报，1987(4)：64

底层官吏。再据慕容彦逢《摛文堂集》卷五《通判乾宁军晏几道可开封府推官制》[1]和《宋会要辑稿》第168册《刑法四·狱空》:“徽宗崇宁四年间二月六日诏:开封府狱空,王宁特转两官;两经狱空,推官晏几道、何述、李注,推官转管勾使院贾炎,并转一官,仍赐章服。”可知晏几道在近二十年后的徽宗初期担任过乾宁军通判和开封府推官。虽然“开封府狱空”又转一官;但是估计官职依然不高。此后晏几道的官职变迁,今人尚未从流传下来的史料中找到具体材料;唯一可供参考的便是《晏氏宗谱》的记载:“以父荫赐进士出身,中顺大夫,提举西京崇福观,赐宣奉大夫……小山虽门荫官,而砥砺居官三十年,以致荣显。”[2]据笔者查询,宣奉大夫在《宋史》中明明白白记载为大观初置,为文官37阶的第6阶,正三品,因此确实可谓之“荣显”。这条记载可信吗?笔者个人认为有一定的真实性:1.《晏氏宗谱》记载晏殊诸子只有晏几道条特意提到“荣显”;而“二十取辞科”[3],且“治术之精,前后可纪”[4],从而元祐六年三月已经位列四品的晏知止(又名晏崇让,详见前面)却没有“荣显”二字。另外晏殊之子中曾任知州且得到“赠宝文阁学士户部尚书”的较高诰封的晏传正条(很可能是因后人晏敦复显贵从而得到如此诰封)亦没有“荣显”二字。由于《晏氏宗谱》从宋代至今历代均有修撰(根据《晏氏宗谱》序和各朝各代名流的序文得知),故后人并不昌盛的晏几道之晚年“荣显”应非杜撰。2.比晏几道稍晚数十年的王灼《碧鸡漫志》卷二记载:“叔原年未至乞身,退居京城赐第,不践诸贵之门。蔡京重

---

〔1〕 慕容彦逢《摛文堂集》卷五《通判乾宁军晏几道可开封府推官制》:“敕:具官某,开封府浩穰,任兼三辅,往佐府事,必惟材能。以尔更缘事为,积有闻誉,选于在列,俾践厥官,毋忘恪恭,以伫明陟,可。”文渊阁四库全书影印本,台湾:商务印书馆,1983:第1123册349页

〔2〕 如果是公元1082年赐进士出身,到公元1112年左右退出官场,确实是三十年。

〔3〕 (宋)韩维.送卫真晏太丞.南阳集:卷八.见:全宋诗.北京:北京大学出版社,1991:5213

〔4〕 (宋)苏辙.晏知止成都运副制.栾城集:卷二十八.见:全宋文.上海:上海辞书出版社,2006:第94册30页

九、冬至日，遣客求长短句，欣然而为作《鹧鸪天》'九日悲秋不到心'云云，'晓日迎长岁岁同'云云。"[1]如果晏几道一直沉沦下层，怎么会有"京城赐第"？3.比晏几道稍晚数十年的翟耆年《籀史》记载："《晏氏鼎彝谱》一卷，名溥字慧开，丞相元献公之孙，叔原之子，豪杰不羁之士也。好古文，长于籀学，作《晏氏鼎彝谱》一卷，载所亲见三代鼎彝及器款。靖康初官河北，金人犯顺，散家财，募兵扞御，与妻玉牒赵氏戎服率义士力战而死。溥于余为姻家，最相厚善。"[2]其实此条之"散家财，募兵扞御"或许亦可侧面证明晏几道之晚年"荣贵"。因为据《晏氏宗谱》记载晏几道之长子溥一生所任最高职位为承直郎[3]——文散官名，宋徽宗崇宁初置，以换留守、节度使、观察使的判官，正六品（此品级亦有可能是壮烈牺牲后所赠）；所以其低微的官职不大可能使其拥有可散来募兵的家财，可散来募兵之家财应该是其父亲晏几道的财产。然而好朋友黄庭坚曾明确记载晏几道青年以后因为各种原因一直经济十分困难，甚至导致"家人寒饥"[4]，——张耒为晏几道的嫂子所撰写的《王夫人墓志铭》可佐证："夫族有负市易钱百万者，夫人为出所有偿之"[5]；晏几道自己的诗作《戏作示内》（详见前面）亦可佐证。如果晏几道晚年不"荣显"，那么晏几道之官职低微的儿子恐怕难以拥有散来募兵的家财。最后一则关于晏几道生平的材料是王灼《碧鸡漫志》卷二的记载："叔原年未至乞身，退居京城赐第，不践诸贵之门。蔡京重九、冬至日，遣客求长短句，欣然而为作《鹧鸪天》'九日悲秋不到心'云云，'晓日迎长岁岁同'云云。"[6]由此可知晏几道尚未达到退休年龄就自动乞身引退，"退居京城赐第，不践诸贵之门"；再次过着逍遥自在的生活，直到靖康之难

[1]　（宋）王灼．碧鸡漫志：卷二．见：唐圭璋编．词话丛编．北京：中华书局，1986：86

[2]　（宋）翟耆年．籀史．文渊阁四库全书影印本．台湾：商务印书馆，1983：第681册442页

[3]　关于晏几道之长子溥一生所任职位级别有且只有这条材料。

[4]　（宋）黄庭坚．小山集序．豫章黄先生文集：卷十六．见：全宋文，上海：上海辞书出版社，2006：第106册150页

[5]　（宋）张耒．柯山集：卷五十．见：全宋文．上海：上海辞书出版社，2006：第128册299页

[6]　（宋）王灼．碧鸡漫志：卷二．见：唐圭璋编．词话丛编．北京：中华书局，1986：86

国破家亡。

第三节 二晏交游

1.3.1“一时名士,多出其门”—— 晏殊的交游

作为当时政坛、文坛的领袖人物之一,晏殊一生交往的人肯定很多;笔者根据相关史料统计,与晏殊有过较多交往且《宋史》有传的就有数十人。因此笔者在此只选择其中产生过较大影响的政坛、文坛重要人物。

1. 张知白(公元 961 年—公元 1028 年)字用晦,沧州清池(今属河北)人,《宋史》有传。端拱二年进士,历官至同中书门下平章事。知白在相位,慎名器,无毫发私。常以盛满为戒,虽显贵,其清约如寒士。关于张知白与晏殊的交往,《碑》:“故丞相张文节公安抚江西,得公(晏殊)以闻。真宗召见,既赐出身。”[1]《传》:“景德初,张知白安抚江南,以神童荐之。”[2]《梦溪笔谈》卷九:“张知白荐之于朝廷,召至阙下,适值御试进士,便令公就试。”[3]

2. 陈彭年(公元 961 年—公元 1017 年),字永年,抚州南城(今属江西)人。《宋史》有传。雍熙二年进士,历官至参知政事。彭年性敏给,博闻强记,慕唐四子为文,体制繁靡。贵至通显,奉养无异贫约。所得奉赐,惟市书籍。大中祥符间,附王钦若、丁谓,朝廷典礼,无不参预。其仪制沿革、刑名之学,皆所详练,若前世所未有,必推引依据以成就之。故时政大小,日有谘访,应答该辩,一无凝滞,皆与真宗意谐。关于

〔1〕 (宋)欧阳修.晏元献公神道碑铭.欧阳修全集:卷二十二.北京:中华书局,2001:351

〔2〕 (元)脱脱等.宋史:卷三百一十一.晏殊传.北京:中华书局,1977:10195

〔3〕 (宋)沈括.梦溪笔谈:卷九.见:梦溪笔谈校证.上海:上海古籍出版社,1987:389

陈彭年与晏殊的交往,《碑》:"真宗召见,既赐进士出身,后二日,又召试诗赋。公徐启曰:'臣尝私习此赋,不敢隐。'真宗益嗟异之,因赐以它题。以为秘书省正字,置之秘阁,使得悉读秘书。命故仆射陈文僖公视其学。"〔1〕《传》:"命直史馆陈彭年察其所与游处者"〔2〕。《续资治通鉴长编》卷六十、《宋会要辑稿》第一百一十册《选举》之九亦载。

3. 王钦若(公元 962 年—公元 1025 年),字定国。临江军新喻(今属江西)人。《宋史》有传。淳化三年进士,历官至同中书门下平章事。因状貌短小,颈有疣,时人称为瘿相。为人奸邪险伪,善迎合帝意。与丁谓、林特、陈彭年、刘承珪交结,时人谓之五鬼。晏殊《五云观记》云:"殊夙以文翰游公(王钦若)馆宇"。作为宋代江西第一位宰相,博学多智的王钦若肯定曾经给过晏殊许多关照,所以才会发生其逝世十多年后,后人不旺且当时舆论已经普遍将其视为奸邪的情况下,正任宰相的晏殊却为之撰写文章的情况。

4. 钱惟演(公元 962 年—公元 1034 年),吴越王俶之子,字希圣,钱塘(今浙江杭州)人。《宋史》有传。历官至同中书门下平章事。惟演文辞清丽,名与杨亿、刘筠相上下。于书无所不读,家储文籍侔秘府。尤喜奖励后进。《宋史》本传记载有《典懿集》三十卷及《金坡遗事》、《奉辰录》等随笔,均散佚;《全宋文》、《全宋诗》录有残存诗文;《全宋词》录词两首。关于钱惟演与晏殊的交往,《能改斋漫录》卷十一云:"元献晏公为丞相时作新第于城南,时钱思公镇西洛,晏求牡丹于思公,公以绝句并花寄晏云:'名花封殖在秋期,翠石丹萱幸可依,华馆落成和气动,便随桃李共芳菲。'"〔3〕丞相当为计相(三司使)之误;因为晏殊为相时,钱惟演已卒多年。

5. 杨亿(公元 974 年—公元 1020 年),字大年,建州浦城(今属福建)人。《宋史》有传。年十一以神童授秘书省正字,后屡献文,赐进士

---

〔1〕(宋)欧阳修. 晏元献公神道碑铭. 欧阳修全集:卷二十二. 北京:中华书局,2001:351

〔2〕(元)脱脱等. 宋史:卷三百一十一. 晏殊传. 北京:中华书局,1977:10195

〔3〕(宋)吴曾. 能改斋漫录:卷十一. 上海:上海古籍出版社,1979:333

第，历官至工部侍郎。王钦若骤贵，亿素薄其人，钦若衔之，屡抉其失；陈彭年方以文史售进，忌亿名出其右，相与毁訾。亿文格雄健，才思敏捷。当时学者，翕然宗之。而博览强记，尤长典章制度，时多取正。喜诲诱后进，以成名者甚众。史馆修书时，曾与钱惟演、刘筠等人唱和，后编为《西昆酬唱集》。另有《武夷新集》二十卷、《杨文公谈苑》存世。《全宋词》录词一首。关于杨亿与晏殊的交往，《宋名臣言行录》前集卷六载："（晏殊）公幼能文，杨大年以闻，时年十二。"[1]杨亿流传至今的作品中有一首记载二人交往情况的诗歌："垂髫婉娈便能文，骥子兰筋迥不群。南国生刍人比玉，梁园修竹赋凌云。堵墙看试三公府，反哺知干万乘君。赐告归宁来别我，亭皋木叶正纷纷。"[2]

6. 吕夷简（公元 979 年—公元 1044 年），字坦夫，莱州（今属山东）人，《宋史》有传。咸平三年进士，历官至同中书门下平章事。晏殊与吕夷简作为长年的同僚，二人的交往肯定不少。二人的关系如何呢？下面以晏殊自己的诗歌为证："凤阙千门制不奢，上公精意在朝家。重阳蜜饵承班诏，西苑璆樽辍泛花。萧相未央功已半，汉皇宣室宴非赊。由来位极妨行乐，目断黄垆酒旆斜。"（《次韵和史馆吕相公九日偶成》）从此诗可见二人关系不错。《龙川别志》卷上所载吕夷简营救晏殊或许可以佐证："章懿之崩，李淑护葬，晏殊撰志文，只言生女一人早卒，无子。仁宗憾之。及亲政，内出志文以示宰相曰：'先后诞育朕躬，殊为侍从，安得不知，乃言生一公主又不育，此何意也。'吕文靖曰：'殊固有罪。然宫省事秘，臣备位宰相，是时虽略知之，而不得其详。殊之不审，理容有之。然方章献临御，若明言先后实生圣躬，事得安否。'上默然良久，命出殊守金陵，明日以为远，改守南都。"[3]

---

[1] （宋）朱熹. 宋名臣言行录：前集卷六. 文渊阁四库全书影印本. 台湾：商务印书馆，1983：第 449 册 71 页

[2] （宋）杨亿. 晏殊奉礼归宁. 武夷新集：卷五. 见：全宋诗. 北京：北京大学出版社，1991：1388

[3] （宋）苏辙. 龙川别志：卷上. 北京：中华书局，1982：79

7. 范仲淹(公元 989 年—公元 1052 年)，字希文，苏州吴县(今属江苏)人。《宋史》有传。大中祥符八年进士，历官至枢密副使、参知政事。仲淹内刚外和，为政尚忠厚，所至有恩；每感激论天下事，奋不顾身，一时士大夫矫厉尚风节，自仲淹倡之。有《范文正公集》，词名《范文正公诗余》。晏殊与范仲淹的交往，有史料记载的最早时期是晏殊知应天府，延范仲淹兴办府学——《宋史·晏殊传》："(晏殊)罢知宣州。数月，改应天府，延仲淹以教生徒，自五代以来，天下学校废，兴学自殊始。"[1]《宋史·范仲淹传》、《续资治通鉴长编》卷一百零五等亦载。后又荐范仲淹入馆阁——"臣伏见大理寺丞范仲淹，为学精勤，属文典雅，略分吏局，亦着清声。前曾任泰州兴华县，兴海堰之利。昨因服制，退处睢阳。日于府学之中，观书肆业。敦动徒从，讲习艺文。不出户庭，独守贫素。儒者之行，实有可称。……欲望试其词学，奖以职名，庶参多士之林，允洽崇丘之咏。"[2]在范仲淹守边有难时，晏殊又给予了帮助——《后山话丛》云："范文正公帅鄜延，答元昊书不请。宋元宪请斩，云'度必擅以土地金帛许之。'晏元献、郑文肃请验其书，仲淹素直，必不隐。书既上乃免。"[3]二人的友谊保持了一生——《范文正公集·言行拾遗遗事录》卷一载："范文正公以晏元献之荐入馆，终身以门生事之。后虽名位相亚，亦不敢少变。庆历末，晏公守宛邱，文正赴南阳，道过特留，欢饮数日。其书题门状犹皆称'门生'。将别以诗叙殷勤投元献而去，有'曾入黄扉陪国论，却来绛帐就师资'之句，闻者无不叹服。"[4]范仲淹的《范文正公集》流传至今的尚有与晏殊的唱和诗《依韵奉酬晏尚书见寄》等数篇以及书信数封。

8. 张先(公元 990 年—公元 1078 年)，字子野，湖州(今属浙江)人。

[1] (元)脱脱等. 宋史：卷三百一十一. 晏殊传. 北京：中华书局，1977：10196

[2] (宋)晏殊. 举范仲淹状. 见：全宋文. 上海：上海辞书出版社，2006：第 19 册 207 页

[3] (宋)陈师道. 后山话丛：卷四. 见：宋元笔记小说大观. 上海：上海古籍出版社，2001：1609

[4] (宋)范仲淹. 范文正公集·言行拾遗遗事录：卷一. 南京：凤凰出版社，2004：795

天圣八年进士，历官至尚书都官郎中。有词集名《张子野词》，后人辑其诗词编为《安陆集》。关于张先与晏殊的交往，《道山清话》云："元献公为京兆，辟张子野为通判，新纳侍儿，公甚属意。子野诗词，公雅重之，每张来，即令侍儿出觞，往往歌子野所为词。其后王夫人不容，公即出之。一日子野至。公与之饮。子野作《碧牡丹词》，令营妓歌之，有云：'望极蓝桥阻，暮云千里。几重山，几重水'之句，公闻之，怃然曰：'人生行乐耳，何自苦如此？'急命于宅库支钱若干。复取前所出侍儿。既来，夫人亦无复谁何也"。《四库全书总目》卷一百九十八引《名臣录》称："殊词名《珠玉集》，张子野为之序。"[1]由此可知二人关系十分亲近。

9. 宋庠（公元 996 年—公元 1066 年），字公序，安州安陆（今属湖北）人，徙开封雍丘。《宋史》有传。天圣二年进士，历官至同中书门下平章事。庠前后所至，以慎静为治。有《宋元宪集》。关于宋庠与晏殊的交往，宋庠《宋元宪集》卷五《晚岁感旧寄永兴相国晏公》诗有云："误知三十载，顽鲁寄洪钧"[2]。据《续资治通鉴长编》卷一百零二云："（天圣二年三月）礼部上合格进士姓名，诏翰林学士晏殊、龙图阁直学士冯元编排等第。乙巳，御崇政殿赐宋郊，叶清臣、郑戬等百五十四人及第。"[3]可知二宋及第时晏殊为编排等第者；至殊守永兴，宋庠作此诗时正好三十年。《宋朝事实类苑》云："二宋俱为晏元献门下，兄弟甚贵显，为文必手抄寄公求雕润。"[4]《老学庵笔记》卷五云："元献以（诗法）授二宋。"[5]《青箱杂记》卷五云："公之佳句，宋莒公皆题于斋壁，若'无可奈何花落去，似曾相识燕归来'；'静寻啄木藏身处，闲看游丝到地时'；'楼台冷落收灯夜，门巷萧条扫雪天'；'已定复摇春水色，似红如白

[1] （清）纪昀等. 四库全书总目：卷一百九十八. 北京：中华书局，1965：1807

[2] （宋）宋庠. 宋元宪集：卷五. 见：全宋诗. 北京：北京大学出版社，1991：2191

[3] （宋）李焘. 续资治通鉴长编：卷二十六. 上海：上海古籍出版社，1986：903

[4] （宋）江少虞. 宋朝事实类苑：卷三十九. 上海：上海古籍出版社，1981：509

[5] （宋）陆游. 老学庵笔记：卷五. 见：宋元笔记小说大观. 上海：上海古籍出版社，2001：3501

野棠花’之类。莒公常谓此数联，使后知诗人，无复措词。”[1]宋庠《宋元宪集》集中留传至今的与晏殊唱和的诗文尚有《和中丞晏尚书木芙蓉金菊追忆谯郡旧花》等十多篇以及书信数封。

10. 宋祁（公元 998 年—公元 1061 年），字子京，安州安陆（今属湖北）人，徙开封雍丘。《宋史》有传。天圣二年进士，历官至工部尚书。祁兄弟皆以文学显，而祁尤能文。有《宋景文公文集》，词有后人辑本《宋景文公长短句》。晏殊对宋祁甚为器重，《宋元宪集》卷十五《览子京西州诗稿感知音之难遇偶成短章》之注："子京《出小麾集》，甚为元献晏公所重，叙以冠篇行于世"[2]。可惜《出麾小集》今佚，晏殊《序》亦不见。《东轩笔录》卷十云："晏元献当国，子京为翰林学士，晏爱宋之才，雅欲旦夕相见。遂税一第于旁边近，延居之，其亲密如此。"[3]《宋景文集》中留传至今的与晏殊唱和的诗文尚有《和中丞晏尚书忆谯涡》等二十多篇和书信十余封。由此可知二人关系十分亲近。

11. 梅尧臣（公元 1002 年—公元 1060 年），字圣俞，宣城人。赐同进士出身，历官至尚书都官员外郎。在北宋诗文革新运动中他与欧阳修、苏舜钦齐名，并称"梅欧"或"苏梅"。有《宛陵集》。《全宋词》录词两首。关于梅尧臣与晏殊的交往，《宛陵集》卷三十三《泊姑熟江口邀刁景纯相见》诗，注云："时陈州晏相公辟。"诗有"吾与丞相约，安得不顾期。徘徊大江侧，念此亲相知"[4]之句，以上下诗按之，盖在仁宗庆历八年秋夏之间。梅尧臣在陈州与晏殊有唱和诗十余首。且此段两三个月时间里梅尧臣还罕见地创作了大量的拟古诗，如拟宋之问《春日剪彩花应制》、拟张九龄《咏燕》、拟王维《观猎》、拟陶渊明《止酒》、拟杜甫《玉华宫》、拟韦应物《残灯》、拟韩愈《射训狐》等，当是深受晏殊的影响，由此

---

[1] （宋）吴处厚．青箱杂记：卷五．见：宋元笔记小说大观．上海：上海古籍出版社，2001：1659

[2] （宋）宋庠．宋元宪集：卷十五．见：全宋诗．北京：北京大学出版社，1991：2294

[3] （宋）魏泰．东轩笔录：卷十．见：宋元笔记小说大观．上海：上海古籍出版社，2001：2747

[4] （宋）梅尧臣．宛陵集：卷三十三．见：全宋诗．北京：北京大学出版社，1991：2955

也可见晏殊当时的诗歌观念。另外据梅尧臣的《责躬诗》:“所禀介且拙,尝耻朋比为。皎皎三十年,半语曾未欺。身微德不着,尚使人见疑。省已当自责,实负圣相知。圣相虽明察,不假束蕴辞,扣言已可罪,引去岂非宜。”[1]可知这段时间晏殊和梅尧臣之间也有过不愉快之事。

12. 欧阳修(公元 1007 年—公元 1072 年),字永叔,庐陵人(今属江西)。《宋史》有传。天圣八年进士,历官至枢密副使、参知政事。有《欧阳文忠公集》;词集旧名《平山集》,后世传本有《欧阳文忠公近体乐府》,一名《六一词》,另有本名《醉翁琴趣外编》。《默记》卷中云:“晏元献以前两府作御史中丞,知贡举,出《司空掌舆地之图赋》。既而举人上请者,皆不契元献之意。最后一目眊瘦弱少年独至帘前,上请云:‘据赋题出《周礼·司空》。郑康成注云:‘如今之司空,掌舆地图也。’若周司空,不止掌舆地之图而已。若如郑说‘今司空掌舆地之图也,’汉司空也;不知做周司空与汉司空也,’元献微应曰:‘今一场中,唯贤一人识题,正谓汉司空也。’盖意欲举人自理会得,寓意于此。少年举人乃欧阳公也,是榜为省元。”[2]欧阳修对晏殊的提携之恩亦十分感激:“出门馆不为不旧,受恩知不为不深。”[3]《欧阳文忠集》中留传至今的与晏殊唱和的诗文尚有《和晏尚书自嘲》等数篇和书信数封。

13. 文彦博(公元 1006 年—公元 1097 年),字宽夫,山西汾州人。《宋史》有传。天圣五年进士,历官至同中书门下平章事、平章军国重事。彦博虽穷贵极富,而平居接物谦下,尊德乐善,如恐不及。有《潞公文集》。关于文彦博与晏殊的交往,司马光《传家集》卷七十九《河东节度使守太尉开府仪同三司潞国公文公先庙碑》云:“考讳某……故平章事晏公、参知政事王公沂撰墓志及碑。”[4]《文潞公集》卷十《上知南京

---

〔1〕(宋)梅尧臣. 宛陵集:卷十二. 见:全宋诗. 北京:北京大学出版社,1991:2977

〔2〕(宋)王铚. 默记. 见:宋元笔记小说大观. 上海:上海古籍出版社,2001:4552

〔3〕(宋)欧阳修. 与晏相公书. 欧阳文忠公集:卷九十六. 见:全宋文. 成都:巴蜀书社,1991:第 17 册 140 页. 关于欧阳修与晏殊的不合及其原因可参看笔者《二晏论考》(《新疆大学学报》2007 年 6 期)。

〔4〕(宋)司马光. 传家集:卷七十九. 见:全宋文. 上海:上海辞书出版社,2006:第 56 册 264 页

晏侍郎启》:“某向侍庭闱,幸窥幕府。仰铃斋之秘邃,猥预阶升;晞文席之峻严,曲容隅坐。被尊光之委照,宽蒙渎之深尤。”[1]由此可见文彦博曾是晏殊亲近的属下。

14. 韩琦(公元 1008 年—公元 1075 年),字稚圭,相州安阳(今属河南)人。《宋史》有传。天圣五年进士,历官至同中书门下平章事。琦天资朴忠,折节下士,无贱贵,礼之如一。尤以奖拔人才为急,傥公论所与,虽意所不悦,亦收用之,故得人为多。选饬群司,皆使奉法循理。其所建请,第顾义所在,无适莫心。有《安阳集》。《全宋词》录其词五首,断句一句。关于韩琦与晏殊的交往,韩琦的《集贤相公启》云:“曲加台照,屡赐齿怜。”[2]由此可见韩琦也曾得到晏殊不少帮助。

15. 邵亢(公元 1014 年—公元 1075 年),字兴宗,丹阳(今属江苏)人。《宋史》有传。历官至枢密副使。亢遇事敏密,吏操辞牍至前,皆反复阅之。关于邵亢与晏殊的交往,王珪《华阳集》卷五十九《推诚保德功臣资政殿学士朝请大夫守尚书礼部侍郎军丹阳郡开国侯食邑一千八百户赐紫金鱼袋赠吏部尚书安简邵公墓志铭》云:“公讳亢……授颍州团练推官,晏元献公出守,事一以属公。”[3]《宋史·邵亢传》:“授颍州团练推官。晏殊为守,一以事诿之。”[4]由此可知二人关系十分亲近。

16. 韩维(公元 1017 年—公元 1098 年),字持国,河南雍丘人,《宋史》有传。以父荫为官,历官至门下侍郎。有《南阳集》。《全宋词》录其词六首,断句二句。韩维与晏殊一家渊源颇深,仁宗庆历五年至庆历八年,晏殊知颍州,韩维时为属下,二人关系融洽,常有唱和,韩维《南阳集》流传至今尚有《和晏相公湖上遇雨》等数首。皇祐五年至至和元年,晏殊知河南,兼西京留守,韩维又为属下,这段时间里韩维与晏殊一家唱和颇多,其《南阳集》流传至今的有《和晏相公泛南湖韦家园过西溪至

〔1〕(宋)文彦博. 文潞公集:卷十. 见:全宋文. 上海:上海辞书出版社,2006:第 31 册 26 页
〔2〕(宋)韩琦. 安阳集:卷三十八. 见:全宋文. 上海:上海辞书出版社,2006:第 39 册 316 页
〔3〕(宋)王珪. 华阳集:卷五十九. 见:全宋文. 上海:上海辞书出版社,2006:第 53 册 323 页
〔4〕(元)脱脱等. 宋史:卷三百一十七. 北京:中华书局,1977:10335

许家园(效杜子美体)》等十余首。晏殊死后,韩维十分悲痛:"公之道德与言与事,叠见歌颂;没而不废,非维阘薄所敢褒纪。独念晚进,辱公提携;脱略尊严,降接陋卑;酬酢篇咏,从容燕嬉;治学粲然,右有左宜;启告诲谕,发于诚辞;岂敢失坠,天实为之。呜呼!去年之春,拜公洛土;昔旆旋西,今柩窆许;谁谓哀乐,近在仰俯;告别觞前,一恸千古!"[1]

17. 王珪(公元1019年—公元1085年)字禹玉,华阳(今属四川)人。《宋史》有传。庆历二年进士,历官至同中书门下平章事、尚书左仆射兼门下侍郎。珪以文学进,流辈咸共推许。其文闳侈瑰丽,自成一家,朝廷大典策,多出其手,词林称之。有《华阳集》。《全宋词》录其词三首。关于王珪与晏殊的交往,王珪《华阳集》卷六《赠司空侍中晏元献公挽词二首》云:"震邸陪经席,辰阶拥化钧。高谟帷幄旧,嘉织鼎彝新。露湿铭旌晓,尘凝燕榭春。许郊民爱厚,犹忆相车茵。""富贵谁为并,文章世所稀。勋名丹史在,体貌九天违。嵩极朝摧峻,台躔夜掩辉。空余旧游客,泪向寝门挥。"[2]由此可见王珪曾是晏殊亲密的属下。

18. 苏颂(公元1020年—公元1101年),字子容,丹阳(今属江苏)人。《宋史》有传。庆历二年进士,历官至右仆射兼中书门下侍郎。颂器局闳远,不与人较短长,以礼法自持。虽贵,奉养如寒士。读书广博,尤明典故。有《苏魏公文集》。关于苏颂与晏殊的交往,《石林避暑录话》卷二载:"晏元献虽早富贵,而奉养极约。惟喜宾客,未尝一日不宴饮。而盘馔皆不预办,客至旋营之。顷见苏丞相子容尝在公幕府,见每有嘉客必留。"[3]

19. 王安石(公元1021年—公元1086年),字介甫,抚州临川(今属江西)人。《宋史》有传。庆历二年进士,历官至同中书门下平章事。有

[1] (宋)韩维. 阳翟祭晏元献公文. 南阳集:卷二十八. 见:全宋文. 上海:上海辞书出版社,2006:第49册254页

[2] (宋)王铚. 赠司空侍中晏元献公挽词二首. 华阳集:卷二. 见:全宋诗. 北京:北京大学出版社,1991:5961

[3] (宋)叶梦得. 石林避暑录话:卷二. 见:宋元笔记小说大编. 上海:上海古籍出版社,2001:2615

《临川先生文集》，词有后人辑本《临川先生歌曲》。关于王安石与晏殊的交往，《默记》载："王荆公于杨寘榜下第四人及第。是时晏元献为枢密使。上令十人往谢。晏公俟众人退。独留荆公。再三谓曰：'廷评乃殊乡里，久闻德行乡评之美，况殊备位执政，而乡人之贤者取高科，实预荣焉。'又曰：'休沐日相邀一饭。'荆公唯唯。既出，又使直省官相约饭会，甚殷勤也。比往时，待遇极至。饭罢又延坐，谓荆公曰：'乡人他日名位如殊坐处，为之有余矣。'且叹慕之又数十百言。最后曰：'然有二语欲奉闻，不知敢言否？'晏公言至此，语欲出而拟议久之。晏公泛谓荆公曰：'能容于物，物亦容矣。'荆公但微应之，遂散。公归至旅舍，叹曰：'晏公为大臣，而教人以此，何其卑也。'心颇不平。荆公后罢相，其弟和甫知金陵时说此事，且曰：'当时我大不以为然。我在政府，平生交友，人人与之为敌，不保其终。今日思之，不知晏公何以知之。复不知能容于物物亦容焉二句有出处，或公自为之言也。'"[1]

20. 傅尧俞（公元 1024 年—公元 1091 年），字钦之，郓州（今属山东）人，《宋史》有传。庆历二年进士，历官至中书侍郎。尧俞厚重言寡，遇人不设城府，人自不忍欺。论事君前，略无回隐，退与人言，不复有矜异色。关于傅尧俞与晏殊的交往，《宋史·傅尧俞传》："尧俞……尝监西京税院事，留守晏殊、夏竦皆谓曰：'子有清识雅度，文约而理尽，卿相才也'"[2]。

1.3.2 "往与二三忘名之士，浮沉酒中"——晏几道之交游

晏几道虽然有一个"谋猷存二府，台阁遍诸生"[3]的好父亲，然而

---

〔1〕（宋）王铚.默记.见：宋元笔记小说大观.上海：上海古籍出版社，2001：4549

〔2〕（元）脱脱等.宋史：卷三百四十一.北京：中华书局，1977：10881

〔3〕（宋）欧阳修.晏元献公挽词三首.欧阳修全集：卷五十六.北京：中华书局，2001：812

其却大半生仕途坎坷；加上晏几道为了避免卷入无休止的党争，有意识的与官场保持一定的距离——“往与二三忘名之士，浮沉酒中”[1]，某种程度上过着与世隔绝的生活，从而相关的生平事迹的材料十分稀少，因此晏几道的交游便成了理解其人的一个十分重要的途径，笔者在此不厌其烦地将有关材料全部搜罗整理如下。

1. 韩维。关于韩维与晏几道的交往，《邵氏闻见后录》卷十九载：“晏叔原，临淄公晚子，监颍昌许田镇。手写自作长短句，上府帅韩少师。少师报书：‘得新词盈卷，盖才有余而德不足者。愿郎君捐有余之才，补不足之德，不胜门下老吏之望’云。一监官敢以杯酒自作长短句示本道大帅，以大帅之严，犹尽门生忠于郎君之意。在叔原为甚豪，在韩公为甚德也。”[2]此韩少师即韩维。另外晏几道《小山词》中有一首《浣溪沙》疑为其献给韩维之词：“铜虎分符领外台。五云深处彩旌来。春随红旆过长淮。千里袴襦添旧暖，万家桃李间新栽。使星回首是三台。”此词明显是为京中宰相出知“长淮”所作，舍韩维其谁？其实韩维与晏氏家族交往颇深（详见上面晏殊之交游），另外张耒《明道杂志》记载“韩持国（韩维）每酒后好吟三变一曲”[3]。

2. 范纯仁（公元1027年—公元1101年），字尧夫，苏州吴县（今属江苏）人，范仲淹次子。《宋史》有传。以父恩荫补太常寺太祝，皇祐元年进士（与晏知止同榜），以事亲不赴官，后为范仲淹执服毕始出仕，知汝州襄城县，签书许州观察判官，知襄邑县。治平中，擢江东转运判官，迁殿中侍御史。因濮议事件通判安州，移知蕲州，历京西提点刑狱、京西陕西转运副使。除尚书兵部员外郎，兼起居舍人、同知谏院。加直集贤院、同修起居注，改判国子监。因反对王安石新法，出知河中府，移成都府路转运使。失觉察下属官吏，降知和州，历知庆州、信阳军。管勾

[1] （宋）晏几道．小山词自序．见：孙克强．唐宋人词话．郑州：河南文艺出版社，1999：221
[2] （宋）邵博．邵氏闻见后录：卷十九．见：宋元笔记小说大观．上海：上海古籍出版社，2001：1958
[3] （宋）张耒．明道杂志．北京：中华书局，1985：4

西京留司御史台，再知河中府、庆州。哲宗召除给事中，进吏部尚书，同知枢密院事。元祐三年，拜尚书右仆射兼中书侍郎。四年，以观文殿学士出知颍昌府，徙知太原、河南、颍昌三府。八年，复召拜右仆射。哲宗亲政，再出知颍昌、河南二府，徙陈州。以上疏论吕大防不当窜岭南，落职，知随州，再贬武安军节度副使，永州安置。在永州三年，双目失明，恬然处之。徽宗即位，复观文殿大学士，充中太一宫使。建中靖国元年卒。有《范忠宣公集》。《全宋词》录其词一首。关于范纯仁与晏几道的交往，晏几道《小山词自序》云："七月己巳，为高平公缀缉成稿。"[1]夏承焘的《二晏年谱》认为是范纯仁："范姓望出高平，宋人称范仲淹纯仁父子为高平公"[2]，可惜没有举出时人称范纯仁为高平公的实例，后人在史书也没有查到以"高平公"称呼范纯仁的情况——甚至连用"高平公"称呼晏几道同时代的人的例子都没有查到；所以王双启在《晏几道词新释辑评》提出疑问，认为以史书所载范纯仁的有关历史事迹所反映的他的思想和个性来看，为晏几道编辑《小山词》的"高平公"绝对不会是范纯仁，然后再根据王灼《碧鸡漫志》所载晏几道为蔡京填词之事猜测"高平公"是晏几道对蔡京的委婉曲折的称呼。[3]笔者查询《范太史集》卷三十六《司马温公布衾铭记》有"曰尧夫铭者，右仆射高平公所作也"[4]，再据《宋史》卷三百一十四《范纯仁传》有"纯仁字尧夫"[5]以及范纯仁确实曾经担任过右仆射得知高平公即范纯仁。《淮海集》卷三十九《送冯梓州序》、《西台集》卷十四《魏国王夫人墓志铭》、《北山集》卷十五《题温公帖石刻》等也记载高平公为范纯仁。再根据大家熟知的晏范二家的世交我们确实可以相信高平公只能是范纯仁。另外《宋史》卷三百四十五《邹浩传》载其颇好小词——"纯仁属撰乐语，浩辞。纯仁曰：

〔1〕(宋)晏几道.小山词自序.见：孙克强.唐宋人词话.郑州：河南文艺出版社，1999：221

〔2〕夏承焘.唐宋词人年谱.上海：上海古籍出版社，1979：261

〔3〕王双启.晏几道词新释辑评.北京：中国书店，2007：331—333

〔4〕(宋)范祖禹.范太史集：卷三十六.见：全宋文.上海：上海辞书出版社，2006：第98册285页

〔5〕(元)脱脱等.宋史：卷三百一十四.北京：中华书局，1977：10281

'翰林学士亦为之。'"[1]

3.蒲宗孟,字传正,阆州新井(今属四川)人,生卒年不详。新党骨干,晏殊门生蒲师道之子。《宋史》有传。皇祐五年进士,调夔州观察推官。治平中,水灾地震,宗孟上书,斥大臣及宫禁、宦寺,熙宁元年,改著作佐郎。召试学士院,以为馆阁校勘、检正中书户房兼修条例,进集贤校理。时三司新置提举帐司官,禄丰地要,人人欲得之。执政上其员,神宗命与宗孟。俄同修起居注、直舍人院、知制诰,神宗又称其有史才,命同修两朝国史,为翰林学士兼侍读。后拜尚书左丞。神宗尝语辅臣,有无人才之叹,宗孟率尔对曰:"人才半为司马光邪说所坏。"仅一岁,御史论其荒于酒色及缮治府舍过制,罢知汝州。逾年,加资政殿学士,徙亳、杭、郓三州。御史以惨酷劾,夺职知虢州。五年,复职知河中。七年,移知永兴军,旋知大名府。以疾求河中府,既至,卒,年六十六。谥恭敏。有《蒲左丞集》。《全宋词》录其词一首。关于蒲宗孟与晏几道的交往,《宾退录》卷一载:"晏叔原见蒲传正云:'先公平日小词虽多,未尝作妇人语也。'传正云:'绿杨芳草长亭路,年少抛人容易去,岂非妇人语乎?'晏曰:'公谓年少为所欢乎?因公之言,遂晓乐天诗两句,盖欲留所欢待富贵,富贵不来所欢去。'传正笑而悟。"[2]

4.郑侠(公元1041年—公元1119年),字介夫,福州福清(今属福建)人。《宋史》有传。治平中,随父官江宁,闭户苦学。王安石知其名,邀与相见,称奖之。治平四年进士高第,调光州司法参军。安石居政府。凡所施行,民间不以为便。光有疑狱,侠谳议傅奏,安石悉如其请。侠感为知己,思欲尽忠。秩满,径入都。时初行试法之令,选人中式者超京官,安石欲使以是进,侠以未尝习法辞。三往见之,问以所闻。皆言新法不变。安石虽不悦,犹使其子雱来,语以试法。方置修经局,又欲辟为检讨,更命其客黎东美谕意。侠皆辞却。后绘《流民图》、《正直

---

[1] (元)脱脱等.宋史:卷三百四十五.北京:中华书局,1977:10955

[2] (宋)赵与时.宾退录:卷一.上海:上海古籍出版社,1983:2

君子邪曲小人事业图迹》上奏，指斥新法弊端，被编管汀州，改英州。哲宗立，放还，除泉州教授。元祐八年，授泉州录事参军。元符七年，再窜英州。徽宗立，赦之，仍还故官，又为蔡京所夺，自是不复出。布衣粝食，屏处田野，然一言一话，未尝忘君。宣和元年卒，有《西塘集》。关于郑侠与晏几道的交往，郑侠《西塘集》卷九有《晏十五约重阳饮患无登高处》可以作证："道义相欢胜饮醪，况添流雪见承糟。卧篱一醉陶家宅，不是龙山趣也高。"[1]又《侯鲭录》卷四："熙宁中，郑侠上书，事作下狱，悉治平时往还厚善者。晏几道叔原皆在数中。侠家搜得叔原与侠诗云：'小白长红又满枝，筑球场外独支颐。春风自是人间客，主张繁华得几时。'裕陵称之，即令释出。"[2]

5. 黄庭坚（公元 1045 年—公元 1105 年），字鲁直，洪州分宁（今属江西）人。《宋史》有传。其父黄庶（字亚父）庆历二年进士，曾任晏殊永兴军幕府。治平四年黄庭坚中进士，任余干县主簿，汝州叶县县尉，北京国子监教授等。元丰八年，司马光任宰相，被召任秘书郎，参加校定《资治通鉴》的工作；十月，被任为《神宗实录》检讨官，逾年，迁著作佐郎，加集贤校理。《实录》成，擢起居舍人。服除，为秘书丞，提点明道宫兼国史编修官。绍圣初，出知宣州，改鄂州。绍圣元年十二月，因《神宗实录》事件被贬为涪州别驾、黔州安置等。徽宗即位，起监鄂州税，签书宁国军判官，知舒州，以吏部员外郎召，皆辞不行。乞郡，得知太平州，至之九日，罢主管玉隆观。崇宁二年四月，下诏销毁三苏、秦观和黄庭坚的文集。又因时为副宰相的赵挺之假公营私报宿怨，诬告庭坚所作《荆南承天院记》幸灾谤国，使之除名羁营宜州，后病逝于宜州。黄庭坚一生仕宦不显；工诗文，早年受知于苏轼，与张耒、晁补之、秦观并称"苏门四学士"。诗与苏轼并称"苏黄"，为江西诗派开山；词与秦观齐名，号称"秦七黄九"；书法列为宋四家；有《山谷集》，词集名《山谷琴趣

[1] (宋)郑侠. 西塘集：卷九. 见：全宋诗. 北京：北京大学出版社，1991：10438

[2] (宋)赵令畤. 侯鲭录：卷四. 见：宋元笔记小说大观. 上海：上海古籍出版社，2001：2058

外篇》,一本名《山谷词》。关于黄庭坚与晏几道的交往,《山谷集·外集》卷一有《次韵叔原会寂照房》、《同王稚川晏叔原饭寂照房》、《次韵答叔原会寂照房呈稚川》、《自咸平至太康鞍马间得十小诗寄怀晏叔原并问王稚川行李鹅儿黄似酒对酒爱新鹅此他日醉时与叔原所咏因以为韵》等作品可以佐证。笔者略举一首:“诗入鸡林市,书邀道士鹅。云间晏公子,风月兴如何。春风马上梦,樽酒故人持。犹作狂诗语,邻家乞侍儿。忆同嵇阮辈,醉卧酒家床。今日垆边客,初无人姓黄。对酒诚独难,论诗良不易。人生如草木,臭味要相似。春色挟曙来,恼人似官酒。酬春无好语,怀我文章友。红梅定自开,有酒无人对。归时应好在,常恐风雨晦、东南万里江,绿尽一杯酒、王孙江南去,更得消息否。献笑果不情,貌亲初不爱。谁言百年交,投分一倾盖。四十垂垂老,文章岂更新。鼻端如可斫,犹拟为挥斤。土气昏风日,人嚣极雁鹅。寻河着绳墨,诗思略无多。”[1]由此可见二人关系之亲密,也因此晏几道《小山词》成集时请黄庭坚作序。

6. 邹浩(公元 1060 年—公元 1111 年),字志完,常州晋陵(今属江苏)人。《宋史》有传。元丰五年第进士,调扬州、颍昌府教授。吕公著、范纯仁为守,皆礼遇之。苏颂用为太常博士,来之邵论罢之。后累岁,哲宗亲擢为右正言。有请以王安石《三经义》发题试举人者,浩论其不可而止。章惇独相用事,威虐震赫,浩所言每触惇忌,仍上章露劾,数其不忠侵上之罪,未报。因论贤妃刘氏立后事削官,羁管新州。徽宗立,亟召还,复为右正言,迁左司谏。改起居舍人,进中书舍人。迁兵、吏二部侍郎,以宝文阁待制知江宁府,徙杭、越州。蔡京用事,素忌浩,乃使其党为伪疏陷之,遂再责衡州别驾,寻窜昭州,五年始得归。寻卒,年五十二。有《道乡集》。《全宋词》录其词二首。关于邹浩与晏几道的交往,邹浩《道乡集》卷八《仲弓见访同过叔原》可以佐证:“幕天云不动,庭

[1] (宋)黄庭坚.自咸平至太康鞍马间得十小诗寄怀晏叔源并问王稚川行李鹅儿黄似酒对酒爱新鹅此他日醉时与叔源所咏因以为韵.山谷集·外集:卷一.见:全宋诗.北京:北京大学出版社,1991:11500

竹晚生寒。好事倏假盖，拥炉聊整冠。香煤围薄雾，松尘落惊湍。思逸何当尽，邻家有谢安。”[1]

7. 王紘，字稚川。生平不详。《韵语阳秋》卷十载：“王稚川调官京师，母老留鼎州，久不归侍。尝阅贵人歌舞，有诗云：‘画堂玉佩萦云响，不及桃源欸乃歌。’山谷和韵讽之云：‘慈母每占乌鹊喜，家人应赋扊扅歌。’可谓尽朋友责善之义。”[2]关于王紘及其与晏几道的交往，《山谷集·外集》卷一有《同王稚川晏叔原饭寂照房》、《次韵答叔原会寂照房呈稚川》、《自咸平至太康鞍马间得十小诗寄怀晏叔原并问王稚川行李鹅儿黄似酒对酒爱新鹅此他日醉时与叔原所咏因以为韵》等作品可以佐证。笔者举其中一首描述他们交往的诗为例：“高人住宝坊，重客款斋房。市声犹在耳，静虚生白光。幽子遗淡墨，窗间见潇湘。蒹葭落凫雁，秋色媚横塘。博山沉水烟，淡与人意长。自携鹰爪芽，来试鱼眼汤。寒浴得温湢，体净意凯康。盘餐取近市，厌饫谢膻羊。裂饼羞豚脍，包鱼芰荷香。平生所怀人，忽言共榻床。常恐风雨散，千里郁相望。斯游岂易得，渊对妙濠梁。雅人王稚川，易亲复难忘。晏子与人交，风义盛激昂。两公盛才力，宫锦丽文章。鄙夫得秀句，成诵更怀藏。”[3]

8. 王肱（公元1043年—公元1077年）。关于王肱生平及其与晏几道的交往，黄庭坚《山谷集》卷二十三《王力道墓志铭》有详细记载：“吾友力道，讳肱，王氏盖琅琊临沂诸王，在齐不远迁者。其世家序列，史官文献相望。有讳某者，于其乡有德，没而其配崔夫人与门人子弟诔其行曰：‘恭睦先生’，是为君考。庭坚童子时，与力道游，是时恭睦先生尚无恙，得入拜崔夫人于堂。以两孺子同学问相爱，故两家亲亦相爱。力道长予二岁，而少成独立，无儿子气，食饮卧起，与书史笔墨俱。后七年，比岁以乡举士俱集京师，甲辰、丁未岁相从也。力道此时律身甚严，

[1] （宋）邹浩．道乡集：卷八．见：全宋诗．北京：北京大学出版社，1991：13998

[2] （宋）葛立方．韵语阳秋：卷十．见：何文焕辑．历代诗话．北京：中华书局，1981：558

[3] （宋）黄庭坚．同王稚川晏叔原饭寂照房．山谷集·外集：卷一．见：全宋诗．北京：北京大学出版社，1991：11500

而与人极恺悌。于书无不观，而尤喜易春秋。文章初不经意，睥睨左右，下笔娓娓不休。熙宁癸酉，邂逅夜语于西平客舍，谨厚而文，甄叙人物有理致，予知其在困而不揜也。又二年，客自齐来，乃言力道与往时大异，沉浮闾井间，得酒不择处所，遇屠贩如衣冠，爱之者以为似毕茂世、光孟祖之为人；而力道自言与二子异，人亦无以命之。或谓力道穷不偶怼，故自放于酒中。吾以为力道智及此，殆不尔。如是三年，终以酒死。得年三十有五，无子，有遗文未辑。夫人张氏犹尸其祭，既祥，张氏又卒。于是崔夫人七十余岁矣，哭之甚哀。力道之兄抚州军事推官，将举恭睦之丧兆于临朐之龙泉，而葬力道于其域，谋曰：'知吾弟者莫如吾友临川晏叔原几道、豫章黄鲁直庭坚，将请叔原序其文而属鲁直铭其墓'。则以状来，庭坚其可不铭？铭曰：呜呼力道，壮长如其初，慈孝弟友，材则多有，培德以自厚，不昌其后。壮士溺于酒，万世同流，今也何咎。我图作铭，或慰其母兄，维金石之寿。"[1]由此尽知王肱之为人以及与晏几道的关系。

9.吴无至。生平不详。抚州（今属江西）人。关于吴无至及其与晏几道的交往，黄庭坚《山谷集》卷二十五《书吴无至笔》云："有吴无至者，豪士晏叔原之酒客。二十年时，余屡与之饮。饮间喜言士大夫能否，似酒侠也。今乃持笔刀行，卖笔于市，问其居，乃在晏丞相园东。作无心散卓，小大皆可人意。然学书人喜用宣城诸葛笔，着臂就案，倚笔成字；故吴君笔亦少喜之者。"[2]由此可见吴无至之为人、当时境遇以及与晏几道的关系。笔者另外查得其一些零碎事迹。《续资治通鉴》卷七十一载："京与惠卿同在政府，议论多不合，而王安国素与侠善，惠卿欲并中之，乘间白帝曰：'侠书言青苗、助役、流民等事，此众所共知也。若禁中有人被甲登殿诟骂，侠安从知？盖侠前后所言，皆京使安国导之，乞追

〔1〕(宋)黄庭坚.山谷集：卷二十三.见：全宋文.上海：上海辞书出版社，2006：第108册69页

〔2〕(宋)黄庭坚.山谷集：卷二十五.见：全宋文.上海：上海辞书出版社，2006：第106册205页

侠付狱穷治。'已而帝问京曰:'卿识郑侠乎?'对曰:'臣素未之识。'帝颇疑之。御史知杂事张璪承惠卿旨,劾侠尝游京之门,交通有迹。邓绾、邓润甫言王安国尝借侠奏稿观之,而有奖成之言,意在非毁其兄。诏付御史狱。时侠已行至太康,还,对狱,实不识京,但每遣门人吴无至诣检院投匦时,集贤校理丁讽辄为无至道京称叹之语。及罢局时,遇安国于途,安国马上举鞭揖之曰:'君可谓独立不惧!'侠曰:'不意丞相为小人所误,一旦至此!'安国曰:'非也。吾兄自以为人臣不当避怨,四海九州岛之怨悉归于己,而后可为尽忠于国家。'侠曰:'未闻尧、舜在上,夔、契在下,而有四海九州岛之怨者。'狱成,侠改送英州编管,无至及忠信皆编管湖外,京以右谏议大夫出知亳州。"[1]《续资治通鉴长编》卷二百五十九载:"汀州编管人郑侠改英州,御史台吏前庆州录事参军杨忠信、检院吏孔仲卿、抚州进士吴无至并决杖编管,忠信郴州、仲卿邵州、无至永州,忠信仍除名永不叙用。"[2]

10. 陈君龙。生平不详。关于陈君龙及其与晏几道的交往,晏几道《小山词自序》云:"叔原往者与二三忘名之士浮沉酒中,病世之歌词,不足以析酲解愠。试续南部诸贤绪余,作五、七字语,期以自娱。不独叙其所怀,兼写一时杯酒间闻见,所同游者意中事。……始时沈十二廉叔、陈十君龙家,有莲、鸿、苹、云品清讴娱客,每得一解,即以草授诸儿,吾三人持酒听之,为一笑乐。"[3]

11. 沈廉叔。生平不详。关于沈廉叔及其与晏几道的交往,亦见晏几道《小山词自序》。

[1] (清)毕沅. 续资治通鉴:卷七十一. 海口:海南国际新闻出版中心,1996:第2册657页

[2] (宋)李焘. 续资治通鉴长编:卷二百五十九. 上海:上海古籍出版社,1986:2429

[3] (宋)黄庭坚. 豫章黄先生文集:卷十六. 见:全宋文. 上海:上海辞书出版社,2006:第106册150页

第二章　政事之余，溢为文词——晏殊之文学作品研究(一)

第一节　晏殊文学创作的时代背景

2.1.1 繁荣昌盛的社会经济

大宋王朝建立初期，太祖、太宗继续进行了十多年削平诸国的战争，最终大体上实现了全国统一，从此社会环境随之也相对稳定。同时统治者为了巩固统治，采取了一系列缓和阶级矛盾、安定社会秩序、发展社会经济的有益措施，例如太祖时诸州长吏劝课农桑，资助流民返乡垦荒、减免赋税；太宗朝重点组织屯田和营田，注意兴修水利；加上农业生产工具和耕作技术的改进以及优良品种的推广，从而极大促进了人口增长和农业生产的迅速恢复和发展——人口增长方面，宋太宗至道三年(公元 997 年)，全国共有 4 132 576 户，到真宗天禧五年(公元 1021 年)已增加到 8 677 677 余户，[1]以至于都城东京已经是“人烟浩穰，添十数万不加多，减之不觉少；所谓花阵酒池、香山药海，别有幽坊小巷，燕馆歌楼，举之数万”[2]。农业生产方面，宋太宗至道三年时垦

---

〔1〕 漆侠.宋代经济史.上海：上海人民出版社，1987:45

〔2〕 (宋)孟元老.东京梦华录：卷五.见：邓之诚注.东京梦华录注.北京：中华书局，1982:163

田数 312 525 125 顷，到真宗天禧五年时已增至 524 758 432 顷；[1]从而导致“国朝混一之初，天下岁入缗钱千六百余万，太宗皇帝以为极盛两倍唐室矣。天禧之末，所入又增至二千六百五十余万缗”[2]。由于人口增长以及农业生产的迅速恢复和发展，手工业如纺织、印染、瓷器、冶矿、造船等也都相应得到迅速恢复和发展，仅以几种重要的经济矿产为例：至道末，银产量为 145 000 两，铜产量为 4 122 000 斤，铁产量为 5 748 000斤；皇祐中银产量为 219 829 两，铜产量为 5 180 834 斤，铁产量为 7 241 001 斤；而唐代最高峰期——元和时期银产量为 12 000 两，铜产量为 266 000 斤，铁产量为 2 070 000 斤。[3] 农业、手工业的发展又刺激了商业贸易的高度繁荣和城市规模的快速发展。首先我们以东京为例来看有关北宋前期商业活动的记载。当时的东京城中不再按过去的旧制设置东、西市，大街上到处都有商店，从宫城正门宣德楼起，以横跨汴梁河的州桥为中心，东到旧宋门，西到浚仪桥西开封府，南到旧城朱雀门一带，不仅有县衙、寺院、旅馆、达官贵人的住宅，还有各种各样的商店散布其间。很显然，以前那种森严的坊市界限已经荡然无存，商业机构和商业活动已经完全深入居民区。从交易时间上看，交易可以从早到晚，甚至“通晓不绝”，如东十字大街的夜市，“每五更点灯博易，买卖衣物、图画、花环、令抹之类”，人称“鬼市子”[4]。从交易规模和品种上看，更是让人惊叹：

相国寺每月五次开放，万姓交易。大三门上皆是飞禽猫犬之类，珍禽奇兽，无所不有。第二三门皆动用什物。庭中设彩模露屋义铺，卖蒲合簟席，屏帏洗漱，鞍辔弓剑、时果腊脯之类。近佛殿孟家道冠王道人蜜煎、赵家秀笔及潘谷墨占定。两廊皆诸寺师姑卖铺作、领抹、花朵、珠翠、头面、生色销金花

[1] 漆侠. 宋代经济史. 上海：上海人民出版社，1987：58
[2] (宋)王应麟. 玉海：卷二十七. 上海：上海古籍出版社，1992：第 5 册 743 页
[3] 周宝珠，陈振. 简明宋史. 北京：人民出版社，1985：85
[4] (宋)孟元老. 东京梦华录：卷二. 见：邓之诚注. 东京梦华录注. 北京：中华书局，1982：70

样幞头、帽子、特髻、冠子、绦线之类。殿后资圣门前，皆书籍玩好图画及诸路罢任官员土物香药之类。后廊皆日者货术、传神之类。寺三门阁上并资圣门，各有金铜铸罗汉五百尊、佛牙等。凡有齐供，皆取旨方开。三门左右有两瓶琉璃塔。寺内有智海、惠林、宝梵河沙。东西塔院，乃出角院舍，各有住持僧官。每遇斋会，凡饮食茶果，动使器皿，虽三五百分，莫不咄嗟而办。[1]

鳝鱼包子、鸡皮腰肾鸡碎，每个不过十五文。曹家从食，至朱雀门，旋煎羊白肠、鲜脯、冻鱼头、姜豉子、抹脏、红丝、批切羊头、辣脚子、姜辣萝卜。夏月麻腐鸡皮、麻饮细粉、素签沙糖、冰雪冷元子、水晶角儿、生淹水木瓜、药木瓜、鸡头穰沙糖、绿豆、甘草冰雪凉水、荔枝膏、广芥瓜儿、咸菜、杏片、梅子姜、莴苣笋、芥辣瓜儿、细料滑拙儿、香糖果子、间道糖荔枝、越梅、刀紫苏膏、金丝党梅、香帐元，皆用梅红匣儿盛贮。冬月盘兔旋炙、猪皮肉、野鸭肉、滴酥水晶脍、煎角子、猪脏之类，直至龙津桥须脑子肉止，谓之杂嚼，直至三更。[2]

由上可知，城市里的交易规模和品种是十分的丰富，城市里人们的生活是非常的富足；北宋繁荣昌盛的社会经济由此亦可窥见一斑。

接着我们来看宋代有关北宋前期城市规模快速发展的记载。当时仅府、州一级的大中城市约有 350 个以上，是唐代的两倍；其中全国约 40 个左右的城市人口达到 50 万人以上，这个数字也是唐代的两倍；宋代城镇户口约数百万户，总人口达一千万以上，超过当时总人口的 10%。在南方经济发达地区，城镇人口的比例超过 20%。这些都是十

---

〔1〕 (宋)孟元老. 东京梦华录：卷三. 见：邓之诚注. 东京梦华录注. 北京：中华书局，1982：88—89

〔2〕 (宋)孟元老. 东京梦华录：卷三. 见：邓之诚注. 东京梦华录注. 北京：中华书局，1982：64—65

分惊人的数字，它几乎接近当今中西部地区城镇人口的比例。[1] 城市历来是社会人口、财富的聚集地，古今中外概不例外——伴随着城市化的进程，社会人口和财富自然而然会大量地向城市涌进，于是城市居民也日渐富有。根据史料记载，宋真宗时，“京城资产百万者至多，十万而上比比皆是”[2]。另据学者的不完全统计，北宋的东京有经商为业者2万多户，其中有富豪6400家![3] 这种繁荣盛世的情况在当时人的作品中也曾屡屡被反映：

> 辇毂之下，太平日久，人物繁阜。垂髫之童，但习歌舞，斑白之老，不识干戈。时节相次，各有观赏。灯宵月夕，雪际花时，乞巧登高，教池游苑。举目则青楼画阁，绣户珠帘。雕车竞驻于天街，宝马争驰于御路。金翠耀目，罗绮飘香。新声巧笑于柳陌花衢，按管调弦于茶坊酒肆。八荒争凑，万国咸通。集四海之珍奇，皆归市易；会寰区之异味，悉在庖厨。花光满路，何限春游；箫鼓喧空，几家夜宴?[4]

> 烟柳画桥，风帘翠幕，参差十万人家。云树绕堤沙。怒涛卷霜雪，天堑无涯。市列珠玑，户盈罗绮竞豪奢。[5]

由上可知，不仅天子脚下的开封京城呈现出非常繁荣的大城市景象；其他地方的城市也是十分繁荣，毫不逊色。

2.1.2 尊儒崇文的基本国策

由于宋太祖是通过发动兵变而“黄袍加身”，为了避免此类事情再

[1] 鲁亦冬.中国宋辽金夏经济史.北京：人民出版社，1994：49

[2] (宋)李焘.续资治通鉴长编：卷八十五.上海：上海古籍出版社，1986：755

[3] 阮荣华.市井习俗.武汉：湖北教育出版社，2001：32

[4] (宋)孟元老.东京梦华录·自序.见：邓之诚注.东京梦华录注.北京：中华书局，1982：4

[5] (宋)柳永.望海潮·东南形胜.见：唐圭璋编.全宋词.北京：中华书局，1999：50

次发生，摆脱“天子，兵强马壮者当为之”[1]的五代常例，宋太祖煞费苦心制定了尊儒崇文的国策——太祖登基不久，便下令扩修国子监中的儒家先圣祠庙，重新塑造和绘制先圣、先贤、先儒之像。不仅亲自为孔子和颜回作赞文，还一再率群臣幸临国子监，拜谒文宣王庙，宣扬忠孝观念。接着，宋太祖上演了一出“杯酒释兵权”，剥夺了握有重兵的武将石守信、王审琦等的兵权；并于乾德元年开始大量任命文臣知州事，此举的意义正如《宋史·文苑传序》所言，“首用文吏而夺武臣之权，宋之尚文，端本乎此”[2]。太宗登基后，更是提出“王者虽以武功克定，终须用文德致治”[3]，“天下广大，卿（士大夫）等与朕共理，当各竭公忠，以副任用”[4]，表现了更大的尊儒崇文热情。也因此太宗即位仅两个月，他就在科举考试中录取近500文士，其中进士190人、诸科270人，大大超过以往的规模，与唐代每次取士几十人更是天壤之别。此外还有7人“不中格”，也被宋太宗“怜其老，特赐同三传出身”。对文士的这一待遇“历代所未有也”，以至于薛居正等执政大臣都觉得过分，“言取人太多”，但“弗听”。[5] 在扩大科举取士、扩充文臣队伍的同时，宋太宗还加强了对新进士的加恩笼络——太平兴国二年开始，对殿试合格者都赐袍纷、赐宴和赐试，以示荣宠。状元吕蒙正以下四人作监丞，其余皆大理评事，并通判诸州；同进士出身和诸科也被授予州县官。“宠章殊异，历代所未有”，一举改变了自唐以来对进士及第者除授官甚低的现象。雍熙二年，又将前代中进士者列名发榜于尚书省的做法改为殿前唱名、皇帝亲赐及第进士登第之制。进士登第直接成了“天子门生”，其荣耀更是前朝士人所无法企及的——正如尹洙所言：“状元登第，虽将兵数十万，恢复幽蓟，逐强敌于穷漠，凯歌劳还，献捷太庙其荣

---

〔1〕 (宋)薛居正等.旧五代史:卷九十八.北京.中华书局,1976 :1302

〔2〕 (元)脱脱等.宋史:卷四百三十九.北京:中华书局,1977:12997

〔3〕 (宋)李焘.续资治通鉴长编:卷二十三.上海:上海古籍出版社,1986: 201

〔4〕 (宋)李焘.续资治通鉴长编:卷二十六.上海:上海古籍出版社,1986:229

〔5〕 (宋)李焘.续资治通鉴长编:卷十八.上海:上海古籍出版社,1986:149

亦不可及也。”[1]进士科升迁也远较其他方式任官的人快——特别是进士高科出身的，几年人两制，十几年升至宰相的相当普遍。如宋太宗朝第一个状元吕蒙正只用了六年就被提升为参知政事，五年后又被提升为宰相。另外太祖、太宗虽然是行伍出身，但都颇爱读书——例如《续资治通鉴长编》卷七载：“上(太祖)性严重寡言，独喜观书，虽在军中，手不释卷，闻人间有奇书，不吝千金购之”[2]；“(太宗)讨论故典，昧旦而兴，口无择言，手无释卷。尝从容谓近臣曰：‘卿辈从公之暇，莫若为学为文；为学为文，莫若讨论六籍。”[3]因此北宋的文化事业建设也得以开展得如火如荼，例如大规模搜求书籍，太祖朝主要有四次，太宗朝主要有七次；除了下旨搜求书籍，太祖、太宗还组织大量人力物力财力进行编书，例如太宗朝编写了著名的《太平御览》、《太平广记》、《文苑英华》等。他们的这些举措，不仅为时人和后代树立了好学的榜样，而且为学术文化的传承做了一件功德无量的大事，为北宋文化事业的繁兴奠定了坚实的基础。到了晏殊生活的真宗、仁宗时代，尊儒崇文有过之而无不及，例如进士录取方面，真宗朝放 12 榜录取进士 1 711 人、诸科 3 877 人。仁宗朝放 13 榜录取进士 4 615 人、诸科 5 151 人。[4]因此到了宋仁宗朝，从中央到地方的政府机构都为文士所充斥，正如宋仁宗时蔡襄所说：“今世用人，大率以文词进。大臣，文士也；近侍之臣，文士也；钱谷之司，文士也；边防大帅，文士也；天下转运使，文士也；知州郡，文士也。”[5]又如文化建设方面，宋真宗景德年间(公元 1009—1012 年)，昭文馆藏书 38 291 卷，史馆藏书 41 553 卷，集贤院藏书

---

〔1〕(宋)田况．儒林公议．文渊阁四库全书影印本．台湾：商务印书馆，1983：第 1036 册 277 页

〔2〕(宋)李焘．续资治通鉴长编：卷七．上海：上海古籍出版社，1986：65

〔3〕(宋)徐铉．御制杂说序．见：全宋文．上海：上海辞书出版社，2006：第 2 册 183 页

〔4〕何忠礼．北宋扩大科举取士的原因及与冗官冗吏的关系．见：宋史研究集刊．杭州：浙江古籍出版社，1986：88

〔5〕(宋)蔡襄．国论要目十二事疏．端明集：卷二十二．见：全宋文．上海：上海辞书出版社，2006：第 46 册 378 页

42 514卷,秘阁藏书 15 785 卷。[1] 到了宋仁宗庆历年间,仅仅据三馆六库藏书所编写的《崇文总目》收录的书目竟然达 60 卷之巨。由于北宋前期几位君主大力提倡尊儒崇文,并使之上升到基本国策地位,从而一方面大大激发了知识分子的创造性,使得宋代在文学、史学、哲学、科技等方面都进入了一个辉煌的时期;另一方面使宋代整个文人士大夫的个人人生价值取向从整体上发生了转变,即由汉唐时文臣对功名的追求转向对道德主体精神的弘扬,立德、立言已经超越立功而上升为人生价值的首选。

第二节 "有贞元、元和风格"——晏殊之文研究

北宋初期,骈俪之风非常盛行,其程度正如曾枣庄所说,"(宋初)不仅宋人例用四六的制诏表启,而且宋人例用散体的奏议、书信、论说、序跋、杂记,几乎都用四六,甚至连墓志铭也多用四六……"[2]然而由于大部分作家既没有深厚的学养又没有熟练驾驭四六文的写作技巧,从而在用典、裁对、文意等各个方面都显得勉强和生硬,例如"幼能属文"的和蒙"殊少警策,每草制,必精思索讨而后成,拘于引类对偶,颇失典诰之体"[3]。又如"少好学,能属文……人多传诵"的赵邻几为文虽然"属对精切,致意缜密,时辈咸推服之";但是"及掌诰命,颇繁富冗长,不达体要,无称职之誉"[4]。即使"善属文"、"在词场中名称甚著"的《宋史·文苑传》的第一人——宋白虽然"学问宏博,属文敏赡",但是"辞意放荡,少法度。……草辞疏略,多不惬旨"[5]。由此可见宋初前四十

[1] (宋)江少虞.宋朝事实类苑:卷三十一.上海:上海古籍出版社,1981:394—395
[2] 曾枣庄.宋代四六创作的理论总结——论宋代四六话.见:宋代文化研究.成都:巴蜀书社,1995:1
[3] (元)脱脱等.宋史:卷四百三十九.北京:中华书局,1977:13015
[4] (元)脱脱等.宋史:卷四百三十九.北京:中华书局,1977:13009
[5] (元)脱脱等.宋史:卷四百三十九.北京:中华书局,1977:12998—12999

年骈文总体水平并不很高——“国初士大夫例能四六，然用散语与故事尔”[1]。在骈文炽盛的同时，大力倡导古文者也不乏其人，例如号称“高、梁、柳、范”的一批作家等。笔者仅以他们之中最著名的柳开为例，柳开推崇古文，“吾之文，孔子、孟轲、扬雄、韩愈之文也。”[2]然而柳开过于强调道的重要性而忽视了文采，使文学沦为了道的附庸，“文章为道之筌也。筌可妄作乎？筌之不良，获斯失矣。女恶容之厚于德，不恶德之厚于容也。文恶辞之华于理，不恶理之华于辞也。”[3]加上柳开自己的古文创作辞涩言奥，成就并不很高，所以尽管他大声疾呼，却应者寥寥，没有对文坛产生太大影响。其他大力倡导古文者基本上与柳开相似，唯一例外的古文家是王禹偁。王禹偁主张文章要“传道”“明心”“有言”“有文”；于是他创作的古文有意吸收骈文声韵之美的优点，形成了既自由流畅又有一定音乐节奏的新风格，例如其代表作《黄州新建小竹楼记》等。不过当时文风整体上依然是“文章体裁，犹仍五季余习。搜刻骈偶，澳涩弗振。士因陋守旧，论卑气弱”[4]。

到了太宗晚年、真宗时期，由于宋初帝王几十年的精心治理，已经是国家承平，经济繁庶；加上统治者尊儒崇文政策的生效，士大夫的学养比起宋初也有了较大的进步。另外帝王也迫切需要富丽精工的“颂声”装点太平盛世气象——“御试进士，乃以‘六合为家’为赋题。时进士王世则进赋曰：‘构尽乾坤，作我之龙楼凤阁；开穷日月，为君之玉户金关’。帝览之大悦，遂擢为第一人”[5]。于是以博学能文的杨亿为代表的成长于太平盛世时期的新一代文人，纷纷以富丽精工的李商隐四六文为学习模仿对象，并一时风靡天下。杨亿之流的西昆体骈文，优点

---

[1] (宋)陈师道.后山诗话.见：何文焕辑.历代诗话.北京：中华书局，1981：310

[2] (宋)柳开.应责.河东集：卷一.见：全宋文.上海：上海辞书出版社，2006：第6册367页

[3] (宋)柳开.上王学士第三书.河东集：卷五.见：全宋文.上海：上海辞书出版社，2006：第6册284页

[4] (元)脱脱等.宋史：卷三百一十九.欧阳修传.北京：中华书局，1977：10375

[5] (宋)吴处厚.青箱杂记：卷二.见：宋元笔记小说大编.上海：上海古籍出版社，2001：1644

是“革时风之浇浮，润皇藻之雅正”[1]，“典赡富丽，虽不足语于文章上乘，然亦不失于工整一流”[2]。缺点是“颇伤于雕摘”[3]，“如锦绣屏风，但无骨耳”[4]。

作为杨亿之后的文坛领袖，晏殊之文又是如何呢？根据相关历史记载，晏殊生前文名很大：

文章赡丽，应用不穷。[5]

高文五色章。[6]

复古高文丽。[7]

文章世所稀。[8]

余事文章海外传。[9]

晏元献公文章擅天下。[10]

以文章为天下所宗[11]

学为世师，文为国华。[12]

其在朝廷五十余年，常以文学谋议为任，所为赋、颂、碑、

---

〔1〕 赠杨亿官赐谥诏.宋大诏令集:卷二二〇.北京:中华书局,1962:845
〔2〕 刘麟生.中国骈文史.北京:东方出版社,1996:84
〔3〕 (宋)田况.儒林公议.文渊阁四库全书影印本.台湾:商务印书馆,1983:第1036册277页
〔4〕 (宋)范镇.东斋记事:卷三.北京:中华书局,1980:23
〔5〕 (元)脱脱等.宋史:卷三百一十一.晏殊传.北京:中华书局,1977:10197
〔6〕 (宋)范仲淹.依韵奉酬晏尚书见寄.范文正公集:卷四.见:全宋诗.北京:北京大学出版社,1991:1896
〔7〕 (宋)韩维.和晏相公答张提刑名诗三首.南阳集:卷三.见:全宋诗.北京:北京大学出版社,1991:5190
〔8〕 (宋)王珪.赠司空侍中晏元献公挽词二首.华阳集:卷二.见:全宋诗.北京:北京大学出版社,1991:5961
〔9〕 (宋)欧阳修.晏元献公挽词三首.欧阳修全集:卷五十六.北京:中华书局,2001:812
〔10〕 (宋)欧阳修.六一诗话.见:何文焕辑.历代诗话.北京:中华书局,1981:269
〔11〕 (宋)欧阳修.晏元献公神道碑铭.欧阳修全集:卷二十二.北京:中华书局,2001:351
〔12〕 (宋)沈遘.赠司空兼侍中晏殊谥元献.西溪集:卷九.见:全宋文.上海:上海辞书出版社,2006:第74册336页

铭、制、诏、册、命、书、奏、议论之文传天下。[1]

……

然而晏殊之文散失太多，现收录在《全宋文》中的仅仅只有55篇：赋9篇，制、状、表、奏等23篇，余下为书、序、跋、论、记、铭、赞、碑志23篇。由于晏殊之文流传下来的不多——这其中又有很多是残编断句，笔者在此试图通过窥一斑来见全貌。

2.2.1 赋

晏殊流传下来的赋共有9篇：《中园赋》、《飞白书赋》(残篇)、《御飞白书扇赋》(残篇)、《雪赋》、《亲贤进封赋》(断句)、《皇子冠礼赋》(断句)、《西掖植紫薇赋》(断句)、《傀儡赋》(断句)、《蜩蛙赋》(断句)。我们下面主要以《中园赋》、《雪赋》为例。

正如《文心雕龙·诠赋》所云："赋者，铺也，铺采摛文，体物写志也。"[2]由此可见，赋的艺术特色主要是"铺"，即铺陈。我们首先来看《中园赋》[3]。从"在昔公仪"到"讵纷华之可渎"，可算第一段，作者先举公仪和仲子的例子，接着反复论说先贤隐居田园的好处："惟二哲之高矩，蔼千龄之信牍"；"崇高宅乎富贵，声教移乎风俗"；"代工而治兮戒在贪竞，付物以能兮使其茂育"……铺陈先贤隐居的原因。从"眷予生

---

〔1〕(宋)曾巩.元丰类稿：卷十三.类要序.见：全宋文.上海：上海辞书出版社，2006：第58册10页

〔2〕刘勰.文心雕龙.见：周振甫注.文心雕龙注释.北京：人民文学出版社，1981：80

〔3〕《中园赋》创作的具体时间虽然不可知，然而从晏殊自己的诗歌和友朋的唱和中提到的相关情况可以推断为公元1028年左右——《宋景文集拾遗》卷六《赋成中丞临川侍郎西园杂题十首》称晏殊中丞侍郎，则西园建成于1027年至公元1028；晏殊自己有《和王校勘中夏东园五古》，此诗大约公元1027年至公元1028年，则东园建成于这段时间；因此中园也应该建成于这段时间。另外《中园赋》与晏殊这段时间创作的诗文《和王校勘中夏东园五古》、《假中示判官张寺丞王校勘》等风格极为相似；因此可以肯定《中园赋》应该作于公元1028年左右。

兮曷为”到“咏尧年而不知”，可算第二段，在对比前人的基础上，作者铺陈生活于太平盛世的自己的幸运：“进宽大治之责，退有上农之赀”；“求中道于先民，乐鸿钧于圣期”；“朝青阁以夙退，饬两骖兮独归”…… 从“琴风飒以解愠”到“在橧巢而可俯”，可算第三段，作者从树木、花草、动物三方面反复铺陈渲染自己的中园之美景：“坛杏蒙金，蹊桃衔碧。李杂红缥，柰分丹白。梨夸大谷之种，梅骋含章之饰”；“愈疾栽菊，忘忧树萱；香珍绿蕙，媚服崇兰。玉蘂金簦，相思杜鹃。辛夷袭紫，芍药含丹”；“晨风不系而逐雀，斫木无声而食蠹。鸩介立以擅泽，乌群嗷而反哺。鷦匪陋于荆棘，鹦无营于钟鼓”……从“谈王道于樵子”到“契哲人之养正”，可算第四段，作者最后铺陈自己在中园的这种半隐居的快乐生活：“观品汇之零茂，识元精之所存”；“睹百嘉之穰俭，明四序之无愆”；“动植飞潜兮，得宜乃悦。雨旸寒燠兮，协度而蕃。”……

接着我们来看《雪赋》[1]。从“元圣善谋”到“青女茂职”，可算第一段，作者先铺陈雪的成因：“若六出之嘉贶，乃玉精之所滋”；“生积润于重坎，发萌生于后祇”；“克肇阴阳之序，用成天地之宜”…… 从“驱屏翳兮涓丽”到“照琼颜兮有神”，可算第二段，作者铺陈雪花飞扬的样子：“驱屏翳兮涓丽，仗飞廉兮扫涤”；“初腌暧以蓬勃，倏森严而悄寂”；“随蠛蠓而泛泛，径扶摇而奕奕”…… 从“尔乃邃馆曾台”到“昆岫亘空兮连璐”，可算第三段，作者先铺陈皇宫里大雪后的情景：“垂壶之漏方耿，程石之书未徹。惊扣砌之葱郁，讶绮疏之骚屑。龙衔烛之昆峤，蛟泣珠兮贝阙……”然后铺陈官邸里大雪后的情景：“或端居而悯默，或惨别以凄伤。讽班姬之比物，吟谢媪之联章。秉明烛兮萧寂，俪幽兰兮抑扬……”最后铺陈边疆上大雪后的情景：“葱极西遐，龙城北距。班晋钺以命将，约齐瓜而遣戍。伏瓯脱兮穷徼，望兜零兮薄暮。始粲粲于林莽，渐漉漉于陇路。……”从“咏雅什之来思”到“道悠长兮谁与归”，可算第

〔1〕《雪赋》创作的具体时间虽然不可知，然而根据作品的内容与情感等与《中园赋》的极大相似性，从而推断其亦作于公元1028年左右。

四段，作者铺陈“瑞雪兆丰年”：“利铫耨于平日，饬畎畦于凛冬”；“既淅沥兮益渴，复连翩兮降衷”；“愿体足兮霑洽，庆存瘥兮不逢”……

除了铺陈之外，晏殊的赋在形式上还有下列四大特点：

1. 裁对精练。《中园赋》全文共 219 句，四字句 61 句，六字句 120 句，对句共 95 对 190 句；《雪赋》全文共 131 句，四字句 11 句，六字句 108 句，对句共 60 对 120 句；如此占绝对数量的对句和六字句必然会使文章的风格显示某种整齐划一、铺张排比。为了避免占绝对数量的对句和六字句导致文章呆板、僵滞，晏殊一方面掺杂其他句式——《中园赋》有 2 字句、3 字句、5 字句、7 字句、8 字句、9 字句、10 字句，共 38 句。《雪赋》有 2 字句和 7 字句，共 12 句；另一方面大量使用兮、之、而、于、以等虚词——《中园赋》共用虚词 151 处；《雪赋》共用虚词 122 处；从而使得这两篇赋不但生动流畅，摇曳生姿；而且一意贯注，富有气势。

2. 用典繁密而恰当。《中园赋》大量运用隐士高人的典故，例如：“祛鲁相之介节，略于陵之独行”；“谈王道于樵子，接欢歌于壤父”；“愚抱瓮以殚力，智设槔而尽虑”；“无取次公之狂，不遗椒举之旧”；“在昔公仪，身居鼎轴，念家食之凭厚，斥芳蔬之荐蔌；粤有仲子，坚辞廪禄。率齐体于中野，灌百畦而是足”……从而使文章形象生动地反映了作者恬淡、悠闲、与世无争和乐于田园生活的心理。《雪赋》则大量运用与雪有关的典故，如：“旌冯豹之奏事，纳晏婴之进说”；“讽班姬之比物，吟谢媪之联章”；“班晋钺以命将，约齐瓜而遣戍”；“杖汉节兮毛尽，击燕歌兮泪注”……这些与雪相关的典故的大量且恰当地使用，既使文章文采斐然，又使单纯的咏雪的内涵更加丰富。

3. 藻饰十分鲜明。例如：

坛杏蒙金，蹊桃衔碧。李杂红缥，柰分丹白。梨夸大谷之种，梅骋含章之饰。乌勃旁挺，来禽外植。樱胡品糅而形别，棠棣名同而实析。大椑朱柿兮骈发，楟枣安榴兮间拆。榠樝以馨烈蒙采，枳椇以甘芳见识。援蘡薁于林际，架葡萄于沼侧。况夫霜薤含润，云葵荐泽。芹自南楚，蒜来西域。苏荏抽颖，蓼荽凝液。堇荠更茂，菲葑代殖。苜蓿俪樧，蘘荷幕。历钟山之菘韭早晚，吴郡之苋茄紫白。织女耀而瓜荐，大昴中而芋食。匏瓠在格以增衍，藜藿缘阴而可摘。（《中园赋》）

驱屏翳兮涓丽，仗飞廉兮扫涤。初腌暧以蓬勃，倏森严而悄寂。随蟻蠓而泛泛，径扶摇而奕奕。乍拂庑兮荣树，忽穿窗兮逗隙。压丛竹之虚籁，点乔松之秀色。委岩穴以含垢，赴波澜而灭迹。兽族处兮休影，鸟归栖兮接翼。原野漫其一平，义舒为之双匿。昼黮封以迷昏，夕精荧兮误晨。导和气于葭縠，茁幽芳于荔芸。晦金炉之郁郁，混缥瓦之鳞鳞。疑月桂之飘荡，惑星榆之纠纷。（《雪赋》）

上面的两小段文字中，作者通过色彩藻饰、形态藻饰、比拟藻饰、摹状藻饰和铺排藻饰等方式，分别从各个角度来形象生动地表现中园的景色和雪花的纷飞，使我们从其优美的辞藻之中，获得多种美感。

4. 音律协调也很成功。例如：

愈疾栽菊，忘忧树**萱**；香珍绿蕙，媚服崇**兰**。玉蕊金叶，相
仄仄平仄　平平仄平　平平仄仄　仄仄平平　仄仄平仄　平
思杜**鹃**。辛夷袭紫，芍药含**丹**。游龙出**湿**，芳苡生**原**。篱槿雕
平仄平　平平仄仄　仄仄平平　平平仄仄　平仄平平　平仄平
暮，宫槐合**昏**。四衢绮错，五出星**联**。蓑蓑落蕊，纂纂初**妍**。
仄　平平仄平　平仄仄仄　仄仄平平　平平仄仄　仄仄平平
护台香而蝶**乱**，聚崖蜜以蜂**喧**。与夫猪苓马勃，泽茝溪**荪**，荔
仄平平平仄仄　仄平仄仄平平　仄平平平仄仄　仄仄平平　仄
芸御冻，椒桂含**温**。莄房入佩，菰首登**飧**。（《中园赋》）
平仄仄　平仄平平　平平仄仄　平仄平平

驱屏翳兮涓**丽**，仗飞廉兮扫**涤**。初腌暧以蓬勃，倏森严而
平平仄平平仄　仄平平平仄仄　平平仄仄平仄　仄平平平
悄**寂**。随蟻蠓而泛泛，径扶摇而奕**奕**。乍拂庑兮荣树，忽穿窗
仄仄　平仄仄平仄仄　仄平平平仄仄　仄仄仄平平仄　仄平平

兮逗**隙**。压丛竹之虚籁，点乔松之秀色。委岩穴以含垢，赴波
平仄仄　仄平仄平平仄　仄平平平仄仄　仄平仄仄平仄　仄平
澜而灭**迹**。兽族处兮休影，鸟归栖兮接**翼**。原野漫其一平，义
平平仄仄　仄仄仄平平仄　仄平平平仄仄　平仄仄平仄平　仄
舒为之双**匿**。（《雪赋》）
平仄平平仄

《中园赋》的这一段文字基本上都是平仄相间、平仄相对的，而且常常押韵[1]；《雪赋》的这一段文字除了大体上平仄相间、平仄相对的，常常押韵之外，还反复地用"仄平平平仄仄"的句子。从而读起来"声转于口，玲玲如振玉，辞靡于耳，累累如贯珠"[2]，颇具抑扬顿挫之致、和谐流畅之美。

晏殊的赋除了形式方面的这些美感之外，内容方面也比较有特色——晏殊的赋四处散溢着太平盛世的雍容闲雅心态。我们以《中园赋》为例，《中园赋》的一些内容与前人的同类作品颇为相似：

乃瞻衡宇，载欣载奔。僮仆欢迎，稚子候门。三径就荒，松菊犹存。携幼入室，有酒盈樽。引壶觞以自酌，眄庭柯以怡颜；倚南窗以寄傲，审容膝之易安。园日涉以成趣，门虽设而常关；策扶老以流憩，时矫首而遐观。云无心以出岫，鸟倦飞而知还；景翳翳以将入，抚孤松而盘桓。（陶渊明《归去来兮》）

一寸二寸之鱼，三杆两杆之竹。云气荫于丛著，金精养于秋菊。枣酸梨酢，桃榹李薁。落叶半床，狂花满屋。名为野人之家，是谓愚公之谷。试偃息于茂林，乃久羡于抽簪。虽无门而长闭，实无水而恒沉。三春负锄相识，五月披裘见寻。问葛洪之药性，访京房之卜林。草无忘忧之意，花无长乐之心。鸟何事而逐酒？鱼何情而听琴？（庾信《小园赋》）

---

〔1〕 这里的押韵是从宽泛的角度而言。

〔2〕 刘勰．文心雕龙．见：周振甫注．文心雕龙注释．北京：人民文学出版社，1981：364

求中道于先民，乐鸿钧于圣期。寓垣屋于穷僻，敞林峦于蔽亏。朝青阁以夙退，饬两骖兮独归。窈蔼郊园，扶疏町畦。解巾组以遨游，饰壶觞而宴嬉。幼子蓬鬓，孺人布衣。啸傲蘅畹，留连渚湄。或捕雀以承蜩，或摘芳而翫蕤。食周粟以勿践，咏尧年而不知。（晏殊《中园赋》）

陶渊明的《归去来兮》描述其园子景物是“三径就荒，松菊犹存”，“云无心以出岫，鸟倦飞而知还”；描述其行为心情是“倚南窗以寄傲，审容膝之易安”，“园日涉以成趣，门虽设而常关”，“景翳翳以将入，抚孤松而盘桓”。整段文字通过再现轻松欢快的朴素的田园生活，流露了诗人曾经沦落尘网，陷身官场，与世沉浮，受人羁绊的不自由不自在及其懊悔痛心。庾信的《小园赋》描述其园子景物是“落叶半床，狂花满屋”，“草无忘忧之意，花无长乐之心。鸟何事而逐酒？鱼何情而听琴”；描述其行为心情是“试偃息于茂林，乃久羡于抽簪”，“虽无门而长闭，实无水而恒沉”，“问葛洪之药性，访京房之卜林”。整段文字表面上处处是描述无拘无束的田园生活，实际上处处都是倾诉在敌国做官的痛苦无奈和忧虑哀愁。晏殊的《中园赋》描述其园子景物是“窈蔼郊园，扶疏町畦”；描述其心情是“求中道于先民，乐鸿钧于圣期”，“解巾组以遨游，饰壶觞而宴嬉”，“食周粟以勿践，咏尧年而不知”。整段文字既在描述优美幸福的田园风光，也在显露作者的富贵悠游生活和北宋仁宗统治下的承平盛世。由此可见，差不多的内容在纷扰乱世的陶渊明和庾信的笔下完全没有承平盛世之下的晏殊的雍容富贵、风流闲雅。此种雍容富贵、风流闲雅在晏殊其他残存下来的赋中也十分鲜明：

临涣水之封域，访梁台之苑囿。玩珪屑之华楚，感密荣之纷糅。赧尸素兮重席，寄欢康兮旨酒。鈔鐇恩于天末，续长谣于客右。歌曰：北风凉兮英霰飞，露同甘兮阳共晞。（晏殊《雪赋》）

燕禖启兆，熊梦开祥；分晖日域，禀秀星潢。陪汉幄以遵礼，奉尧闱而中式。寝门屡至，足见于纯诚；吏牍遥观，盖彰乎

敏识。接申白以谈经,越应刘而振藻。(晏殊《亲贤进封赋》)

……

2.2.2 记

晏殊流传下来的记共有 4 篇:《庭莎记》、《御飞白书记》(残篇)、《五云观记》、《因果禅院佛殿记》。"记"这种文体,由来已久。最初只不过是用来"叙事识物"[1]的应用文,后来渐渐在叙事中加入一些议论,正如《文章辨体序说》云:"大抵记者,盖所以备不忘。如记营建,当记月日之久近,工费之多少,主佐之姓名,叙事之后,略作议论以结之,此为正体。"[2]下面我们首先来看晏殊创作于晚年且可算其记之代表作的《庭莎记》。[3] 全文从"余清思堂中"至"有莎生焉"可算作第一段,描述自己不经意中发现了间隙地的庭莎。起句"余清思堂中燕亭之间隙地",点明题目之"庭",描述"庭"的位置及其有块空隙地。接着的"其纵十八步,其横南八步、北十步",进一步描述"庭"中的空隙地的大小。最后的"以人迹之罕践,有莎生焉",点明题目之"莎",而"人迹之罕践"既描述了"莎"生长的环境位置,也与后文呼应。从"守护之卒"到"弗之绝也",可算作第二段,描述此地之所以有庭莎的原因和庭莎的特性。起句"守护之卒皆疲癃者,芟薙之役,劳于后畦",似乎与文章关系不紧密,其实它正是呼应前面的"以人迹之罕践,有莎生焉",点明庭院的空隙地里之所以有莎生长的原因之一就是守护庭院的人都是些懒人,常常剪

〔1〕(清)万熊.补注文章缘起.文渊阁四库全书影印本.台湾:商务印书馆,1983:第 1478 册 218 页

〔2〕(明)吴讷.文章辨体序说.北京:人民文学出版社,1962:42

〔3〕据清王士俊纂修的《河南通志·河南府·陈州》"西园"条记载:"(西园)在州城西,宋知州张咏创。中有七亭,曰:流芳、中燕、流杯、香阴、环翠、洗心、望京。有阁曰吟风,堂曰清思。又筑台曰望湖。宋晏殊以故相居此,于隙地有莎丛生,作《庭莎记》"。我们可以推断晏殊《庭莎记》很可能写于宋仁宗庆历八年(1048)的春末夏初之际,因为晏殊正是这年春天自颍州移知陈州,属于晏殊后期的作品。

除杂草时仅仅剪除到后畦就不再向前了。“盖是草耐水旱,乐延蔓,虽披心陨叶,弗之绝也”则是描述庭院的空隙地里之所以有莎生长的原因之二就是莎这种植物能忍耐水旱、喜欢蔓延,即使被“披心陨叶”,依然能够顽强生存下来。从“予既悦草之蕃芜”到“无所宜焉”可算作第三段,描述自己在庭院空隙地里种莎的种种考虑。起句“予既悦草之蕃芜,而又悯卒之勤瘁,思唐人赋咏,间有种莎之说”,紧接上面,描述自己关于种莎的种种主观方面的打算。接着的“且兹地宛在崇堞,车马不至,弦匏不设,柔木嘉卉,难于丰美。非是草也,无所宜焉”,连续运用六个四字句(含两个对句)铺排而来,使文章的结构和气势颇为整齐铿锵,叙述关于种莎的种种客观方面的原因。从“傍西墉”到“纤尘不惊”可算作第四段,“傍西墉,尽修径,布武之外,悉为莎场”,写的是种莎前对庭院的修理布置。“分命驺人,散取增殖,凡三日乃备,援之以丹楯,溉之以甘井”,写的是具体的种莎过程 。“风光四泛,纤尘不惊”,写的是莎种好后的美丽风光。这一小段骈中有散,散中有骈,且都是三至五字的短句;文章的结构和气势活跃而生动。前面的四段是“叙事识物”,写得简练生动,清新流利;后面按照记体文章的常规转入议论——从“嗟夫”到“庶几不剪也”可算第五段,在前面“叙事识物”的基础上进行意识的升华。“嗟夫,万汇之多,万情之广,大含元气,细入无间,罔不禀和相适,区别显仁。措置有规,生成有术,失之则斁,获之则康。兹一物也,从可知矣”,就事论事,抒发自己因势引导栽种庭莎使荒地变成美景这件小事的感叹,认为世间万事万物的存在都是有其必然的道理,我们应该“措置有规,生成有术”。“乃今遂二性之域,去两伤之患,偃藉吟讽,无施不谐。然而人所好尚,世多同异。平津客馆,寻为马厩;东汉学舍,间充园蔬。彼经济所先,而污隆匪一,矧兹近玩,庸冀永年”,进一步抒发这件小事给予自己的触动和启发,认为人的好尚不同,尤其受经济利益的驱使,许多事物“措置乏规,生成无术”。“是用刊辞于石,知所留意,庶几不剪也”,点明写作原因,希望后来人不要将这片庭莎剪除。这一小段依然采取的是骈中有散,散中有骈的短句,从而使感叹显得精练有力。比起一般的记体文章，本文的议论部分显得有些偏多——全文共302字，“叙事识物”部分171字，议论部分132字；其实这与晏殊写作此文的心情和意图有密切关系——当时晏殊无辜罢相、贬谪地方，贬谪时间已经到了第五个年头，然而回京城的希望依然渺茫，于是心头积累的压抑和牢骚需要借助外物发泄，同时一些像他一样遭到抛弃的东西(例如这里的庭莎、后文的奥室)也常常触发晏殊的思绪。不过因为太平盛世的太平官员晏殊之理性的调控，文中的议论之情感并不过分消极、低沉，反而常常具有自得其乐、悠游闲适的特色。另外此文在章法结构上与柳宗元的《钴锅潭西小丘记》非常的相似——柳宗元的《钴锅潭西小丘记》开头先叙述不经意中发现了小丘，接着集中突出地写山上石头之美，然后讲述自己一群人“更取器用，铲刈秽草，伐去恶木，烈火而焚之”，从而使“嘉木立，美竹露，奇石显”；最后感叹此小丘生错地方，不为人所知，自己作文书于石以贺小丘终获知音。这种相似不是偶然的，而是晏殊中晚年努力学习韩柳古文的结果：

> 某少时闻群进士盛称韩柳，茫然未测其端，洎入馆阁，则当时隽贤方习声律，饰歌颂，诮韩柳之迂滞，靡然向风，独立不暇。自历二府，罢辞职，乃得探究经诰，称量百家，然后知韩柳之获高名为不诬失，迩来研诵未尝释手。(《与富监丞书》)[1]

下面我们以晏殊的分别写于其早年和中年后的一组题材内容具有极大雷同性的记体文章为例来看其文风变化的过程。《因果禅院佛殿记》、《五云观记》这两篇为佛道庙观作记的文章分别创作于晏殊的前期和后

[1] 查询相关史料可知，富弼任监丞在公元1031年至公元1034年，又据《与富监丞书》中“自历二府，罢辞职……”可知其应当作于公元1033年三月晏殊罢参知政事后至公元1034年间，因此晏殊作品的前后期应当以此为界。

期，[1]从艺术形式上看，前者是典型的骈文：裁对——《因果禅院佛殿记》全文共96句480字，四字句和六字句共78句362字，占全文句子的81%，字数的75%；对仗的四字句和六字句共76句，占全文句子的80%，字数的73%；其他对句16句，所有对句占全文句子的94%，字数的95%。隶事——《因果禅院佛殿记》虽然短少，典故的使用却多而显，例如"华姑从兹飙驾"、"康乐之所胜游"、"节杵有睢阳之曲，执材无泽门之讴"等。敷藻——仅以色彩藻饰为例，如"莹冰级于丹墀"、"映银黄而绚色"、"中严黼帐，金资宝相以间安"、"列炬千轮，宵凝紫焰。天龙之所摄护，缁素之所瞻祈"。调声——例如写修建禅院便颇具流畅动听之美："节杵有睢阳之曲，执材无泽门之讴。于垣而百堵皆兴，不日而千栌竟立。雕楹烂其照地，云屋森其造天。莹冰级于丹墀，烁霞光于洞户。文楣走兽，凭刓劂以生姿；藻井圆荷，映银黄而绚色。榆檀未改，轮奂聿成。"这些骈文的重要因素导致《因果禅院佛殿记》十分富丽典雅。后者是夹杂大量骈句的散文：《五云观记》全文共223句1 164字，四字句和六字句共140句656字，占全文句子的63%，字数的56%；对仗的四字句和六字句共50句244字，占全文句子的22%，字数的21%；其他对句20句，所有对句占全文句子的31%，字数的29%。由此可见晏殊明显是采用的韩愈、柳宗元创造的骈散合一的句法——"韩、柳文实乃寓骈于散，寓散于骈；方散方骈，方骈方散；即骈即散，即散即骈。"[2]至于典故、藻饰、声律这类骈文的特色更是被消融于无形；于是《五云观记》便显得清新流丽。从内容结构上看，《因果禅院佛殿记》写的是佛教的禅院，采用的是骈文铺张排比的手法，结构上可以分为如下四段：从开头的"南纪名区，临川古郡"到"宝刹莲宫，益成耆山之教"可算作第一

---

〔1〕 据《明一统志》卷四十九记载："崇因寺在进贤县西北五十里，宋晏殊举神童时过此，有诗……"此崇因寺很可能就是因果禅院，《因果禅院佛殿记》也因此很可能与诗歌《崇因寺》同作于举神童时的公元1005年，属于晏殊前期的作品。《五云观记》则由文中明确的写作时间"庆历二年，岁次壬午，十月乙卯晏殊记"可知，属于晏殊后期的作品。

〔2〕 顾随.诗文丛论.天津：天津人民出版社，1995：258

段，采用的是骈文作家常用的手法——文章开头常常从地理位置、风俗民情的铺排下笔；从气势上渲染烘托正文。此文便是如此，开头一段的18句92字几乎全是四字句和六字句；尽情地渲染因果禅院所在的临川地区的良好的地理位置、优美的景色、淳朴的民风、繁荣的经济、兴旺的文化。接着的"因果禅院者，控临阛阓"到"下土式瞻，增隆于净信"可算作第二段，在前面的整个一段的铺垫的基础上，因果禅院终于正式闪亮登场——"控临阛阓，左右邑居。碧瓦虬檐，上躏霄汉。清轩浚阈，回隔游氛"，接连6个四字句铺头盖面拥挤而来，从地理位置、形貌气势上夸张渲染因果禅院；再接着的七组对句杂用四字句、五字句、六字句、七字句，夸张渲染因果禅院的久远与盛名。再接着的"郡人陈廷昭者，声尘不染"到"祇树之园，黄金侧布而已"可算作第三段，这一段综合运用了骈文中多种修辞手法，栩栩如生地描绘了因果禅院新佛殿兴建过程和竣工后的金碧辉煌。例如下面这一小段描绘竣工后的因果禅院的辉煌庄严的文字，即使千年后的我们读起来，依然感觉十分生动形象、富丽典雅：

> 雕楹烂其照地，云屋森其造天。莹冰级于丹墀，烁霞光于洞户。文楣走兽，凭剞劂以生姿；藻井圆荷，映银黄而绚色。榆檀未改，轮奂聿成。然后灼楚惇以揆吉辰，节兰盆而修净会。中严黼帐，金资宝相以间安，四敞华台，众圣威神而列侍。鸿钟九吼，旦发清音；列炬千轮，宵凝紫焰。

从"主院僧善修夙承佛记"到末尾为最后一段，此段按照常规夸奖了主院僧善修，同时简单点明写作此文的原因。综上所述，《因果禅院佛殿记》无论是艺术形式还是风格内容均颇似李商隐的富丽精工的骈文。

《五云观记》写的是道教的道观，采用的是散文一波三折、娓娓道来的手法，结构上可以分为如下四段：从开头的"丞相冀文穆公即世之明年"到"罔不周具"可算作第一段。像韩柳的古文常常开篇便点题一样，晏殊在此亦是这样——从"丞相冀文穆公即世之明年"到"始赐名曰五云观"，充分利用散文长句的优势，简洁明了的叙述了五云观并不简单的修建过程。接着的“倨工于天圣之丙寅”到“罔不周具”则充分利用骈句的铺张排比气势，生动形象地描绘了五云观的位置、形貌、气势和结构，真所谓“其所以尊奉遗貌，妥安净众者，罔不周具”！写完这些，似乎文章可以结束了；然而晏殊笔锋稍微荡开，转向描述建观之人王钦若与道教深厚的渊源，这一部分从“惟道家者流”开始，到“皆从公之素志也”结束。这一段中，晏殊首先简单叙述道教的精微思想和盛行的状况；接着描绘真宗太平盛世时期偃武修文，王钦若深受真宗信任，有大功德于道教；最后点明王钦若精修道教，喜爱茅山，遗言修建五云观的具体缘由经过。三小段衔接自然，生动流畅，例如描绘修炼道教的这一小段清新流丽，颇让人有亲身经历之感：

> 徜徉乎丛霄太霞之境，讽咏乎广韶曲素之篇，寤寐赤松之游，沉酣金匕之药，间接真士，高谈妙枢，由是倏然有乘云骖飙、离人拔俗之想。出沐休暇，或元辰令吉，特屏世事，虔修净醮。坛宇严邃，旌婂飒俪，杳尘寰之不接，疑景象之有闻，绵袄寝久，积精忘疲。

写到这里，文章似乎又可以结束了，晏殊却笔锋又一转，通过引用《真诰》对王钦若的一生以及与道教的密切关系作了高度评价；同时对王夫人与儿子执着的克服各种困难完成一个逝世之人的遗愿大加赞赏；这可算作第三段。最后一部分自然是第四段，晏殊在此按照常规简单点明自己写作此文的原因、时间，建观之人的情况。由上可知，《五云观记》无论是艺术形式还是风格内容均颇似柳宗元的古文。

另外还需要特别指出的是，《因果禅院佛殿记》这篇晏殊前期的作品模仿方面过多，尚无自己的鲜明特性，采用的是“唐人此类作品矩式”——“一般以‘物’为主，多作客观、静态的记述，重在本事，如建构程期、地理位置、自然景色等，或稍予议论，以写实胜”[1]。而《五云观记》在学习前人的基础上已经逐渐有了自己的风格——格局善变，结构严

〔1〕 王水照.宋代文学通论.开封：河南大学出版社，1997：440

密，叙中夹议、骈散结合。最后的《庭莎记》则发展变化到“叙事识物”与议论并重，个人强烈的主观意识纳入文中——甚至某种程度上可以说“叙事识物”就是为了议论（释放作者的情绪）服务，是托物以寓志。

2.2.3 其他

晏殊流传下来的文章，除了公文和上面已经论述过的赋、记之外，还有序、论、铭等，下面我们将晏殊写得有点特色的文体各举一篇为例。

首先，我们来看序，晏殊流传下来的序共 5 篇：《东封圣制颂序》、《徐公文集后序》、《两朝祥瑞赞序》、《惟德动天颂序》（断句）、《天和殿御览序》（断句）。下面以晏殊写得简短精练、较有特色的《两朝祥瑞赞序》[1]为例：

> 二圣膺运，天人协赞，符命沓臻。三象腾辉，五灵狎至。露贻云蔚，泉涌河清。纷纶乎华芝，茂衍乎嘉穀。羽毛之族，万变呈姿。卉木之伦，千名著异。爰稽众瑞，列缋殊庭。乃诏群臣，并为赞述。凡二百四十四篇，勒为五卷，藏之册府。

此文开头三句“二圣膺运，天人协赞，符命沓臻”，接连运用三句紧扣题目的四字句排比而来，显得整齐而又庄重，意思是两位圣明的皇帝因为继承了天运，所以天地间一切都十分和谐、美满，各种吉祥的符命与兆头纷纷出现。接着的四对骈句分别列出祥瑞在天地间的各类重要代表：“三象腾辉，五灵狎至”说的是天上的太阳、月亮、星星竟然在同一时间出现，地上的麒麟、金龙、凤凰、乌龟、白虎亦纷纷露面；“露贻云蔚，泉涌河清”说的是珠露降临祥云壮丽，枯泉出水黄河清亮；“纷纶乎华芝，茂衍乎嘉穀”说的是神奇灵芝、参天大树在各地纷纷出现；“羽毛之族，万变呈姿；卉木之伦，千名著异”说的是吉祥美丽的动物纷纷出现，神奇

〔1〕 此文根据内容和风格可知，应当是晏殊前期作品。

漂亮的植物也层出不穷；“爰稽众瑞，列缋殊庭”则总结说明各种祥瑞太多，因此“乃诏群臣，并为赞述”。最后的“凡二百四十四篇，勒为五卷，藏之册府”，点明《两朝祥瑞赞》的篇数、卷数。全文精练清丽，声律谐美。

其次我们来看论，晏殊流传下来的论共两篇：《萧望之论》、《论秦穆公用由余》(残篇)。我们以《萧望之论》[1]为例：

弘恭、石显之让萧望之也，其夫人独以为非天子意。望之以问朱云，而云劝其自裁。至使人君拊手而惊，却食而泣，哀恸左右，积乎愤惋。既而不绝其封国，岁祠其冢墓。由此观之，苟望之不死，则倚以为相必矣。因而斥退奸党，荐延忠直，廓大明之翳翳，恢盛业于悠远；力之不逮，则以死继焉，鸿毛泰山，唯义所归，不其壮与！舍是而不图，自经于沟渎，为匹夫匹妇之谅，决凶竖之奸计，陷人君于过恶，其不智而无名也其矣！彼朱云者，真所谓不得中行狂狷者也，探赜机心，不适乎妇人之明。又以见圣贤择言不以人废，于斯验矣。

此文议论的是西汉一段史实，萧望之，西汉名儒、名臣，以刚直不阿、深通经术著称。汉元帝为太子时，曾任太子太傅，后受汉宣帝遗命，为辅政大臣。后来因太监弘恭、石显之谗言，先被罢相；元帝思贤，意欲复用，又遇友朋刘更生援救不慎，弄巧成拙；于是弘恭、石显进一步陷害，导致萧望之复招牢狱之祸；萧望之不顾夫人劝告，听从门生朱云意见，服毒自尽。元帝听得萧望之死耗，辍食流涕，嗣爵关内侯，每值岁时，遣使致祭望之茔墓。从此文之气盛言宜、势如破竹的语气和短小精炼、跌宕起伏的结构来看，均颇似韩愈、柳宗元的议论文：文章首先简述史实，“弘恭、石显之让萧望之也，其夫人独以为非天子意。望之以问朱云，而云劝其自裁。至使人君拊手而惊，却食而泣，哀恸左右，积乎愤惋。既而不绝其封国，岁祠其冢墓。”语言干脆利落，生动形象，如“拊手而惊，

[1] 此文从文风和内容来看，很可能是晏殊罢相后贬官颍州所作。

却食而泣，哀恸左右，积乎愤惋”，四个排比短句，活灵活现地描绘了汉元帝刚刚听得萧望之死耗时的惊诧、悲痛、愤怒的复杂表情。接着针对萧望之的行为大发议论。“由此观之，苟望之不死，则倚以为相必矣。”——这是承接上面的史实而作的合理推断。“因而斥退奸党，荐延忠直，廓大明之翳翳，恢盛业于悠远；力之不逮，则以死继焉，鸿毛泰山，唯义所归，不其壮与！”——这是论述萧望之作为名儒、名臣、名相真正应该执着的事业。“舍是而不图，自经于沟渎，为匹夫匹妇之谅，决凶竖之奸计，陷人君于过恶，其不智而无名也其矣！”——这是对萧望之作为名儒、名臣、名相而不能区分真正的事情轻重、名分大小，不能忍辱负重，轻易选择为了一己之小小尊严而轻生，从而导致了不良结果的严厉斥责。然后笔锋一转，“彼朱云者，真所谓不得中行狂狷者也，探赜机心，不适乎妇人之明。”对劝告萧望之服毒自尽的门生朱云也大加批判，认为此种只顾气节，不顾大局之人甚至不如一个妇人明智。最后笔锋再次一转，“又以见圣贤择言不以人废，于斯验矣。”像韩柳议论文普遍采用的结尾方法一样，将此一具体史实上升到普遍哲理，进一步深化文章主题，使文章戛然而止的同时，余味无穷。

最后我们来看铭，晏殊流传下来的铭共两篇——《奥室铭》、《几铭》(残篇)，我们以《奥室铭》[1]为例：

> 碧鲜堂东庑有奥室焉，介甍宇回介之间，氛埃不及，人迹罕至。隆暑无燠，严冬甚温。且又前直厅事，仅才十步。明宵出处，听览用燕，无不适也。予安而乐之，为作铭曰：道之行乎，此室也吾之蘧庐；道之息乎，此室也吾之田里。于嗟乎，蘧庐可以阅典宪，可以敦诗书；于嗟乎，田里可以育妻子。勒铭在阴，悠悠我心。

此文是一篇典型的托物言志的散文，文章开头“碧鲜堂东庑有奥室焉”，开门见山点出奥室及其位置。接着的“介甍宇回介之间，氛埃不及，人

〔1〕 此文从文风和内容来看，很可能是晏殊罢相后贬官颍州所作。

迹罕至”，强调其奥的特点。而“隆暑无燠，严冬甚温”则显示其优点——虽然奥但是夏凉冬暖，十分舒适。再接着的“且又前直厅事，仅才十步。明宵出处，听览用燕，无不适也”，进一步突出其优点——其实奥室的位置并不非常偏僻，其恰当的位置和环境对于自己“明宵出处，听览用燕”都十分方便。最后作者在“安而乐之”后，借助作铭抒发感叹，表白心思：“道之行乎，此室也吾之遽庐；道之息乎，此室也吾之田里。于嗟乎，遽庐可以阅典宪，可以敦诗书；于嗟乎，田里可以育妻子。勒铭在阴，悠悠我心。”此文与刘禹锡的《陋室铭》颇有神似之处。

其实，从晏殊流传下来之文来看，不仅风格上前后期有较大的变化，而且内容和体裁上也颇有些不同。前期内容上多为歌功颂德，体裁上主要为颂、序、表、制等应制之文，这类文章风格上常常典雅富丽，具有典型的李商隐风格。例如《东封圣制颂序》(大中祥符元年)、《连理木赞》(大中祥符元年)、《贺承天节瑞雪表》(大中祥符八年)、《惟德动天颂序》(天禧元年)、《亲贤进封赋》(天禧二年)、《代辞升储表》(天禧四年)、《丁谓复相制》(天禧四年)等。后期内容上比前期有较大扩展，体裁上涌现了更多的论、铭、记等，风格上也变典雅富丽为清新流丽，明显体现了韩柳文章对其的影响，例如《五云观记》、《萧望之论》、《奥室铭》、《庭莎记》等。

第三节 富贵气象——晏殊之诗研究

《全宋诗》中收录晏殊诗 150 多首及断句若干，文学史基本上是一笔带过，似乎没有研究的价值。然而，如果我们能够看看当时人对晏殊之诗的评价，或许态度就会有所改变：

> (晏殊)尤工诗，闲雅有情思。[1]

---

〔1〕(元)脱脱等．宋史：卷三百十一．晏殊传．北京：中华书局，1977：10197

晏相国,今世之工为诗者也。[1]

(晏殊)尤善为诗。[2]

纯如登乐府,渊若测天潢。[3]

赋诗高压古,下笔敏如神。[4]

尤长于诗,天下皆吟诵之。[5]

末年见编集者乃过万篇,唐人以下所未有。[6]

……

由上可知,晏殊诗无论在数量上还是在成就上都在北宋前期诗坛占有不容忽视的一席之地,因此我们非常有必要加强晏殊之诗的研究。

2.3.1“四时嘉序太平年”——雍容富贵的生活画卷

晏殊的诗主要产生于以下两种环境:1.帝王活动的应制。《玉海》卷二十七载:“天禧二年十一月辛未,召近臣至后苑太清楼观太宗御书,及圣制群书。……上作太清楼阅书歌,……从臣皆和。晏殊和阅书歌……”[7]因为晏殊经常参与帝王举行的文化活动,自然而然会主动或被动地创作许多应制诗,所以晏殊创作了许多应制诗——流传至今的

〔1〕(宋)宋祁.宋景文笔记.文渊阁四库全书影印本.台湾:商务印书馆,1983:第862册538页

〔2〕(宋)欧阳修.六一诗话.见:何文焕辑.历代诗话.北京:中华书局,1981:269

〔3〕(宋)范仲淹.依韵奉酬晏尚书见寄.范文正公集:卷四.见:全宋诗.北京:北京大学出版社,1991:1896

〔4〕(宋)梅尧臣.宛陵集:卷三十二.见:全宋诗.北京:北京大学出版社,1991:3788

〔5〕(宋)曾巩.元丰类稿:卷十三.类要序.见:全宋文.上海:上海辞书出版社,2006:第58册10页

〔6〕(宋)宋祁.宋景文笔记.文渊阁四库全书影印本.台湾:商务印书馆,1983:第862册538页

〔7〕(宋)王应麟.玉海:卷二十七.文渊阁四库全书影印本.台湾:商务印书馆,1983:第943册667页

150多首诗中应制诗竟然达到了60多首，[1]约占40%。2.歌宴酒席的唱酬。《石林避暑录话》卷二云："晏元献……喜宾客，未尝一日不宴饮。而盘馔皆不预办，客至旋营之。顷见苏丞相子容尝在公幕府，见每有嘉客必留，但人设一空案一杯。既命酒，果实蔬茹渐至。亦必以歌乐相佐，谈笑杂出。数行之后，案上已灿然矣。稍阑即罢遣歌乐，曰：'汝曹呈艺已遍，吾当呈艺。'乃具笔札，相与赋诗，率以为常。前辈风流，未之有比也。"[2]同样因为晏殊经常与友朋幕僚举行诗酒文化活动，所以晏殊流传至今的150多首诗中歌宴酒席的唱酬诗50余首，也约占30%。下面我们根据晏殊诗歌的题材内容进行分别研究。

2.3.1.1 帝王赞颂诗

翻开晏殊诗集，我们会发现首先展现在我们面前的是晏殊对北宋帝王及其统治的祝福和赞美。作为一个普通的底层百姓的儿子，晏殊能够很小年纪就平步青云，长期位居高位，一生仕途基本上比较顺利——"富贵优游五十年"[3]。这除了他自己的本领和才华外，真宗、仁宗两代皇帝对他的赏识更是不可忽略。晏殊深受真宗赏识的记载举不胜举，正如沈遘《西溪集》卷九《赠司空兼侍中晏殊谥元献》所云："初以圣童召见，章圣皇帝即以卿器之，维先帝知人之哲，所以奖励而育成其材者，非他臣敢望；而司空亦自以天子为知己，所以感奋一心，以事上者又非他臣所及，故终先帝世未尝去左右，君臣之遇盛以极矣！"[4]由于深受真宗喜爱，晏殊还因此成为东宫升王府参军，从而与仁宗也建立

---

[1] 应制诗是古代文学史上源远流长的宫廷文学的一种，正如道南《殿阁词林记》卷十所说："凡被命有所述作则谓之应制"——即包含受命与帝王之作互相唱和与受帝王之命单方面创作两类。这类作品一般都有"奉和圣(御)制'或"应制(诏)"的字样，也有部分没有此类字样，但根据相关和作等亦可推断。

[2] (宋)叶梦得.石林避暑录话：卷二.见：宋元笔记小说大编.上海：上海古籍出版社，2001:2615

[3] (宋)欧阳修.晏元献公挽辞三首.欧阳修全集：卷五十六.北京：中华书局，2001:812

[4] (宋)沈遘.赠司空兼侍中晏殊谥元献.西溪集：卷九.见：全宋文.上海：上海辞书出版社，2006：第74册336页

了不错的关系，仁宗执政后更是被深深倚重——“上嗣位，以先帝之所属，且东朝之旧，遂大任之。夫以少年起远外，为两朝亲臣，登丞相府，为国元老”[1]，得以“谋猷存二府，台阁遍诸生”[2]；也因此晏殊诗中到处都是对真宗、仁宗的祝福和赞美。我们先来看晏殊对皇帝的祝福：

　　青辂迎春习习来，天泉池上晓冰开。珠幡已报三阳候，柏叶将陈万寿杯。(《立春日词·御阁》)

此诗体裁是宋代宫廷流行的帖子词——帖子词皆由翰林学士撰写，形式为五七言绝句，用于节日时期粘贴于皇宫诸阁，“率多拟效旧语，故少新意”[3]。作为曾经长期担任过翰林学士的晏殊，这种帖子词在其流传至今的诗歌中所占的比例颇为可观。比起一般人的帖子词，晏殊的帖子词由于注意以景融情，尽量避免浓艳词汇，往往更加清新雅丽，例如上面列举的作品——“青辂迎春习习来”，首先点明皇帝驾着青辂车拜祀东方上帝后，习习春风便开始吹来。“天泉池上晓冰开”，接着写习习春风吹来后，天泉池上的冰开始逐渐融化。“珠幡已报三阳候”，再接着写飘动的珠幡似乎也在报告春天的到来。最后一句“柏叶将陈万寿杯”，终于在写景的同时将对皇帝的祝福巧妙的捎带上——飞舞的柏叶好像在呈献千千万万祝寿的酒杯，祝福皇帝的寿命万年长。此类表达对皇帝祝福的帖子词有不少：

　　披风别殿地无尘，辟恶灵符字有神。九子粽香仙醴熟，共瞻宸极祝千春。(《端午词·内廷》四首之二)

　　习习条风拂曙来，清香犹绽雪中梅。屠苏酒绿炉烟动，共献宜城万寿杯。(《元日词·御阁》四首之四)

　　九子粽新传楚俗，赤灵符验出新方。汉宫尽祝如天寿，鹊

[1] (宋)沈遘.赠司空兼侍中晏殊谥元献.西溪集:卷九.见:全宋文.上海:上海辞书出版社,2006:第74册336页

[2] (宋)欧阳修.晏元献公挽辞三首.欧阳修全集:卷五十六.北京:中华书局,2001:812

[3] (宋)张邦基.墨庄漫录:卷九.北京:中华书局,2002:244

尾炉烟起瑞香。(《端午·御阁》四首之二)

……

接着我们来看晏殊诗歌对皇帝及其统治的赞美:

紫宙星回后,青郊斗建时。上林莺哢早,南亩雪消迟。云矞千祥集,风条万类滋。皇情同率土,黔首颂昌期。(《奉和圣制立春日》)

此诗是应制诗,正如前人所云:“大抵不出于典实富艳尔。”[1]晏殊的应制诗除了“典实富艳”,往往更多的具有清新秀丽的特点,即使放在古代众多的应制诗中也应该算不错的作品,例如上面列举的这首应制诗,首联“紫宙星回后,青郊斗建时”,描绘的是美丽的天空在星星已经隐退后呈现一片紫色,春天的郊野到了农历的月建时期已经到处是青色。这一联对得十分工整——“紫宙”对“青郊”,“星回后”对“斗建时”。颔联“上林莺哢早,南亩雪消迟”,巧妙化用汉武帝上林苑的典故,既生动形象地描写了春天的景色,又恰到好处地奉承、赞美了当今皇帝——皇宫园林里的莺鸟早早地就在枝头啼叫,向阳的农田里的雪渐渐消融了。颈联“云矞千祥集,风条万类滋”,写的是天上的云朵集结着千百种祥瑞,地上的东风吹来使万物都生机勃勃地滋长。尾联“皇情同率土,黔首颂昌期”,借助上面的景物描写水到渠成的转向对皇帝及其统治的赞美——皇帝的恩泽遍布了天下每个地方,所有的百姓都在歌颂皇帝统治下的承平盛世。此类表达对皇帝统治的赞美的作品同样有很多:

夏正标吉朔,尧历载初辰。柏叶清樽举,椒花绮颂陈。年芳随律盛,皇泽与时均。共有华封意,升平亿兆民。(《奉和圣制元日》)

正元崇吉序,宝历记良辰。营室彤曦转,勾芒令祀新。尧蓂方告朔,汉酎更宜春。菖叶农耕候,如膏洒泽频。(《奉和御

---

〔1〕(宋)葛立方.韵语阳秋:卷二.见:历代诗话.北京:中华书局,1981:498

制中和节》）

天官考历占元日，浃宇祈农协盛时。芟柞尚传周室颂，枌榆仍秩汉家祠。三农普遂耕耘乐，万象均承雨露滋。推策授人敷景化，穰穰喜岘亿年期。（《奉和圣制社日》）

……

2.3.1.2 对承平盛世的节日描绘

除了对真宗、仁宗的衷心祝福和赞美，我们在晏殊诗集中接着看到的是一幅幅北宋经历近百年发展后的承平盛世的生活画卷。节日是最容易体现太平盛世景象的，因此几乎当时的每一个节日的盛况，在晏殊诗里都有描绘，例如元日（15 首）、立春（16 首）、上元（14 首）、上巳（6 首）、社日（3 首）、七夕（2 首）、端午（17 首）、寒食（3 首）、中秋（4 首）、重阳（6 首）、冬至（1 首）、除夜（4 首）等。笔者就以上元为例，上元夜观灯是宋代的一个重大庆典活动，《宋史》卷一百十三《礼志十六》有详细的记载："三元观灯，本起于方外之说。自唐以后，常于正月望夜，开坊市门然灯。宋因之，上元前后各一日，城中张灯，大内正门结躲为山楼影灯，起露台，教坊陈百戏。天子先幸寺观行香，遂御楼，或御东华门及东西角楼，饮从臣。四夷番客，各依本国歌舞列于楼下。东华、左右掖门、东西角楼、城门大道、大宫观寺院，悉起山棚，张乐陈灯，皇城推碟亦遍设之。其夕，开旧城门达旦，纵士民观。后增至十七、十八夜"[1]。孟元老《东京梦华录》卷六《元宵》记载更详细："正月十五日元宵，大内前自岁前冬至后，开封府绞缚山棚，立木正对宣德楼，游人已集御街，两廊下奇术异能，歌舞百戏，鳞鳞相切，乐声嘈杂十余里"。次日，即便是贵为天子的国君，也"十六日车驾不出，自进早膳讫，登门乐作，卷帘，御座临轩，宣万姓；先到门下者，犹得瞻见天表，小帽红袍，独卓子。左右近侍，帘外伞扇执事之人；须臾下帘，则乐作，纵万姓游赏"。即使深坊小巷，也是"巧制新妆，竞夸华丽，春情荡肠，酒兴融怡，雅会幽欢，寸阴可

〔1〕（元）脱脱等．宋史：卷一百十三．礼志十六．北京：中华书局，1977：2697—2698

惜，景色浩闹，不觉更阑。宝骑香轮辘辘，五陵年少，满路行歌，万户千门，笙簧未彻，市人卖玉梅、夜峨、蜂儿、雪柳、菩提叶、科头圆子、拍头焦追。唯焦追以竹架子出青伞上，装缀梅红缕金小灯笼子，架子前后亦设灯笼，敲鼓应拍，团团转走，谓之打旋罗，街巷处处有之”[1]。从上述材料中我们可以看到北宋上元夜东京成千上万人参与观灯的场景。对此，承平盛世的歌颂大师晏殊流传至今的150多首诗中竟然有十多首相关作品，从各个方面将北宋真宗、仁宗两朝上元夜的灯红酒绿、火树银花、轻歌曼舞、人山人海的太平盛世场面描绘得栩栩如生：

诘旦雕舆下桂宫，盛时为乐与民同。三千世界笙歌里，十二都城锦绣中。行漏不能分昼夜，游人无复辨西东。归来更坐嶕峣阙，万乐铮铮蜡炬红。(《扈从观灯》)

此诗描绘的是晏殊某次跟随皇帝上元夜观灯的情景。首联“诘旦雕舆下桂宫，盛时为乐与民同”，点明时间和事件：皇帝坐着御车清晨离开皇宫，出去参与承平盛世的与民同乐。颔联“三千世界笙歌里，十二都城锦绣中”，暗用佛教的“三千世界”和《三辅黄图》的“十二都城”的典故，描绘观灯的整体感受：整个都城、整个世界好像都是在锦绣笙歌之中。颈联“行漏不能分昼夜，游人无复辨西东”，转向从侧面渲染灯市的盛景：计时的行漏也无法让人明白到底是黑夜还是白天，游览的人们更是难辨东西南北的方向。尾联“归来更坐嶕峣阙，万乐铮铮蜡炬红”，再次渲染灯市的盛景：归来后依依不舍地坐在高耸的楼阁上，铮铮作响的千万种乐器仿佛就在耳边，蜡炬的红光照亮了整个天空！此类作品还有很多：

协风阳律应，满砌荚蓂新。绛阙罗千卫，华灯曜百轮。悠悠未央夜，粲粲彼都人。万宇今无外，登台共乐春。(《奉和圣制上元》三首之一)

[1] (宋)孟元老．东京梦华录：卷六．见：邓之诚注．东京梦华录注．北京：中华书局，1982：164—165

凤掖千门迥,金缸四照然。市阛通夜阙,歌肆与云连。叠鼓迷清漏,游车际晓天。泛膏仍洁祀,蚕麦伫登年。(《奉和圣制上元》三首之二)

鹑火告中时,皇州盛若兹。九阳同化洽,万寻得春熙。楼月将收晚,歌云欲度迟,布和周海域,翾蠕遂攸宜。(《奉和圣制上元》三首之二)

……

2.3.1.3 对士大夫官员优游富贵的生活写照

最后我们在晏殊诗集看到的还有太平盛世的士大夫官员优游富贵的生活写照。北宋由于采取的是尊儒崇文、守内虚外、厚俸养廉的基本国策,文人士大夫一方面地位和待遇得到空前绝后的提高;另一方面国家长期相对的太平无事。因此文人士大夫能够得以充分享受太平盛世的一切成果,过着优游富贵的生活——“文酒雅宜频燕集”。这一切自然而然地会淋漓尽致地体现于诗人笔下,例如:

散插黄花两佩萸,粉饘蓬饵醽觞初。清歌咽后云生袂,妙舞翻时雪满裾。上客采香逢木密,佳人投钓得王余。秋光屈指犹三七,莫向宾朋绮宴疏。(《九日宴集和徐通判韵》)

此诗首联“散插黄花两佩萸,粉饘蓬饵醽觞初”,开门见山地点出宴会的情况:重阳节这一天,大家头上散乱地插着菊花,两臂都佩戴着茱萸相聚一起,吃着粉饘、蓬饵,喝着初酿的菊花酒。颔联“清歌咽后云生袂,妙舞翻时雪满裾”,从前面的吃穿描写转向歌舞描写:清脆的歌声暂停后,连衣袖里好像都是满满的云彩般荡漾的歌声,美妙的舞蹈伴随着不断翻动的衣带,仿佛满天的雪花飘扬。颈联“上客采香逢木密,佳人投钓得王余”,描述内容再一次转向:尊贵的客人想采撷香花香草,然而树林里的树木十分繁密;漂亮的佳人在水边试着投钓,幸运地钓上了比目鱼。尾联“秋光屈指犹三七,莫向宾朋绮宴疏”,抒发良辰美景易逝,快乐时光堪惜的感叹:凉爽美丽的秋季转眼就过了不少,千万不要忘了多和亲朋好友宴集！此类作品还有不少：

元巳清明假未开，小园幽径独徘徊。春寒不定斑斑雨，宿醉难禁滟滟杯。(《假中示判官张寺丞王校勘》)

黄花夹径疑无路，红叶临流巧胜春。前去重阳犹一日，不辞倾尽蚁醪醇。(《九月八日游涡》)

清晓融风肃桂堂，郡寮多暇舞筵张。(是日太守命宾)台高已验云容媚，日暖悬知刻漏长。溪子弩寒千命中，兰英酒熟百传觞。官曹事集神都近，预拜需函庆一阳。(《和至日北园燕集》)

……

即使是官场的一些重大挫折和失利，表现在承平盛世的晏殊笔下，往往是淡淡的惆怅，例如：

东园何所乐，所乐非尘事。野竹乱无行，幽花晚多思。闲看鱼尾赤，暗辨蜂腰细。树影密遮林，藤梢狂罥袂。潘蔬足登膳，陶秫径取醉。幸获我汝交，都忘今昔世。欢言捧瑶佩，愿以疏麻继。(《和王校勘中夏东园》)

根据相关史料可以推断，此诗应当作于公元 1027 年晏殊贬官应天府时期。[1] 作为仕途一直十分顺利，深受皇帝信任，年纪轻轻就担任枢密副使，成为朝廷重臣的晏殊，仅仅因为反对太后任用无才的张耆担任枢密使，而被太后以小事借故罢免，出知地方。本来这应该是一件十分悲愤伤感的事情，例如西汉贾谊就因此悲愤伤感过度而断送了性命。然而我们仔细品读晏殊的这首诗，却只能隐隐约约地读到一丝淡淡的惆怅："东园何所乐，所乐非尘事"，首先点明诗人在东园里十分快乐，快乐的原因与世俗闲杂之事无关。那么诗人在东园里十分快乐的真正原因

〔1〕 据《继续资治通鉴长编》卷一百零五、《石林诗话》卷上、《归田录》卷一等可知王琪以大理评事馆阁校勘为晏殊所辟，在公元 1027 年晏殊出知应天府时期。另外晏殊的东园由相关交游诗推断，亦建成于这段时间。

是什么呢？后面诗人开始一一说明。“野竹乱无行，幽花晚多思”，描述的是生机勃勃的野生竹子顺其自然、杂乱无行地长着；花儿的阵阵幽香飘来，让人十分容易思绪纷纷。“闲看鱼尾赤，暗辨蜂腰细”，描述的是悠闲的看着水里游来游去的鱼儿，鱼尾上的红色可以看得清清楚楚；偷偷地观察花朵上飞来飞去的蜜蜂，蜜蜂纤细的蜂腰能够看得明明白白。“树影密遮林，藤梢狂罥袂”，描述的是树林里层层叠叠的树影，导致树林到处一片阴暗；弯弯曲曲的藤梢十分茂密地生长着，很容易挂着衣服。“潘蔬足登膳，陶秫径取醉”，描述的是园林里种的蔬菜足够自己食用；园林里种的高粱足够自己酿酒喝，其中巧妙的利用了潘安、陶渊明的典故，暗中流露了一丝淡淡的惆怅。“幸获我汝交，都忘今昔世”，点明这种快乐的田园生活加上拥有的知心朋友，让自己都忘了现实生活的各种不快乐。最后的“欢言捧瑶佩，愿以疏麻继”化用《九歌·大司命》：“折疏麻兮瑶华，将以遗兮离居”，表明愿意与即将分离的知心朋友永远做好朋友。此类作品还有不少：

山郡多暇日，社时放吏归。坐客独成闷，行塘阅清辉。春风动高柳，芳园掩夕扉。摇思里中会，心绪怅微微。(《社日》)

稽山新茗绿如烟，静挈都蓝煮惠泉。未向人间杀风景，更持醪醑醉花前。(《煮茶》)

道明回诏乐清闲，便向中朝脱冕冠。百日秉枢登相府，千年青史表旌桓。泰运正隆嫌气热，乾纲初整畏冰寒。逍遥唱和多高致，仪象霜风俾后看。(《次韵谢借观五老图》)

……

正因为在诗歌内容上晏殊主张咏太平诗、唱太平调，所以他与提倡诗歌反映严酷现实的门生——北宋诗文革新的主将欧阳修还发生了冲突：

晏元献为枢密使时，西师未解严，会天雪，陆子履与欧公同谒之。晏置酒西园，欧即席赋诗，有“主人与国同休戚，不惟喜悦将丰登。须怜铁甲冷彻骨，四十余万屯边兵。”晏由是衔之，语人曰："韩愈亦能作言语，作裴令公宴集，但云'园林穷胜事，钟鼓乐清时'"。[1]

不过，作为后世称颂的贤相，晏殊并不是完全不顾社会现实，除了颂声外，他偶尔也不忘对现实的关心。例如"莫惜青钱万选才"（《假中示判官张寺丞王校勘》）表达对贤才的期盼；"会看边燧息，横霈紫泥封"（《和宋子京召还学士院》）"白草沙场多雁户，黄榆关迥绝狼烟"（《句其四六》）是对国事的操心；"北苑中春岫幌开，里民清晓驾肩来。丰隆已助新芽出，更作欢声动地催"（《建茶》），"尧蓂方告朔，汉畤更宜春。菖叶农耕候，如膏洒泽频"（《奉和御制中和节》）是对农事的关怀；"平山千里渴商霖，内史忧民望最深。衣上六花非所好，亩间盈尺是吾心"（《雪中》），"荒田野草人间事，谁向伶玄泪满衣"（《寒食东城作》）则是对人民的同情……这部分诗虽然数量不多，与真正现实主义诗人之诗比较，也显得雅拙和矜持，但毕竟突破了当时诗人只是描绘物态、流连光景和酬唱应和的藩篱，具有一定的积极意义。

2.3.2"柳絮池塘淡淡风"——清丽气象的审美追求

晏殊登上诗坛时，正是西昆体风靡天下之际，西昆诗人以李商隐为榜样，在艺术上极力追求富丽典雅，雕饰的辞藻、华丽的色调以及含蓄的意蕴。它一方面表现了文人审美趣味的高层化要求对白体末流肤浅鄙陋之弊的不满和替代；另一方面以丰赡开阔的艺术风貌纠正了晚唐体诗风的小巧细碎之偏。不过西昆体的学习模仿不得法者也产生出了浮靡、堆砌等毛病，从而被指责为"穷妍极态，缀风月，弄花草，淫巧侈丽，浮华纂组"[2]。作为后起之秀，晏殊对诗歌又是什么样的审美追

〔1〕（宋）吴曾.能改斋漫录：卷十一.上海：上海古籍出版社，1979：339

〔2〕（宋）石介.怪说中.徂徕先生文集.见：全宋文.上海：上海辞书出版社，2006：第29册291页

求？下面我们主要通过其作品同时结合一些相关材料来探求。

2.3.2.1 清境

钱钟书先生曾言："夫一家诗集，词意重出屡见，籍此知人，固其念兹在兹，言之谆谆。"[1]叶维廉先生说："一个声音从黑字白纸间跃出，向我们说话，其它的声音，或远远地回响，或细语提醒，或高声抗议，或由应和向更广的空间伸张，或重叠而剧变，像一个庞大的交响乐队，在我们肉耳无法听见的演奏里，交汇成汹涌而绵密的音乐。"[2]这个词或声音在晏殊诗歌中就是"清"。"清"字共28次，是晏殊诗歌所有形容词中出现次数最多的：

鉴湖清澈秦望高，涵虚逗碧供吟毫。(《忆越州》二首之一)

高僧伴吟足清览，见尽白莲开落时。(《忆越州》二首之二)

丹毫玉策延洪算，八表欢娱四海清。(《元日词·御阁》四首之三)

习习条风拂曙来，清香犹绽雪中梅。(《元日词·御阁》四首之四)

迭鼓迷清漏，游车际晓天。(《奉和圣制上元》三首之二)

六斋清素来多福，岁岁今辰侍宴私。(《端午词·升王阁》二首之二)

百药初收味最良，玉函仍启太清方。(《端午词·东宫阁》二首之二)

未必素娥无怅恨，玉蟾清冷桂华孤。(《中秋月》二首之一)

山木有甘实，托根清禁中。(《西垣榴花》)

〔1〕 钱钟书.谈艺录.北京:中华书局,1987:397

〔2〕 叶维廉.中国诗学.北京:三联书店,1992:65

趋府逸才过鲍掾，不辞终夕赏清辉。（《次韵和王校勘中秋月》）

清歌咽后云生袂，妙舞翻时雪满裾。（《九日宴集和徐通判韵》）

清晓融风肃桂堂，郡寮多暇舞筵张。（《和至日北园燕集》）

清会别开金谷墅，新吟多杂蕊珠篇。（《张太傅生日诗》）

……

由上可知，晏殊的所见、所感几乎无所不清——清歌、清览、清漏、清素、清樽、清辉、清禁、清香、清晓、清冷、清会……这么多的“清”字，这么宽的范围，明显的向我们传达了作者对清境的执着追求，[1]而这种对清境的执着追求，加上晏殊诗歌中大量的具有美丽淡雅意蕴的意象——例如“风”(47 次)、“春”(43 次)、“日”(32 次)、“云”(28 次)、“山”(24 次)、“天”(22 次)、“花”(21 次)等，从而使晏殊诗歌带有明显的清丽淡雅特色。例如：

书仙十阁壮儒宫，灵越山川宝势雄。岫柏亚香侵几席，岩花回影入帘栊。千秋碧锁东南竹，一水清含旦暮风。文酒雅宜频燕集，谢家兰玉有新丛。（《留题越州石氏山斋》）

首联“书仙十阁壮儒宫，灵越山川宝势雄”写的是越州石氏山斋宏伟的书阁儒宫及其周边雄壮的灵越山川，描述了越州石氏山斋给人的整体印象。由于全部运用的是清丽淡雅的语汇意象，原本应该是壮丽的景观转而变成清雄。颔联“岫柏亚香侵几席，岩花回影入帘栊”，写的是岫柏的阵阵幽香侵染几席，岩花的美丽回影印入帘栊，描述的是越州石氏山斋的细微景观。由于同样运用的是清丽淡雅的语汇意象，所以景物描写十分清丽。颈联“千秋碧锁东南竹，一水清含旦暮风”，写的是书阁

〔1〕 当然，28 处中，个别句子的“清”字与诗境无关，但晏殊尚有很多诗虽营造了清境却未用“清”字，两者相抵，“清”字仍当为晏殊诗境的最好概括。

儒宫旁边的常年碧绿的竹子和朝暮清风吹过的水池。这是描述越州石氏山斋的细微景观。由于也运用的是清丽淡雅的语汇意象，所以景物描写同样十分清丽。尾联"文酒雅宜频燕集，谢家兰玉有新丛"，借助六朝谢安家族的故事表达诗人的希望——越州石氏山斋这样美好的地方，应该经常举办文化宴会，培养后代文学新人。这一联虽然用了典故，但是因为大家十分熟悉且又与全诗融合无间，所以依然十分清新。由上可知，全诗虽然只出现一个"清"字，但是清境无处不在。

2.3.2.2 气象

接着，我们来看两则材料：

> 晏元献公虽起田里，而文章富贵，出于天然。尝览李庆孙《富贵曲》云："轴装曲谱金书字，树记花名玉篆牌。"公曰："此乃乞儿相，未尝谙富贵者。"故公每吟咏富贵，不言金玉锦绣，而唯说其气象，若"楼台侧畔杨花过，帘幕中间燕子飞"、"梨花院落溶溶月，柳絮池塘淡淡风"之类是也。故公自以此句语人曰："穷儿家有这景致也无？"[1]

> 晏元献喜评诗，尝曰："'老觉腰金重，慵便玉枕凉'未是富贵语。不如'笙歌归院落，灯火下楼台'，此善言富贵者也"。人皆以为知言。[2]

由上可知，晏殊对诗歌中满眼金玉珠翠的浓艳者显然不满，认为"乃乞儿相，未尝谙富贵"。因此，他大力推崇、追求清丽淡雅的富贵气象。例如晏殊的代表作《无题》（又名《寄远》、《寓意》）：

> 油壁香车不再逢，峡云巫雨杳无踪。梨花院落溶溶月，柳絮池塘淡淡风。几日寂寥伤酒后，一番萧索禁烟中。鱼书欲寄无由达，水远山长处处同。

---

〔1〕（宋）吴处厚．青箱杂记：卷五．见：宋元笔记小说大编．上海：上海古籍出版社，2001：1658

〔2〕（宋）欧阳修．归田录：卷二．见：宋元笔记小说大编．上海：上海古籍出版社，2001：617

此诗首联“油壁香车不再逢，峡云巫雨杳无踪”，与李商隐的大多《无题》诗一样，开门见山写的是对当年一段情遇的追忆，不但对仗工整，而且用典恰到好处——丽而不艳，意蕴丰富。“油壁香车”是以华美的车代指美丽的人，实际上承用了《乐府诗集卷》卷八十五《苏小小歌》：“我乘油壁车，郎乘青骢马。何处结同心，西陵松柏下。”这个典故在李商隐及其追随者——西昆体诗人中曾被多次运用，例如“不卷锦步障，未登油壁车”（李商隐《朱槿花二首》）“油壁香车隔渭桥”（刘筠《公子》）“几纵青丝骑，多逢油壁车”（文言博《无题》）……另外它在首联中还与下句的峡云巫雨构成一实一虚的绝妙对仗。因此“宝毂香轮”虽然词藻更加华丽富贵，然而却失去了其丰富的意蕴，完全是画蛇添足。至于“油壁香车不再逢”这一整句可谓实写，表达美丽的姑娘不能再见到的遗憾。“峡云巫雨”用的是宋玉《高唐赋》中楚王梦会巫山神女的典故——“旦为朝云，暮为行雨”。至于“峡云巫雨杳无踪”这一整句在此可谓虚写，代指主人公与油壁香车中美人往日的相逢竟然如同高唐一梦的伤感。一实一虚相对仗的两个精美典故组成的首联使全诗笼罩在一种凄迷之境、惆怅之情中。接着的颔联、颈联紧接首联之意，具体描写“油壁香车不再逢，峡云巫雨杳无踪”后的处境与心情。“梨花院落溶溶月，柳絮池塘淡淡风”写的是主人公现今居住的地方——溶溶的月色照耀着院落里盛开的梨花，淡淡的轻风吹拂着池塘边杨柳的飞絮。这两句的景物描写不但很好地衬托了整首诗中所抒发的主人公怅然若有所失的心情，而且更以清丽的词藻、悠闲的情调营造了一种极其天然、华美富贵之气象，从而成为千古传诵的名对，深得后人好评，如宋人葛立方评曰：“此自然有富贵气。”〔1〕清人冯舒评曰：“自然美丽。……乱离时人决道不出。”〔2〕清人冯班评曰：“自然富贵，妙在无金玉气。”〔3〕“几日寂寥伤酒后，一番萧索禁烟中”则承上联的别后处境，进一步描写别后心

〔1〕（宋）葛立方．韵语阳秋：卷一．见：何文焕辑．历代诗话．北京：中华书局，1981：269

〔2〕李庆甲．瀛奎律髓汇评：卷五．上海：上海古籍出版社，1986：227

〔3〕李庆甲．瀛奎律髓汇评：卷五．上海：上海古籍出版社，1986：228

情：美人一去，音信渺茫；人事变换，难以料想；清景幽境，寂寥久长；借酒浇愁，反而身伤……清人冯班评价道："腹联清怨，妙在无脂粉气"[1]。它还很自然地引出尾联的"鱼书欲寄"，然而让人更加伤感的是想寄书信却"无由达"，不过晏殊毕竟是一位理性诗人，于是最后一句不再让伤感之情泛滥，而是以理节情——"水远山长处处同"，从而使得整首诗哀而不伤，余音袅袅，成为"艳体中之甲科"[2]，"自然不寒俭，胜杨、刘也"[3]的"昆体有意味者"[4]。在此需要特别指出的是，晏殊这种"无脂粉气"[5]、"无金玉气"[6]的清丽淡雅的富贵气象的取得，与上面提到过的晏殊诗歌对清境的执着追求有密切关系。因为清境常常能泯灭世俗欲念，超脱世间庸俗氛围，使原本诗意不够的东西能够得到提升——正如仇福昌《静修斋诗话》所云："人之心不可不清。不清则利欲熏心，了无佳趣；清则风石月露，可作诗词歌赋观，所谓无声之诗也"[7]；这种"超凡绝俗"的"清"可以使"龙宫海藏，万宝具陈，钧人帝廷，百乐偕奏，金关玉楼，群真毕集"而"入其中使人神肾泠然，脏腑变易"[8]。所以原本饱含"脂腻气"的富贵生活的描写在晏殊的笔下往往少了一份庸俗，多了一份清丽。

2.3.2.3 与西昆体前期诗人的对比

为了更进一步说明晏殊诗歌的上列特点，下面笔者将晏殊与以雕章丽句、浓艳富贵著称的杨亿同样体裁和内容的作品分别列出，以之对比。

---

[1] 李庆甲.瀛奎律髓汇评：卷五.上海：上海古籍出版社，1986：228

[2] 李庆甲.瀛奎律髓汇评：卷十七.上海：上海古籍出版社，1986：692

[3] 李庆甲.瀛奎律髓汇评：卷五.上海：上海古籍出版社，1986：228

[4] 李庆甲.瀛奎律髓汇评：卷十七.上海：上海古籍出版社，1986：692

[5] 李庆甲.瀛奎律髓汇评：卷十七.上海：上海古籍出版社，1986：227

[6] 李庆甲.瀛奎律髓汇评：卷十七.上海：上海古籍出版社，1986：227

[7] 此书仅见稿本，藏于中国科学院图书馆。笔者引自蒋寅的《古典诗学中"清"的概念》(《中国社会科学》2000 年第 1 期)。

[8] (明)胡应麟.诗薮·外编：卷四.上海：上海古籍出版社，1979：185

抒怀诗：

翘车葱佩谒明光，禁御多年费稻粱。只羡泥涂龟曳尾，翻嫌雾雨豹成章。鸣鸠春谷先畴废，寒蝶秋菘老圃荒。归计未成芳节晚，更忧禽鹿顿缨狂。（杨亿《偶作》）

元巳清明假未开，小园幽径独徘徊。春寒不定斑斑雨，宿醉难禁滟滟杯。无可奈何花落去，似曾相识燕归来。游梁赋客多风味，莫惜青钱万选才。（晏殊《假中示判官张寺丞王校勘》）

咏史诗：

蓬莱银阙浪漫漫，弱水回风欲到难。光照竹宫劳夜拜，露溥金掌费朝餐。力通青海求龙种，死讳文成食马肝。待诏先生齿编贝，那教索米向长安。（杨亿《汉武》）

莲勺移家近七迁，鲁儒章句世相传。关中沃壤通泾渭，堂上繁声逐管弦。身服儒衣同蔡义，日将卮酒对彭宣。高坟丈五阳陵外，千古朱云气凛然。（晏殊《安昌侯》）

言情诗：

铜盘蕙草起青烟，斗帐香囊四角悬。沈约愁多徒自瘦，相如意密有谁传。金塘雨过犹疑梦，翠袖风回祗恐仙。日上秦楼休寄咏，东方千骑拥辎軿。（杨亿《无题二首》之一）

油壁香车不再逢，峡云巫雨杳无踪。梨花院落溶溶月，柳絮池塘淡淡风。几日寂寥伤酒后，一番萧索禁烟中。鱼书欲寄无由达，水远山长处处同。（晏殊《无题》）

写景诗：

鸿都归晚直城赊，墙外连营咽暮笳。玉井梧倾犹待凤，金塘柳密更藏鸦。心摇云阙传疏漏，目断星津过迥槎。已是秋来移带眼，可堪玄鬓有霜华。（杨亿《小园秋夕》）

书仙十阁壮儒宫，灵越山川宝势雄。岫柏亚香侵几席，岩

花回影入帘栊。千秋碧锁东南竹，一水清含旦暮风。文酒雅宜频燕集，谢家兰玉有新丛。(晏殊《留题越州石氏山斋》)

……

毫无疑问，他们的诗都造语华美、富贵，有显著的共性；不过因为杨亿对雕章丽句的爱好，所以杨亿之诗满眼金玉锦绣——“铜”、“银”、“金”、“玉”等辞藻泛滥，且典故繁密，几乎字字有出处，可谓色泽缤纷，碟裂烦碎。令人目不暇接，眼花缭乱。而晏殊“唯说气象”，关于“唯说气象”，赵齐平《宋诗臆说》作了详细的阐释：“从艺术表现的角度来看，所谓‘唯说气象’，就是略貌取神，不要停留于事物的表面，而要抓住事物的精神实质。再从诗歌风格的角度来看，所谓‘唯说气象’，就是作品的典雅赡丽的特色，不应是‘厚粉浓朱’，‘必于一物之上，入故事、人名、年代，及金、玉、锦、绣等以实之’那样的粘皮带骨，而应是从神采风韵情致气格中浑然不觉地体现出来。”[1]所以晏殊之诗明显的没有杨亿的缺点，比较清新雅丽。

2.3.2.4 雕章丽句与浓艳富贵之作

当然，晏殊之诗并不是首首都写得清新雅丽，其具有西昆体的雕章丽句，浓艳富贵的诗句也不是没有，例如：

网索轩窗邃，鸾坡羽卫重。鹢舟还下濑，星驷出飞龙。赋待三英集，辞须五吏供。会看边燧息，横霈紫泥封。(《和宋子京召还学士院》之一)

首联“网索轩窗邃，鸾坡羽卫重”化用两个典故事实：1.网索，据现存最早载录此诗的《能改斋漫录》卷六云：“网索在太液池上，学士候对歇于此。”[2]2.鸾坡，据《海录碎事》卷十一载：“唐德宗朝学士常召对于浴堂

〔1〕 赵齐平.宋诗臆说.北京：北京大学出版社，1993：107

〔2〕 (宋)吴曾.能改斋漫录：卷六.上海：上海古籍出版社，1979：151

门,又移院于金鸾坡。”[1]由此可知,其实不仅是简单的景物描写,它还暗中点明了地点——学士院的太液池边,让学士候对歇息的网索的轩窗十分幽深;而常常召对学士的金鸾坡则羽卫军众多,守备森严,气氛庄重。领联“鹢舟还下濑,星驷出飞龙”十分华丽,描述的是想象中的宋祁飞速返京的情况——船头画有鹢鸟图像的美丽画船从石濑上飞快划过,豪华的马车飞奔得好像天空飞过的飞龙。颈联“赋待三英集,辞须五吏供”又一次化用两个典故事实:1. 三英,据《说郛》卷六十九载:“五骑効灵,三英作赋(三英即邹阳、枚皋、司马相如也)。”[2]2. 五吏,据《春秋分记》卷四十二载:“五吏文职,三十帅武职,皆军卿之属官。”[3]由上可知,这两句是夸奖宋祁的才能——赋文写得好比司马相如、邹阳、枚皋,辞书写作正好胜任五吏之类的军卿属官。尾联“会看边燧息,横霈紫泥封”,再次利用典故事实:紫泥封,据卫宏《汉官旧仪》卷上载:“皇帝六玺……皆以武都紫泥封、青布囊、白素裹。”[4]点明宋祁的工作,表达对宋祁的祝愿——我们希望你的才能能够帮助边境很快平息动乱,让皇帝的诏诰像及时的大雨一样将皇恩撒向天下!此类作品还有一些,例如:

暮召三山峻,晨趋一节回。乍维青雀舫,还直右银台。陟降丹涂密,论思武帐开。欲谈当世务,元藉轶群才。(《和宋子京召还学士院》之二)

风烟古上饶,属邑寄山椒。仇览同栖棘,陶潜共折腰。安与方就养,黄绶岂辞遥。善绩青箱业,与廉有汉条。(《送铅山周尉》)

三陟槐庭二将坛,册书文武载勋贤。辞荣尚峻经邦秩,养素方临钓渭年。清会别开金谷墅,新吟多杂蕊珠篇。惊姜今

---

〔1〕(宋)叶廷珪.海录碎事:卷十一.文渊阁四库全书影印本,台湾:商务印书馆,1983:第921册557页

〔2〕说郛:卷六十九.文渊阁四库全书影印本.台湾:商务印书馆,1983:第879册755页

〔3〕(宋)程公说.春秋分记:卷四十二.文渊阁四库全书影印本.台湾:商务印书馆,1983:第154册459页

〔4〕(汉)卫宏.汉官旧仪:卷上.文渊阁四库全书影印本.台湾:商务印书馆,1983:第646册3页

日增华耀，海内簪绅共祝延。(《张太傅生日诗》)

……

不过总体上晏殊之诗正如钱钟书先生所说："据说他(指晏殊)爱读韦应物诗，赞他'全没些儿脂腻气'。但是从他现存的作品来看，他主要还是受了李商隐的影响。也许因为他反对'脂腻'，所以他跟当时师法李商隐的西昆体作者以及宋庠、宋祁、胡宿等人不同，比较活泼轻快，不像他们那样浓得化不开，窒息闷气。"[1]

第四节 晏殊诗文与西昆体的关系及其地位

历代有关晏殊与西昆体关系的论述不少，笔者按朝代先后择要摘录如下：

祥符、天禧中，杨大年、晏元献、刘子仪以文章立朝，为诗皆宗尚李义山，号"西昆体"。[2]

方国家承五季，文章鄙陋，公师杨刘，独变其体。[3]

杨刘晏宋皆不足道。[4]

杨大年、钱文僖、晏元献、刘子仪以文章立朝，为诗皆宗李义山，号"西昆体"。[5]

自公与杨刘唱和集出，学者争效之，号"西昆体"。[6]

昆体出，渐归雅驯，犹事组织，则杨晏为之倡。[7]

[1] 钱钟书.宋诗选注.北京：人民文学出版社，1989：12

[2] (宋)刘攽.中山诗话.见：历代诗话.何文焕辑.北京：中华书局，1981：288

[3] (宋)吴曾.能改斋漫录：卷十二.上海：上海古籍出版社，1979：367

[4] (宋)李之仪.与石端若兄弟书.姑溪居士前集.见：全宋文.上海：上海辞书出版社，2006：第112册100—101页

[5] (宋)李颀.古今诗话.见：魏庆之.诗人玉屑.上海：上海古籍出版社，1978：361

[6] (宋)程敦厚.晏元献公紫薇集序.见：全宋文.上海：上海辞书出版社，2006：第194册283页

[7] (宋)吴渊.鹤山文集序.见：全宋文.上海：上海辞书出版社，2006：第334册24页

晏同叔自以“梨花柳絮”取称，然实“西昆”之一也。[1]

学义山逼真……而意境自佳。[2]

按元献有《临川集》、《紫微集》，今所传元献诗，或未得其全耳。然亦去杨、刘未远。[3]

晏自作诗，实昆体也。[4]

……

然而到了二十世纪，忽然出现了学者对晏殊西昆体作家身份的质疑。最早也是最著名的对晏殊的西昆体作家身份质疑的学者，据笔者所知是夏承焘先生[5]。其理由主要有以下五点：1.《西昆酬唱集》中无晏殊名。2.田况《儒林公议》只说杨亿、刘筠、钱惟演辈“变文章之体……以新诗更相属和”，未提及晏殊。3.晁说之《迂景生集》卷五《报邓缘论诗三首》云：“刘杨名一代，可惜义山穷”也未提及晏殊。4.石介、梅尧臣都有反西昆体的文字，但对晏殊却只有颂扬。5.最早记载晏殊为西昆体作家的《中山诗话》的该条目却年代记载有误。对此笔者将一条一条地加以辨析。第一点的错误在于将《西昆酬唱集》等同于西昆体，《西昆酬唱集》中的作品固然基本上为西昆体，但因为其为特殊环境和条件下（当时的馆阁大臣在馆阁编撰的闲暇的唱酬）的产品，因此许多当时的其他时间创作的具有西昆体风格的作品（包括西昆体领袖杨亿的其他时间的作品）均未收入。第二点和第三点的错误在于夏承焘先生的断章取义。田况和晁说之的本意是以杨亿、刘筠等为西昆体作家的代表人物，并不是说西昆体作家只有他们列举的这几个人物，否则连夏承焘先生自己找来佐证的两条材料之间都相互矛盾——田况说的是杨亿、刘筠、钱惟演等人；而晁说之说的只是杨亿、刘筠。第四点的错误在于

〔1〕 (明)胡应麟.诗薮:杂编卷五.上海:上海古籍出版社,1979:309
〔2〕 李庆甲.瀛奎律髓汇评:卷十七.纪昀评晏殊.春阴.上海:上海古籍出版社,1986:692
〔3〕 (清)翁方纲.石洲诗话:卷三.见:郭绍虞编.清诗话续编.上海:上海古籍出版社,1983:1401
〔4〕 (清)贺裳.载酒园诗话.见:郭绍虞编.清诗话续编.上海:上海古籍出版社,1983:407
〔5〕 夏承焘.唐宋词人年谱.上海:上海古籍出版社,1979:206

晏殊的门生和属下石介、梅尧臣对晏殊的颂扬主要在于他立朝有大节，儒雅好贤，一时名臣多出其门；第五点的错误在于忽略了一种诗文创作倾向不可避免地会有逐渐形成、继续发展、慢慢衰落的整个进行过程。景德末年杨亿等西昆体作家的《西昆酬唱集》的结集只是西昆体正式形成的一个标志，其后祥符天禧年间是西昆体的进一步发展，庆历年间西昆体由于晏殊、宋庠、宋祁等人的旺盛创作，显得依然还比较活跃，只是到了嘉祐年间之后，西昆体才逐渐衰亡。第二个对晏殊的西昆体作家身份质疑的学者是邝健行先生，他提出"要指说晏殊是不是西昆派诗人，最可靠的该是凭藉以下部分或全部的证据：1. 晏殊亲口承认倾慕追摹李商隐或杨刘作品；2. 晏殊作品主要呈现出深具西昆特征的风貌；3. 跟他同时的人或跟他时代相距不远的人提及他属西昆一派。"三点之中他认为"第一点缺乏直接资料，无从论说"；关于第二点，他认为"晏殊作品现存者不到两百首，亡佚者百分之八十以上，很难据现存作品下正确判断"；最后的第三点，他认为："《中山诗话》诚然是最有力的肯定证明，不过这是个孤证，而且稍后的《蔡宽夫诗话》和《韵语阳秋》作类似的记载时（记载西昆体情况），未见晏殊名字。"[1]笔者对此不能认同；首先我们来看第一点："晏殊亲口承认倾慕追摹李商隐或杨刘作品"；或许晏殊的《与富监丞书》可作证据："洎入馆阁，则当时隽贤方习声律，饰歌颂，诮韩柳之迂滞，靡然向风，独立不暇。"虽然他还说过"自历二府，罢辞职，乃得探究经诰，称量百家，然后知韩柳之获高名为不诬失，迩来研诵未尝释手"；但是这只能说明他后来的作品学习的对象更多更广了，并不能以此来否认他前面所说。其次我们来看第二点："晏殊作品主要呈现出深具西昆特征的风貌"；对此我们先要弄清楚西昆特征。西昆体主要崇拜和学习的对象是李商隐，李商隐的作品其实有两种风格，一种是浓艳，一种是清丽。前期西昆体作家学习时大多偏向于浓艳，从而使

〔1〕 邝健行．晏殊诗与西昆体．中国典籍与文化论丛（第五辑）．北京：北京大学出版社，2000：170

作品过分雕琢，或许晏殊正是看出了这个缺点，于是在“历二府，罢辞职”后的晚年有意识的“探究经诰，称量百家”；加上他对韦应物清丽淡雅风格的偏好，从而使他后期的作品风格有了一定的变化，但是这也只不过是对前期西昆体过分浓艳雕琢的一点反拨，从而使作品偏向于清丽风格，他的这种对前期西昆体过分浓艳雕琢的反拨的清丽作品，当时人和后来人都依然将其看作西昆体，并认为这才是真正的西昆体。因此，“晏殊作品主要呈现出深具西昆特征的风貌”这一点也就没有争论的必要。至于“晏殊作品现存者不到两百首，亡佚者百分之八十以上，很难据现存作品下正确判断”；其实历史上的著名文人，有几个不是大多数作品遗失？我们都因此不敢分析判断其作品特色了吗？关于最后一点：“跟他同时的人或跟他时代相距不远的人提及他属西昆一派。”邝健行先生或许因为没有留意，所以认为只有《中山诗话》这一条孤证。其实证据并不少见，例如笔者前面列举的《能改斋漫录》等无不把晏殊归于西昆体作家。通过上面详细的辨析，笔者认为晏殊确实应该归属于西昆体作家。也正因为前人一直毫无争议地将晏殊看作西昆体作家，从而“城门失火，殃及池鱼”——后世对西昆体总的评价不是很高，认为其诗虽然讲究对仗精工、词彩赡丽；但题材狭窄，且用事繁褥晦涩，于是晏殊的诗文长期以来也被忽视。关于晏殊诗文的真正地位和价值，我们需要从文学发展史的角度来看——诗文从晚唐五代的低谷中挣脱出来，独树一帜，并非是一毗而就的，而是经历了一个由模拟到求变再到自立的过程。韦勒克和沃伦在《文学理论》一书中指出，文学史上“一个时期就是一个由文字的规范、标准和惯例的体系所支配的时间的横断面”，“而前一个时期规范系统的余脉和下一个时期的规范系统的先兆及其连续性是依然存在的”。晏殊诗文体现的正是“前一个时期规范系统的余脉和下一个时期的规范系统的先兆及其连续性”[1]。

---

[1] (美)韦勒克，沃伦，刘象愚等译. 文学理论. 北京：三联书店，1984：306－307

第三章　政事之余，溢为文词——晏殊之文学作品研究(二)

第一节　更拓词中意境新

3.1.1 未尝专作妇人语——晏殊之词的题材内容

根据晏殊全部词作的题材内容，我们可以绘制出下面的表格〔1〕：

题材内容	作品首数
伤时抒怀	35
离别相思	50
寿　　词	30
写景咏物	25

1. 伤时抒怀。正如刘勰《文心雕龙·物色》所言："春秋代序，阴阳惨舒，物色之动，心亦摇焉。盖阳气萌而玄驹步，阴律凝而丹鸟羞，微虫犹或入感，四时之动物深矣。若夫珪璋挺其惠心，英华秀其清气，物色相召，人谁获安？"〔2〕作为早慧的天才，加上青年时期短短几年间眼睁睁地看着最亲近的人一个个病逝——公元 1013 年至 1016 年的四年

〔1〕 晏殊有些词作的题材内容有争议，笔者根据自己理解分类。

〔2〕 刘勰．文心雕龙．见：周振甫注．文心雕龙注释．北京：人民文学出版社，1981：493

间，二十多岁的晏殊接连经历了丧弟、丧父、丧妻、丧母等人生中悲哀至极之事；晏殊不可避免地会十分珍惜宝贵的生命和感叹流逝的时光，夕阳、归燕、春花、秋草、流水、落红等一切积淀着时间意义的自然物象都容易诱引晏殊发出流光易逝、人生苦短的感叹，下面我们以晏殊的代表作，也是宋词中家喻户晓、脍炙人口的名篇之一的《浣溪沙》为例：

一曲新词酒一杯。去年天气旧亭台。夕阳西下几时回。

无可奈何花落去，似曾相识燕归来。小园香径独徘徊。

此词首句"一曲新词酒一杯"，巧妙化用白居易《长安道》诗句"花枝缺入青楼开，艳歌一曲酒一杯"；写对酒听歌的轻松悠闲的现境，此亦可谓晏殊以诗酒为乐的生活的自我写照——南宋叶梦得《石林诗话》卷上云："日以赋诗饮酒为乐，佳时胜日，未尝辄废也。"[1]次句"去年天气旧亭台"同样巧妙化用了前人诗句——郑谷《和知己秋日伤感》诗："流水歌声共不回，去年天气旧池台"；一方面描绘了词人现在对酒听歌的具体环境，另一方面又寓含去年同样时节的同样经历，于是一年时光又飞逝过去之感油然而生。"夕阳西下几时回"是词人紧接上句产生的时光流逝的感叹，不过由此触发的还有对美好景物情事的流连，对时光流逝的怅惘，以及对美好事物重现的希望。过片"无可奈何花落去，似曾相识燕归来"紧承上片末句，是借景抒情的千古名对——首先是因为这两句对偶精整，前四字为虚对，后三字为反对，确实难得，无怪乎卓人月称赞它"对法之妙无两"[2]。其次是因为其含义十分丰富，表面看来它指的是落花缤纷，惜花的人无可奈何，任其凋谢，只能徒然为之叹息而已。燕子斜飞，仿佛是旧时的老相识。它们年年岁岁按时归来。实际上"伤春之哀悼中，却隐含了对于消逝无常与循环不已之两种宇宙现象的对比的观照"[3]。即"自其变者而观之"，花落春残，岁月流逝；

[1] (宋)叶梦得．石林诗话：卷上．见：何文焕辑．历代诗话．北京：中华书局，1981：405

[2] (明)卓人月．词统．辽宁：辽宁教育出版社，2000：121

[3] 叶嘉莹．唐宋词名家论稿．石家庄：河北教育出版社，1997：57

“自其不变者而观之”，燕子归来，世事循环。从而在惋惜与欣慰的交织中，蕴含着某种生活哲理：一切必然要消逝的美好事物都无法阻止其消逝，但在消逝的同时仍然有美好事物的再现，生活不会因消逝而变得一片虚无。最后的“小园香径独徘徊”，形象生动地描写了词人在惋惜、欣慰、怅惘之余的独自徘徊、沉思，使全词戛然而止却余韵悠长。正因为晏殊对生命和时光是如此的珍惜，他自然而然会比常人更多的流露出浓厚的时间紧迫感和危机感：

人貌老于前岁。风月宛然无异。（《谒金门》）
兔走乌飞不住。（《清平乐》）
暮去朝来即老。（《清平乐》）
时光只解催人老。（《采桑子》）
时光只解催人老。（《渔家傲》）
风头日脚干催老。（《渔家傲》）
盛年能几时。（《更漏子》）
所惜光阴去似飞。（《破阵子》）
可奈光阴似水声。迢迢去未停。（《破阵子》）
一向年光有限身。（《浣溪沙》）
春光一去如流电。（《踏莎行》）
光阴无暂住。（《拂霓裳》）
念时光堪惜。（《滴滴金》）
……

不过，作为理性的诗人，正如叶嘉莹所说：“对一切事物，他们都有着思考和明辨，也有着反省和节制。他们已养成了成年人的权衡与操持。”[1]面对时光飞逝以及生命中的不圆满，晏殊常常能够找到解决的办法，笔者下面举一首作品为例：

---

〔1〕 叶嘉莹．大晏词的欣赏．见：迦陵论词丛稿．石家庄：河北教育出版社，1997：41

菊花残，梨叶堕。可惜良辰虚过。新酒熟，绮筵开。不辞红玉杯。　　蜀弦高，羌管脆，慢飐舞娥香袂。君莫笑，醉乡人，熙熙长似春。(《更漏子》)

此词首两句"菊花残，梨叶堕"，通过具体的景物描写直接点明节令，菊花残败、梨叶飘落应该是深秋；"残"、"坠"两字也流露了随着光阴的流失，盛年不可久留的伤感情绪。它让我们很容易想到宋玉的《九辩》："悲哉，秋为之气也，萧瑟兮，草木摇落而变衰……"；接着的"可惜良辰虚过"更是直抒其情，感叹美好的时光常常如流水般无情的飞逝。于是词人寻找解决的办法——"新酒熟，绮筵开。不辞红玉杯。"既然匆匆而去的时光无法挽留，生命的长度不能增加；那么我就增加它的密度和浓度——尽情地享受拥有生命的欢乐吧。过片"蜀弦高，羌管脆，慢飐舞娥香袂"，紧接上片的歇拍，继续描写宴会莺歌燕舞的欢乐。结句"君莫笑，醉乡人，熙熙长似春"进一步点明词人及时行乐，享受现在所拥有的一切，珍惜现在所拥有的一切的理性心态；从而使其词"在伤春怨别之情绪内，表现出一种理性之反省及操持，在柔情锐感之中，透露出一种圆融旷达之理性的关照"[1]。他这种在极为清醒冷静的理智指导下无论是顺心还是不顺心都积极追求的纵情享乐，表面似是消极颓废；其实深藏其内的恰恰是词人对人生的执着、对自由的渴望和对人生苦难的心理补偿，是人在自然规律下企图挣脱外在束缚、超越生命痛苦的努力。

2. 相思离别。相思离别既是人生的普遍现象，也是文学永恒的主题；对于宋词中出现的大量相思离别之作，钱钟书先生曾精辟地指出："宋人在恋爱生活里的悲欢离合不反映在他们的诗里，而常常出现在他们的词里。……据唐宋两代的诗词看来，爱情，尤其是在封建礼教眼开眼闭的监视之下的那种公然走私的爱情，从古体诗里差不多全部撤退

---

〔1〕 叶嘉莹. 唐宋词名家论稿. 石家庄：河北教育出版社，1997：56

到近体诗里，又从近体诗里大部分迁移到词里。”[1]晏殊词中此类作品并不少见，作品主人公既有男性，例如：

忆得去年今日，黄花已满东篱。曾与玉人临小槛，共折香英泛酒卮。长条插鬓垂。　　人貌不应迁换，珍丛又睹芳菲。重把一尊寻旧径，所惜光阴去似飞。风飘露冷时。（《破阵子》）

也有女性，例如：

青杏园林煮酒香，佳人初试薄罗裳。柳丝无力燕飞忙。
乍雨乍晴花自落，闲愁闲闷日偏长。为谁消瘦减容光。（《浣溪沙》）

下面就举一首为例：

玉楼朱阁横金锁。寒食清明春欲破。窗间斜月两眉愁，帘外落花双泪堕。　　朝云聚散真无那。百岁相看能几个。别来将为不牵情，万转千回思想过。（《木兰花》）

此词写的就是相思离别：上片第一句“玉楼朱阁横金锁”首先勾勒出一个豪华、优美——“玉楼朱阁”，然而却不圆满——“横金锁”的环境，暗中透露了相思离别的主题，使人有物是人非、人去楼空之感，同时给全词定下了优美而凄婉的基调。“横”字之妙在于让人心头突然紧缩，“金锁”好像就锁在心头。接着的第二句“寒食清明春欲破”则点明季节是最容易让人伤感的暮春，寒、清、破则暗中又带有凄婉和忧伤。最后的第三、四句“窗间斜月两眉愁，帘外落花双泪堕”，将景与情完美地结合在一起，既是写从窗间照射进来的一勾缺月仿佛人的凝愁的双眉，帘外正在扑扑飘落的花片儿发出好像是人的眼泪掉落的声音；又是写一勾缺月照着词人的凝愁的双眉，词人看着帘外的落花，因触动身世之感而双眼落泪；由于景与情二者的水乳交融，让人根本无法分清到底哪里是

[1] 钱钟书．宋诗选注·序．北京：人民文学出版社，1989：8

景，哪里是情。下片词人承接上片的景转而以抒情为主。“朝云聚散真无那”之“朝云”用的是宋玉《高唐赋》中巫山神女“旦为朝云，暮为行雨”的典故，以喻美人。“无那”则是无可奈何。意思是说与心爱的美人的聚合离散，都是不由自主、无可奈何之事；“百岁相看能几个”则更进一步提出疑问和质疑：“自古以来，有几个人能和他的相爱的人厮守相看到百年呢？”疑问和质疑之间充满了词人对生命意义、价值以及人类命运的思考，它已经不只是指词人对无法与心爱的人朝朝暮暮相处的遗憾，还包含着词人对人生短暂以及短暂人生中不如意事情太多的感叹。最后的“别来将为不牵情，万转千回思想过”委婉曲折地将词人的强烈相思表现得淋漓尽致——词人原以为自己千方百计的努力应该可以排除掉离愁别恨的牵缠，结果还是“万转千回”，怎么也不能够忘怀。不过，作为理性的诗人，此词之相思离别虽然写得十分浓挚沉郁；但是由于理性的牵引，最终哀而不伤；此类作品还有《鹊踏枝》（槛菊愁烟兰泣露）等。

面对相思离别，晏殊除了哀而不伤，他往往也能够找到解决的办法，笔者下面以其最有代表性的一首作品为例：

一向年光有限身。等闲离别易销魂。酒筵歌席莫辞频。满目山河空念远，落花风雨更伤春。不如怜取眼前人。（《浣溪沙》）

此词作为晏殊《珠玉词》中写相思离别的一篇名作，传诵之广，评价之高，几乎与同调名的“一曲新词酒一杯”并驾齐驱。词的首句“一向年光有限身”，劈空而来，直接强烈地呼喊出人的生命仿佛眨眼间流逝的时光一样的短暂，具有一种独特的撼人心魄的效果。于是“等闲离别易销魂”即使平平常常的离别也会使词人痛苦孤独，魂消魄散；因为每一回离别都要占去有限年光的一部分。面对短暂的人生以及短暂人生中的离别，我们应该怎么办？词人认为痛苦是无益的，不如对酒当歌，及时行乐，聊慰此有限之身，故主张“酒筵歌席莫辞频”。词的下片换头二句“满目山河空念远，落花风雨更伤春”，紧承上片，进一步抒写“等闲离别易销魂”的离情。分离后，词人远望，山河满目，伊人何方，徒然怀思；近看，风吹雨打，落花纷纷，更加伤感。“空”与“更”，近与远，虚与实相互衬托，从而气象宏阔，意境莽苍。也因此曾被吴梅激赏为“较‘无可奈何’，胜过十倍”[1]。结句“不如怜取眼前人”忽然一转，指出与其徒劳无益的伤春惜别、念远怀人，还不如珍惜现在所拥有的一切，享受现在所拥有的一切。就人的日常情感和心理来说，喜爱会合、厌弃别离是其天性。无论是和亲友欢聚，还是与情侣团圆，都常常会令人精神愉快满足，感到生命中充满微波荡漾的欣喜。反之，别离则使人孤独痛苦。但是，天意难料，因缘不定，人不可能依照生命的本愿而生活。每当晏殊词中出现相思离别时，他的理性常常会使之跳出具体情事，脱离平常人的伤感，以旷达的怀抱和圆融的理性包容生活的不圆满，除了上面所举之作，晏殊词中此类作品还可以举出许多，例如：

淡淡梳妆薄薄衣。天仙模样好容仪。旧欢前事入颦眉。　闲役梦魂孤烛暗，恨无消息画帘垂。且留双泪说相思。(《浣溪沙》)

帘旌浪卷金泥凤。宿醉醒来长瞢忪。海棠开后晓寒轻，柳絮飞时春睡重。　美酒一杯谁与共。往事旧欢时节动。不如怜取眼前人，免更劳魂兼役梦。(《木兰花》)

春色渐芳菲也，迟日满烟波。正好艳阳时节，争奈落花何。　醉来拟恣狂歌。断肠中、赢得愁多。不如归傍纱窗，有人重画双蛾。(《相思儿令》)

……

3. 寿词(详见下节)。

4. 写景咏物。除了上面三大题材内容之外，晏殊还有一些颇具特色的写景咏物之词。笔者先举其中一首为例：

[1] 吴梅. 词学通论. 上海：华东师范大学出版社，1996：65

越娥红泪泣朝云。越梅从此学妖颦。腊月初头、庚岭繁开后,特染妍华赠世人。　　前溪昨夜深深雪,朱颜不掩天真。何时驿使西归,寄与相思客,一枝新。报道江南别样春。(《瑞鹧鸪》)

根据此词之情感以及具体内容推断,它应当是晏殊于公元1033年由参知正事贬官亳州后所作。词的上片首两句“越娥红泪泣朝云。越梅从此学妖颦”,暗用典故,将越梅比作越女西施,接着的“腊月初头、庚岭繁开后,特染妍华赠世人”,写的是农历十二月初,梅花开始在江南大地盛开,将其特别美丽的风姿赠给世上的人们欣赏。过片“前溪昨夜深深雪,朱颜不掩天真”,词人笔锋稍微一转,换了一个角度来继续写梅花——昨夜前溪下了一场大雪;但前溪两岸的梅花仍然凌寒斗雪开放,大雪是遮不住梅花那美丽的容颜的。接着的“何时驿使西归,寄与相思客,一枝新。报道江南别样春”,化用南朝陆凯《赠范晔》:“折梅逢驿使,寄与陇头人。江南无所有,聊赠一枝春。”此词一方面生动地写出了梅花清新美丽的“妍华”和凌寒斗雪的“傲骨”,另一方面又隐隐约约是词人自我性格的写照,全词清新旷达的情怀和思致颇有特色。

又如:

宿蕊斗攒金粉闹。青房暗结蜂儿小。敛面似啼开似笑。天与貌。人间不是铅华少。　　叶软香清无限好。风头日脚干催老。待得玉京仙子到。凭向道。红颜只合长年少。(《渔家傲》)

这也是一首十分典型的咏物词。上片首两句“宿蕊斗攒金粉闹。青房暗结蜂儿小”,写荷塘里新开的莲花,丛丛簇簇,芳香袭人。那莲花里面刚结的小莲蓬,就像个蜂窝,小莲实的顶芽就像小蜂儿在蠕动。一个“闹”字,生动形象地写出了荷塘花开之茂盛,朵朵争艳之热闹气氛;将新生的莲实之嫩芽比喻成小蜂儿,则更是神来之笔。接着的“敛面似啼开似笑”,写莲花“含苞”的时候好像美人在哭,“怒放” 的时候又好像美人在笑。歇拍的"天与貌,人间不是铅华少",进一步强调莲花不管是哭还是笑,都是天然的本来面貌,这是人间那些即使想尽办法化妆的美人也赶不上的。过片"叶软香清无限好",继续写眼下的荷叶、莲花,它们舒卷自如,清香四溢,正是生机蓬勃之时。可是,随着时光的流逝,风侵雨蚀,日晒霜打,"叶软香清"必然要走向叶枯花谢——"风头日脚干催老"怎么办呢?结句"待得玉京仙子到。凭向道。红颜只合长年少",点明词的作者晏殊不愿意美丽的莲花衰败,希望等到玉京仙子,然后想方设法请求其将莲花美丽的红颜(其实,这里何尝又只是指莲花美丽的红颜?它完全也可指人世间一切美好的事物!)长久保留在青春年少的状态!此词与前面的作品一样,明显流露了其颇有特色的清新旷达的情怀和思致。

3.1.2 风流闲雅——晏殊之词的艺术特色

正如叶嘉莹所说:"一般说来,人们对事物感受的态度,约可分为两种:一种是以感官去感受的;而另一种则是以心灵去感受的。以感官去感受的人,所得的大多是事物的形体迹象;而以心灵去感受的人,则所得的大多是事物的气象神情。"[1]晏殊正是那种以心灵去感受的人,因此他的记录心灵之所感受的小词常常具有其独特的气象神情——"风流闲雅"。下面我们以晏殊《珠玉词》中具有代表性的作品为例:

金风细细。叶叶梧桐坠。绿酒初尝人易醉。一枕小窗浓睡。 紫薇朱槿花残。斜阳却照阑干。双燕欲归时节,银屏昨夜微寒。(《清平乐》)

词的第一句"金风细细",首先在精细的写景中点明时间,渲染环境。金风,即秋风。《文选》载张协的《杂诗》"金风扇素节"中,李善注曰:"西方

---

〔1〕 叶嘉莹.大晏词的欣赏.见:迦陵论词丛稿.石家庄:河北教育出版社,1997:49

为秋而主金，故秋风曰金风也。”[1]不过在此金风却绝对不能用秋风代替，因为秋风让人想到的首先便是宋玉《九辩》的：“悲哉！秋之为气也。萧瑟兮，草木摇落而变衰……”而金风以其鲜艳的色泽既可以让人联想到秋天各种美丽的丰收景象，也暗中流露了词人的风流富贵的闲雅心态。一字之差，气氛和境界迥然不同。接着用“细细”形容修饰金风，更加清楚明白地显示了金风没有秋风惯有的那种萧飒之感。整个第一句一开始便以其精细的笔触描写了来自词人心灵的细微的区别与感受。“叶叶梧桐坠”进一步描写秋天的美丽景致。关于梧桐经秋而落叶，历代的文人写得都是悲凉凄厉，如温庭筠《更漏子》：“梧桐树，三更雨，不道离情正苦。一叶叶，一声声，空阶滴到明。”李煜《乌夜啼》：“寂寞梧桐深院锁清秋。”然而晏殊仅仅将“叶叶”这两个名词连用，便仿佛变魔法一样，将一片片黄叶飘落的景象描写得既使人感到黄叶飘落很有次序、很有节奏；又使人感到黄叶飘落十分悠闲、优美。“绿酒初尝人易醉。一枕小窗浓睡”写的是如此优美、轻松——舒适、悠闲的环境使无所事事的词人情不自禁端来一杯绿酒，倚轩初尝，细细淡饮，或许是词人酒量并不大，也可能是美景容易让人心醉，词人才喝了一点，不知不觉中就有了醉意，于是顺势和衣躺在小窗下独自睡着了。“初尝”、“易醉”写活了主人公轻松、悠闲的饮酒情态。过片二句“紫薇朱槿花残。斜阳却照阑干”，紧结上片，描写醒来后所见之美丽的秋景——鲜艳漂亮的紫薇花、朱槿花已经渐渐凋落衰败，温暖的夕阳柔柔地照在阑干上。虽然在此词人没有直接表露自己酒醒后是什么样的心情，然而我们完全可以通过他眼中所见，笔下所写的景象看出其中所折射出的词人慵怠满足的神态和悠闲舒适的心情。接着凭空道来的一句“双燕欲归时节”似乎是不相干语；然而结句“银屏昨夜微寒”，使之顿时精妙无比。对此，唐圭璋先生有精当的评点：“‘双燕’两句，既惜燕归，又伤人独，语不说

〔1〕 萧统著，李善注．文选：卷二十九．上海：上海书店，1988：414

尽,而韵特胜。"[1]作为一首充分体现了晏殊《珠玉词》风流闲雅艺术特色的词作,该词得到过许多著名词学研究者的好评:

情景相副,宛转关生,不求工而自合。宋初所以不可及也。[2]

纯写秋末景色,惟结句略含清寂之思,情味于言外。求之,宋初之高格也。[3]

此首以景纬情,妙在不着意为之,而自然温婉。[4]

此词抒写静中情味,雅韵欲流。[5]

景象和心情融成一片,意境清新,耐人寻味。[6]

……

读完全词,我们发现它在内容上确实没有特别的地方,不过是写了词人在富贵闲适生活中对于季节时序更替变化的一种细致入微的体味和感触;然而由于词人深厚的文化教养,天然的富贵气质,加上高超的艺术手法,从而使它温润秀洁,精美动人——正如叶嘉莹所说:"它所表现的,只是在闲适的生活中的一种优美而纤细的诗人的感觉。对于这种词,我们不当以'情'求,也不当以'意'想,而只当单纯地去体会那一份美而纯的诗感。"[7]通过前面的具体分析,这种"美而纯的诗感"(即晏殊词的特色"风流闲雅")个人认为其实与四个方面的因素有关:第一是清新淡雅的意象,例如该词的金风、梧桐、绿酒、紫薇、朱槿、斜阳、阑干、银屏等。第二是华美明丽的色彩,例如该词的绿、紫、朱、银等。第三是珠圆玉润的声韵,例如该词的初尝、阑干、绿酒、银屏、细细、叶叶等双

〔1〕 唐圭璋.唐宋词简释.上海:上海古籍出版社,1981:56

〔2〕 (清)先著.词洁集评:卷一.见:唐圭璋.词话丛编.北京:中华书局,1986:1345

〔3〕 俞陛云.唐五代两宋词选释.上海:上海古籍出版社,1985:161

〔4〕 唐圭璋.唐宋词简释.上海:上海古籍出版社,1981:56

〔5〕 赵尊岳.珠玉词选评.见:词学(第7辑).上海:华东师范大学出版社,1989:154

〔6〕 詹安泰.简论晏欧词的艺术风格.见:宋词散论.广州:广东人民出版社,1980:190

〔7〕 叶嘉莹.大晏词的欣赏.见:迦陵论词丛稿.石家庄:河北教育出版社,1997:45－46

声、叠韵、叠字的手法以及“缜密”的支纸韵部。[1] 第四是和谐动听的词调,《清平乐》“上半阕全用仄韵,句句协韵,显示情调紧张;下半阕转平,第三句并改仄收,隔句一协,就显得音节和缓,转作曼声,有缠绵不尽之致,是短调中最为美听的”[2]。晏殊词是否真的普遍具有这四个方面的特点呢?下面我们利用定量分析的科学方法,同时结合实例来具体谈谈这个问题。

意象。所谓意象,就是作者心意中的物象和表象,它是客观存在的象和作者主观的意相统一的结果。它的形成包含两个层面:一是客观物象反映到观照主体的人脑里;一是主体的情思映照在客观物象上。意象是用词语凝炼出来的,它的外壳就是词语;而在内质上,意象饱含着作者对物象的理解、情感以及审美情志。作为组成诗词的组件,意象历来是诗词研究中关注的重点。晏殊词中运用的意象之最大特色便是清新淡雅——叶嘉莹认为晏殊的词之意象“极鲜明真切”[3]。细读其词,确实很少有阴暗残破的意象。笔者以晏殊词中最常见的日意象为例:

依约林间坐夕阳。(《玉堂春》)
斜阳独倚西楼。(《清平乐》)
斜阳却照深深院。(《踏莎行》)
斜阳只送平波远。(《蝶恋花》)
夕阳西下几时回。(《浣溪沙》)
池上夕阳笼碧树。(《渔家傲》)
莫教红日西晚。(《长生乐》)
任他红日长。(《更漏子》)
红日永。(《更漏子》)

---

〔1〕 王易.词曲史.南京:江苏教育出版社,2005:178
〔2〕 龙榆生.词学十讲.北京:北京出版社,2005:67
〔3〕 叶嘉莹.大晏词的欣赏.见:迦陵论词丛稿.石家庄:河北教育出版社,1997:53

红日晚。(《渔家傲》)

醉后不知斜日晚。(《木兰花》)

红日长时添酒困。(《木兰花》)

湖上西风斜日。(《破阵子》)

斜日更穿帘幕。(《破阵子》)

……

不仅晏殊词中最常见的日意象如此，晏殊词中其他常见意象也均具有清新淡雅的特点。笔者以统计的晏殊词最常见的十大意象为例。

意象	常见的组合
日	夕阳、斜阳、斜日、红日
月	明月、斜月
人	玉人、佳人
花	荷花、梅花、菊花、梨花
风	西风、春风、东风、金风、秋风
春	阳春
酒	美酒、绿酒、玉酒
秋	清秋
天	碧天
露	清露、珠露、玉露、风露

色彩。马克思说过："色彩的感觉是一般美感中最大众化的形式。"[1]鲁道夫·阿恩海姆说："色彩能够表现感情，这是一个无可辩驳的事实"[2]。色彩学常识则更具体地告诉我们，当色彩的物理属性作用于人的时候，可以引起人的审美心理活动，人的大脑会因此产生某种象征性的感觉，甚至还会产生某些联想，而这些联想就使得色彩披上了情感的轻纱——华美明丽的色彩往往流露的是富贵美满，残破黯淡的色彩则常常代表的是贫寒凄凉。凡是读过晏殊词的人，其中华美明丽

[1] 马克思.政治经济学批判.见：马克思恩格斯全集(第十三册).北京：人民出版社，1979：145

[2] 鲁道夫·阿恩海姆.艺术与视知觉.北京：中国社会科学出版社，1984：460

的色彩肯定会让他印象深刻：

红鸾翠节，紫凤银笙。玉女双来近彩云。（《长生乐》）

绿叶红花媚晓烟。黄蜂金蕊欲披莲。（《浣溪沙》）

粉面啼红腰束素。当年拾翠曾相遇。（《渔家傲》）

饶将绿扇遮红粉。一掬蕊黄沾雨润。天人乞与金英嫩。（《渔家傲》）

古罗衣上金针样，绣出芳妍。玉砌朱阑。紫艳红英照日鲜。（《采桑子》）

芙蓉金菊斗馨香。天气欲重阳。远村秋色如画，红树间疏黄。（《诉衷情》）

琼脸丽人青步障。风牵一袖低相向。应有锦鳞闲倚傍。秋水上。时时绿柄轻摇扬。（《渔家傲》）

欲摘嫩条嫌绿刺。闲敲画扇偷金蕊。半夜月明珠露坠。多少意，红腮点点相思泪。（《渔家傲》）

紫菊初生朱槿坠。月好风清，渐有中秋意。更漏乍长天似水。银屏展尽遥山翠。（《蝶恋花》）

青苹昨夜秋风起。无限个、露莲相倚。独凭朱栏、愁望晴天际。空目断、遥山翠。（《凤衔杯》）

……

据笔者统计，晏殊词中基本上全是华美明丽的色彩：

颜　色	次　数
红	68
朱	31
黄	16
金	48
银	8
玉	39
绿	30

续表

颜　色	次　数
青	18
紫	10
碧	12
翠	17

这些华美明丽的色彩既显示了晏殊富贵风流的生活和雍容闲适的心态；同时也对晏殊词之风流闲雅的艺术特色的形成有不可忽略的作用。

声韵。双声是指两个声纽相同或相近的字叠合，叠韵是指两个韵母相同或相近的字叠合，叠字则可以说既是以两个声纽相同或相近的字叠合，也是以两个韵母相同或相近的字叠合。双声、叠韵、叠字的运用往往可以产生一种和谐悦耳的声响效果。清人李重华云："叠韵如两玉相扣，取其铿锵；双声如贯珠相联，取其婉转。"[1]王国维说："词之荡漾处多用叠韵，促节处用双声，则其铿锵可诵，必有过于前人者。"[2]。因此精通音律者例如温庭筠、柳永、张炎等人之词往往双声、叠韵、叠字的现象十分普遍。晏殊词也是如此，笔者仅仅以晏殊创作首数最多的《渔家傲》中的叠字之连叠[3]为例：

绿水悠悠天杳杳。
重重占断秋江水。
三三两两能言语。
黄昏更下萧萧雨。
风淅淅。
飒飒风声来一饷。
残红片片随波浪。

〔1〕(清)李重华．贞一斋诗说．续修四库全书．上海：上海古籍出版社，第1701册185页
〔2〕王国维．人间词话．上海：上海古籍出版社，1998：33
〔3〕叠字分连叠、隔叠、错综叠。

时时绿柄轻摇扬。
红腮点点相思泪。
时时照影看妆面。
莲叶层层张绿伞。
莲房个个垂金盏。
西池夜夜风兼露。
条条不断谁牵役。
对面不言情脉脉。
日夜声声催箭漏。
高低掩映千千万。
……

十四首作品中竟然有19处叠字！据笔者粗略统计，晏殊全部词作中，有双声410处，叠韵430处，叠字180处。另外还要特意提出的是晏殊词的用韵。据笔者统计，晏殊词的用韵主要集中于支纸和元阮——支纸韵部独用25次，转用14次，共39次；元阮韵部独用21次，转用12次，共33次；仅仅这两个韵部的使用就占了晏殊全部词作用韵的三分之一还多一点。关于支纸、元阮韵部的声情，前人评价道："支纸缜密"[1]，"支先（元阮）韵细腻"[2]，"元阮清新"[3]。由上可知，双声、叠韵、叠字的大量使用以及清新细腻的支纸、元阮韵部的选择确实促使了晏殊词之珠圆玉润的声韵的形成。

词调。关于词调选择的重要性，清代杜文澜有详细的说明："四库全书克斋词提要云：'考花间诸集，往往调即是题。如女冠子则咏女道士，河渎神则为送迎神曲，虞美人则咏虞姬之类。唐末五代诸词，例原如是。后人题咏渐繁，题与调始不相涉。'余按今人标题作本意者，即是

〔1〕 王易.词曲史.南京:江苏教育出版社,2005:178
〔2〕 周济.宋四家词选目录序论.见:唐圭璋.词话丛编.北京:中华书局,1986:1645
〔3〕 王易.词曲史.南京:江苏教育出版社,2005:178

就调为题。此外多与题无涉，或竟相犯者。如以春霁咏秋情，以秋霁咏春景，皆非所宜。故凡即景言情，必先选定词调。虽难尽合题旨，亦必与本题略有关合为佳。又如满江红、水调歌头之类，调本雄壮，而强纳之于香奁。如三姝媚、国香慢之类，调本细腻，而故引之为豪放，均为不称。故拈题犹贵择调也。”[1]由此可知，词作为一种配合音乐来歌唱的文学，词调是来规定它的内容和音乐腔调的。成百上千的词调，从音节上说有长短急慢之别，从声情上说有哀乐刚柔之别，从时代上说有新声旧曲之别，因此“选一个最适合于表达自己创作感情的词调，是填词的第一步工序”[2]，也因此词人常用的词调是词人词作的主要风貌形成的重要因素。下面我们就以晏殊词中用得最多的《渔家傲》、《浣溪沙》为例。关于《渔家傲》之平仄声情，“前后阕除一个三言句外，约略相等于一首七言仄韵绝句，在句中的平仄安排是和谐的，而从整体的落脚字来看，音节却是拗怒的。加之句句押韵，显示着情绪的紧张迫促，是适宜于表达兀傲凄壮的爽朗襟怀的。”[3]所以被晏殊称为“神仙一曲渔家傲”。又如《浣溪沙》：“上半阕句句押韵，情调较急；下半阕变作两个七言对句，隔句一协，便趋缓和”[4]；“声韵安排大致接近近体律、绝诗而例用平韵的……音节都是相当谐婉的”[5]；“声容态度趋于流丽谐婉”[6]。晏殊词中不仅用得最多的《渔家傲》、《浣溪沙》如此，其他常用词牌也大多都是声情上风流蕴藉，声调上接近于近体诗的和谐动听的调子，具体统计如下(以 6 首为底线)：

[1] (清)杜文澜．憩园词话：卷一．见：唐圭璋．词话丛编．北京：中华书局，1986：2860
[2] 夏承焘．唐宋词欣赏．北京：北京出版社，1986：145
[3] 龙榆生．词学十讲．北京：北京出版社，2005：53
[4] 龙榆生．词学十讲．北京：北京出版社，2005：61
[5] 龙榆生．词学十讲．北京：北京出版社，2005：30
[6] 龙榆生．词学十讲．北京：北京出版社，2005：49

词牌	调式	首数
渔家傲	77737,77737	14
浣溪沙	777,777	13
木兰花	7777,7777	11
诉衷情	7565,333444	10
采桑子	7447,7447	7
蝶恋花	74577,74577	6

通过以上的统计分析,我们可以发现正是以上四个方面的特点促成了晏殊之《珠玉词》风流闲雅的艺术特色。对于晏殊词的这种风流闲雅的艺术特色,前人的认识也颇为一致。

晏元献,欧阳文忠、宋景文则以其余力游戏,而风流闲雅,超出意表,又非其类也。谛味研究,字字皆有据,而其妙见于卒章,语尽而意不尽,意尽而情不尽,岂平平可得仿佛哉?[1]

晏元献,欧阳文忠公,风流蕴藉,一时莫及,而温润秀洁,亦无其比。[2]

妙处俱在神韵,不在字句。[3]

风流华美,浑然天成。如美人临妆,却扇一顾。[4]

珠玉新编逸韵绕。[5]

不期厚而自厚,此种当于神味别之。[6]

风神婉约,骨格自高,不流俗秽。[7]

无须表德,并无须实说,所谓不着一字尽得风流,罗罗清

〔1〕 (宋)李之仪. 跋吴师道小词. 姑溪居士文集:卷四十. 见:全宋文. 上海:上海辞书出版社,2006:第112册139页

〔2〕 (宋)王灼. 碧鸡漫志. 见:唐圭璋. 词话丛编. 北京:中华书局,1986:83

〔3〕 王士祯. 锦瑟词话. 续修四库全书. 上海:上海古籍出版社,第1725册255页

〔4〕 郭麐. 灵芬馆词话:卷一. 见:唐圭璋. 词话丛编. 北京:中华书局,1986:1503

〔5〕 沈道宽. 论词绝句. 话山草堂诗钞:卷一. 见:孙克强. 唐宋人词话. 郑州:河南文艺出版社,1999:176

〔6〕 蒋敦复. 芬陀利室词话:卷三. 见:唐圭璋. 词话丛编. 北京:中华书局,1986:3671

〔7〕 (清)陈廷焯. 云韶集:卷二. 见:孙克强. 唐宋人词话. 郑州:河南文艺出版社,1999:179

疏，却按之有物。[1]

若同叔，永叔，虽不作态，而一笑百媚生矣。[2]

不必言情而自足于情，一字一句，落落大方，能得天籁，斯即为词中圣境，珠玉是也。[3]

……

第二节　龟鹤命长松寿远，阳春一曲情千万——寿词专论

刘尊明先生曾经根据“《全宋词》计算机检索系统”(由南京师大研制，已通过国家鉴定)统计，“在唐圭璋先师编纂的《全宋词》中(含孔凡礼《全宋词补辑》)，仅从词题、词序中标明‘祝寿’‘庆诞辰’‘生日作’等语词，经判读可确定为寿词的，有 1860 首；在题、序中没有‘寿’等语词标示，或没有题、序的作品中，通过含‘生日’、‘寿诞’、‘诞辰’等字词句的检索，经判读可确定为寿词的，约有 694 首（因祝寿词所用语词意象较为丰富复杂，故此项检索与统计可能尚未穷尽）两项加起来，其全部寿词总数竟达 2554 首，约占《全宋词》作品总数(21055 首)的八分之一弱，12.13%；其中有姓名可考的作者约 431 人，约占《全宋词》作者总数(1494 人)的三分之一弱，28.84%”。[4]由此可见，宋代寿词的词作之丰，作家之众已经构成了宋代词坛颇为壮观的一大现象——首先在这庞大的寿词创作中，作者身份地位十分悬殊：有帝王公卿，亦有清客寒士；有男性作家，亦有女性词人；有文人雅士，亦有市民村夫。另外还有和尚道士、贩夫走卒、歌儿舞女等三教九流的“杂牌军”。其次在这庞

〔1〕 况周颐.历代词人考略：卷七.北京：全国图书馆文献缩微复制中心，2003：333

〔2〕 王国维.人间词话.北京：中国人民大学出版社，2004：46

〔3〕 赵尊岳.填词丛话：卷三.见：词学(第 4 辑).上海：华东师范大学出版社，1986：81

〔4〕 刘尊明.唐宋词综论.北京：中国社会科学出版社，2004：136

大的寿词创作中，作品数量、质量参差不一：有偶尔为之的业余客串者（一般作者大多为此类），亦有数十百篇的专业作家（如魏了翁寿词数量竟达近百篇）；有完全的真情流露之作，亦有纯粹的应酬之篇；有不少富贵典雅的上乘佳制，亦有很多俚朴粗俗的低级滥文。而“北宋倚声家之初祖”[1]的晏殊正是宋代寿词大量创作的始作俑者。据笔者统计，晏殊的寿词共 30 首，占晏殊全部词作（140 首）的 21.43％，这些寿词主要可以分为以下三大类：

3.2.1“圣寿祝天长”——为帝王祝寿之词

据相关史料记载，每个宋代皇帝即位后，都为自己的生日各自建立一个“圣节”。在圣节里，皇帝坐殿，京城的文武百官依次上殿祝寿，进献寿酒，然后由皇帝赐百官酒，乐工歌妓致语奏乐，所歌则多为朝臣所进寿词。州郡官员则一方面为皇帝生日举办庆祝宴会，另一方面还需要上祝寿的诗、文、词。除了圣节，其他一些重要时节，京城的文武百官上殿祝寿、进献乐词也十分普遍。[2] 因此作为“谋猷存二府，台阁遍诸生”[3]的高官显宦、一生深得皇帝宠爱的文坛领袖——晏殊不可避免地要创作许多祝寿的文学作品。笔者以两首为仁宗皇帝祝寿之词为例：

> 风转蕙，露催莲。莺语尚绵蛮。尧蓂随月欲团圆。真驭降荷兰。　褰油幕。调清乐。四海一家同乐。千官心在玉炉香。圣寿祝天长。（《喜迁莺》）

《喜迁莺》又名《万年枝》，自从晚唐五代韦庄用此调颂咏进士及第之喜以来，后世词人大多喜欢沿用此调来填写祝颂庆贺之内容。根据词中

〔1〕（清）冯煦．蒿庵词话．见：唐圭璋．词话丛编．北京：中华书局，1986：3585

〔2〕详情可参看刘尊明先生的《唐宋词综论》。

〔3〕（宋）欧阳修．晏元献公挽辞三首．欧阳修全集：卷五十六．北京：中华书局，2001：812

"圣寿祝天长"之类句子我们可知这首词为皇帝祝寿之词。但是晏殊一生经历了真宗、仁宗两代皇帝,这首寿词究竟是为哪位皇帝写的呢?《宋史》之《仁宗本纪》记载仁宗生于"四月十四日"[1];《真宗本纪》记载真宗却是"十二月二日生"[2]。根据词中写到的时令具有的明显的春末夏初的特色——"风转蕙,露催莲。莺语尚绵蛮。尧蓂随月欲团圆",我们可以推断出来晏殊这首寿词是为仁宗皇帝所写。作为一首寿词,该词十分符合寿词的体例规范。词的开头三句"风转蕙,露催莲。莺语尚绵蛮"首先描写美丽的景物——微风轻轻摇动着蕙兰,露水在荷叶上滚来滚去,清脆悦耳的鸟叫声不时响起,从而既点出了节令,又为下面的喜庆做好了清新优美的环境铺垫。"尧蓂随月欲团圆。真驭降荷兰"则逐渐转入主题,写夹阶而生的蓂荚随着月圆的即将到来开始结果,皇帝的车驾浩浩荡荡地开到了荷花、蕙兰遍生的地方。此句表面写景叙事,其实通过典故"尧蓂"在巧妙赞美皇帝。过片"褰油幕。调清乐。四海一家同乐"紧接上片,写"真驭降荷兰"后搭起青油布帐篷,弹起动听的音乐,因为天下太平无事,英明、仁慈的皇帝同全国人民一样欢乐起来。结句"千官心在玉炉香。圣寿祝天长"正式点明主题——文武百官们把全部心思都集中在皇帝所在的地方,衷心祝愿皇帝能够寿命像天地一样久远。全词辞藻富丽堂皇、结构浑融一体,是为帝王祝寿之词中的佳制。

接着我们来看第二首:

歌敛黛,舞萦风。迟日象筵中。分行珠翠簇繁红。云髻袅珑璁。　金炉暖。龙香远。共祝尧龄万万。曲终休解画罗衣,留伴彩云飞。(《喜迁莺》)

根据这首词中的"迟日象筵中"、"金炉暖。龙香远。共祝尧龄万万",我们同样可知该词是为生于春末夏初的仁宗皇帝祝寿的。该词最大的特

〔1〕(元)脱脱等.宋史:卷九.北京:中华书局,1977:175
〔2〕(元)脱脱等.宋史:卷六.北京:中华书局,1977:103

色便是它文词典雅得体且省略了许多颂圣的陈词滥调，故得到了近人赵尊岳的大力赞赏："述皇家恩荣之作，每多滥调，又必须颂圣，易流庸率，即《珠玉集》中有不能免者。此首独无斯弊，则虽记宴，而非应制，故只以'尧龄'一语轻轻带过正题，惟全词气象仍穿插殿阁风光，有别于园林池观耳。'象筵'者，殿阁列象队于外朝，用示南荒之效顺，由来甚久，宋沿其制。又'金炉'则殿阁所陈置，'龙香'出海南，又非殿阁不恒获致，即以此三事，示其为万寿，自不落于俗套。写排当勾队，曰'分行珠翠'，曰'云髻袅珑璁'，主于记事，不涉抒情，盖殿阁酺宴，非可出以寻常行乐之语，然末结犹用宕笔，清而不亵，是诚工于状物，且识体制之尊者。"[1]另外晏殊流传下来的还有一首也写得颇为符合体式规范的为当时还是太子的仁宗的祝寿之词：

阆苑神仙平地见，碧海架蓬瀛。洞门相向，倚金铺微明。
处处天花撩乱，飘散歌声。装真筵寿，赐与流霞满瑶觥。
红鸾翠节，紫凤银笙。玉女双来近彩云。随步朝夕拜三清。
为传王母金箓，祝千岁长生。(《长生乐》)

《长生乐》一调最早见于晏殊《珠玉词》中，且《珠玉词》中两首《长生乐》之内容与调名相符(另一首详见后面)，因此很可能是晏殊创制的专门用来祝寿的词牌。对于这首《长生乐》，有人认为寿主当是词人自己的老伴——宰相夫人。笔者愚意认为寿主很可能是当时还是太子的仁宗，理由如下：1. 王母金箓。金箓本来是道教称天帝的诏书，王母金箓则是指王母(皇后)代替天帝(皇帝)所发的诏书，晏殊一生中有此种经历的时期有且只有真宗晚期(当时真宗病重，精明干练的刘皇后全权代理真宗皇帝)至仁宗初期(仁宗即位后，刘皇后借口仁宗年幼，依然一直行使皇帝的权利，直到她去世)。不过从后面一句以及全词浓重的道教气息可知此词的王母金箓应该发生于真宗晚期。2. 祝千岁长生。中国古代常常用万岁代指皇帝，千岁代指王子，而真宗有且只有一个儿子即

〔1〕 赵尊岳. 珠玉词选评. 见：词学(第7辑). 上海：华东师范大学出版社，1989：158

仁宗。此词作为一首寿词，与众不同的特色十分明显——词一开始就把寿主比作阆苑神仙，居住在碧海架蓬瀛的神仙洞府之中，接着大力描绘神仙一样的寿宴，唱歌跳舞的都像仙女一样，喝的也像天上神仙饮用的流霞。下片紧接上片，描写正在欢乐的时候，一群玉女到来，寿主等一群人立即随步朝夕拜三清，原来这群玉女是来传达王母祝千岁长生金箓的！整首词通篇运用道教的传说、典故，从而既达到了祝寿的目的，又营造了一种超凡脱俗、雍容富贵的气氛，确实是一首不错的寿词。

3.2.2“青鬓玉颜长似旧”——为妻子祝寿之词

晏殊一生曾经三次婚娶，第一次娶的是李虚己之女，然而李氏早夭；第二次娶的是孟虚舟之女，可惜孟氏同样年寿不永；于是晏殊十分珍惜与第三次娶的王超之女——王氏的姻缘，词集中有不少为王氏祝寿之词。祝寿的形式虽然是世俗凡庸的，庆颂也往往容易流于华而不实；然而晏殊为长年相依相伴的妻子写的这些祝寿之词因为结构上大多都是上片写景，下片祝寿；用词上尽量避免了祝寿词中常见的连篇累牍的陈词滥调——由于寿词的体式规范的限制，晏殊的寿词也不可能脱得了寿比南山、松鹤延年之类，于是这些寿词总体上还算不错，对夫妻之情也颇有一些精彩描写，笔者先以《少年游》（芙蓉花发去年枝）为例：

> 芙蓉花发去年枝。双燕欲归飞。兰堂风软，金炉香暖，新曲动帘帷。　　家人拜上千春寿，深意满琼卮。绿鬓朱颜，道家装束，长似少年时。

刘扬忠先生根据“家人拜上千春寿，深意满琼卮。绿鬓朱颜，道家装束，长似少年时”以及全词亲切的气氛推测这首词很可能是晏殊为其夫人生日所写的寿词，[1]笔者十分赞同。该词上片写景，“芙蓉花发去年枝”写芙蓉花在去年的枝上又一次开放了，时光转眼又溜走了一年的感叹暗含其中。接着的“双燕欲归飞”写双双飞来飞去的燕子也到了一年中归飞的时候，这两句一方面写出了环境的幽雅，风光的美丽，另一方面又点明了夏末秋初的季节。“兰堂风软”写兰堂出来的风带有这个季节的典型特点，不冷不热，吹在身上，软软的感觉；“金炉香暖”则写金炉里燃烧的香料不仅让人感觉到芬芳，还让人感觉到丝丝的暖意，“兰堂”“金炉”尽显豪华气派，“风软”“香暖”则让人感觉到词人纤细敏锐的心灵，形象地写出了夏末秋初天气微妙的变化。“新曲动帘帷”则笔锋稍转，描绘美丽的音乐似乎连帘帷都被惊动了，一个“动”字用得十分精当，既将帘帷巧妙生动地拟人化了，又把音乐的美妙刻画出来了，全词正是从这一句自然而然地转入寿诞的主题。过片“家人拜上千春寿，深意满琼卮”，紧接上片，开始正式描写夫人寿诞时，家里举办生日宴会的具体情景——全家人纷纷给今天生日的夫人拜寿、敬酒，家人的深情仿佛酒杯中满得快要溢出的美酒。“绿鬓朱颜，道家装束，长似少年时”则既是赞美“道家装束”的寿主虽然年纪不少了，但是依然风韵犹存，一点也不显老；同时也是祝福寿主能够永远保持绿鬓朱颜，好像少年时期一样。

再以《拂霓裳》（庆生辰）为例。

庆生辰。庆生辰是百千春。开雅宴，画堂高会有诸亲。钿函封大国，玉色受丝纶，感皇恩。望九重、天上拜尧云。

今朝祝寿，祝寿数，比松椿。斟美酒，至心如对月中人。一声檀板动，一炷蕙香焚。祷仙真。愿年年今日、喜长新。

从“玉色受丝纶”，“至心如对月中人”以及全词亲切的气氛我们可知这首词也是晏殊为其夫人生日所写的寿词。该词的开头——“庆生辰”，以开门见山的形式点明是生日宴会，第二句“庆生辰是百千春”则通过顶针修辞手法的运用来重复强调“庆生辰”，从而使全词一开始就笼罩

〔1〕 刘扬忠．晏殊词新释辑评．北京：中国书店，2003：79

在喜洋洋的气氛中。第三、四句“开雅宴，画堂高会有诸亲”，交待清楚了高朋满座、亲友汇集一堂的盛况，进一步融造生日的喜庆气氛。第五、六句“钿函封大国，玉色受丝纶”，以对偶的形式突出强调今日不但是夫人的生日宴会，而且夫人在今天生日时被皇帝封为国夫人，真是难得的双喜临门！从而生日的喜庆气氛达到一个小高潮。接下来歇拍自然而然是全家跪拜，感谢浩荡皇恩——“感皇恩、望九重，天上拜尧云”。下片开头“今朝祝寿，祝寿数，比松椿”又一次运用顶针修辞手法来重复强调“祝寿”，希望夫人寿命如松树、椿树一样长久。接着的“斟美酒，至心如对月中人”则跳出了一般寿词的陈词滥调，采用了佛家语的“至心”——至诚之心，一方面体现了作者对夫人的诚挚祝愿，另一方面流露了真挚的夫妻之情。“一声檀板动，一炷蕙香焚”，再一次将视角转向寿宴的场景描写，突出宴会的庄重与喜庆场面。最后的“祷仙真。愿年年今日、喜长新”，通过重复的祝愿，表达了作者乃至全家欢乐的心情和美好的愿望。

3.2.3“当筵劝我千长寿”——为自己祝寿之词

作为历史上官员待遇最好的朝代，宋代在文武大臣的生日时，皇帝往往诏赐礼品，甚至经常专派专臣至过生日的大臣家中宣布文告和宣赐礼品——“亲王、宰相、使相生日，并赐衣五事，锦彩百疋，金花银器百两，马二匹，金涂银鞍勒一。”[1]例如“大中祥符五年十一月，以宰相王旦生日，诏赐羊三十口、酒五十壶、米麦各二十斛，令诸司供帐，京府具衙前乐，许宴其亲友。旦遂会近列及丞郎、给谏、修史属官”[2]。宋代皇帝的这些恩宠措施自然而然地极大促进了文武百官大办生日宴会的积极性，例如“(寇)准在藩镇，生辰，造山棚大宴”[3]。即使自律极严的

---

〔1〕(元)脱脱等.宋史:卷一百五十三.北京:中华书局,1977:3572

〔2〕(元)脱脱等.宋史:卷一百一十九.北京:中华书局,1977:2802

〔3〕(元)脱脱等.宋史:卷二百八十二.北京:中华书局,1977:9547—9548

王安石也免不了俗——“光禄卿巩申佞而好进，老为省判，趋附不已。王荆公为相，每生日，朝士献诗颂，僧道献功德。申不闲诗什，又不能诵经，于是以大笼贮雀鸽，诣客次，搢笏开笼，每放一鸽叩齿祝之曰：‘愿相公一百二十’”[1]。晏殊一生多次遭遇亲人病逝，因此晏殊心中强烈地盼望自己能长寿，长享荣华富贵，于是生日时常常举办宴会，同时创作了不少自寿词。[2] 积淀于民族文化心理中的人生无常、兴废须臾的恐惧心理始终困惑着一代代文人哲士，当生日到来之际，面对白驹过隙的有限生命，他们常常感慨万端：“对酒当歌，人生几何”（《短歌行》）；“生年不满百，长怀千岁忧”（《古诗十九首》）；“四时更变化，岁暮一何速”（《古诗十九首》）；“人生天地间，忽如远行客”（《古诗十九首》）；“浩浩阴阳移，年命如朝露；人生忽如寄，寿无金石固。万岁更相送，圣贤莫能度”（《古诗十九首》）……面对生死的困扰，先秦道家的自然哲学生命观主张人们因循自然、齐生死、一物我来消解和对抗生命的危机。儒家的伦理价值生命观则重视立功、立德、立言，主张在现实的世俗生活中体现生命的价值。从小熟读儒家经典的晏殊自然而然是以追求生命的实现价值为人生第一目标。于是其自寿词便常常不仅仅是生命诞生日的周期性纪念和祈求富贵长寿；它还是晏殊检验其生命价值与意义，表现其人生自豪感与成就感的手段。笔者先以晏殊的《长生乐》为例：

玉露金风月正圆。台榭早凉天。画堂嘉会，组绣列芳筵。洞府星辰龟鹤，来添福寿。欢声喜色，同入金炉浓烟。　清歌妙舞，急管繁弦。榴花满酌觥船。人尽祝、富贵又长年。莫教红日西晚，留着醉神仙。

---

〔1〕（明）彭大翼．山堂肆考：卷一百三十八．上海：上海古籍出版社，1992：第3册665页

〔2〕晏殊之生日，据其《渔家傲》（荷叶荷花相间斗）、《菩萨蛮》（人人尽道黄葵淡）等明显的自寿词推测，应该是夏末秋初。又《伐檀集》卷上《长安贺晏相公生辰》可以佐证：“衙鼓簪绅动，灵椿荐寿醪，吾君合尧舜，此日降伊皋。盘诰文章老，丹青事业牢。两朝尊柱石，千里荷钧陶。民即讴歌借，霖应梦寐劳。秦人下车乐，远迩赋崧高（公下车始五日）。”查询相关史料，晏殊徙知永兴军当是夏末秋初。

此词一开始像晏殊的大多数词一样先从环境描写入手，“玉露金风月正圆”的起句既点明了节令是金秋，时间是晚上，天气是明月高照；同时使一股雍容富贵的气息扑面而来。“玉露”、“金风”、“圆月”，没有一样不是美丽、欢乐、圆满的。“台榭早凉天”接着写秋天来了后的细微变化，“台榭”上早早便感觉到天变凉了。“画堂嘉会，组绣列芳筵”则开始进入主题，铺叙寿诞之豪华。“画堂”，原为汉未央宫的厅堂名，此指美丽豪华的厅堂。“组绣”则指精美华丽的纺织品。“洞府星辰龟鹤，来添福寿”则是铺叙喜庆之热烈。“洞府”、“星辰”、“龟鹤”全部是吉祥之象征。“欢声喜色，同入金炉浓烟”更进一步将吉祥喜庆之情“欢声喜色”与富贵豪华之景“金炉浓烟”巧妙地融合在一起。下片紧接上片，继续渲染寿诞宴会的盛况。“清歌妙舞，急管繁弦。榴花满酌觥船。人尽祝、富贵又长年。”意思是说寿诞宴会上伴随着歌女清亮的歌声、舞女美妙的舞蹈以及乐队的节拍急促、音色丰富的乐曲，来参加宴会的人纷纷端起满满的榴花酒，喜气洋洋地给词人络绎不绝地说着“富贵长年”的祝福语。结句“莫教红日西晚，留着醉神仙”，表面看起来似乎是写错了，因为开篇的“玉露金风月正圆”告诉我们寿诞宴会明显是办在晚上，怎么喝了一阵子就突然变成了黄昏？其实正是词人的这一把明月当作红日的错误将其在寿宴上喝醉了后的心满意足，兴高采烈的情态反映得惟妙惟肖——“让红日不要落山，让我这个活神仙多快乐一阵子！”

上面一首自寿词，晏殊还算比较矜持，笔者再举晏殊一首情感更奔放一些，表达更直白一些的自寿词：

> 幕天席地斗豪奢，歌妓捧红牙。从他醉醒醒醉，斜插满头花。　　车载酒，解貂贳，尽繁华。儿孙贤俊，家道荣昌，祝寿无涯。（《诉衷情》）

此词与晏殊《珠玉词》惯用上片写景，下片抒情的手法稍微有点不一样，整首作品中奔放的情感四处荡漾。“幕天席地斗豪奢”，开头一句便恰当地借用典故，气势宏大，情感豪放——以苍天为幕，以大地为席，相聚在一起比赛豪华奢侈。“歌妓捧红牙”则写美丽的歌妓捧着红牙板在不停地表演，在前句的豪气之中加入温柔风流。“从他醉醒醒醉，斜插满头花”，更进一步描写寿主的豪情，美酒不能停下来不喝，任着自己的性子喝吧，不管是醉还是醒；喝到尽情处，情不自禁地将花横七竖八地插满了头。整个上片通过对寿宴的豪华气势和寿主的旷达心态的描写，生动地刻画了一个兴高采烈、豪情奔放的寿主形象。过片“车载酒，解貂贯，尽繁华”，紧接上片，表达为了尽兴，寿主不惜脱下自己珍贵的貂裘来换一车酒喝，进一步描写了寿主的豪情奔放、富贵风流。“车载酒，解貂贯”本来应该是“解貂贯，车载酒”，用的是貂裘换酒的典故，不过为了声韵的和谐，所以出现了这种颠倒。接着的“儿孙贤俊，家道荣昌”一方面似乎是在解释寿主豪情奔放、兴高采烈的原因；另一方面更是尽显寿主的荣华富贵和心满意足，最后的“祝寿无涯”点明寿宴的主旨。

3.2.4 晏殊创造大量寿词的原因及其意义

晏殊《珠玉词》中这一部分寿词，常常被不喜欢晏殊的人所据为口实，而对之加以随意诋毁为“鱼目”、“读之味如嚼蜡”[1]、“在文学上毫无价值”[2]。其实对于这个问题应该辩证地看，寿词容易流于恶俗，这是不可讳言的事实——正如前人所云：

> 难莫难于寿词，倘尽言富贵则尘俗，尽言功名则谀佞，尽言神仙则迂阔虚诞。[3]
>
> 寿曲最难作，切宜戒寿酒、寿香、老人星、千春百岁之类。[4]
>
> ……

〔1〕 陆侃如、冯沅君. 中国诗史. 天津：百花文艺出版社，1999：507—508
〔2〕 宛敏灏. 二晏及其词. 学风，1934(4)：74
〔3〕 (宋)张炎. 词源·杂论. 续修四库全书. 上海：上海古籍出版社，第1733册71页
〔4〕 (宋)沈义父. 乐府指迷·寿曲. 见：唐圭璋. 词话丛编. 北京：中华书局，1986：282

但是它并不意味着只要是寿词就一定恶俗——对于晏殊的寿词,笔者十分赞同叶先生所说:"这些词在《珠玉词》中自非佳作。然而我却以为若以大晏之此类作品,与其它一般人的祝颂之作相较,则大晏仍有他的可喜之处。如前文所言,大晏所写之事物及情感,多以气象神情为主,而不沾滞于形迹,所以大晏所写的祝颂之词,也绝没有明言专指的浅俗卑下之言。他只是平淡然而却诚挚地写他个人的一份祝愿,且多以大自然界之景物为陪衬,而大晏对自然界之景物又自有其一份诗人之感觉,所以大晏所写的祝颂之词,不但闲雅富丽,而且更有着一份清新之致。如其祝寿词之《蝶恋花》:'紫菊初生朱槿坠。月好风清,渐有中秋意。更漏乍长天似水,银屏展尽遥山翠。　　绣幕卷波香引穗。急管繁弦,共庆人间瑞。满酌玉杯萦舞袂,南春祝寿千千岁。'又如其歌颂天子之《拂霓裳》:'笑秋天,晚荷花缀露珠圆。风日好,数行新雁贴寒烟。银簧调脆管,琼柱拨清弦,捧觥船,一声声、齐唱太平年。'这些词虽然并没有什么深远的含义,然而在感觉与情致方面也并非全无可取之处。何况在人之一生中有些欢乐美好的日子和生活,原也是值得歌颂的,我们又何可一概诋之为俗恶。"[1]其实晏殊之所以成为宋代——甚至整个词史上第一个如此大规模地创作寿词的人,既有社会时代的原因,也有词人自身的原因。

祝寿最早源于先民对死亡的恐惧和对长命的企盼,因此《黄帝内经》、《山海经》等先秦书籍中常常记载有上古之人长寿的神话,《诗经》中更是频繁出现祝颂长寿、万寿无疆的场面。如《豳风·七月》、《周南·樛木》、《大雅·既醉》、《大雅·江汉》、《小雅·楚茨》、《小雅·蓼萧》、《小雅·鸳鸯》、《周颂·载见》、《商颂·烈祖》等就有许多祭祀时向宗祖祈祷延寿保祚的描写,而《小雅·南山有台》则是一首典型的臣民祝颂君王长寿的祝寿诗:"南山有台,北山有莱。乐只君子,邦家之基。乐只君子,万寿无期。南山有桑,北山有杨。乐只君子,邦家之光。乐只君

[1] 叶嘉莹.大晏词的欣赏.见:迦陵论词丛稿.石家庄:河北教育出版社,1997:50—51

子，万寿无疆。南山有杞，北山有李。乐只君子，民之父母。乐只君子，德音不已。南山有栲，北山有杻。乐只君子，遐不眉寿。乐只君子，德音是茂。南山有枸，北山有楰。乐只君子，遐不黄耇。乐只君子，保艾尔后。”此后。统治者为满足其长生幻想和享乐欲望逐渐大兴祝寿庆典，于是带有歌功颂德性质的寿辞配合着专用乐歌越来越兴旺发达，例如汉魏六朝乐府诗里开始出现《上寿酒歌》、《王公上寿酒歌》、《王公上寿诗》、《王公上寿歌》、《上寿歌》、《上寿曲》之类。到了唐代，祝寿的风气在上层社会不仅十分流行——当时帝王庆寿之频繁正如王涯在《九月九日勤政楼下观百僚献寿》中所云：“年年歌舞度，此地庆皇休”；而且在当时帝王的生日庆宴中开始出现了《万岁长生乐》、《大献寿》、《万年欢》、《圣寿乐》等一批专为祝寿而表演的大型乐舞和张说的《舞马词》六首、杨巨源的《春日奉献圣寿无疆词》十首等众多配合祝寿乐曲演唱的歌辞。另外中下层社会也悄然兴起祝寿之风——杜甫的《宗武生日》、元结的《系乐府十二首·寿翁兴》、李郢《为妻作生日寄意》等便是例证。祝寿文学的真正大繁荣是在宋代，这与当时文人士大夫在太平盛世时期的享乐意识密切相关。笔者在前面的时代背景中已经详细地描述了北宋经过太祖、太宗两朝的励精图治，社会经济很快恢复到了盛唐时期的水平，国家财政状况良好，号称“富有多积”，于是宋真宗开始实行厚俸养廉的政策——“国初士大夫俸入甚微，薄、尉月给三贯五百七十而已，县令不满十千，而三之二又复折支茶、盐、酒等，所入能几何？所幸物价甚廉，粗给妻孥，未至冻馁，然艰窘甚矣。景德三年五月丙辰诏，赤畿知县已令择人，俸给宜优，自今两赤县月支见钱二十五千、米麦共七斛。畿县七千户以上朝官二十千、六斛，京官二十千、五斛。五千户以上朝官二十千、五斛，京官十八千、四斛。三千户以上朝官十八千，京官十五千、米麦四斛。三千户以下京官钱十二千、米麦三斛。是时已为特异之恩。至四年九月壬申诏曰并建庶官，以厘庶务，宜少丰，于请给以各励于廉隅。自今文武官月请折支并给见钱六分，外任给四分，而惠均覃四海矣。"[1]关于宋代俸禄的优厚程度，清代赵翼曾根据《宋史·职官志》中的"俸禄制"所载，对宋代的官俸作了统计，指出宋人一入仕途，则用的钱，穿的绢，吃的粟，家用杂物，甚至随员仆人的衣粮和餐钱，全都由政府供应。宋代官员不仅俸禄优厚："恩逮于百官者，惟恐其不足。""惟其给赐优裕，故入仕者不复以身家为虑。"[2]而且闲暇时间亦较前朝多——他们全年的节假日有124日之多。另外宋代从开国君主宋太祖、宋太宗开始，为了长保赵氏江山永不变色，便一直奉行崇文抑武、鼓励官员享乐——正如史料记载宋太祖公开对大臣所言："人生驹过隙耳，不如多积金，市田宅，以遗子孙，歌儿舞女，以终天年。君臣之间，无所猜嫌，不亦善乎？"[3]到了晏殊生活的真宗、仁宗时代的太平盛世，真宗、仁宗更是时常"诏许群臣、士庶选胜宴乐"[4]，"与群臣宴语，或劝以声妓自娱"[5]，甚至主动买妾送给大臣：

> 王文正公俭约，初无姬侍其家，以二直省官治钱。上使内东门司呼二人者，责限为相公买妾，仍赐银三千两。[6]

有足够的物质保证，有大量的暇余时间，有统治者的政策鼓励，从此文武官僚安心于身心享受：

> 张耆既贵显，尝启章圣，欲私第置酒以邀禁从诸公，上许之。既昼集尽欢，曰："更愿毕今夕之乐，幸毋辞也"。于是罗帏翠幕稠迭围绕，继之以烛列屋，蛾眉极其殷勤，豪侈不可状。每数杯，则宾主各少饮，如是者凡三数，诸公但讶夜漏如是之

[1] (宋)王永.燕翼诒谋录:卷二.文渊阁四库全书影印本.台湾:商务印书馆,1983:第407册723—724页

[2] (清)赵翼.廿二史札记.北京:中国书店,1987:331

[3] (元)脱脱等.宋史:卷二百五十.北京:中华书局,1977:8810

[4] (元)脱脱等.宋史:卷一百十三.北京:中华书局,1977:2700

[5] (宋)李幼武.宋名臣言行录:前集卷二.文渊阁四库全书影印本.台湾:商务印书馆,1983:第449册32页

[6] (宋)李幼武.宋名臣言行录:前集卷二.文渊阁四库全书影印本.台湾:商务印书馆,1983:第449册32页

永，暨至彻席出户，询之则云已再昼夜矣。[1]

宋相郊居政府，上元夜至书院内读周易，闻其弟学士祁张华灯、拥歌妓，醉饮达旦，翌日喻所亲令诮让，云："相公寄语学士，闻昨夜烧灯夜宴，穷极奢侈，不知记得某年上元同在某州州学内吃荠煮饭时否？"学士笑曰："却须寄语相公，不知某年同在某处州吃荠煮饭是为甚底？"[2]

加上前人多次详细论述过的晚唐五代以来中国古代文人士大夫心态的转变，于是前代并不是十分留意的寿诞在宋代得到了空前的重视（详见前面），也因此与当时歌舞宴席是孪生兄弟的小词自然而然在寿诞时刻的歌舞宴席上转变成了寿词。例如真仁盛世时代的柳永，据流传下来的有关史料可知，柳永一生仕宦并不如意，但是受时代风气的影响，流传至今的《乐章集》中，据粗略统计，有寿词十余首。其所祝寿之人既有帝王，也有官员，甚至还有普通人。

作为早慧的天才诗人，晏殊自然而然敏锐多情，加上青年时期短短几年间眼睁睁地看着最亲近的人——弟弟、父亲、母亲和第一任妻子一个个病逝，这些经历肯定会使他很早就清清楚楚地明白生命的脆弱以及生命的宝贵，从而一生中十分珍惜自己的生命——"富贵优游五十年，始终明哲保全身"[3]。关于晏殊对生命的十分珍惜，我们完全可以从一些有关晏殊的传闻趣事中得到验证：1."晏元献早入政府，迨出镇，皆近畿名藩，未尝远去王室。自南都移陈，离席，官奴有歌'千里伤行客'之辞。公怒曰：'予平生守官，未尝去王畿五百里，是何千里伤行客也。'"[4]2."晏元献自西京以久病请归京师，留置讲筵。病既革，上将

[1] (宋)钱世昭. 钱氏私志. 文渊阁四库全书影印本. 台湾：商务印书馆，1983：第 1036 册 665—666 页

[2] (宋)王明清. 挥麈录后录：卷五. 见：宋元笔记小说大观. 上海：上海古籍出版社，2001：3690

[3] (宋)欧阳修. 晏元献公挽辞三首. 欧阳修全集：卷五十六. 北京：中华书局，2001：812

[4] (宋)吴曾. 能改斋漫录：卷十六. 上海：上海古籍出版社，1979

临问之，甥杨文仲谋谓凡问疾大臣者，车驾既出，必携纸钱，盖已膏肓或遂不起，即以吊之，免万乘再临也。遂奏：'臣病稍安，不足仰烦临问。'仁宗然之，实久病，忌携奠礼以行，然后数日即薨。"[1]由于晏殊对生命是如此地珍惜，加上长期的位居高官显宦，因此他比常人创作了更多一些寿词便是十分自然而然的事。晏殊的这些寿词虽然在文学史上的价值和意义或许不是十分显著——更多的价值和意义体现在文化史上，但是不可讳言其在无形之中却扩大了词的题材与内容，扩展了词的应用功能，反映了一些与艳情词不同的当时的社会风貌，风格上也以其清丽典雅在一定程度上改变了小词的柔媚艳丽。

〔1〕(宋)王鞏．默记．见：宋元笔记小说大观．上海：上海古籍出版社，2001：4544

第四章　哀丝豪竹，寓其微痛纤悲——晏几道之文学作品研究

第一节　晏几道的文学创作时代背景

4.1.1 盛世危机与变法图强

在真宗朝表面的盛世风光后，仁宗、英宗时期虽然依然歌舞升平；然而潜藏的危机开始逐渐暴露出来，笔者以著名的“三冗”为例。

首先我们来看危害最大的冗兵。根据相关记载，北宋前五朝全国常备军人数增长情况如下：“开宝之籍，总三十七万八千，而禁军马步十九万三千；至道之籍，总六十六万六千，而禁军马步三十五万八千；天禧之籍，总九十一万二千，而禁军马步四十三万二千；庆历之籍，总一百二十五万九千，而禁军马步八十二万六千，视前所募兵浸多。自是稍加裁制，以为定额。……盖治平之兵一百十六万二千，而禁军马步六十六万三千云。”〔1〕由于养兵越来越多，开销自然巨大——仁宗时三司使张方平曾作过如下的计算，“略计中等禁军一卒，岁给约五十千，十万人岁费五百万缗。臣前在三司勘会庆历五年禁军之数，比景祐以前增置八百六十余指挥，四十余万人，是增岁费二千万缗也。”〔2〕英宗时三司使蔡

---

〔1〕 (元)脱脱等. 宋史：卷一百八十七. 兵志. 北京：中华书局，1977：4576

〔2〕 (宋)张方平. 论国计事. 乐全集：卷二十三. 见：全宋文. 上海：上海辞书出版社，2006：第37册129页

襄言："臣约一岁总计天下之人，不过缗钱六千余万，而养兵之费约及五千，是天下六分之物，五分养兵"[1]。然而由于北宋猜忌武将，处处防范武臣专权，导致有才能的武将不敢建功立业，只能得过且过，无能之辈，反而能步步高迁。因此士卒虽多，但骄奢淫逸，战斗力很差。例如宋与辽战，宋屡战屡败；宋与夏战，宋也是败多胜少。于是出现"养兵以自困，多兵以自祸，不用兵以自败，未有甚于此者"[2]。

其次我们来看冗官。太祖、太宗时一方面因为天下初定，万事草创，急需各种各样的人才；另一方面为了防止官员专权，特意采取了职权分开，设立重叠臃肿的官僚机构。结果官职众多而没有可足够任用之人，于是放手打开了入仕之门——其中最主要的入仕途径是科举和恩荫。根据相关材料统计，平均每年有 360 多人是通过科举入仕，500 多人是通过恩荫入仕。由于入仕途径——尤其科举和恩荫的泛滥，导致官员冗多。对于官员冗多的问题，其实宋人早就注意到了，例如皇祐元年包拯言："今内外官属总一万七千三百余员，其未受差遣京官、使臣及守选人不在数内，较之先朝，才四十余年，已逾一倍多矣。"[3]张方平还以自己的切身体会，指出了冗官的恶性发展情况："臣曾勾当三班院，约计在院使臣，景祐中四千余员，今六千五百余员。臣勘会学士院、两省以上官具员，景祐中四十余员，今六十余员。臣任御史中丞，将本台班薄点算，景祐中京朝不及二千员，今二千八百员。臣判流内铨，取责在铨选人，毕竟不知数目，大约三员守一阙，略计万余人。"[4]由于官员冗多，不仅使官俸成为较重的财政负担，而且使官场上出现了很多不好

〔1〕 (宋)蔡襄. 国论要旨. 端明集：卷二十二. 见：全宋文. 上海：上海辞书出版社，2006：第 46 册 375 页

〔2〕 (宋)吕中. 英宗皇帝・募民兵. 宋大事记讲义：卷十三. 文渊阁四库全书影印本. 台湾：商务印书馆，1983：第 686 册 326 页

〔3〕 (宋)包拯. 论冗官财用等. 包孝肃奏议集：卷一. 见：全宋文. 上海：上海辞书出版社，2006：第 25 册 313 页

〔4〕 (宋)张方平. 对诏策. 乐全集：卷二十二. 文渊阁四库全书影印本. 台湾：商务印书馆，1983：第 1104 册 146 页

的现象——“今也郡县之始未免宽贷,冒名待阙,佣书雇纳,请嘱之流,动以千计。内满官府,外填街陌,交相赞助,招权为奸,狗偷蚕食,竭人膏血……”〔1〕

最后我们来看冗费。除了眷养众多的军队和臃肿的官僚集团需要巨大的开支,宋代冗费还体现在:1.庞大的郊费——仅以嘉祐七年明堂支费数为例:“其支赐度钱九十六万二千余贯,银三十五万四千六百三十余两,绢一百二十万八百余匹,绸四十万一百余匹,金六千七百七十两。第二等生衣物计钱四十五万贯,锦、绫、罗、鹿胎、透背等计钱九万九千八百余贯,丝三十八万八千两,帛一百四十二万八千余两。”〔2〕2.宗室的俸禄。宋朝对待宗室的基本方针是“赋以重禄,别无职业”,凡宗室子弟,“无亲疏之差,无贵贱之等,自生齿以上,皆养于县官;长而爵之,嫁娶丧葬,无不仰给于上”,于是“禄廪之费,多于百官;而子孙之众,宫室不能受”〔3〕。仅以熙宁元年为例,京师百官月俸共四万余,宗室竟然达到七万余(均不含公使钱),加上宗室任差遣者颇丰厚的添支钱、巨额的公使钱以及各种庞大的赏赐钱,这些都使财政危机更加严重。3.偿付辽、夏的岁用。这笔开支大家都耳熟目详,故不赘言。4.宫廷的挥霍。这笔开支是个无底洞,无需啰嗦。由于冗费如此巨大,于是到了英宗时竟然出现了严重的财政赤字——据相关历史资料记载:“治平二年,内外入一亿一千六百十三万八千四百五,出一亿二千三十四万三千一百七十四,非常出者又一千一百五十二万一千二百七十八”〔4〕,财政赤字已达一千五百余万。

冗兵、冗吏、冗费造成的结果是兵弱、财乏、民困——“官多而用寡、

---

〔1〕(宋)李觏.富国策四.盱江集:卷十六.见:全宋文.上海:上海辞书出版社,2006:第42册167页

〔2〕(宋)庄绰.明堂支费.鸡肋编:卷中.见:宋元笔记小说大编.上海:上海古籍出版社,2007:4032—4033

〔3〕(宋)苏辙.熙宁二年上皇帝书.栾城集:卷二十一.见:全宋文.上海:上海辞书出版社,2006:第94册200页

〔4〕(元)脱脱等.宋史:卷一百七十九.食货志.北京:中华书局,1977:4353

兵众而不精,冗费日滋、公私困竭、戎狄桀傲、边鄙无备、百姓流亡。”[1]面对如此严重的社会矛盾,变法的呼声越来越高,于是有了庆历年间范仲淹主导的第一次变法,但因为反对势力太大以及仁宗的优柔寡断,仅仅一年就失败,所以对北宋中后期政治、经济、文化并没有产生很大影响,本文避而不谈。接着熙宁年间王安石主导了对北宋中后期政治、经济、文化产生巨大影响的第二次变法——熙宁变法。

4.1.2 熙宁变法与朋党之争

所谓的朋党之争在北宋前中期虽然也曾发生,例如仁宗庆历时期。但真正大面积、长时间的残酷朋党之争则开始于熙宁变法。公元1067年,王安石在宋神宗的大力支持下推行“新法”,然而整个改革过程竟然都遭到朝中大臣意想不到的竭力反对,于是王安石只好先后从中下层官吏中荐拔有才干者出任政府诸机关要职,以制定和实施其“新法”,如荐吕惠卿为条例司检详文字、擢曾布为检正中书五房公事、命韩绛制置三司条例、又擢李定为监察御史里行并以谢景温为侍御史知杂事等。反对变法派将以王安石为核心的这批人物指为“党人”,如熙宁四年(1071年)八月,同知谏院唐坰极论王安石党人道:“安石专作威福,曾布表里擅权……元绛、薛向、陈绛,安石颐指气使,无异家奴;张璪、李定为安石爪牙,张商英乃安石鹰犬”[2]。同样,反对王安石变法的司马光、苏轼等自然而然被指为旧党。随着变法形势的发展和利益的冲突,新党和旧党均又分裂为几派,例如新党,熙宁八年(1075年)初,王安石复相,与参知政事吕惠卿交恶,门生故旧各就一方,“新党”内部分裂而为所谓“王党”与“吕党”。所谓“吕党”,蔡承禧谓“章惇、李定、徐禧之

---

[1] (宋)司马光.乞罢详定押班札子.温国文正司马公文集:卷三十六.见:全宋文.上海:上海辞书出版社,2006:第55册85页

[2] (元)脱脱等.宋史:卷三百二十七.北京:中华书局,1977:10552

徒，皆为死党；曾旼、刘泾、叶唐懿、周常、徐申之徒，又为奔走”[1]。至于“王党”，元祐四年（1089年）五月，梁焘曾开具王安石亲党三十人并榜诸朝堂。元丰年间，又出现了蔡确之党；梁焘也曾开具蔡确亲党四十七人名单，并榜诸朝堂。绍圣以后，章惇、曾布、蔡卞、蔡京之间又互相倾轧，各自为党。又如旧党，公认的有洛党、蜀党、朔党——“洛党者，以程正叔侍讲为领袖，朱光庭、贾易等为羽翼；川党者，以苏子瞻为领袖，吕陶等为羽翼；朔党者，以刘挚、梁焘、王岩叟、刘安世为领袖，羽翼尤众，诸党相攻击不已。”[2]新旧两党之间以及各自内部因为政治思想和权力而争斗不止，一些小人于是如鱼得水；加上“异论相搅”的赵氏家法、政府对告讦的鼓励，文字狱从而大行其道。笔者略举这段时间中最著名的一次文字狱——“乌台诗案”为例。

元丰二年（1079年）御史中丞李定上疏弹劾苏轼：“初无学术，滥得时名。偶中异科，遂叨儒馆。有可废之罪四：昔者尧不诛四凶，至舜则流放窜殛之；盖其恶始见于天下也。轼初腾沮毁之论，陛下犹置之不问，容其改过。轼怙终不悔其恶已着，一也。古人有言曰：‘教而不从，然后诛之’。盖吾之所以俟之者尽，然后戮辱随焉。陛下所以俟轼者可谓尽矣，而狂悖之语日闻，二也。轼所为文辞，虽不中理，亦足以鼓动流俗，所谓言伪而辨。当官侮慢不循陛下之法，操心顽愎不服陛下之化，所谓行伪而坚。先王之法所当首诛，三也。刑故无小，盖知而故为，与夫不知而为者，异也。轼读史传，非不知事君有礼、讪上有诛；而敢肆其愤心，公为诋訾，而又应制举对策，即已有厌弊更法之意。及陛下修明政事，怨不用己，遂一切毁之，以为非是，四也。罪有四可废而尚容于职位，伤教乱俗，莫甚于此，伏望断自天衷，特行典宪。”再接着是舒亶与之相配合地上疏弹奏，并十分具体地罗列了苏轼讥刺新法的诗文：“轼近上《谢表》，有讥切时事之言，流俗翕然，争相传诵，忠义之士，无不愤惋。

[1] （宋）李焘.续资治通鉴长编：卷二百六十九.上海：上海古籍出版社，1986：2802

[2] （宋）邵伯温.邵氏闻见录：卷十三.见：宋元笔记小说大观.上海：上海古籍出版社，2001：1787

且陛下自新美法度以来，异论之人固为不少，然其大，不过文乱事实，造谗说，以为摇夺沮坏之计；其次，又不过腹非背毁，行察坐伺，以幸天下之无成功而已。至于包藏祸心，怨望其上，讪䜣谩骂而无复人臣之节者，未有如轼也。盖陛下发钱以本业贫民，则曰：'赢得儿童语音好，一年强关在城中'。陛下明法以课试郡吏，则曰：'读书万卷不读律，致君尧舜知无术。'陛下兴水利，则曰：'东海若知明主意，应教斥卤变桑田。'陛下谨盐禁，则曰：'定是闻诏解意味，迩来三月食无盐。'其它触物即事、应口所言，无一不以讥谤为主。小则镌板，大则刻石，传播中外，自以为能。"[1]舒亶还缴上苏轼印行的诗稿三卷以为佐证。于是，神宗立刻诏命知谏院张璪、御史中丞李定立案推治。八月十八日，苏轼自湖州入御史台狱。经过四十多个月的勘治，最后在这次文字狱中，被贬或责罚者，共计二十五人，这就是"乌台诗案"。

如果说乌台诗案还有一点真凭实据，那么"乌台诗案"后发生的大大小小的其他诗案大多是莫须有的，只是党争的一个借口，例如"淮南杂说案"、"车盖亭诗案"、"同文馆案"、"刘挚书信案"、"常安民书信案"、"黄庭坚碑文案"等。这种纷纭不止的恶劣党争和文字狱既在微观方面影响了文人士大夫的心态；又在宏观方面影响了整个北宋后期的政治、经济、军事和文化。

第二节　花间之回流嗣响

4.2.1"妙在得于妇人"——晏几道词的题材内容

根据晏几道全部词作的题材内容，我们可以绘制出下面的

[1]（宋）李焘.续资治通鉴长编：卷二百六十九.上海：上海古籍出版社，1986：2802

表格[1]：

题材内容	作品首数
感旧抒怀	40
离别相思	200
写景咏物	20

1. 感旧抒怀。作为“谋猷存二府，台阁遍诸生”[2]的故相晏殊之暮子，晏几道的早年生活自然而然是“白纻春衫杨柳鞭。碧蹄骄马杏花鞯。落英飞絮冶游天。南陌暖风吹舞榭，东城凉月照歌筵。赏心多是酒中仙。”（《浣溪沙》）然而这样的贵公子时光并不长久，随着父亲晏殊的去世，加上其他一连串的事故（详见晏几道生平）以及晏几道“四痴”的个性，于是大半生沦落社会下层。对于自己人生经历中由一掷千金的贵公子沦落到“仕宦连蹇”、“家人寒饥”，为了生计奔波于天南海北的社会下层官吏，晏几道词集中约有四十余首作品对此有所反映，例如：

斗鸭池南夜不归。酒阑纨扇有新诗。云随碧玉歌声转，雪绕红琼舞袖回。　　今感旧，欲沾衣。可怜人似水东西。回头满眼凄凉事，秋月春风岂得知。（《鹧鸪天》）

词的上片写当年在斗鸭池边征歌逐舞、饮酒赋诗的盛况。首两句写昼夜相继的游赏欢宴。酒阑之后，兴犹未尽，还在歌女的纨扇上题遍绮丽的新诗，可以想见词人的意气风发。接着的“云随碧玉歌声转，雪绕红琼舞袖回”写出了歌舞之极端美妙——天上的云好像随着碧玉的歌声在飘转；红琼的舞袖回旋，仿佛裹着一身飞雪。词的下片转写词人现在的潦倒落魄和凄凉情怀。“今感旧，欲沾衣。可怜人似水东西”，过片三句，直抒胸臆，点明词人追怀往事，不禁泪下沾衣，感叹自己像水那样多年漂流在外。最后两句“回头满眼凄凉事，秋月春风岂得知”则既十分精炼又内涵非常丰富，“回头满眼凄凉事”深刻全面地概括性地表达

---

〔1〕 晏几道有些词作的题材内容有争议，笔者根据自己理解分类。

〔2〕 (宋)欧阳修. 晏元献公挽辞三首. 欧阳修全集：卷五十六 . 北京：中华书局，2001:812

了词人家境破落后的种种不堪;“秋月春风岂得知”更是在埋怨秋月春风不懂人情的表面意思下包涵了无限的哀思,让人难以卒读。整首词通过今昔对比,抒发了深沉悲凉的伤时感逝情怀和身世之慨。这一类的作品还有不少,例如:

陌上濛濛残絮飞。杜鹃花里杜鹃啼。年年底事不归去,怨月愁烟长为谁。　梅雨细,晓风微。倚楼人听欲沾衣。故园三度群花谢,曼倩天涯犹未归。(《鹧鸪天》)

催花雨小,著柳风柔,都似去年时候好。露红烟绿,尽有狂情斗春早。长安道。秋千影里,丝管声中,谁放艳阳轻过了。倦客登临,暗惜光阴恨多少。　楚天渺。归思正如乱云,短梦未成芳草。空把吴霜鬓华,自悲清晓。帝城杳。双凤旧约渐虚,孤鸿后期难到。且趁朝花夜月,翠尊频倒。(《泛清波摘遍》)

……

到了晚年,词人亲人大多逝世,朋友日渐凋零;自己虽然时来运转,仕途上比较顺利,生计不再成问题;但是词人已经看穿人世间的一切:“追惟往昔过从饮酒之人,或垅木已长,或病不偶。考其篇中所记悲欢合离之事,如幻如电,如昨梦前尘,但能掩卷怃然,感光阴之易迁,叹境缘之无实也。”[1]例如:

东野亡来无丽句,于君去后少交亲。追思往事好沾巾。白头王建在,犹见咏诗人。　学道深山空自老,留名千载不干身。酒筵歌席莫辞频。争如南陌上,占取一年春。(《临江仙》)

此词明显的是晏几道晚年的自述情怀之作。上片“东野亡来无丽句,于君去后少交亲。追思往事好沾巾。白头王建在,犹见咏诗人”虽然只是

[1] (宋)晏几道.小山词自序.见:孙克强.唐宋人词话.郑州:河南文艺出版社,1999:221

对唐诗人张籍《赠王建》的简单改写——“自君去后交游少，东野亡来箧笥贫。赖有白头王建在，眼前犹见咏诗人。”然而亲朋好友的逝世凋零，自己的年老垂暮之情景（“白头王建”当是词人自喻）依然十分感人。下片“学道深山空自老，留名千载不干身。酒筵歌席莫辞频。争如南陌上，占取一年春”则是词人“以贵人暮子，落拓一生；华屋山丘，身亲经历；哀丝豪竹，寓其微痛纤悲。”[1]

2. 相思离别。相思离别之作本来就是宋词中的主要题材内容之一，对于晏几道这种由一掷千金的贵公子沦落到“仕宦连蹇”、“家人寒饥”，为了生计奔波于天南海北的社会下层官吏的痴人，它更是上升到了占有绝对主流的地位。也因此其词刚刚结集，好朋友黄庭坚在词集前的序言就写道：“至其乐府，可谓狎邪之大雅，豪士之鼓吹，其合者《高唐》、《洛神》之流，其下者岂减《桃叶》、《团扇》哉。余少时间作乐府，以使酒玩世，道人法秀独罪余‘以笔墨劝淫，于我法中当下犁舌之狱’，特未见叔原之作耶！虽然，彼富贵得意，室有倩盼慧女，而主人好文，必当市致千金，家求善本，曰：‘独不得与叔原同时耶！’若乃妙年美士，近知酒色之娱；苦节臞儒，晚悟裙裾之乐。鼓之舞之，使宴安鸩毒而不悔，是则叔原之罪也哉！”[2]王铚亦说：“叔原妙在得于妇人”[3]。确实，晏几道的相思离别之作常常“使人荡气回肠，挹之无尽”[4]。例如：

梦后楼台高锁，酒醒帘幕低垂。去年春恨却来时。落花人独立，微雨燕双飞。　　记得小苹初见，两重心字罗衣。琵琶弦上说相思。当时明月在，曾照彩云归。（《临江仙》）

这是一首很明显的相思怀人之作。上片首两句“梦后楼台高锁，酒醒帘

[1] 夏敬观.吷庵词评.见：词学（第5辑）.上海：华东师范大学出版社，1986：201

[2] （宋）黄庭坚.小山集序.豫章黄先生文集：卷十六.见：全宋文.上海：上海辞书出版社，2006：第106册150页

[3] （宋）王铚.默记.见：宋元笔记小说大观.上海：上海古籍出版社，2001：4567

[4] 龙榆生.宋词发展的几个阶段.见：龙榆生词学论文集.上海：上海古籍出版社，1997：217

幕低垂”，是从词人眼前写起：午夜梦回，只见四周的楼台已闭门深锁；宿酒方醒，那重重的帘幕正低垂到地。接着的“去年春恨却来时”承上启下，“春恨”，既可以理解为实指，即词人的具体情事，也可以理解为泛指，泛指一种莫名的怅惘。“去年”同样既可以理解为实指，即上一年；也可以理解为泛指，泛指离别之后。歇拍“落花人独立，微雨雁双飞”，实际上是引用唐翁宏之诗《春残》的颔联，“落花”、“微雨”点春，“人独立”与“燕双飞”点恨。“落花”代表着美好时光的消逝，“微雨”隐喻着迷离汗漫的忧愁，两句一起营造了一种十分优美的意境，从而被称为“千古名句，不能有二”[1]。过片“记得小苹初见，两重心字罗衣。琵琶弦上说相思”，写词人回忆起与小苹初次相见的情景。“两重心字罗衣”既是写服装的美丽，也是写人的美丽，还暗含心心相印。“琵琶弦上说相思”则既是写小苹的技艺高超，也是写词人与小苹的彼此爱慕、倾心相知。结尾两句从李白《宫中行乐词》“只愁歌舞散，化作彩云飞”中化出，词人的思绪又回到了眼前——月是当时月，云是当年云，而今人去楼空，“回首可怜”[2]，与开篇呼应。这一类作品也还有不少，例如：

红叶黄花秋意晚，千里念行客。飞云过尽，归鸿无信，何处寄书得。　泪弹不尽临窗滴。就砚旋研墨。渐写到别来，此情深处，红笺为无色。（《思远人》）

鸾孤月缺。两春惆怅音尘绝。如今若负当时节。信道欢缘，狂向衣襟结。　若问相思何处歇。相逢便是相思彻。尽饶别后留心别。也待相逢。细把相思说。（《醉落魄》）

……

当词人离别太多、思念无果时常常会发出许多痴语、怨语，例如：

长相思，长相思，若问相思甚了期，除非相见时。　长相思，长相思，欲把相思说似谁，浅情人不知。（《长相思》）

[1] （清）谭献．复堂词话．见：唐圭璋．词话丛编．北京：中华书局，1986：3990

[2] （清）陈廷焯．词则．上海：上海古籍出版社，1984：4

此词纯用民歌形式，言语十分质朴，感情非常真挚，完全是深深沉迷于爱情漩涡的小儿女的自我纯情表白。全词一开始就是词人深情的自我感情倾诉——“长相思，长相思”，接着的“若问相思甚了期，除非相见时”是深情词人的自问自答：“如果要问这相思到底什么时候才能够有个了结，除非是与心上人重新相见。”整个词的上片，一气流出，情溢乎辞，不加修饰，活生生地刻画了一个痴情人的痴语、痴心。词的下片开头又一次重复“长相思，长相思”，既是词人又一次深情的自我感情倾诉；也是词人对相思意义的某种程度上的怀疑。“欲把相思说似谁，浅情人不知”便直接将这种怀疑脱口而出：“我的这种对心上人的苦苦思念之情能够向谁说呢？浅情人是不可能知道的！”——其实此语之中还暗含对心上人的责备、怨恨，认为心上人没有自己思念她那样思念自己，否则怎么会“一春犹有数行书，秋来书更疏”（《阮郎归》）；“隔水高楼，望断双鱼信”（《蝶恋花》）；“别来双燕又西飞，无端不寄相思字”（《踏莎行》）；“红英落尽，未有相逢信”（《清平乐》）；“香在去年衣，鱼笺音信稀”（《菩萨蛮》）……

3. 写景咏物。除了上面两大题材内容之外，晏几道也有一些颇具特色的写景咏物之词，例如：

> 千叶早梅夸百媚。笑面凌寒，内样妆先试。月脸冰肌香细腻。风流新称东君意。　一捻年光春有味。江北江南，更有谁相比。横玉声中吹满地。好枝长恨无人寄。（《蝶恋花》）

根据此词的情感和内容，它应当作于词人公元1082年赐进士出身后监颍昌许田镇之时。上片首句“千叶早梅夸百媚，笑面凌寒，内样妆先试”，开门见山点出所咏之物，由于拟人手法的恰当使用，生动形象地描绘了娇媚的梅花凌寒斗雪开放的飒飒英姿。“笑面凌寒”四字尤其传神，既巧妙呼应了上句的“夸百媚”，又自然启引了下面的“月脸冰肌香细腻。风流新称东君意”，此两句进一步刻画梅花的形与神，描写它像月一样晶莹剔透，像冰一样冰肌玉骨，浑身还四处散发悠远细腻的清香，这么赏心悦目自然而然大得“东君意”。过片“一捻年光春有味。江北江南，更有谁相比”，紧接上片，继续夸赞“笑面凌寒”的梅花，认为在这美好的春光里，江北江南，没有什么比得上它。结句笔锋一转——可是，就是这样“笑面凌寒”、“新称东君意”、“江北江南，更有谁相比”的梅花，到头来只落得“横玉声中吹满地。好枝长恨无人寄”，如果能够联系小晏的生平，浸润在字里行间的词人的怀才不遇便显露无遗了。又如：

> 笑艳秋莲生绿浦。红脸青腰、旧识凌波女。照影弄妆娇欲语，西风岂是繁华主。　可恨良辰天不与。才过斜阳。又是黄昏雨。朝落暮开空自许，竟无人解知心苦。（《蝶恋花》）

这是一首咏莲词。上片开头三句“笑艳秋莲生绿浦。红脸青腰、旧识凌波女”，首先为我们描绘了一幅色彩鲜艳的荷花莲叶图：娇媚艳丽的秋莲生长在绿色池塘中，它粉红的花朵和青绿的荷梗仿佛亭亭玉立、步履轻盈的“凌波女”的脸和腰。接着的“照影弄妆娇欲语，西风岂是繁华主”写的是一阵西风吹来，随风摆动的荷花莲叶多么像正在照影弄妆的美人！可惜的是随着西风的不断吹来，繁荣茂盛的荷叶荷花很快就要衰败了。过片“可恨良辰天不与。才过斜阳。又是黄昏雨”，紧接上片，意思是可恨的是天不与良辰，正是繁荣茂盛的秋莲可惜遇到的全是斜阳暮雨。最后的“朝落暮开空自许，竟无人解知心苦”，一语双关，意味深长——既是指“莲心苦”，感叹朝落暮开的美丽秋莲的不幸遭遇，又是喻“人心苦”，是词人借咏莲而自况，强烈抒发了自己怀才不遇、生不逢时的感慨之情。

4.2.2 “清壮顿挫”——晏几道词的艺术特色

关于晏几道的小山词，诗词大家黄庭坚有十分精妙的评价：“清壮顿挫”[1]。然而小山词的“清壮顿挫”究竟具体表现在哪些方面？前人要么语焉不详，一笔带过；要么各抒己见，意见不一。对于这个至今尚无定论，然而十分重要的评语，笔者愚意认为如果把它放在黄庭坚的《小山词序》的原文相关部分中仔细推敲，然后求证于小山词，或许可以真正理解它，从而为真正理解小山词的艺术特色开启一个新的途径。

黄庭坚的《小山词序》原文如下：

> 独嬉弄于乐府之余，而寓以诗人之句法。清壮顿挫，能动摇人心。士大夫传之，以为有临淄之风耳，罕能味其言也。……至其乐府，可谓狎邪之大雅，豪士之鼓吹，其合者《高唐》、《洛神》之流，其下者岂减《桃叶》、《团扇》哉。[2]

“清壮顿挫”这句话是黄庭坚在《小山词序》中评论了晏几道人品与生平遭遇后所说，他认为晏几道因为人生不如意，诗文容易得罪人，从而将大量心血和精力花在词上——“乃独嬉弄于乐府之余”。又由于晏几道在词的写作中充分重视写作技巧——“寓以诗人之句法”，从而使其词在艺术形式方面取得了“清壮顿挫”的良好效果。关于晏几道词的思想内容，黄庭坚接着在文章的后面部分也给予了恰当评价：“可谓狎邪之大雅……其合者《高唐》、《洛神》之流，其下者岂减《桃叶》、《团扇》哉”。通过如上分析，我们完全可以得出黄庭坚的“清壮顿挫，能动摇人心”的评价，主要是指小山词艺术形式方面的特点。它具体表现在哪些方面呢？下面我们以晏几道最著名的代表作、名列宋金十大名曲之一的《鹧鸪天》为例来分析：

> 彩袖殷勤捧玉钟，当年拚却醉颜红。舞低杨柳楼心月，歌尽桃花扇影风。　从别后，忆相逢，几回魂梦与君同。今宵

---

〔1〕(宋)黄庭坚. 小山集序. 豫章黄先生文集：卷十六. 见：全宋文. 上海：上海辞书出版社，2006：第106册150页

〔2〕(宋)黄庭坚. 小山集序. 豫章黄先生文集：卷十六. 见：全宋文. 上海：上海辞书出版社，2006：第106册150页

剩把银釭照,犹恐相逢是梦中。

陈廷焯评此词云:“曲折深婉。自有艳词,更不得不让伊独步。”[1]该词为什么会得到如此高的评价?如果我们仔细阅读它,就会发现该词在内容方面与花间、南唐及宋初诸家的艳词并无多大区别;然而艺术形式上确实能于花间、南唐及宋初诸家之外卓然别树一帜,典型体现了晏几道词的特点。上片从昔时的欢会写起。“彩袖”一词,用装束代人,兼暗示着装者的美貌;“殷勤”二字,从举动见意,兼暗示举酒者的热情;“捧”字表示出恭敬、稳重;“玉钟”显示出富贵、豪华。首句七字十分巧妙地写出了所爱女子的身份、服饰、情意、体态——一个穿着彩袖的美人恭敬地捧着玉钟殷勤劝我喝酒。于是此时此际,词人有且只有拚死畅饮为红颜——“拚却醉颜红”。“舞低杨柳楼心月,歌尽桃花扇影风”为千古传诵的妙句—— 黄庭坚称赞它“定非穷儿家语”[2];晁补之誉为“此人必不生三家村中也”[3];沈际飞许以“不愧六朝宫掖体”[4];黄升觉得“‘比白香山笙歌归院落,灯火下楼台’更觉浓至”[5];陈匪石认定“‘舞低’两句,既工致,又韶秀,且饶雍容华贵之气……与乃父之诗‘梨花院落溶溶月,柳絮池塘淡淡风’同一名贵语”[6];薛砺若还把这一句和李后主“笙箫声断水云间,重按霓裳歌遍彻。……归时休放烛花红,待踏马蹄清夜月”相较,以为“不独辞彩同一工艳,豪兴清赏宛然神似”[7]。这两句妙在哪儿呢?妙就妙在时空交互,兴象纷呈,给人以华丽无比和含蕴无穷的感觉——短短两句十四字,竟然十二字为名词,包含有舞、歌、杨柳、桃花、高楼、扇子、明月、春风等大量美好事物,从而不

[1] (清)陈廷焯. 白雨斋词话:卷一. 见:唐圭璋. 词话丛编. 北京:中华书局,1986:782

[2] (宋)魏庆之. 诗人玉屑:卷十. 引王直方诗话. 上海:上海古籍出版社,1979:224

[3] (宋)赵令畤. 侯鲭录:卷八. 北京:中华书局,1985:70

[4] (宋)胡仔. 苕溪渔隐丛话:前集卷五十九引雪浪斋日记. 北京:人民文学出版社,1981:253

[5] (宋)黄升. 花庵词选. 沈阳:辽宁教育出版社,1997:56

[6] 陈匪石. 宋词举. 南京:金陵书画社,1983:119

[7] 薛砺若. 宋词通论. 上海:上海书店,1985:82

仅说明了庭院之深邃、楼台之高耸、歌舞之酣畅和春宵之迷人，而且巧用空间的变化以喻时间的流转，如酣舞通宵，仅以四周环柳的高楼中见月渐低沉来表明；欢歌达旦，仅以歌者手擎绘有桃花图案的团扇风停声息来暗示。下片换头处，镜头急剧转换到别后——“从别后，忆相逢，几回魂梦与君同”，这里的“相逢”作“相聚”解。词人因为各种原因与佳人分别后，强烈的思念使词人多次梦见两人又相聚。这几句娓娓道来，真实自然，语又浑成，因此很容易激起读者的共鸣。“几回”不是问语，而是指次数太多，以致记不甚清。结拍两句，镜头再次急剧转换到现在的相聚——“今宵剩把银釭照，犹恐相逢是梦中”，“剩把”，张相解为“尽把”[1]；“银釭”，即银灯，无意中又一次显示了豪华气派；“相逢”，指此番重晤；“梦”则并非指真的又一次做梦，而是指词人经过太长的等待，做过太多的相聚梦，有过太大的失望，因此到了这次真的相聚时，反而怀疑它会不会又是一个梦！对此，俞平伯点评道：“回忆本是虚，因忆而有梦，梦也是虚，却疑为实。及真的相逢，翻疑为梦。”[2]词人就这样用以虚为实、化实为虚，以至虚实相生的手法，把旧逢、别后和重晤的各种场景和内心感受，都淋漓尽致地描绘出来。这首词在艺术形式方面的特色除了上面已经分析过了、一目了然的词藻方面的清词丽句之外，它还具体表现在以下三个方面：

结构。该词具有明显的跌宕起伏、时空交错的特点——它虽然写的是一对情人的久别重逢之类的普遍性题材，但词人并没有像一般作品那样径直去描写抒发重逢的情景与欢乐，而是从‘当年”初逢着笔，以“当年”——“别后”——“今宵”的时间顺推，刻画叙述了三个生活片断，以过去情景的追忆描写作为现在情感展示的铺垫蓄势，生动自然地展示出初识欢乐——别后相思——重逢惊喜的情感发展变化状态。整首词由于当年、从、忆、犹恐等词的恰当运用，叙事上层次清晰，脉落分

---

〔1〕 张相.诗词曲语辞汇释：卷二.北京：中华书局，1977：153

〔2〕 俞平伯.唐宋词选释(中卷).北京：人民文学出版社，1979：89

明，虚实相生，起伏跌宕，抒情上细腻丰富、清晰明了同时曲折深婉，真是亦直亦曲，亦显亦隐。

声韵。该词用的是洪亮的东钟韵，尤其是阳声字的大量运用——短短 56 字的小令中竟然有 32 个阳声字！从而使该词鲜明地具有晏几道词“清壮顿挫”的个性特色——缪钺先生以下半阕为例，作过精彩论述：“下半阕共计二十七个字，其中有十六个字是阳声（凡字尾带 m、n、ng 等鼻音者为阳声），即是从、相、逢、魂、梦、君、同、今、剩、银、釭、恐、相、逢、梦、中等。而在这十六个阳声字中，反复出现，使我们读起来，仿佛是听一首谐美的乐曲，其中经常有嗡嗡的声音，引入一种似梦非梦的境界。恰与词中所要表达的情思相配合，而增强其感染力”[1]。

声调。《鹧鸪天》的声调特点，正如龙榆生先生所言：“短调小令，那些声韵安排大致接近近体律、绝诗而例用平韵的，有如《忆江南》、《浣溪沙》、《鹧鸪天》、《临江仙》、《浪淘沙》之类，音节都是相当谐婉的”[2]。晏几道这首词的声调充分体现了这一点。“彩袖殷勤捧玉钟，当年拼却醉颜红”，开头两句简直就是一首仄起押韵七律的首联，“仄仄平平仄仄平（韵），平平仄仄仄平平（韵）”。接着两句是千古名对——“舞低杨柳楼心月，歌尽桃花扇影风”，与仄起押韵七律的颔联相似——“仄平平仄平平仄，平仄平平仄仄平（韵）。“从别后，忆相逢”，又是一个平仄相反的对仗——“平仄仄，仄平平”！“一般词调内，遇到连用长短相同的句子而作对偶形式的，所有相当地位的字调，如果是平仄相反，那就会显示和婉的声容”[3]。何况两个平仄相反的对仗？“几回魂梦与君同”则又与仄起押韵七律的颈联相似。“今宵剩把银釭照，犹恐相逢是梦中”，最后又成了一首仄起押韵七律的尾联——“平平仄仄平平仄，仄仄平平仄仄平（韵）”。由上可知，因为采用的是与仄起押韵七律相似的声调并加以适当的变化，从而使全词在声韵上清壮响亮、平仄交错，读起来琅

〔1〕 缪钺.缪钺说词.上海：上海古籍出版社，1999：64

〔2〕 龙榆生.词学十讲.北京：北京出版社，2005：30

〔3〕 龙榆生.词学十讲.北京：北京出版社，2005：28

琅上口、抑扬顿挫。

通过以上分析，我们可以看出晏几道词的风格特色其实包括四个方面：第一是语言上的清词丽句；第二是结构上的曲折顿挫；第三是声韵上的清壮响亮；第四是声调上的抑扬顿挫。小山词是否真的具有这四个方面的特点呢？下面我们在前人评价的基础上再结合利用定量分析的科学方法，具体谈谈这个问题。

词藻。作为“富贵优游五十年”[1]的宰相晏殊的暮子，晏几道青少年曾经有过一段荣华富贵的生活，虽然后来家境破落了，然而贵族气质却依然深深地植根在他身上，正如王灼所说“叔原如金陵王谢子弟”，于是自然而然其词“秀气胜韵”[2]，其实，这也是前人的共识：

词情婉丽。[3]

世称叔原长短句有六朝风致。[4]

诸名胜词集，删选相半，独小山集直逼花间，字字娉娉袅袅，如揽嫱、施之袂。[5]

晏小山词，风流绮丽，独冠一时。[6]

小山华贵。[7]

吐属华贵，脱口而出。[8]

精美绝伦……出语之俊逸，更无敌手。[9]

……

〔1〕(宋)欧阳修．晏元献公挽辞三首．欧阳修全集：卷五十六．北京：中华书局，2001：812

〔2〕(宋)王灼．碧鸡漫志．见：唐圭璋．词话丛编．北京：中华书局，1986：83

〔3〕(宋)胡仔．苕溪渔隐丛话：前集卷五十九．引雪浪斋日记．北京：人民文学出版社，1981：253

〔4〕(元)陆友仁．砚北杂志．文渊阁四库全书影印本．台湾：商务印书馆，1983：第866册565页

〔5〕(明)毛晋．跋小山词．见：宋六十名家词．上海：上海古籍出版社，1989：105

〔6〕(清)陈廷焯．词坛丛话．见：唐圭璋．词话丛编．北京：中华书局，1986：3722

〔7〕赵尊岳．填词丛话：卷一．见：词学(第3辑)．上海：华东师范大学出版社，1985：166

〔8〕夏敬观．评《临江仙》(梦后楼台高锁)．吷庵词评．见：词学(第5辑)．上海：华东师范大学出版社，1986：199

〔9〕唐圭璋．评《临江仙》(梦后楼台高锁)．唐宋词简释．上海：上海古籍出版社，1981：80

由上可知，晏几道之词在语言上确实以清词丽句著称。其实，即使我们只是初读晏几道词集，往往也能明显感觉到其完全是由金玉香气与红花绿草组成的缤纷灿烂的世界：

金	玉	香	红	绿
金缕 6	玉楼 5	香英 4	红笺 8	绿窗 4
金盏 2	玉指 4	旧香 3	脸红 7	绿鬓 4
金鞭 2	玉盏 3	熏香 3	残红 6	绿酒 3
金鞍 2	玉箫 3	雪香 3	红日 6	绿镜 3
金船 2	玉人 3	香红 3	红泪 6	绿树 2
金掌 2	碧玉 3	香屏 3	红尘 5	绿刺 2
金钗 2	玉笙 2	香笺 3	红楼 5	绿杨 2
金衣 2	玉钗 2	香袖 2	红叶 5	绿云 2
金谷 2	玉枕 2	香烟 2	红烛 4	绿浦 2
	玉颜 2	香信 2	红窗 4	绿绮琴 2
		香襟 2	花红 3	绿烟 2
		香尘 2	啼红 3	绿江 2
		花香 2	娇红 3	绿水 2
			红杏 3	
			香红 3	

结构。关于结构，正如龙榆生先生所说："不论要想写好什么样式的文章，都得讲究结构。歌词是一种最为简练而又富于音乐性的文学形式，所以它更得讲究结构精密。"[1]晏几道之小山词便以讲究结构的曲折顿挫著称：

字外盘旋，句中含吐，小词能事备矣。[2]

叔原词风流自赏，极顿挫起伏之妙。[3]

艳词自以小山为最，以曲折深婉，浅处皆深也。[4]

---

〔1〕 龙榆生．词学十讲．北京：北京出版社，2005：107

〔2〕 (清)先著．词洁辑评：卷一．见：唐圭璋．词话丛编．北京：中华书局，1986：1344

〔3〕 (清)陈廷焯．云韶集：卷二．见：孙克强．唐宋人词话．郑州：河南文艺出版社，1999：229

〔4〕 吴梅．词学通论．上海：华东师范大学出版社，1996：78

小山学《花间》，妙在吞吐含蓄，全不说破。[1]

写来层层深入，节节顿挫。[2]

以极婉转、极摇曳的笔出之。[3]

……

小山词结构上的曲折顿挫的取得主要是通过翻转法。关于翻转法，前人如此评价："词贵愈转愈深。"[4]它具体表现于词便是递进、转折的虚词和时空变换交错词汇的大量运用：

递进、转折的虚词	时空变换交错的词汇
还 45	记 36
欲 39	忆 24
犹 35	去年 15
应 33	旧时 5
更 31	来时 15
又 30	今夜 9
曾 28	今日 10
将 15	今宵 4
也 14	如今 7
才 10	当年 7
却 20	别后 13
已 27	别来 8

声调。词本为歌宴酒席之中歌伎所唱之歌词，因此创作时应该特别注意照顾到歌者转喉发音的自然规律，把每一个字都安排得十分适当，从而既使唱的人唱得字字清晰，能够获得珠圆玉润的效果，又使听的人感到铿锵悦耳，而又无音讹字舛的毛病。晏几道之小山词的创作

〔1〕 陈匪石.宋词举.南京:金陵书画社,1983:123

〔2〕 唐圭璋.评《蝶恋花》(梦入江南烟水路).唐宋词简释.上海:上海古籍出版社,1981:81

〔3〕 陈迩冬.宋词纵谈.北京:人民文学出版社,1987:22

〔4〕 (清)沈祥龙.论词随笔.见:唐圭璋.词话丛编.北京:中华书局,1986:4057

因为一开始便是“每得一解，即以草授诸儿，吾三人持酒听之”[1]，所以对于这一点把握得非常好，以至于几百年后的毛晋读了小山词之后还感叹：“恨不能起莲、鸿、苹、云，按红牙板唱和一过。”[2]小山词声调方面的特色具体表现晏几道常用的基本上都是在近体诗基础上加以变化的词牌(以10首为底线)：

词　牌	调　式	首　数
采桑子	7447,7447	28
浣溪沙	777,777	21
鹧鸪天	7777,33777	19
蝶恋花	74577,74577	15
玉楼春	7777,7777	13
生查子	5555,5555	13

这些词牌在声调上常常是平仄相间、平仄相对，从而使其词读起来抑扬顿挫，流利谐婉。

声韵。关于韵部的选择，词学大师王易云：“东董宽洪，江讲爽朗，支纸缜密，鱼语幽咽，佳蟹开展，真轸凝重，元阮清新，萧筱飘洒，歌哿端庄，麻马放纵，庚梗振厉，尤有盘旋，侵寝沉静，覃感萧瑟，屋沃突兀，觉药活泼，质术急骤，勿月跳脱，合盍顿落，此韵部之别也。”[3]由此可见，不同的韵部选择确实可以在一定程度上代表词人之词作的不同声情。据笔者统计，晏几道使用最多的便是“清壮”之韵：

韵　部	独韵次数	转韵次数	总计次数
东董	23	12	35
江讲	15	5	20
真轸	21	9	30
元阮	36	26	62
庚梗	10	9	19

〔1〕（宋）王灼. 碧鸡漫志. 见：唐圭璋. 词话丛编. 北京：中华书局，1986：83

〔2〕（明）毛晋. 跋小山词. 见：宋六十名家词. 上海：上海古籍出版社，1989：105

〔3〕王易. 词曲史. 南京：江苏教育出版社，2005：178—179

晏几道不仅大量使用“清壮”之韵，而且喜欢较密的用韵——晏几道的260首词作中，句句用韵的作品有25首；用韵较密的作品更是达到了180余首。除此之外，小山词还特别喜欢大量使用阳声字——其中阳声字占词作字数二分之一及其以上的作品有80余首；阳声字占词作字数三分之一以上的作品更是达到了240多首。“清壮”之韵的大量使用，韵字的处处呼应，阳声字的反复出现，“使我们读起来，仿佛是听一首谐美的乐曲，其中经常有嗡嗡的声音，引入一种似梦非梦的境界。恰与词中所要表达的情思相配合，而增强其感染力”〔1〕。

通过以上的统计分析，我们可以发现正是以上四个方面的特点促成了晏几道词之清壮顿挫特色，使其词虽然内容有点单薄，但是由于其独特的艺术形式，几千年来深受好评：

> 词之有令，唐五代尚矣。宋惟晏叔原最擅胜场。〔2〕
>
> 措辞婉妙，则一时独步。〔3〕
>
> 艳词自以小山为最。以曲折深婉，浅处皆深也。〔4〕
>
> 砥柱中流，断非几道莫属 。〔5〕
>
> 《小山词》比当时其它词集，令读者有出类拔萃之感。它的文体清丽婉转如转明珠于玉盘，而明白晓畅，使两宋作家无人能继。〔6〕
>
> 对于相类似的题材，通过不同的角度，不同的情思，运用各种艺术手法，写出富有情韵的小词，秀句异彩，照耀

〔1〕 缪钺.缪钺说词.上海:上海古籍出版社,1999:64

〔2〕 (清)杜文澜.憩园词话.引周之琦十六家词录.见:唐圭璋.词话丛编.北京:中华书局,1986:2865

〔3〕 (清)陈廷焯.白雨斋词话:卷一.见:唐圭璋.词话丛编.北京:中华书局,1986:3782

〔4〕 吴梅.词学通论.上海:华东师范大学出版社,1996:78

〔5〕 陈匪石.声执:卷下.见:陈匪石.宋词举.南京:金陵书画社,1983:166

〔6〕 吴世昌.词林新话.北京:北京出版社,2000:134

词坛。[1]

其词多抒离合悲欢之感，而技术特高……《小山词》意格之高超，结构之精密，信为令词中之上乘；令词之发展，至此遂达最高峰；后有作者，不复能出其范围矣。[2]

……

最后应该指出的是虽然晏几道之词的主要风格特色是清壮顿挫，但并不是指晏几道每一首词都具有以上的四大特点，不过通过以上具体的统计分析，我们已经发现晏几道之词基本上都具有以上四大特点或四大特点的一部分。

第三节　眼中前事分明，可怜如梦难凭——梦词专论

打开《小山词》，仿佛走进了梦的画廊。这画廊里的梦真是五光十色，有"梦中"、"梦后"、"梦回"、"梦觉"、"梦雨"、"梦云"；也有"春梦"、"秋梦"、"夜梦"、"虚梦"、"残梦"；还有"鸳屏梦"、"巫峡梦"、"桃源梦"、"蝴蝶梦"、"高唐梦"、"阳台梦"，等等。据笔者统计，260 首晏几道词中"梦"字竟然出现了 59 次，梦词竟然有 70 首之多！这在为数众多的唐宋词人中是罕见的——尤其晏几道还直言不讳地说所记悲欢合离之事："如幻、如电、如昨梦前尘。"[3]因此晏几道的梦词是一个十分值得研究和探讨的问题。

根据内容划分，晏几道的梦词主要包括以下两方面：

---

〔1〕 周振甫.天将离很恼疏狂——读晏几道《鹧鸪天》.见：唐宋词鉴赏集.北京：人民文学出版社，1983：160

〔2〕 龙榆生.中国韵文史.上海：上海古籍出版社，2002：86－87

〔3〕 (宋)晏几道.小山词自序.见：孙克强.唐宋人词话.郑州：河南文艺出版社，1999：222

4.3.1“官身几日闲，世事何时足”——悲凉失意之感

作为政坛、文坛领袖之一的晏殊的儿子，晏几道同样以超群的才学与才能著称——“声名九鼎重，冠盖万夫望”[1]；“更缘事为，积有闻誉”[2]……加上其父晏殊“谋猷存二府，台阁遍诸生”[3]——对此，晏几道自己也曾夫子自道“政事堂中半吾家旧客”[4]；由此看来，晏几道一生应该会是仕途顺利，真所谓想不富贵都难！然而晏几道仅仅因为“磊隗权奇，疏于顾忌……常欲轩轾人，而不受世之轻重。”于是“诸公虽称爱之，而又以小谨望之，遂陆沉于下位”[5]，结果一生十分坎坷：仕途上，“仕宦连蹇”，大半生担任的都是一些小官——颍昌府许田镇监、乾宁军通判、开封府判官等。生活上，“家人寒饥”——“叔原聚书甚多，每有迁徙，其妻厌之，谓叔原有类乞儿搬漆碗。叔原作诗云：‘生计唯兹碗，般擎岂惮劳。造虽从假合，成不自埏陶。阮杓非同调，颜瓢庶共操。朝盛负余米，暮贮藉残糟。幸免墦间乞，终甘泽畔逃。挑宜筇作杖，捧称葛为袍。傥受桑闲饷，何堪井上螬。绰然真自许，嘑尔未应饕。世久轻原宪，人方逐子敖。愿君同此器，珍重到霜毛。’”[6]更加不幸的是无缘无故的牢狱之灾、相好的几位朋友或病或亡、相爱的歌儿舞女风消云散，于是“病世之歌词，不足以析酲解愠，试续南部诸贤绪余，作五、七字

〔1〕(宋)黄庭坚.次韵答叔原饭寂照房呈稚川.山谷集·外集：卷七.见：全宋诗.北京：北京大学出版社，1991：11499

〔2〕(宋)慕容彦逢.通判乾宁军晏几道可开封府推官制.摛文堂集：卷五.文渊阁四库全书影印本.台湾：商务印书馆，1983：第1123册349页

〔3〕(宋)欧阳修.晏元献公挽辞三首.欧阳修全集：卷五十六.北京：中华书局，2001：812

〔4〕(元)陆友仁.砚北杂志.文渊阁四库全书影印本.台湾：商务印书馆，1983：第866册565页

〔5〕(宋)黄庭坚.小山集序.豫章黄先生文集：卷十六.见：全宋文.上海：上海辞书出版社，2006：第106册150页

〔6〕(宋)张邦基.墨庄漫录：卷三.北京：中华书局，2002：103

语，期以自娱。不独叙其所怀，兼写一时杯酒间闻见所同游者意中事。"[1]作为词人"析酲解愠"和"独叙其所怀"的工具，晏几道的许多词作自然而然地会抒发流露他仕宦不如意、漂泊天涯、生活艰辛以及人生如梦的感叹：

身外闲愁空满，眼中欢事常稀。（《临江仙》）
天涯岂是无归意，争奈归期未可期。（《鹧鸪天》）
回头满眼凄凉事，秋月春风岂得知。（《鹧鸪天》）
云渺渺，水茫茫。征人归路许多长。（《鹧鸪天》）
游子不堪闻，正是衷肠事。（《生查子》）
官身几日闲，世事何时足。（《生查子》）
回思十载，朱颜青鬓，枉被浮名误。（《御街行》）
别来楼外垂杨缕，几换青春。倦客红尘。（《采桑子》）
风梢雨叶，绿遍江南岸。思归倦客。（《扑蝴蝶》）
行子惜流年。鶗鴂枝边。（《浪淘沙》）
南去北来今渐老，难负尊前。（《浪淘沙》）
离人鬓华将换。（《碧牡丹》）
倦客登临，暗惜光阴恨多少。（《泛清波摘遍》）
楚天渺。归思正如乱云。（《泛清波摘遍》）
彩弦声里，拚作尊前未归客。（《六么令》）
从来往事都如梦。（《踏莎行》）
眼中前事分明。可怜如梦难凭。（《清平乐》）
……

这种仕宦不如意的生活过久了，年纪也大了，词人为了摆脱沉沦下层的烦恼、理想破灭的痛苦，于是往往及时行乐，例如：

官身几日闲，世事何时足。君貌不长红，我鬓无重绿。

〔1〕（宋）晏几道．小山词自序．见：孙克强．唐宋人词话．郑州：河南文艺出版社，1999：222

榴花满盏香，金缕多情曲。且尽眼中欢，莫叹时光促。（《生查子》）

又如：

莫问逢春能几回。能歌能笑是多才。露花犹有好枝开。绿鬓旧人皆老大，红梁新燕又归来。尽须珍重掌中杯。（《浣溪沙》）

然而，这种及时行乐的表面的“旷达”背后，其实深深地藏着词人的无奈和悲愤，例如：

十里楼台倚翠微，百花深处杜鹃啼。殷勤自与行人语，不似流莺取次飞。　　惊梦觉，弄晴时。声声只道不如归。天涯岂是无归意，争奈归期未可期。（《鹧鸪天》）

此词写词人客中闻杜鹃声而触发的感慨，抒写了浪迹在外、有家难归的无奈和悲愤。起首两句“十里楼台倚翠微，百花深处杜鹃啼”，写词人在靠着青山的十里楼台游赏，百花盛开的深处忽然传来了杜鹃啼叫。接着的“殷勤自与行人语，不似流莺取次飞”，说的是杜鹃似乎与那随意飞飞停停的流莺很不一样，“殷勤”的啼叫声好像要对行人特意说些什么。过片的“惊梦觉，弄晴时。声声只道不如归”，点明“行人”仿佛从梦中惊醒，终于听明白了杜鹃大晴天“殷勤”的啼叫，原来声声都是劝告“不如归去”。面对杜鹃的好意，词人只能无奈地答道：“天涯岂是无归意，争奈归期未可期！”——“不是自己不想回家，而是自己根本无法作主回家的日期，也不知道什么时候才能够回家。”又如：

催花雨小，著柳风柔，都似去年时候好。露红烟绿，尽有狂情斗春早。长安道。秋千影里，丝管声中，谁放艳阳轻过了。倦客登临，暗惜光阴恨多少。　　楚天渺。归思正如乱云，短梦未成芳草。空把吴霜鬓华，自悲清晓。帝城杳。双凤旧约渐虚，孤鸿后期难到。且趁朝花夜月，翠尊频倒。（《泛清波摘遍》）

此词是一篇伤时叹老之作，抒发了词人岁月流逝，功业未就的悲凉情怀。上片首三句“催花雨小，著柳风柔，都似去年时候好”，写小雨催花，柔风染柳，今年的春天与去年一样的美好。接着的“露红烟绿，尽有狂情斗春早”继续渲染春光的美丽——红花露重，芳草烟笼，一切都在美好的春光里尽情地展示。再接着的“长安道。秋千影里，丝管声中，谁放艳阳轻过了”，写繁华的城市里，秋千靓影，丝管曼声，无忧无愁的人们常常让大好时光就这样无声无息地溜走了。歇拍“倦客登临，暗惜光阴恨多少”，词人调转笔头，开始抒发自己的春感、春恨——疲倦的自己客居他乡，登临胜景，感叹时光珍贵及其飞逝不停。一个“恨”字，既有对自己的悔恨，又有对别人“及时行乐”的叹息，内蕴极为丰厚。过片“楚天渺。归思正如乱云，短梦未成芳草。空把吴霜鬓华，自悲清晓”，进一步抒发情思。羁旅他乡、浪迹天涯的词人在人生失意中燃起归家之念，可楚地辽阔、途程千里。归思乱纷纷，想归难成行，于是只好寄托于梦，可惜连梦也不遂人愿！接着的“空把吴霜鬓华，自悲清晓”，叙述已经头发花白的词人只能自悲自怜。再接着的“帝城杳。双凤旧约渐虚，孤鸿后期难到”，从写思念家乡转向写思念伊人。由于此去京城遥远，与心爱之人的相约越来越不可能实现。满怀的惆怅和痛苦排遣何处？结拍“且趁朝花夜月，翠尊频倒”，抒发词人的无奈与悲凉——还是忘了一切，暂且趁这良辰美景，频频举杯，一醉尊前！这种无奈和悲愤后来更是变成了凄厉之音，例如：

> 天边金掌露成霜。云随雁字长。绿杯红袖趁重阳。人情似故乡。　　兰佩紫，菊簪黄。殷勤理旧狂。欲将沉醉换悲凉。清歌莫断肠。(《阮郎归》)

这是词人重阳佳节宴饮之余抒怀感慨之作。起首两句“天边金掌露成霜。云随雁字长”，点出地点是在京城汴梁，时序是在深秋。“天边金掌露成霜”为虚写，借指东京汴梁已经是深秋；“云随雁字长”为实写，描述排成一字的雁队飞过，云影似乎也随之延长。这两句意象很妙，为全词奠定了秋气瑟瑟的基调。“绿杯红袖趁重阳。人情似故乡”则借重阳饮酒进入个人身世的感慨,用笔细腻而蕴涵深厚:词人客居他乡,沦落困顿,心灰意冷,本无意于“绿杯红袖”,但主人的盛情难却,使人有宾至如归之感,总算没有辜负重阳佳节。这也使词人稍微感到一些安慰,暂时得以抛开悲苦的情调。对此,陈匪石有精彩的点评:“本不萦情于‘绿杯红袖’,而姑趁重阳令节,一作欢娱,满腔幽怨,无可奈何,一‘趁’字尽之。其所以然者,以‘人情’尚‘似故乡’也”[1]。而一个“似”字则既赞美了故乡人情之美,又表达了对主人热情招待的感激。换头两个三字句“兰佩紫,菊簪黄”,承接上片,继续写重阳节的活动内容,突出佳节的喜庆气氛。或许正是佳节盛宴激活了词人多年饱受压抑的心灵中的不满——“我盘跚勃窣,犹获罪于诸公”[2],于是情不自禁地“殷勤理旧狂”——“狂者,所谓一肚皮不合时宜,发见于外者也”[3],也就是黄庭坚所说的四痴——“仕宦连蹇,而不能一傍贵人之门,是一痴也;论文自有体,不肯作一新进士语,又一痴也;费资千百万,家人寒饥,而面有孺子之色,此又一痴也;人百负之而不恨,己信人,终不疑其欺己,此又一痴也。”[4]短短五个字,竟然包含了无数的意思——正如况周颐所说:“狂已旧矣,而理之,而殷勤理之,其狂若有甚不得已者”[5]。结尾两句“欲将沉醉换悲凉。清歌莫断肠”则通过对上面的归结后又来一个大转折,从而使全篇含不尽之意:词人“殷勤理旧狂”后感觉到的全是“悲凉”,佳节盛宴、温暖友情根本无法消除它,只好希望借助于“沉醉”使自己摆脱出来,然而沉醉真的可以替换掉悲凉吗?似乎词人自己也

[1] 陈匪石.宋词举.南京:金陵书画社,1983:117

[2] (宋)黄庭坚.小山集序.豫章黄先生文集:卷十六.见:全宋文.上海:上海辞书出版社,2006:第106册150页

[3] 况周颐.惠风词话:卷二.见:孙克强辑.蕙风词话·广蕙风词话.郑州:中州古籍出版社,2003:18

[4] (宋)黄庭坚.小山集序.豫章黄先生文集:卷十六.见:全宋文.上海:上海辞书出版社,2006:第106册150页

[5] 况周颐.惠风词话:卷二.见:孙克强辑.蕙风词话·广蕙风词话.郑州:中州古籍出版社,2003:18

没有信心。于是只好用吩咐的口气，祈求、盼望席上的歌者不要唱出断肠的歌声！无言的辛酸和无穷的悲痛全在其中。

最后，词人终于对这种官场生活忍无可忍，完全失望，于是毅然地退出官场——“叔原年未至乞身，退居京城赐第，不践诸贵之门”[1]。它表现于词便是人生如梦、世事看破的宣言，例如：

雕鞍好为莺花住。占取东城南陌路。尽教春思乱如云，莫管世情轻似絮。　古来多被虚名误。宁负虚名身莫负。劝君频入醉乡来，此是无愁无恨处。（《玉楼春》）

在这首晏几道直抒胸臆的词中，词人明白无误地袒露了晚年的情感心绪。词的上片描写了作者自己见到莺歌燕舞、繁花似锦的明媚春光，觉得如此好时光千万不可浪费，自己一定要尽情地及时享受，一心一意沉醉到烟花酒楼中，懒得去管如飘飞柳絮般的轻薄世情。词的下片，作者忍不住的情感如长江之水滚滚涌出，他认为从古以来的人们大多热衷于科举功名、仕途官场等虚无且无法把握的东西，被这种虚名所迷惑和耽误，自己则认为这些虚名都是过眼烟云，没有任何价值，在历史的长河中所有的功名利禄最后都将灰飞烟灭，因此宁愿不要这些虚名而只要好好的尽情享受自己的人生，也因此劝说朋友能够同自己一样长久呆在“无愁无恨”的“醉乡”。

对此，近人夏敬观有深刻的揭示：“叔原以贵人暮子，落拓一生，华屋山丘，身亲经历，哀丝豪竹，寓其微痛纤悲，宜其造诣又过于父。山谷谓为‘狎邪之大雅，豪士之鼓吹’，未足以尽之也。”[2]

4.3.2“两鬓可怜青，只为相思老”——相思苦恋之情

晏几道不仅仕途上“仕宦连蹇”，生活上“家人寒饥”，婚姻上因为妻

[1]（宋）王灼．碧鸡漫志．见：唐圭璋．词话丛编．北京：中华书局，1986:86

[2] 夏敬观．吷庵词评．见：词学（第5辑）．上海：华东师范大学出版社，1986:201

子是个势利的世俗妇女，结果也不幸福——据记载："晏叔原聚书甚多，每有迁徙，其妻厌之，谓叔原有类乞儿搬漆碗"[1]。于是发生了晏几道除了寥寥几个好朋友外，便将全部感情寄托于朋友家的多才多艺的歌妓身上——正如恩格斯在《家庭、私有制及国家的起源》中分析的那样，在封建社会中，真正的爱情关系有时并不存在于包办婚姻的夫妻之间，而往往同官方社会以外的妇女——艺妓产生真正的恋情。可以说，这是符合中国宋代封建社会以及晏几道个人的实际情况的。

关于晏几道与朋友家家妓的交往，首先我们来看晏几道的夫子自道："始时，沈十二廉叔、陈十君龙家有莲、鸿、苹、云，品清讴娱客。每得一解，即以草授诸儿。吾三人持酒听之，为一笑乐。"[2]其次我们来看晏几道词中接二连三直接出现的朋友家家妓——莲、鸿、蘋、云：

言"莲"者有："小莲未解论心素，狂似钿筝弦底柱"(《木兰花》)；"梅蕊新妆桂叶眉，小莲风韵出瑶池。云随绿水歌声转，雪绕红绡舞袖垂"(《鹧鸪天》)；"手撚香笺忆小莲。欲将离恨倩谁怜"(《鹧鸪天》)；"记得春楼当时事，写向红窗月夜前。凭谁寄小莲"(《破阵子》)；"浑似阿莲双枕畔，画屏中"(《愁倚阑令》)；"香莲烛下匀丹雪，妆成笑弄金阶月"(《菩萨蛮》)，等等。

言"云"者有："床上银屏几点山，鸭炉香过琐窗寒，小云双枕恨春闲"(《浣溪纱》)；"有期无定是无期，说与小云新恨也低眉"(《虞美人》)；"若是朝云，宜作今宵梦里人"(《采桑子》)；"拟将幽恨，试写残花，寄与朝云"(《诉衷情》)；"朝云信断知何处？应作襄王春梦去"(《木兰花》)；"此次欢续。乞求歌罢，借取归云画堂宿"(《多么令》)；"碧桃花蕊已应开，欲伴彩云飞去"(《御街行》)，等等。

---

〔1〕(宋)张邦基.墨庄漫录:卷三.北京:中华书局,2002:103

〔2〕(宋)晏几道.小山词自序.见:孙克强.唐宋人词话.郑州:河南文艺出版社,1999:221

言“蘋”者有:“记得小蘋初见,两重心罗衣”(《临江仙》);“小蘋微笑尽妖娆,浅注轻匀长淡净”(《玉楼春》);“小蘋若解愁春暮。一笑留春春也住”(《木兰花》),等等。

言“鸿”者有:“问谁同是忆花人,赚得小鸿眉黛,也低蘋”(《虞美人》),等等。

由此可见,作为词人好友沈陈二家的家妓——莲、鸿、蘋、云,深深地吸引着词人,使词人为之倾倒、着迷。晏几道为什么会对莲、鸿、蘋、云迷恋不已呢?原因恐怕是莲、鸿、蘋、云等不仅都善于歌舞弹奏,工于佞酒唱诗,且人品、风韵也与世俗之人相异。例证便是我们在晏几道词作中四处可见的晏几道对她们优美的身姿、出众的容貌、动人的风韵、婉转的歌喉以及纯洁的心灵的描写,例如:“香莲烛下匀丹雪。妆成笑弄金阶月。娇面胜芙蓉。脸边天与红”(《菩萨蛮》);“梅蕊新妆桂叶眉。小莲风韵出瑶池。云随绿水歌声转,雪绕红绡舞袖垂”(《鹧鸪天》);“小蘋微笑尽妖娆,浅注轻匀长淡净”(《玉楼春》);“小蘋若解愁春暮。一笑留春春也住”(《木兰花》)……正当词人沉迷于与莲、鸿、蘋、云交往的快乐甜蜜中时,可惜幸福的时光总是很短暂——“已而君宠疾废卧家,廉叔下世”,词人自己也家道中落以致“家人寒饥”,再加上遭逢政治上的严重挫折——牢狱之灾,一下子从富贵生活的巅峰突然跌落在贫困生活的谷底,从而只能眼看着自己心爱的人儿“流转于人间”[1],从此天涯海角难以再聚。生活的不幸、强烈的思念使词人常常因情成梦,例如:

手捻香笺忆小莲。欲将遗恨倩谁传。归来独卧逍遥夜,梦里相逢酩酊天。　　花易落,月难圆。只应花月似欢缘。秦筝算有心情在,试写离声入旧弦。(《鹧鸪天》)

这首词开门见山,直接点明相思之苦:“手捻香笺忆小莲。欲将遗恨倩谁传。”一个“捻”字暗含无限深情——对小莲强烈的思念使词人无法控

[1] (宋)晏几道.小山词自序.见:孙克强.唐宋人词话.郑州:河南文艺出版社,1999:222

制自己，于是词人将苦苦思念之情满腔热情地写在香笺上，然而写完之后才突然想起这封满载自己思念之苦的香笺其实根本无法寄给自己苦苦思念的她，于是手指不断潜意识里“捻香笺”。“欲将遗恨倩谁传”可谓被清醒意识与残酷现实所逼出的一问。接着词人“归来独卧”，结果发现苦苦思念有了一个“逍遥夜”——“梦里相逢酩酊天”。然而梦终究是梦，再好的梦也会醒来。于是词人只好自己安慰自己——“花易落，月难圆。只应花月似欢缘”。但是这种自我安慰次数太多了，效果并不好，词人最后求助于能移人心性的音乐来发泄苦苦思念之情——“秦筝算有心情在，试写离声入旧弦”。这是强烈思念后所做的好梦；其实做成的梦并不都是美丽的：

> 梦入江南烟水路。行尽江南，不与离人遇。睡里消魂无说处。觉来惆怅消魂误。　　欲尽此情书尺素。浮雁沈鱼，终了无凭据。却倚缓弦歌别绪。断肠移破秦筝柱。（《蝶恋花》）

这是一个不好的梦——起首三句直接从不好的梦写起：“梦入江南烟水路”，“江南”本来就是十分美丽的地方，再加上“烟水路”的修饰，使梦境显得尤其优美朦胧。然而“行尽江南”却最终“不与离人遇”，“行尽”二字突出了词人在梦中都是苦苦求索，而求索之苦正见思念之深。词人也因为连梦中都无法寻找到而倍感失落和伤心——“睡里消魂无说处。觉来惆怅消魂误”。两个“消魂”的反复使用更是形象生动地写出了词人苦苦相思后好不容易做了一个江南寻找心上人的梦，然而最后梦里却是失望的懊恼、痛苦的心情。既然强烈的思念之情在梦中无法倾泄，那么就写信吧——“欲尽此情书尺素”，可惜“浮雁沉鱼，终了无凭据”—— 书信写好了也没有地方可寄，寄了也从来没有得到任何回音。百般无奈之下又一次求助于音乐来排遣——“却倚缓弦歌别绪”，然而因为“断肠”竟然“移破秦筝柱”！

除了求助于音乐排遣郁积于心中的苦苦思念之情之外；词人还常常求助于醉酒的力量：

无计奈情何，且醉金杯酒。（《生查子》）
归来紫陌东头。金钗换酒消愁。（《清平乐》）
衾凤冷，枕鸳孤。愁肠待酒舒。（《阮郎归》）
绿酒细倾消别恨。（《浣溪沙》）
清愁付、绿酒杯中。（《满庭芳》）
有情须醉尊前。（《清平乐》）
欲将沉醉换悲凉。（《阮郎归》）
露华高，风信远。宿醉画帘低卷。（《更漏子》）
成何计。未如浓醉。（《点绛唇》）
对景且醉芳尊。莫话消魂。（《两同心》）
……

据笔者统计，在小山词中，"酒"字出现55次，"醉"字出现48次。其中常见的与酒有关的词汇，例如："浅酒"、"美酒"、"绿酒"、"桂酒"、"新酒"、"宿酒"、"芳酒"、"玉酒"、"残酒"、"金船酒"、"金杯酒"、"如意酒"、"酌酒"、"对酒"、"换酒"、"滞酒"、"赌酒"、"溅酒""酒痕"、"酒色"、"酒面"、"酒筵"、"酒罢"、"酒阑"、"酒醒"、"酒初醒"、"酒成痕"、"酒初消"、"酒中仙"，等等。与"醉"相关的词汇，例如："醉颜"、"自醉"、"曾醉"、"且醉"、"午醉"、"宿醉"、"浅醉"、"浓醉"、"沉醉"、"烂醉"、"一醉"、"花里醉"、"醉中"、"醉后"、"醉头"、"醉帽"、"醉袖"、"醉枕"、"醉倒"、"醉如泥"、"醉相扶"、"醉别"、"醉拍"、"醉舞"、"醉弄"、"醉落"、"醉来"、"醉解"、"醉归"、"醉看"、"醉乡"，等等。词人希望音乐和美酒能够消除掉自己郁积于心中的苦苦的思念之情，但是音乐和美酒真的能够使词人摆脱吗？答案当然是否定的：

酒醒长恨锦屏空。（《临江仙》）
宿酒醒迟，恼破春情绪。（《蝶恋花》）
酒罢凄凉。新恨犹添旧恨长。（《减字木兰花》）
百分蕉叶醉如泥，却向断肠声里醒。（《木兰花》）
强欢殢酒图消遣，到醒来、愁闷还重。（《风入松》）

醉中同尽一杯欢，归后各成孤枕恨。（《玉楼春》）

夜来酒醒清无梦，愁倚阑干。（《丑奴儿》）

清歌莫断肠。（《阮郎归》）

日日骊歌，空费行人泪。（《点绛唇》）

伤心最是醉归时，眼前少个人人送。（《踏莎行》）

离歌自古最消魂，闻歌更在魂消处。（《梁州令》）

……

于是词人往往会情不自禁地因为长期的相见无望、思念无果而发出许多痴语，例如：

关山魂梦长，鱼雁音尘少。两鬓可怜青，只为相思老。归梦碧纱窗，说与人人道。真个别离难，不似相逢好。（《生查子》）

此词是词人经过长期的相见无望、思念无果而发出的典型痴语，上片的首句“关山魂梦长”起得沉郁有力，气势开阔，它既可指游子所在的关山边远荒凉，不要说人归家不容易，就连魂梦回一趟家也不容易；也可指游子身在边远荒凉的关山，心却经常为回家之念头而魂牵梦绕。接着的“鱼雁音尘少”写的是游子所在的关山过于边远荒凉，与家乡音信难通。歇拍的“两鬓可怜青，只为相思老”则是痴人痴语，意思是乌黑的鬓发竟然为了相思而全白了。过片“归梦碧纱窗，说与人人道”，开始转入梦境的描写，意思是梦中回到家乡，心头有句话一直想和她说。什么话呢？原来是简单得不能再简单的痴话：“别离真的太痛苦了，远远没有相聚一起好”——“真个别离难，不似相逢好。”

有时也有怨语，例如：

醉拍春衫惜旧香。天将离恨恼疏狂。年年陌上生秋草，日日楼中到夕阳。　　云渺渺，水茫茫。征人归路许多长。相思本是无凭语，莫向花笺费泪行。（《鹧鸪天》）

这首词一开始就描绘了词人一个精彩而又充满复杂情绪的动作——

"醉拍春衫惜旧香"。作为心上人送的春衫，在分别很久后的痴心词人眼中似乎依然还保存有心上人的香味。词人即使喝醉了拍打时也小心翼翼。因为这件春衫是词人往昔与心上人感情的见证，其中凝聚着许许多多词人无限向往的往昔的欢乐情事，所以词人自然而然地十分珍惜——一个"惜"字也暗中饱含着对旧情的深切留念。"天将离恨恼疏狂"则是词人无理而妙的自怨自艾之语，他认为或许是天老爷看不惯他的疏狂而故意将他和心上人分离。词人因此一方面感叹陌上的秋草不顾词人的心情而年复一年的枯荣——"年年陌上生秋草"；另一方面则日复一日地从早到晚沉醉于美酒之中——"日日楼中到夕阳"。下片开头的"云渺渺，水茫茫"承上片的"夕阳"而写，既将视野进一步扩展到云水渺茫，又为下面的抒情作好铺垫。"征人归路许多长"则是词人感叹自己离家遥远，归期难料，相见无期。结拍两句将词人郁积于心的苦苦思念之情转化成怨恨之语喷薄而出："相思本是无凭语，莫向花笺费泪行。"这两句措辞无多，然而读之使人倍感哀伤，余味无穷。"相思本是无凭语"既指词人长久地在云水渺茫的遥远异乡漂泊，年年日日的苦苦相思之情只能自己独自感受体味，根本无法用言语来道尽；又指年年日日的苦苦相思之情或许本来就是自己的自作多情，自己又能够将它向谁倾诉，怎么倾诉呢？接着的"莫向花笺费泪行"虽是决绝之辞，却是情至之语，从中带出以往情事——曾向花笺费尽泪行！晏几道对朋友家家妓——莲、鸿、蘋、云的这段刻骨铭心的感情，即使到了词人晚年，也依然无法忘怀："考其篇中所记悲欢合离之事，如幻如电，如昨梦前尘，但能掩卷怃然，感光阴之易迁，叹境缘之无实。"[1]

4.3.3 晏几道创造大量梦词的原因及其意义

梦是人类一种普遍而又特殊的生理与心理现象，它与文学艺术创

---

〔1〕（宋）晏几道．小山词自序．见：孙克强．唐宋人词话．郑州：河南文艺出版社，1999：221

作有着密切的关系。对梦的描写可谓源远流长，我国古代黄帝的华胥梦、庄周的蝴蝶梦、楚襄王的高唐梦以及后来卢生的黄粱梦、淳于髡的南柯梦等均已成为我国梦文学宝库中的精品。历代的诗、赋、文也因此都与梦结下了不解之缘。当词这种独特的文学样式登上文学殿堂后，梦也随之悄然潜入。据笔者统计，“梦”在北宋前期词人中的作品中出现次数并不是很多，下面以北宋前期著名词人的情况为例：213 首柳永词中“梦”出现 30 余次；140 首晏殊词中“梦”出现 20 余次；242 首欧阳修词中“梦”出现 30 余次；165 首张先词中“梦”出现 12 次。260 首晏几道词中“梦”词竟然达到了 70 余首，差不多是晏殊、欧阳修、张先的总和。晏几道为什么会创造大量梦词？这既有当时的社会原因，也有晏几道的个人原因。

关于当时的社会环境，前面已经有详细论述，现在我们再来看看激烈党争的社会政治环境给文人士大夫的具体创作带来的巨大影响。在此首先依然以大家熟知的苏轼为例。自从“乌台诗案”后，心存余悸的苏轼再也不敢轻易写诗，他曾对关心他的亲朋好友再三表白：

> 但得罪以来，不复作文字。自持颇严，若复一作，则决坏藩墙，今后仍复衷衷多言矣。[1]
>
> 某自窜逐以来，不复作诗与文字。所谕四望起度，固宿志所愿，但多难畏人，遂不敢尔。其中虽无所云，而好事者巧以酝酿，便生出无穷事也。[2]
>
> 前后惠诗皆未和，非敢懒也。盖子由近有书，深戒作诗，其言切至，云当焚砚弃笔，不但作而不出也。不忍违其忧爱之意，故遂不作一字 。[3]
>
> 子由及诸相识皆有书，痛戒做诗，其言甚切，不可不遵

[1] (宋)苏轼．答秦太虚七首之四．苏轼全集．上海：上海古籍出版社，2000：1736
[2] (宋)苏轼．与陈朝请二首之二．苏轼全集．上海：上海古籍出版社，2000：1706
[3] (宋)苏轼．与程正辅七十一首之十六．苏轼全集．上海：上海古籍出版社，2000：1779

用。[1]

某自得罪，不复作诗文，公所知也。不惟笔砚荒废，实以多畏人。虽知无所寄意，然好事者不肯见置，开口得罪，不如且已。不惟自守如此，亦愿公已之。[2]

……

然而诗人的情感需要发泄，于是当时被世人目为无关诗教宏旨、统治者也不监控的“小词”就成了诗人寄寓心声相对安全的艺术形式。例如贬居黄州时期的苏轼便是如此——根据《苏轼诗集》（中华书局 1982 年版）和薛瑞生先生《东坡词编年笺证》（三秦出版社 1998 年版）统计，东坡现存诗歌 2 623 首，其中编年诗 2 352 首，居黄州间的诗歌为 170 首，占编年诗的 7%。东坡现存词作为 348 首，其中编年词 317 首，而居黄州间的词作 80 首，约占编年词的 25%。虽然绝对数字诗多于词，但相对诗词各占比例而言，词作量远远大于诗。我们再看苏门其他人。从言论上看：

闲居绝不作文字，有乐府长短句数篇，后信写寄。[3]

迩来绝不为诗文，然不废书，时作小词以自娱，用以卒岁，毋以为念也。[4]

……

从创作数量上看：秦观词作共 90 首，其中从熙宁元年（1068）到绍圣元年（1094）26 年共有词作 61 首，而从绍圣元年（1094）到元符三年（1100）6 年时间作词 21 首。黄庭坚词作共 192 首，根据有记载作于“年十六”——即嘉祐五年（1060）的《画堂春》（东风吹柳）起至绍圣元年（1094）共 34 年可考作词 104 首，而从绍圣元年（1094）至崇宁四年

[1] （宋）苏轼. 与程正辅七十一首之二十一. 苏轼全集. 上海：上海古籍出版社，2000：1781

[2] （宋）苏轼. 与沈睿达二首之二. 苏轼全集. 上海：上海古籍出版社，2000：1882

[3] （宋）黄庭坚. 与宋子茂书六首之一. 山谷别集：卷十五. 见：四部丛刊初编. 上海：上海书店，1989：253

[4] （宋）陈师道. 与鲁直书. 后山居士文集：卷十. 上海：上海古籍出版社，2000：1882

(1105)共 11 年可考作词 74 首。晁补之词作共 167 首，编年词部分共 122 首，绍圣前词作仅 11 首，而绍圣后 16 年中就作词 111 首。

另外需要特别强调的是，文字狱的惊吓使士大夫们即使把诗文之中不敢抒发之情移到小词中，他们往往也会自然而然地逃避直接指陈世事(当然这与词体的特征也有一定关系)，采用梦的形式曲折地来反映，同时强烈的人生如梦的感叹会一而再、再而三地反复出现。例如贬居黄州时期的苏轼在短短三年多的时间里写了 18 首梦词：

世事一场大梦，人生几度秋凉。(《西江月》)

梦中了了醉中醒。(《江神子》)

人生如梦。(《念奴娇》)

笑劳生一梦。(《醉蓬莱》)

身外尝来都是梦。(《十拍子》)

万事到头都是梦。(《南乡子》)

……

随着党争的继续发展，苏轼后来还创作了几十首梦词。秦观、黄庭坚、晁补之等也不例外：

词　　人	词作总数	梦词数量
秦观	90	30
黄庭坚	190	34
晁补之	167	34

由此可见，在当时的激烈党争的社会环境中，文人士大夫们在畏惧诗文创作的情况下，往往寄情于词，以词“自娱”、“卒岁”；又由于文字狱的惊吓使他们常常采用梦的形式曲折地反映自己的情感，从而促进了当时词——尤其梦词的高度繁荣。对于晏几道而言，何尝又不是这样呢？自己无辜牵连进新旧党争的郑侠案，亲朋好友晏承裕、富弼、冯京、吴居厚、王古、郑侠、吴无至、黄庭坚、邹浩、蒲宗孟、韩维、范纯仁等

都因为新旧党争吃了不少苦头，[1]加上当时频繁的文字狱，这一切肯定会影响到晏几道。其仅存的七首诗中竟然有四首写的是他对现实政治畏惧和逃离现实政治的渴望，或许便是证据。例如著名的《与郑介夫》："小白长红又满枝，筑球场外独支颐，春风自是人间客，主张繁华得几时。"对于这首诗，历来的研究者都以缪钺先生的说法为准，缪先生在《词品与人品——再论晏几道》一文中认为"晏几道这首绝句诗是对新党权贵的讽刺"[2]。笔者以为此说颇有值得斟酌之处，该诗前两句诚然如缪先生所说："（晏几道）用托喻之法，说新旧两党之争如同在场上比赛筑球。他自己是'支颐'旁观者，并不介入。"[3]然而后两句却并不只是"说新党贵人也不过是春风过客而已，他们之主张繁华，亦就是当权执政，能有多久呢？恐怕很快就会消逝了"[4]。而应该是劝说当时不惜一切代价在从事反对新法活动的好朋友郑侠，提醒郑侠不要太执迷不悟于现实政治，新旧党争就如同在场上比赛筑球，谁胜谁负在历史的长河中都不过是春风过客而已，从而表达了晏几道对当时激烈的新旧党争的躲避。[5] 又如《观画目送飞雁手提白鱼》："眼看飞雁手携鱼，似是当年绮季徒，仰羡知己避缯缴，俯嗟贪饵失江湖，人闲感绪闻诗语，尘外高踪见画图，三叹绘毫精写意，慕冥伤涸两踌躇。"这首诗清楚明白地表达了晏几道对"眼看飞雁手携鱼"的隐居生活的由衷赞叹——"仰羡知己避缯缴"以及自己因为各种原因"俯嗟贪饵失江湖"，在仕与隐之间"慕冥伤涸两踌躇"；明显地含有晏几道对政治党争激烈的官场的恐惧。这种对政治党争激烈的官场的恐惧很容易使晏几道逃避到被世人目为无关诗教宏旨、统治者也不监控的"小词"中："与二三忘名之士，浮沉酒中。病世之歌词，不足以析醒解愠，试续南部诸贤余绪，作五七字

---

[1] 详情参看第一章相关部分。
[2] 缪钺．词品与人品——再论晏几道．四川大学学报，1990(3)：76
[3] 缪钺．词品与人品——再论晏几道．四川大学学报，1990(3)：76
[4] 缪钺．词品与人品——再论晏几道．四川大学学报，1990(3)：76
[5] 详情可参看笔者的《晏几道的政治思想异议》，孝感学院学报，2007(4)：17－20

语，期以自娱”[1]；“独嬉弄于乐府之余”[2]。再加上词人曾经有过的华屋山丘的经历——“追惟往昔过从饮酒之人，或垄木已长，或病不偶。考其篇中所记，悲欢合离之事，如幻如电、如昨梦前尘，但能掩卷怃然，感光阴之易迁，叹境缘之无实也！”[3]于是借助于梦的形式抒情以及人生如梦这个时代的主旋律便妙手天然地和词人的创作融为一体。

关于晏几道及其同时代人创作的大量梦词之意义，或许要从两方面考虑：一方面是使当时受到压抑的文人士大夫们的情感有了一个可以发泄的安全领域；另一方面是文人士大夫们的这些真情实感的抒发，扩大了词的表现范围，使词不再仅仅局限于男欢女爱，也可以用来曲折生动地抒发文人士大夫们现实生活中的多种多样的心灵体验和情感跃动，从而促进了词在数量上和质量上两方面的高度繁荣。

〔1〕 (宋)晏几道.小山词自序.见:孙克强.唐宋人词话.郑州:河南文艺出版社,1999:221

〔2〕 (宋)黄庭坚.小山集序.豫章黄先生文集:卷十六.见:全宋文.上海:上海辞书出版社,2006:第106册150页

〔3〕 (宋)晏几道.小山词自序.见:孙克强.唐宋人词话.郑州:河南文艺出版社,1999:221

第五章　小山自具珠玉风，文杏牡丹有异同——二晏词的异同

作为宋代著名的父子词人，宋人就已经有意识地对他们父子的作品进行比较：

独嬉弄于乐府之余，而寓以诗人之句法。清壮顿挫，能动摇人心。士大夫传之，以为有临淄之风耳，罕能味其言也。……至其乐府，可谓狎邪之大雅，豪士之鼓吹，其合者《高唐》、《洛神》之流，其下者岂减《桃叶》、《团扇》哉。[1]

至晏元献、欧阳永叔、苏子瞻，学际天人，作为小歌词，直如酌蠡水于大海，然皆句读不葺之诗尔。又往往不协音律……乃知词别是一家，知之者少。后晏叔原、贺方回、秦少游、黄鲁直出，始能知之。[2]

晏元献公风流蕴藉，一时莫及，而温润秀洁，亦无其比……叔原如金陵王谢子弟，秀气胜韵，得之天然，将不可学。[3]

晏元献之子小晏，善词章，颇有父风。[4]

……

---

[1] (宋)黄庭坚.小山集序.豫章黄先生文集：卷十六.见：全宋文.上海：上海辞书出版社，2006：第106册150页

[2] (宋)胡仔.苕溪渔隐丛话后集：卷三十三.引李清照词论.北京：人民文学出版社，1981：254

[3] (宋)王灼.碧鸡漫志：卷二.见：唐圭璋.词话丛编.北京：中华书局，1986：83

[4] (宋)杨湜.古今词话.见：唐圭璋.词话丛编.北京：中华书局，1986：23

这种比较自清代以来更加鲜明突出：

叔原自许续南部馀绪，故所作足闯花间之室。以视珠玉集，无愧也。[1]

晏氏父子，仍步温、韦，小晏精力尤胜。[2]

珠玉新编逸韵饶，仙郎仙笔更飘飘。[3]

晏元献、欧阳文忠皆工词，而皆出小山下；专精之诣，固应让渠独步。[4]

小山词从珠玉词出，而成就不同，体貌各具。珠玉比花中牡丹，小山其文杏乎[5]

小山有作，始空群骥……岂非同叔之凤毛而颍昌之麟角乎？[6]

予于词……宋喜同叔、永叔、子瞻、少游而不喜美成，……小山矜贵有余，但方可驾子野方回，未足抗衡淮海也。[7]

晏氏父子，嗣响南唐二主，才力相敌，盖不特词胜，尤有过人之情。叔原以贵人暮子，落拓一生，华屋山邱，身亲经历，哀丝豪竹，寓其微痛纤悲，宜其造诣又过于父。[8]

晏殊……固雅负盛名，而砥柱中流，断非几道莫属 。[9]

（晏殊）读起来含情凄婉，音调和谐，内容却是十分单调

---

〔1〕（清）郭麐. 灵芬馆词话：卷二. 见：唐圭璋. 词话丛编. 北京：中华书局，1986：1506

〔2〕（清）周济. 宋四家词选目录序论. 见：唐圭璋. 词话丛编. 北京：中华书局，1986：1643

〔3〕（清）沈道宽. 论词绝句. 话山草堂诗钞：卷一. 见：孙克强. 唐宋人词话. 郑州：河南文艺出版社，1999：176

〔4〕（清）陈廷焯. 白雨斋词话：卷七. 见：唐圭璋. 词话丛编. 北京：中华书局，1986：3952

〔5〕况周颐. 蕙风词话未刊稿. 见：龙榆生. 唐宋名家词选. 上海：上海古籍出版社，1980：100

〔6〕（清）樊增祥. 东溪草堂词选自叙. 樊山集：卷二十三. 见：孙克强. 唐宋人词话. 郑州：河南文艺出版社，1999：229

〔7〕王国维. 人间词话. 北京：中国人民大学出版社，2004：46、9

〔8〕夏敬观. 吷庵词评. 见：词学（第5辑）. 上海：华东师范大学出版社，1986：201

〔9〕陈匪石. 声执：卷下. 见：陈匪石. 宋词举. 南京：金陵书画社，1983：166

……(晏几道)抒发了生活上真正的哀愁，有一种出于不能自已的真情实感。[1]

……

这些人中有的大赞晏殊，例如王国维；也有更多人力挺晏几道，例如李清照、周济、陈廷焯、夏敬观等；还有的不强分高下，例如王灼、杨湜、况周颐等。笔者试图通过整个这一章研究二晏父子词作的同与异及其价值影响。

第一节 小山自具珠玉风——二晏词共同点

作为父子词人，无需讳言，晏几道的作品必然会在许多方面受到其父晏殊的影响。对于二人词作风格上一定程度的相似，前人曾指出：

士大夫传之，以为有临淄之风耳 。[2]

晏元献之子小晏，善词章，颇有父风。[3]

珠玉传家有此儿。[4]

小山词从珠玉词出。[5]

小山有作，始空群骥……岂非同叔之凤毛而颍昌之麟角乎?[6]

由珠玉而少加砻治，使智慧偶然流露，以益见生色者，小

[1] 胡云翼.宋词选.上海:上海古籍出版社,1978:13、47

[2] (宋)黄庭坚.小山集序.豫章黄先生文集:卷十六. 见:全宋文.上海:上海辞书出版社,2006:第106册150页

[3] (宋)杨湜.古今词话.见:唐圭璋.词话丛编.北京:中华书局,1986:23

[4] (清)周之琦.十六家词录附.见:孙克强.唐宋人词话.郑州:河南文艺出版社,1999:228

[5] 况周颐.蕙风词话未刊稿.见:龙榆生.唐宋名家词选.上海:上海古籍出版社,1980:100

[6] (清)樊增祥.东溪草堂词选自叙.樊山集:卷二十三. 见:孙克强.唐宋人词话.郑州:河南文艺出版社,1999:229

山是矣。[1] ……

二晏词作的共同点具体表现在哪些地方？下面我们一起从三个方面来看其共同点。

5.1.1 词体多用小令，题材未脱艳情，风格崇尚典雅

5.1.1.1 词体多用小令

宋人编词集，只分慢词和小令两类，且没有一个呆板严格的界限。明人顾从敬刻《类编草堂诗余》，将分类编排的旧本改为按调编排的新本，把词重新分为长调、中调、小令三类：58 字以内为小令，59 字至 90 字为中调，91 字以上为长调。清初毛先舒在《填词名解》中肯定了这一分类法，于是这种简单划一的分法很快得到较多人承认和采纳。不过也因为其简单划一曾经颇受批评，万树《词律·发凡》说："所谓定例，有何所据？若以少一字为短，多一字为长，必无是理。如《七娘子》有五十八字者，有六十字者，将名之曰小令乎，抑中调乎？如《雪狮子》有八十九字者，有九十二字者，将名之曰中调乎，抑长调乎？"[2]四库全书大臣赞同万树的观点，说："词家小令、中调、长调之分自此书始。后来词谱依其字数以为定式，未免稍拘，故为万树所讥。"[3]在此，笔者采用国内比较通行的分法：60 字以下为小令，60 字以上为慢词。下面是笔者对二晏词使用全部词牌的统计：

词　牌	晏　殊	晏几道
谒金门(45 字)	1	1
破阵子(62 字)	5	1
浣溪沙(42 字)	13	21

〔1〕 赵尊岳. 填词丛话：卷三. 见：词学(第 4 辑). 上海：华东师范大学出版社，1986：81

〔2〕 (清)万树. 词律·发凡. 上海：上海古籍出版社，1986：9

〔3〕 (清)四库全书总目：卷一百九十九. 类编草堂诗余提要. 北京：中华书局，1965：1824

续表

词　　牌	晏　　殊	晏几道
更漏子(46字)	4	6
点绛唇(41字)	1	5
凤衔杯(56—57字)	3	0
清平乐(46字)	5	18
红窗听(53字)	2	0
采桑子/丑奴儿(44字)	7	28
撼庭秋(48字)	1	0
少年游(50—52字)	4	5
酒泉子(45字)	2	0
木兰花/玉楼春(56字)[1]	11	21
诉衷情(44字)	10	8
迎春乐(53字)	1	0
胡捣练(48字)	1	0
殢人娇(68字)	3	0
踏莎行(58字)	5	4
渔家傲(62字)	14	0
雨中花(51字)	1	0
瑞鹧鸪(64字)	2	0
望仙门(46字)	3	0
长生乐(75字)	2	0
鹊踏枝/蝶恋花(60字)	8	15
拂霓裳(82—83字)	3	0
菩萨蛮(44字)	4	9
秋蕊香(48字)	2	0
相思儿令(47字)	2	0
滴滴金(50字)	1	0
山亭柳(79字)	1	0
睿恩新(55字)	2	0
玉堂春(61字)	3	0
临江仙(62字)	1	8

〔1〕《木兰花》与《玉楼春》是否就是同调异名，尚有争议，笔者暂且归于同调异名。

续表

词　　牌	晏　　殊	晏几道
喜迁莺/燕归梁(47—51 字)	7	1
望汉月(50 字)	1	0
连理枝(70 字)	2	0
阮郎归(47 字)	2	5
望江南(27 字)	1	0
虞美人(56 字)	0	9
生查子(40 字)	0	13
醉落魄(57 字)	0	4
南乡子(56 字)	0	7
愁倚兰令(42 字)	0	3
满庭芳(96 字)	0	1
鹧鸪天(55 字)	0	19
御街行(76 字)	0	2
梁州令(50 字)	0	1
六幺令(94 字)	0	3
减字木兰花(44 字)	0	3
两同心(68 字)	0	1
洞仙歌(84 字)	0	1
于飞乐(72 字)	0	1
碧牡丹(24 字)	0	1
武陵春(48 字)	0	3
秋蕊香(48 字)	0	2
胡捣练(48 字)	0	1
行香子(66 字)	0	1
解佩令(66 字)	0	1
庆春时(48 字)	0	2
喜团圆(48 字)	0	1
忆闷令(47 字)	0	1
扑蝴蝶(77 字)	0	1
好女儿(62 字)	0	2
泛清波摘遍(105 字)	0	1
留春令(50 字)	0	3

续表

词　　牌	晏　殊	晏几道
清商怨(42字)	0	1
思远人(51字)	0	1
望仙楼(47字)	0	1
归田乐(72字)	0	1
风入松(74字)	0	2
凤孤飞(48字)	0	1
西江月(50字)	0	2
长相思(36字)	0	1
何满子(74字)	0	2
浪淘沙(54字)	0	4

通过上面的统计，我们可以很明显地看出二晏之词基本上都是小令。若以使用词牌而论，晏殊总共使用了38个词牌，其中60字以内的小令词牌数目为30个，占其总共使用的38个词牌数目的80%，而90字以上的长调词牌数目为0个；若以单支曲子而论，则60字以内的小令数目共计105首，占其总共创作的140首词作数目的75%。90字以上的长调数目为0首。晏几道总共使用了53个词牌，其中60字以内的小令词牌共39个，占其总共使用的53个词牌数目的73.6%，而90字以上的长调词牌数目为3个，占其总共使用的53个词牌数目的5.7%；若以单支曲子而论，则60字以内的小令数目共计239首，占其总共创作的260首词作数目的91.9%，而90字以上的长调数目为5首，占其总共创作的260首词作数目的2%。另外通过统计还可以发现两个有趣的现象：第一个是晏殊总共使用了38个词牌，创作了140首词，其中就有将近一半词牌(17个)被儿子晏几道沿用，创作了占其《小山集》全部词作60%的作品(156首)。第二个是二晏父子常用的词牌有很大一部分相同，例如《浣溪沙》、《采桑子》、《清平乐》、《诉衷情》、《蝶恋花》等，而这些词牌恰恰又都是整个宋代使用频率很高的。

5.1.1.2 题材未脱艳情

艳情一词有广义和狭义之分，狭义的艳情指夫妇之外的狎邪之情；

笔者在此采用的是广义上的艳情——即各种形态的男女之情;因此题材未脱艳情就是说二晏词大多与各种形态的男女之情有关。词诞生后,词的体裁特性和歌唱环境决定了其必然会以艳情为主要题材:原生状态性质的敦煌民间词如此——"忠臣义士之壮语"约占 25%;"边客游子之呻吟"约占 12%;"佛子之赞颂"约占 7%;"隐居子之怡情悦志"约占 5%;"少年学子之热望与失望"约占 4%;"医生之歌诀"约占 2%;其他内容约占 5%。只有"言闺情与花柳者" 在各类题材中唯一显出明显的倾向性,约占 40%。[1] 文人化的花间南唐词如此——据笔者粗略统计,温庭筠的 66 首词中"言闺情与花柳者"一共有 66 首,占全部词作的 100%。韦庄的 48 首词中"言闺情与花柳者"一共有 42 首,占全部词作的 88.8%。《花间集》中所辑录的其他 386 首词,"言闺情与花柳者" 占 338 首,达到了总数的 90%。南唐词中李璟四首词全是"言闺情与花柳者",占 100%;冯延巳的 110 首词中"言闺情与花柳者"约有 100 首,占 90%;李煜的 36 首词中"言闺情与花柳者"约有 20 首,占 67%。地域化的两蜀词如此——唐五代两蜀词共 429 首,写艳情之词就有 331 首,占 77%。[2] 二晏词作依然大多与各种形态的男女之情有关。下面是笔者对二晏全部词作中完全脱离"言闺情与花柳者"(只包括没有任何争议的作品)的统计:

晏　殊	晏几道
《破阵子》(湖上西风斜日)	《临江仙》(身外闲愁空满)
《更漏子》(塞鸿高)	《临江仙》(东野亡来无丽句)
《鹊踏枝》(紫府群仙名籍秘)	《蝶恋花》(庭院碧苔红叶遍)
《更漏子》(菊花残)	《鹧鸪天》(斗鸭池南夜不归)
《诉衷情》(秋风吹绽北池莲)	《鹧鸪天》(清颍尊前酒满衣)
《清平乐》(秋光向晚)	《鹧鸪天》(十里楼台倚翠微)
《采桑子》(樱桃谢了梨花发)	《鹧鸪天》(陌上濛濛残絮飞)

〔1〕 杨海明.唐宋词论稿.杭州:浙江古籍出版社,1988:86

〔2〕 韩云波.五代西蜀词题材处理的地域文化分析.西南师范大学学报,1997(4)

续表

晏　殊	晏几道
《采桑子》(阳和二月芳菲遍)	《鹧鸪天》(晓日迎长岁岁同)
《采桑子》(樱桃谢了梨花发)	《鹧鸪天》(九日悲秋不到心)
《喜迁莺》(风转蕙)	《鹧鸪天》(碧藕花开水殿凉)
《喜迁莺》(歌敛黛)	《玉楼春》(雕鞍好为莺花住)
《喜迁莺》(花不尽)	《玉楼春》(东风又作无情计)
《少年游》(谢家庭槛晓无尘)	《阮郎归》(天边金掌露成霜)
《酒泉子》(三月暖风)	《浣溪沙》(铜虎分符领外台)
《浣溪沙》(绿叶红花媚晓烟)	
《浣溪沙》(红蓼花香夹岸稠)	
《殢人娇》(一叶秋高)	
《殢人娇》(玉树微凉)	
《渔家傲》(画鼓声中昏又晓)	
《渔家傲》(荷叶荷花相间斗)	
《渔家傲》(杨柳风前香百步)	
《望仙门》(紫薇枝上露华浓)	
《瑞鹧鸪》(江南残腊欲归时)	
《望仙门》(玉壶清漏起微凉)	
《望仙门》(玉池波浪碧如鳞)	
《长生乐》(玉露金风月正圆)	
《长生乐》(阆苑神仙平地见)	
《蝶恋花》(一霎秋风惊画扇)	
《蝶恋花》(紫菊初生朱槿坠)	
《拂霓裳》(喜秋成)	
《拂霓裳》(乐秋天)	
《连理枝》(玉宇秋风至)	
《连理枝》(绿树莺声老)	
《临江仙》(资善堂中三十载)	
《诉衷情》(幕天席地斗豪奢)	
《诉衷情》(喧天丝竹韵融融)	
《燕归梁》(金鸭香炉起瑞烟)	

通过统计，我们发现二晏词作与各种形态的男女之情完全无关的

并不多：晏殊的140首作品中与各种形态的男女之情完全无关的仅仅36首，约占26%；而与各种形态的男女之情有关的达104首，约占74%。晏几道的260首作品中与各种形态的男女之情完全无关的仅仅14首，约占5%；而与各种形态的男女之情有关的达246首，约占95%。由此可知，二晏词作之题材内容确实未脱艳情藩篱。

5.1.1.3 风格崇尚典雅

关于晏殊崇尚典雅风格，如果我们看过下面这则材料便能会然于心：

> 柳三变既以调忤仁庙，吏部不放改官，三变不能堪，诣政府。晏公曰："贤俊作曲子么。"三变曰："只如相公亦作曲子。"公曰："殊虽作曲子，不曾道'彩线慵拈伴伊坐。'"柳遂退。[1]

这则材料清楚明白地说明了晏殊自己认为他的词同柳永词不同——"殊虽作曲子，不曾道'彩线慵拈伴伊坐。'"即自己的雅，柳永的俗。证据便是晏殊所举的那句词，它见于柳永的《定风波》——该词写一位被薄情郎抛弃的妇女百无聊赖的生活和悔恨情绪，整首词把女主人公贪恋男欢女爱生活的心态写得浅露艳冶，鲜明体现了柳永词的俗；晏殊非议柳永词的粗俗，从而显示出晏殊词忌俗尚雅的审美情趣。

关于晏几道之词崇尚典雅风格，好朋友黄庭坚的评论或许是最好的证据："至其乐府，可谓狎邪之大雅，豪士之鼓吹，其合者《高唐》、《洛神》之流，其下者岂减《桃叶》、《团扇》哉！"[2]

除了上面这两条权威的材料之外，其他关于二晏之词崇尚典雅风格的评论还有许多，例如：

> 晏元献……风流闲雅，超出意表[3]

---

[1] (宋)张舜民.画墁录：卷一.见：唐圭璋.宋词纪事.上海：上海古籍出版社，1982：16

[2] (宋)黄庭坚.豫章黄先生文集：卷十六.见：全宋文.上海：上海辞书出版社，2006：第106册 150页

[3] (宋)李之仪.跋吴师道小词.姑溪居士文集：卷四十.见：全宋文.上海：上海辞书出版社，2006：第112册 139页

晏元献……风流蕴藉，一时莫及，而温润秀洁，亦无其比。[1]

元献较婉雅。[2]

……

叔原……风调闲雅。[3]

叔原如金陵王谢子弟，秀气胜韵。[4]

晏叔原……以韵胜……自成大家。[5]

……

为什么同样的男女之情为主的小词，二晏的词作被评为典雅，有的人(例如柳永)的词作却被评为浅俗？这主要与下面三个方面有关系：

1. 内容。虽然二晏词作大多与各种形态的男女之情有关，但从未有如柳永下列露骨的男女调笑甚至男女床第之欢之内容：

师师生得艳冶，香香于我情多。安安那更久比和。四个打成一个。幸自苍皇未款，新词写处多磨。几回扯了又重挪。奸字中心著我。(柳永《西江月》)

欲掩香帏论缱绻。先敛双蛾愁夜短。催促少年郎，先去睡、鸳衾图暖。须臾放了残针线。脱罗裳、恣情无限。留取帐前灯，时时待、看伊娇面。(柳永《菊花新》)

2. 语言。语言词汇上的典雅、俚俗在很大程度上影响着整体词作的典雅、俚俗，二晏词作中很少有如柳永俚俗的当时市井俗语：

---

〔1〕(宋)王灼. 碧鸡漫志. 见：唐圭璋. 词话丛编. 北京：中华书局，1986：83

〔2〕(清)陈廷焯. 白雨斋词话：卷一. 见：唐圭璋. 词话丛编. 北京：中华书局，1986：3781

〔3〕(宋)胡仔. 苕溪渔隐丛话：后集卷三十三. 北京：人民文学出版社，1981：253

〔4〕(宋)王灼. 碧鸡漫志. 见：唐圭璋. 词话丛编. 北京：中华书局，1986：83

〔5〕(清)陈廷焯. 词坛丛话. 见：唐圭璋. 词话丛编. 北京：中华书局，1986：3724

俗 语	柳 永	晏 殊	晏几道
恁	58	2	0
争	36	4	6
伊	29	1	5
怎	15	1	1
这	8	0	0
那	15	3	7
你	7	0	0
自家	5	1	0
消得	4	0	0
举措	6	0	0
争奈	8	3	1

3. 表达方式。正如孙克强所说:"含蓄而概括,读者在读词时可以借助自己的文学修养和生活经验,调动自己的欣赏能力去感发和补充。这正是文人雅词的特征。……俗文学的特点……迎合下层市民俗众的接受习惯,叙述描写直观浅露,不求含蓄蕴藉,不为比喻联想"[1]。下面依然将二晏的词作与柳永的词作作比较:

自春来、惨绿愁红,芳心是事可可。日上花梢,莺穿柳带,犹压香衾卧。暖酥消,腻云亸。终日厌厌倦梳裹。无那。恨薄情一去,音书无个。　　早知恁么。悔当初、不把雕鞍锁。向鸡窗、只与蛮笺象管,拘束教吟课。镇相随,莫抛躲。针线闲拈伴伊坐。和我。免使年少,光阴虚过。(柳永《定风波》)

槛菊愁烟兰泣露。罗幕轻寒,燕子双飞去。明月不谙离恨苦。斜光到晓穿朱户。　　昨夜西风凋碧树。独上高楼,望尽天涯路。欲寄彩笺兼尺素。山长水阔知何处。(晏殊《鹊踏枝》)

梦后楼台高锁,酒醒帘幕低垂。去年春恨却来时。落花

〔1〕 孙克强.雅俗之辨.北京:华文出版社,1997:113—114

人独立，微雨燕双飞。

记得小苹初见，两重心字罗衣。琵琶弦上说相思。当时明月在，曾照彩云归。（晏几道《临江仙》）

……

从上面的例子，我们明显可以看出，同样的题材和内容——例如相思怀人，柳永常常写得直白浅俗——“终日厌厌倦梳裹。无那。恨薄情一去，音书无个”，简直是脱口而出，毫无韵味。二晏则往往写得风流娴雅——“明月不谙离恨苦。斜光到晓穿朱户”，“落花人独立，微雨燕双飞”，典型的具有含蓄蕴藉的特点。

5.1.2 小词流入管弦声——重视词的音乐性

根据下列史料记载，我们可知晏殊对于音乐十分精通：1.《宋史》卷一百二十七：“五年五月，右司谏韩琦言：‘臣前奉诏详定钟律，尝览《景祐广乐记》，睹照所造乐不依古法，皆率己意别为律度，朝廷因而施用，识者非之。今将亲祀南郊，不可重以违古之乐上荐天地、宗庙。窃闻太常旧乐见有存者，郊庙大礼，请复用之。’诏资政殿大学士宋绶、三司使晏殊同两制官详定以闻。”[1]2.《续资治通鉴长编》卷一百一十：“丁酉诏太常寺太后御殿乐升坐，降坐曰圣安之曲；公卿入门及酒行曰礼安之曲；上寿曰福安之曲；初举酒曰玉芝之曲；作厚德无疆之舞再举酒曰寿星之曲；作四海一同之舞三举酒曰奇木连理之曲。初命翰林侍讲学士孙奭撰乐曲名，资政殿学士晏殊撰乐章，至是上之；仍改厚德无疆曰德合无疆。”[2]于是出现了“故相晏元献公守陈，方制小辞一阕，修改未定，而孔大娘已能歌矣。”[3]

---

〔1〕（元）脱脱等. 宋史：卷一百二十七. 兵志. 北京：中华书局，1977：2961

〔2〕（宋）李焘. 续资治通鉴长编：卷一百一十. 上海：上海古籍出版社，1986：981

〔3〕（清）张思岩等辑. 词林纪事：卷三. 引庞元英. 文昌杂录. 成都：成都古籍书店，1982：73

对于晏几道，因为流传下来的有关其生平事迹的资料十分罕见，所以我们暂时没有能够找到其精通音乐的史料；然而晏几道的《小山词自序》云："始时沈十二廉叔、陈十君龙家，有莲、鸿、苹、云，品清讴娱客。每得一解，即以草授诸儿。吾三人持酒听之，为一笑乐而已。"[1]由此可知晏几道是精通音乐的，其词也是可以歌唱的——以至于几百年后的毛晋读了小山词之后还感叹："诸名胜词集，删选相半，独小山集直逼花间，字字娉娉袅袅，如揽嫱、施之袂，恨不能起莲、鸿、苹、云，按红牙板唱和一过！"

要想详细具体了解二晏词作之音乐性[2]，我们可以从词牌的承用创新和具体声韵的选择安排两个细节入手，通过窥一斑而见全貌。

5.1.2.1 词牌的承用创新

下面是二晏词所用词牌来源的分类统计表：

词牌来源	晏　殊	晏几道
承用旧曲	23	27
自创词牌[3]	14	10
翻新词牌(不包括自创词牌的翻新)	1	12
钦定词谱收录以为正体	12	5

1.承用旧曲。对于沿用的唐五代宋初旧曲，二晏不贪新求奇，选择的基本上是流传久远，乐工歌女最为熟悉的曲调，例如《浣溪沙》、《木兰花》、《清平乐》、《菩萨蛮》、《玉楼春》、《阮郎归》、《采桑子》、《蝶恋花》、《鹧鸪天》、《诉衷情》、《浪淘沙》、《生查子》、《南乡子》、《临江仙》等，这些经过唐五代许多精通音乐的大词人习用的词调，久经锤炼、格律精工、音韵谐美。下面就以二晏词集中均有大量作品的《浣溪沙》为例。关于

〔1〕 (宋)晏几道.小山词自序.见：孙克强.唐宋人词话.郑州：河南文艺出版社，1999：221

〔2〕 词作之音乐性本来包括音律和格律两方面，但是宋词的音律今人已经很难得知，所以我们对于词作音乐性的研究常常都只是从格律方面入手。

〔3〕 如果某一词牌虽是首次出现，但是同时出现在二晏及其同时代之人笔下；同时代之人的该词牌之词作只要没有明确的早于二晏该词牌之词作，则暂且归于二晏首创。

《浣溪沙》，正如龙榆生先生所言："上半阕句句押韵，情调较急；下半阕变作两个七言对句，隔句一协，便趋缓和"[1]；"声韵安排大致接近近体律、绝诗而例用平韵的……音节都是相当谐婉的"[2]；"声容态度趋于流丽谐婉"[3]。首先我们来看《浣溪沙》的平仄格律：

宿醉离愁慢髻**鬟**　六铢衣薄惹轻**寒**　慵红闷翠掩青**鸾**

◎●⊙○◎●○　◎○⊙●●○○　⊙○◎●●○○

罗袜况兼金菡萏　雪肌仍是玉琅**玕**　骨香腰细更沈**檀**[4]

⊙●◎○○●●　◎○⊙●●○○　◎○⊙●●○○

接着我们来看二晏各自的《浣溪沙》之代表作的平仄格律：

一曲新词酒一**杯**。去年天气旧亭**台**。夕阳西下几时**回**。

入入平平上入平　去平平去去平平　入平平去上平平

无可奈何花落去，似曾相识燕归**来**。小园香径独徘**徊**。

平上去平平入去　去平平去去平平　上平平去入平平

（晏殊《浣溪沙》）

一向年光有限**身**。等闲离别易销**魂**。酒筵歌席莫辞**频**。

入去平平上去平　上平平入去平平　上平平入入平平

满目山河空念远，落花风雨更伤**春**。不如怜取眼前**人**。

上去平平平去上　去平平上去平平　去平平上上平平

（晏殊《浣溪沙》）

白纻春衫杨柳**鞭**。碧蹄骄马杏花**鞯**。落英飞絮冶游**天**。

入去平平平上平　入平平上去平平　入平平去上平平

南陌暖风吹舞榭，东城凉月照歌**筵**。赏心多是酒中**仙**。

平入上平平上去　平平平入去平平　上平平去上平平

〔1〕　龙榆生．词学十讲．北京：北京出版社，2005：61

〔2〕　龙榆生．词学十讲．北京：北京出版社，2005：30

〔3〕　龙榆生．词学十讲．北京：北京出版社，2005：49

〔4〕　○平声 ●仄声◎本仄可平⊙本平可仄

（晏几道《浣溪沙》）

绿柳藏乌静掩**关**。鸭炉香细琐窗**闲**。那回分袂月初**残**。

入上平平去上平　入平平去上平平　去平平去入平平

惜别漫成良夜醉，解愁时有翠笺**还**。欲寻双叶寄情**难**。

入入平平平去去　上平平上去平平　入平平入去平平

（晏几道《浣溪沙》）

由上可知，对于袭用的晚唐五代以来习用、成熟的词调，二晏十分注意忠实原谱，不任改字声，平仄严整谐调，罕见出律，以使字正腔圆，这充分显示了二晏对音律声腔的熟悉和重视。

2.翻新旧曲。首先我们来看晏殊翻新改用旧词牌的情况。据笔者统计，晏殊翻新改用的词牌有《滴滴金》。对前人这支曲，晏殊既有变换个别字声，也有用韵的调整。《滴滴金》最早见于李遵勖笔下，具体平仄格律如下：

帝城五夜宴游**歇**。残灯外、看残**月**。都人犹在醉乡中，听

去平上去去平入　平平去　去平入　平平平去去平平　去

更漏初**彻**。　　行乐已成闲话**说**。如春梦、觉时**节**。大家同

平去平入　　平入上平平去去　平平去　去平入　去平平

约探春行，问甚花先**发**。（李遵勖《滴滴金》）

入平平平　去去平平入

晏殊在李遵勖之作的基础上进行了翻新，另创一体，具体平仄格律如下：

梅花漏泄春消**息**。柳丝长，草芽**碧**。不觉星霜鬓边**白**。

平平去去平平入　上平平　上平入　去去平平去平入

念时光堪**惜**。　　兰堂把酒留嘉**客**。对离筵，驻行**色**。千

去平平平入　　平平上上平去入　去平平　去平入　平

里音尘便疏**隔**。合有人相**忆**。（晏殊《滴滴金》）

上平平去平入　入上平平入

由上可知，李遵勖的《滴滴金》一词本来前后段各三仄韵，晏殊在前后段各加一仄韵，同时四声稍加变化，使本来声韵格律不大对应的上片与下片基本对应，平仄安排得也更加精巧、协调，唱起来更加流畅动听。

接着我们来看晏几道改用词调的情况。晏几道改用的词调有《玉楼春》、《临江仙》、《愁倚栏令》、《满庭芳》、《两同心》、《少年游》、《梁州令》、《燕归梁》、《于飞乐》、《碧牡丹》、《捣练子》、《好女儿》等12调。对前人这12支曲，晏几道词往往不只是变换个别字声，常是句法、用韵的调整，甚至增减篇幅。例如《清商怨》，《清商怨》最早见于欧阳修词集[1]，具体平仄格律如下：

关河愁思望处**满**，渐素秋向**晚**。雁过南云，行人回泪**眼**。
平平平去去去上　去去平去上　去去平平　平平平去上
双鸾衾裯悔**展**，夜又永、枕孤人**远**。梦未成归，梅花闻塞**管**。
平平平平上上去去上　上平平上　去去平平　平平平去上

（欧阳修《清商怨》）

晏几道在欧阳修之作的基础上进行了翻新，另创一体，具体平仄格律如下：

庭花香信尚**浅**，最玉楼先**暖**。梦觉春衾，江南依旧**远**。
平平平去去上　去入平平上　去入平平　平平平去上
回纹锦字暗**剪**。漫寄与、也应归**晚**。要问相思，天涯犹自**短**。
平平平去去上　去去上　上平平上　去去平平　平平平去上

（晏几道的《清商怨》）

由上可知，欧阳修的《清商怨》一词本来调式为上片7545，下片6745；四、五、六、七字句间错，上声一韵到底；加上四声间错，句与句间平平相接、上去相接，安排得十分精巧、协调，唱来必然十分顺口。然而晏几道翻新的《清商怨》通过上片首句减掉一字，使上下片首尾之调型格律相

[1] 亦有版本载录于晏殊词集中；在此依据唐圭璋《全宋词》定为欧阳修词。

同("庭花香信尚浅"、"江南依旧远"、"回纹锦字暗剪"与"天涯犹自短"均为"平平平去去上",呼应"平平平去上")起调收腔特觉平稳。《词律》评此调说:"前后起,皆三平三仄,观《片玉》'楼头风信渐小','江南人去路杳'一句可见。'锦'字上声,可借作平,不可用去声也。'尚浅'、'梦远'、'暗剪'、'自短'皆去上。妙妙!《片玉》亦然。无怪两公之树帜骚坛也。"[1]

3. 自创词牌。首先我们来看晏殊创用词调的情况。晏殊创用的词调有《望仙门》、《睿恩新》、《相思儿令》、《秋蕊香》、《拂霓裳》、《雨中花》、《胡捣练》、《燕归梁》、《撼庭秋》、《红窗听》、《凤衔杯》、《殢人娇》、《山亭柳》、《长生乐》、《渔家傲》等15调。其中半数被《钦定词谱》认定作为正格。例如《渔家傲》:

画鼓声中昏又**晓**。时光只解催人**老**。求得浅欢风日**好**。
去上平平平去上　平平上上平平上　平入上平平入上
齐揭调。神仙一曲渔家傲。绿水悠悠天杳**杳**。浮生岂得长
平入去　平平入入平平去　入上平平平上上　平平上入平
年**少**。莫惜醉来开口**笑**。须信**道**。人间万事何时**了**。
平去　入入去平平上去　平去去　平平去去平平上

关于《渔家傲》之平仄声情,正如龙榆生所说:"前后阕除一个三言句外,约略相等于一首七言仄韵绝句,在句中的平仄安排是和谐的,而从整体的落脚字来看,音节却是拗怒的。加之句句押韵,显示着情绪的紧张迫促,是适宜于表达兀傲凄壮的爽朗襟怀的。"[2]所以被晏殊自己称为"神仙一曲渔家傲"。也因此此词调在很短时间里便流行起来,例如欧阳修一个人便采用其填写了48首作品。

接着我们来看晏几道创用词调的情况。晏几道创用的词调有《思远人》、《留春令》、《归田乐》、《风入松》、《凤孤飞》、《解佩令》、《忆闷令》、

〔1〕（清）万树.词律:卷三.上海:上海古籍出版社,1986:116
〔2〕龙榆生.词学十讲.北京:北京出版社,2005:53

《泛清波摘遍》、《庆春时》、《喜团圆》等10个。其中多半被《钦定词谱》认定作为正格。例如《泛清波摘遍》：

催花雨**小**，著柳风柔，都似去年时候**好**。露红烟绿，尽有
平平上上 入上平平 平去去平平去上 去平平入 上上
狂情斗春**早**。长安**道**。秋千影里，丝管声中，谁放艳阳轻过
平平去平上 平平上 平平上上 平上平平 平去平平平去
了。倦客登临，暗惜光阴恨多**少**。 楚天**渺**。归思正如乱
上 去入平平 去入平平去平上 上平上 平去去平去
云，短梦未成芳**草**。空把吴霜鬓华，自悲清**晓**。帝城**杳**。双
平 上去去平平上 平上平平去平 去平平上 去平上 平
凤旧约渐虚，孤鸿后期难 **到**。 且趁朝花夜月，翠尊频倒。
去去入去平 平平去平平去作上 上去平平去入 去平平上

此词是晏几道词作中最长的，其声韵格律，前人评价颇高："丰神婉约，律度整齐。"[1]具体表现是其四声安排极为错落有序，押韵比较均匀，典型的采用小令手法作长调。词的上片可以看做一首双阕小令，"催花雨小"至"斗春早"为一阕，"长安道"至"恨多少"为一阕；如果再将"长安道"当作换头，我们就会发现其他各句平仄基本对应。词的下片也可以看做一首双阕小令，"楚天渺"至"自悲清晓"为一阕，"帝城杳"至"翠尊频倒"为一阕，我们同样会发现各句平仄基本对应。另外，上去声的安排十分恰当，"如前'露红''倦客'二句，唱字皆平平带过，其势趋向下句，于'斗'字'恨'字两去声，着力纵激，而以'早'字'少'字两上声收之，'空把''且趁'二句亦然。故后二段煞句亦皆用上声，而'自'字'翠'字先用去声也。"[2]

---

〔1〕（清）万树. 词律：卷十八. 上海：上海古籍出版社，1986：413

〔2〕（清）万树. 词律：卷十八. 上海：上海古籍出版社，1986：413

5.1.2.2 声韵的选择安排

关于二晏词之声韵的选择安排，[1]笔者仅仅以去声为例。关于去声，沈义父《乐府指迷》认为："腔律岂必人人皆能按箫填谱，但看句中用去声字最为紧要。然后更将古知音人曲，一腔三两只参订，如都用去声，亦必用去声。"[2]万树《词律》更提出："古人名词中转折跌宕处，多用去声。盖三声之中，上入二者，可以作平，去则独异。故论声虽以一平对三仄，论歌则当以去对平上入也。其中当用去者，非去则激不起。"[3]由此可见，去声在词的音乐性方面确实有特殊的妙用。它具体表现在两个方面：

1. 去声常和上声连用，以增加抑扬顿挫的音乐效果——正如万树《词律·发凡》所云："上声厉而举，去声清而远，相配用之，方能抑扬有致。"[4]二晏词作便常常如此，例如：

杨柳风前香百步。盘心**碎点**真珠露。疑是水仙开**洞府**。妆**景趣**。红幢绿盖朝天路。

小鸭飞来稠闹处。三三两两能言语。**饮散短**亭人欲去。留不住。黄昏**更下**萧萧雨。（晏殊《渔家傲》）

越女采莲江北岸。轻桡**短棹**随风便。人**貌与**花相**斗艳**。流**水慢**，时时**照影**看妆面。

莲叶层层张绿伞。莲房个个垂金盏。一把藕丝牵不断。红日晚。回头欲去心撩乱。（晏殊《渔家傲》）

出墙花，当**路柳**。借问芳心谁有。红**解笑**，绿能颦。千般**恼乱**春。　北来人，南去客。朝**暮等**闲攀折。怜**晚秀**，惜残阳。情知**枉断**肠。（晏几道《更漏子》）

露华高，风**信远**。宿醉画帘低卷。梳**洗倦**，冶游慵。绿窗

---

〔1〕 二晏词韵部的选择以及与词作风格的关系详见前面。

〔2〕 （宋）沈义父. 乐府指迷. 见：唐圭璋. 词话丛编. 北京：中华书局，1986：280

〔3〕 （清）万树. 词律·发凡. 上海：上海古籍出版社，1986：15

〔4〕 （清）万树. 词律·发凡. 上海：上海古籍出版社，1986：15

春睡浓。　彩条轻，金**缕重**，昨日小桥相送。芳**草恨**，落花愁。去年同倚楼。（晏几道《更漏子》）

上面列举的二晏各自两首作品便都是善于利用去声和上声各自的特点，在适当的时候将其连用，从而增加了整首词作抑扬顿挫的音乐效果。

2. 词中换韵处、承上启下的领句或上下相呼应的字常用去声——亦如万树《词律》所云："名词转折跌荡处，多用去声。"[1]下面我们就各举二晏各自一个词牌下的全部作品为例。首先我们来看晏殊全部的《采桑子》词作的上下片结句：

依旧衔泥入**杏**梁	梦里浮生足**断**肠
把酒攀条惜**绛**蕤	满眼春愁说**向**谁
深入千花粉**艳**中	一片西飞一**片**东
几处风帘绣**户**开	慢引萧娘舞**袖**回
紫艳红英照**日**鲜[2]	贴向眉心学**翠**钿
泪滴春衫酒**易**醒	何处高楼雁**一**声[3]
尚有山榴一**两**枝[4]	待得空梁宿**燕**归

由上可知，晏殊全部的《采桑子》词作的上下片结句的对应的倒数第二字都是去声，对此，夏承焘先生曾独具慧眼地指出："晏殊的词，结句都严辨去声"[5]。

接着我们来看晏几道自创的被《钦定词谱》定为正体的《好女儿》：

绿遍西池。梅子青时。尽无端、**尽**日东风恶，**更**霏微细雨，恼人离**恨**，满**路**春泥。应是行云归路，有闲泪、洒相思。想

[1] (清)万树. 词律·发凡. 上海：上海古籍出版社，1986：15

[2] 入声作去声

[3] 入声作去声

[4] 上声作去声

[5] 夏承焘，吴熊和. 读词常识. 北京：中华书局，1981：51

旗亭、**望**断黄昏月，**又**依前误了，红笺香**信**，翠**袖**欢期。（晏几道《好女儿》）

酌酒殷勤。尽更留春。忍无情、**便**赋余花落，**待**花前细把，一春心**事**，问**个**人人。莫似花开还谢，愿芳意、且长新。倚娇红、**待**得欢期定，**向**水沉烟底，金莲影**下**，睡**过**佳辰。（晏几道《好女儿》）

晏几道创作的这两首《好女儿》均十分注意上下片对应的字用去声；因此得到前人高度夸奖："如此发调，岂非作家？"[1]

5.1.3 "寓以诗人句法写词"——词的诗化特点

对于二晏"寓以诗人句法写词"，当时人便已经看到了这一点：

晏元献、欧阳永叔、苏子瞻，学际天人，作为小歌词，直如酌蠡水于大海，然皆句读不葺之诗耳。[2]

乃独嬉弄于乐府之余，而寓以诗人之句法，清壮顿挫，能动摇人心。[3]

后一则材料我们已经耳熟目详，不再赘言；值得一提的是前一则材料——不少现当代学者把李清照对晏、欧、苏三人的批评仅看作是对苏轼一人的批评。姑举三例：1.《文学遗产・增刊》十四辑载钱鸿英先生的《词论四题》，其中有这样的文字："李在《词论》中固然没有从字面上提出'以婉约为宗'，但从她批评苏轼的词为'皆句读不葺之诗尔'，就可以看出她的倾向来。"[4]2. 刘大杰先生著《中国文学发展史》，在论及苏

---

〔1〕（清）万树. 词律：卷九. 上海：上海古籍出版社，1986：224

〔2〕（宋）胡仔. 苕溪渔隐丛话：后集卷三十三. 引李清照词论. 北京：人民文学出版社，1981：253

〔3〕（宋）黄庭坚. 豫章黄先生文集：卷十六. 见：全宋文. 上海：上海辞书出版社，2006：第106册150页

〔4〕钱鸿英. 词论四题. 文学遗产・增刊（十四辑）. 北京：中华书局 1982：52

词时，才引用《词论》中这段话，将李清照对晏、欧、苏的批评看成仅是对苏轼一人的批评。[1] 3.郭绍虞先生主编的《中国历代文论选》认为这段话主要是针对苏轼而言，晏、欧仅是“牵连偶及”，理由是“晏殊、欧阳修本属传统的婉约派”，与苏轼是不好放在一起讨论的。[2] 其实这种理解是有偏颇的，李清照的本意是指晏、欧、苏三人之词均有诗化的倾向。下面笔者将从三个方面详细分析二晏词的诗化特点。

5.1.3.1 大量运用对句

我们翻开二晏词集就会发现，其中运用的大量对句仿佛一颗颗珍珠，十分提神醒目：《珠玉词》共 140 首词，其中有 120 首用了对句，对句总量 230 对。《小山词》共 260 首词，其中有 183 首用了对句，对句总量达 250 对。由此可见二晏词中对句数量之大和所占的比例之高，也因此不难看出这是二晏在令词创作中有意识的大量运用对句——王力先生在《汉语诗律学》中提到：“词是长短句，许多地方不适宜于用对仗，故必须一连两句字数相同的时候，对仗才是可能的。”[3]由此可见，词的对仗在字数上受的限制较大。但二晏却纷纷运用选择词牌的自由和高超的艺术技巧创造条件，使对句的运用完全突破长短句字数的限制，得以大范围、大规模地运用。二晏词集中几乎集中了词中所能够采用的所有对句格式——除了最普通的两两相对的对句，以下几种都很常见：1.以前面的一部分来总领后面的对句。例如《珠玉词》的“共折香英泛酒卮，长条插鬓垂”（《破阵子》），“人生百岁，离别易，会逢难”（《拂霓裳》）；又如《小山词》的“向水沉烟底，金莲影下”（《好女儿》），“对景且醉芳尊，莫话消魂”（《两同心》）。2.以后面的一部分来承结前面的对句。例如《珠玉词》的“凭朱槛，把金卮，对芳丛，惆怅多时”（《凤衔杯》），“凤竹鸾丝，清歌妙舞，尽呈游艺”（《连理枝》）；又如《小山词》的“试拂香茵，留解金鞍睡过春”（《采桑子》），“共折垂杨，手樵芳条说夜

[1] 刘大杰.中国文学发展史.上海：复旦大学出版社，2006：171

[2] 郭绍虞.中国历代文论选.上海：上海古籍出版社，1979：191

[3] 王力.诗词格律.北京：中华书局，1977：47

长”(《连理枝》)。3.鼎足对(三句相对)。例如《珠玉词》的“持玉盏,敛红巾,祝千春”(《诉衷情》),“朱槿犹开,红莲尚拆,芙蓉含蕊”;又如《小山词》的“拟将幽恨,试写残花,寄与朝云”(《诉衷情》),“白多春衫杨柳鞭,碧蹄骄马杏花精,落英飞絮冶游天”(《浣溪沙》)。4.扇面对(即隔句对,两组对句相互间隔)。例如《珠玉词》的“似佳人、独立倾城,傍朱槛、暗传消息”(《睿恩新》),“剪鲛绡、碎作香英,分彩线、簇成娇蕊”(《睿恩新》);又如《小山词》的“长亭晚送,都似绿窗前日梦;小字还家,恰应红灯昨夜花”(《减字花木兰》),“西溪丹杏,波前媚脸,珠露与深匀;南楼翠柳,烟中愁黛,丝雨恼娇颦”(《少年游》)。5.当句对(即就句对,一组对句内部各句自成对偶)。例如《珠玉词》的“乍雨乍晴花自落,闲愁闲闷日偏长”(《浣溪沙》),“无情不似多情苦,一寸还成千万缕”(《玉楼春》);又如《小山词》“新酒又添残酒困,今春不减前春恨”(《蝶恋花》),“桥成汉渚星波外,人在鸾歌凤舞前”(《鹧鸪天》)。

5.1.3.2 大量化用诗句

二晏写词时常喜欢将优美的的诗句信手拈来,化用入自己的词中——据笔者统计晏殊的 140 首词化用诗句 115 次,晏几道的 260 首词化用诗句 117 次。由于二晏将大量诗句化用得极为贴切自然,有如鬼斧神工,从而既使词的抒情功能得到加强,又使词的抒情范围得到扩大,使词向诗更进一步靠拢。首先我们来看晏殊词的化用诗句情况。李调元曾情不自禁地击节赞叹:“晏殊《珠玉词》极流丽,而以翻用成语见长”[1]。笔者略举两例。如白居易的《长恨歌》中“天长地久有时尽,此恨绵绵无绝期”,后人公认为是描绘离别相思之情的佳句。晏殊把它移用来,加以点窜化用,成为《玉楼春》(祖席离歌)中“天涯地角有穷时,只有相思无尽处”,经过点窜化用,比原句更高一筹——在语言上,它比原句更自然,更口语化。白居易原句虽然也较平易,但总使人感到有点文人腔,而晏词此句却是人人能理解的“本色语”。在结构上,晏词通过

---

〔1〕 (清)李调元.雨村词话:卷二.见:唐圭璋.词话丛编.北京:中华书局,1986:1406

"有"、"只有"三字，前后紧接，把白诗这句至情语进一步发挥，从而将这种无法消除的相思之情表达得更加淋漓尽致，凸现了思妇对丈夫的一片山高海深的痴情——正如唐圭璋《唐宋词简释》云："但觉忠厚之至，而无丝毫怨言"[1]。又如《渔家傲》(幽鹭慢来窥品格)中："对面不言情脉脉，烟水隔，无人说似长相忆。"化用了《古诗十九首》(迢迢牵牛星)中的诗句："盈盈一水间，脉脉不得语。"这里词人使用"烟水"一词，与《古诗十九首》(迢迢牵牛星》中的"河汉清且浅"相比，更多了一层渺茫感。《古诗十九首》(迢迢牵牛星)中牛郎织女虽然隔河"不得语"，但还能"脉脉"相望，眉目传情。而晏词中的思妇与其丈夫由于被一河"烟水"相隔，不但不能言，而且也不能相望，只能在心中"长相忆"。作者把思妇那长年累月的相思之苦描绘得入木三分，淋漓尽致。接着我们来看晏几道词的化用诗句情况。薛砺若曾称赞晏几道"最善于融化诗句"[2]，其化用诗句最被人津津乐道的是下面两例。第一例是"落花人独立，微雨燕双飞"，"落花"、"微雨"点春，"人独立"与"燕双飞"对照，点恨。"落花"代表着美好时光的消逝，"微雨"隐喻着迷离汗漫的忧愁。整个这两句放在晏词中不仅十分和谐而且特别优美，从而被称誉为"当时更无敌手"[3]。其实此两句原是五代诗人翁宏的五律《春残》之颔联——"又是春残也，如何出翠帷？落花人独立，微雨燕双飞。寓目魂将断，经年梦亦非。那堪向愁夕，萧飒暮蝉辉"，然而在翁诗中由于全篇境界不高，这么好的句子于是完全被埋没了。第二例是"今宵剩把银釭照，犹恐相逢是梦中。"此两句化用的是唐代大诗人杜甫的《羌村》之名句"夜阑更秉烛，相对如梦寐"。刘体仁在《七颂堂词绎》中云："'夜阑更秉烛，相对如梦寐'，叔原云：'今宵剩把银釭照，犹恐相逢是梦中。'此诗与词之分疆也。"[4]这是因为晏几道此词此句均写得委婉缠绵，清空蕴藉，

[1] 唐圭璋.唐宋词简释.上海:上海古籍出版社,1981:56

[2] 薛砺若.宋词通论.上海:上海书店,1985:82

[3] (清)陈廷焯.白雨斋词话:卷一.见:唐圭璋.词话丛编.北京:中华书局,1986:3782

[4] 刘体仁.七颂堂词绎.见:续修四库全书.上海:上海古籍出版社,第1733册186页

加上全篇意象、声音配合之美，从而十分成功地营造了一种迷离惝恍的境界，与词人当时的境遇、情感非常般配，有情文相生之妙。于是被清代陈廷焯称誉道："'从别后，忆相逢，几回魂梦与君同。今宵剩把银釭照，犹恐相逢是梦中'，曲折深婉，自有艳词，更不得不让伊独步。视永叔之'笑问双鸳鸯字怎生书''倚阑无绪更兜鞋'等句，雅俗判然矣。"[1]

5.1.3.1 充分运用典故

用典是中国古典诗文中常见的修辞手法之一，它是援引过去事例或古人言辞来印证当今之事、理、情——《文心雕龙·事类》曰："事类者，盖文章之外，据事以类义，援古以证今也。"[2]典故在诗歌中常常被大量运用，因为诗歌篇幅常常比较短小，以有限的文字往往难以表达含藏不尽的情意，而用典可以起到以少言多、增加比况和寄托，从而既可以减少文字上的累赘，又可以增添含蓄蕴藉。当词这种民间新兴的浅俗易懂的文体进入文人士大夫手中后，文人士大夫常常会不自觉地采用写诗的一些手法来增添篇幅有限的小词的内涵，充分运用典故便是其中之一。二晏词集中的词作，用典十分普遍。据笔者统计，晏殊的140首词作中共用典故约98个。晏几道的260首词作中共用典故约186个。这些典故的使用自然而然会使二晏词作的风流闲雅、含蓄蕴藉的特色进一步得到加强。笔者下面就各举晏殊、晏几道词作中一首典故使用很多，效果特别明显的例子。

> 紫府群仙名籍秘。五色斑龙，暂降人间世。海变桑田都不记，蟠桃一熟三千岁。　　露滴彩旌云绕袂。谁信壶中，别有笙歌地。门外落花随水逝。相看莫惜尊前醉。（晏殊《鹊踏枝》）

这是一首祝寿词，正如前人所言："难莫难于寿词，倘尽言富贵则尘俗，

[1] (清)陈廷焯. 白雨斋词话：卷一. 见：唐圭璋. 词话丛编. 北京：中华书局，1986:3782

[2] 刘勰. 文心雕龙. 见：周振甫注. 文心雕龙注释. 北京：人民文学出版社，1981:411

尽言功名则谀佞，尽言神仙则迂阔虚诞”[1]。“寿曲最难作，切宜戒寿酒、寿香、老人星、千春百岁之类”[2]。此词却通过巧妙使用大量典故，从而避免了一般寿词的陈词滥调、吹捧谀颂和浅陋庸俗，给人耳目一新之感：开篇三句“紫府群仙名籍秘。五色斑龙，暂降人间世”，词人利用道教典故“紫府群仙”、“五色斑龙”，将寿主直接比作名列秘籍的谪仙人，乘坐五色斑龙，暂且居住人间。歇拍“海变桑田都不记，蟠桃一熟三千岁”，采用沧海桑田和王母蟠桃的典故，夸张描写寿主的长寿。过片“露滴彩旌云绕袂。谁信壶中，别有笙歌地”，又采用壶中别有天地的典故，进一步烘托寿诞喜庆色彩。最后的“门外落花随水逝。相看莫惜尊前醉”，通过落花随水飘逝的美丽、伤感景致，自然而然地转入抒发时光飞逝，我们应该抓紧时间及时行乐的感慨。

我们再看一首晏几道的词：

> 绿绮琴中心事，齐纨扇上时光。五陵年少浑薄幸，轻如曲水飘香。夜夜魂消梦峡，年年泪尽啼湘。　归雁行边远字，惊莺舞处离肠。蕙楼多少铅华在，从来错倚红妆。可羡邻姬十五，金钗早嫁王昌。（晏几道《河满子》）

此词的典故运用也十分繁密，首两句“绿绮琴中心事，齐纨扇上时光”，通过司马相如的“绿绮琴”典故和班婕妤的“齐执扇”典故，巧妙传达了女主人公的幽思之情。“五陵年少浑薄幸，轻如曲水飘香”，则进一步借用“五陵年少”和“曲水流觞”的典故，诉说那些曾经常来寻欢作乐的公子们早已离自己远去了，就像水面上曾经漂浮的香味早已被风吹散。歇拍“夜夜魂消梦峡，年年泪尽啼湘”，暗用宋玉《高唐赋》的“巫山神女”典故和张华《博物志》的“娥皇、女英”典故，将其沉重的哀怨之情生动地渲染了出来。下片承接上片，继续渲染女主人公心中的这份伤感。“归雁行边远字，惊莺舞处离肠”，运用《汉书·苏武传》的“鸿雁传书”典

[1]　(宋)张炎.词源·杂论.续修四库全书.上海:上海古籍出版社,第1733册71页

[2]　(宋)沈义父.乐府指迷.见:唐圭璋.词话丛编.北京:中华书局,1986:282

故和范泰《鸾鸟诗序》的"惊莺鸣镜"典故，叙述了红颜老去的女主人公看见成行南飞的归雁和飞舞的惊莺，心中十分悲痛酸楚。悲痛酸楚的原因是自己以及其他许多青楼女子错误地在大好年华时仗着天生丽质，引人爱慕，而待到红颜逝去，却只能独自神伤——"蕙楼多少铅华在，从来错倚红妆"。一个"错"字把这份伤感和沉痛刻画到了极致。末句笔锋一转，化用崔灏《古意》诗意"十五嫁王昌，盈盈人画堂。自矜年最少，复倚婿为郎。闲来斗百草，度日不成妆。"借早嫁之邻姬的幸福爱情映衬出女主人公沦落风尘的可悲、可叹与可怜，进一步深化了主题。由于大量运用典故，陈旧的题材内容依然被写成辞采飞扬，深婉委曲的佳作。

第二节 体貌不同，成就各异——二晏词的不同点

5.2.1 常用语汇、意象不同，从而词作风格相异

正如杨海明先生所说："与小说戏曲的巧于构造故事情节和重在刻划人物性格不同，诗词作品一向以构建意境作为自己的基本表现手段与艺术目标。而要构建一定的意境，作者就需择用一定的语汇和意象。意境和语汇意象之间，便形成了类似于建筑物和建筑材料之间的辨证关系：一定类型的建筑物必须选用一定质地的建筑材料（比如搭建竹篱茅舍只需土坯竹木而营造摩天大楼就需钢筋水泥那样），而一定类型的建筑材料又必会给建筑物的风貌和气象带来相应的变化（比如钢筋、混凝土和玻璃这三种建材的使用就曾使建筑风格产生了巨大的变革和飞跃；而铝合金材料的广泛运用，又给现代建筑物增添了富丽堂皇的气息）。同样，诗词所使用的语汇和意象跟它所要构建的意境中间，也存

在着类似的情况。"[1]对此，诗词研究者已经形成了共识：不同词人笔下的词汇和意象是有差别的，这些语汇和意象的差别——尤其常用语汇和意象的差别很大程度上影响了词人词作的风格；也因此对词人语汇和意象的定量定性分析中我们可以十分具体的感觉到不同词人的不同词风。

（一）常用语汇。据笔者统计，晏殊的 140 首词作的总字数约为 7 466个；共用字 1 164 个；晏几道的 260 首词作的总字数为 13 396 个；共用字 1 176 个。两者对比，晏几道的词作的总字数大约为晏殊的一倍，然而共用字数却只多 13 个，由此可知"痴人"晏几道十分偏好重复使用某些语汇。钱钟书先生曾言："夫一家诗集，词意重出屡见，籍此知人，固其念兹在兹，言之谆谆。"[2]因此统计分析二晏父子词作的常用词汇并进行对比分析完全是有意义和价值的。下面我们就结合具体的二晏常用语汇的统计数据来分析探讨其与他们各自词作风格的关系。

1. 常用虚词

	晏　殊	晏几道
还	3	45
又	9	30
也	2	14
已	1	27
却	4	20
应	7	33
犹	11	35
未	16	52
便	5	13
将	3	15

根据上面二晏常用虚词的统计数据，我们可以得知，晏殊比晏几道

〔1〕 杨海明. 唐宋词美学. 南京：江苏教育出版社，1998：200－201

〔2〕 钱钟书. 谈艺录. 北京：中华书局，1987：397

所用的表示转折、递进关系的虚词要少许多，因此晏殊词作相应地便具有浑然天成的风格特点：

晏元献……风流蕴藉，一时莫及，而温润秀洁，亦无其比。[1]

妙处俱在神韵，不在字句。[2]

风流华美，浑然天成。如美人临妆，却扇一顾。[3]

珠玉如浑金璞玉。[4]

情景相副，宛转关生，不求工而自合。[5]

……

晏几道词作相应地则具有曲折顿挫的风格特点：

字外盘旋，句中含吐，小词能事备矣。[6]

叔原词风流自赏，极顿挫起伏之妙。[7]

艳词自以小山为最，以曲折深婉，浅处皆深也。[8]

写来层层深入，节节顿挫。[9]

以极婉转、极摇曳的笔出之。[10]

……

〔1〕 (宋)王灼. 碧鸡漫志. 见：唐圭璋. 词话丛编. 北京：中华书局，1986：83

〔2〕 (清)王士祯. 锦瑟词话. 续修四库全书. 上海：上海古籍出版社，第 1725 册 255 页

〔3〕 (清)郭麐. 灵芬馆词话：卷一. 见：唐圭璋. 词话丛编. 北京：中华书局，1986：1503

〔4〕 赵尊岳. 填词丛话：卷三. 见：词学(第 4 辑). 上海：华东师范大学出版社，1986：81

〔5〕 (清)先著. 词洁集评：卷一. 见：唐圭璋. 词话丛编. 北京：中华书局，1986：1345

〔6〕 (清)先著. 词洁辑评：卷一. 见：唐圭璋. 词话丛编. 北京：中华书局，1986：1344

〔7〕 (清)陈廷焯. 云韶集：卷二. 见：孙克强. 唐宋人词话. 郑州：河南文艺出版社，1999：229

〔8〕 吴梅. 词学通论. 上海：华东师范大学出版社，1996：78

〔9〕 唐圭璋. 评《蝶恋花》(梦入江南烟水路). 唐宋词简释. 上海：上海古籍出版社，1981：81

〔10〕 陈迩冬. 宋词纵谈. 北京：人民文学出版社，1987：22

2. 常用动词

	晏殊	晏几道
别	22	52
寻	6	23
思	16	62
分	9	31
劝	9	6
忆	7	24
记	5	36
会	16	16
问	3	26
祝	19	0
送	6	19
倚	11	43
写	2	15
拚	1	19
试	5	21
欲	36	39

根据上面二晏常用动词的统计数据，我们可以得知，晏殊常用的动词多是表达其热情积极的行为和乐观温馨的情怀，从而晏殊词作相应地便具有旷达疏朗的风格特点，最典型的莫过于"祝"：

千官心在玉炉香。圣寿祝天长。(《喜迁莺》)

人人如意祝炉香。为寿百千长。(《喜迁莺》)

百分芳酒祝长春。(《木兰花》)

献金杯重叠祝长生。(《连理枝》)

芳宴祝良辰。(《少年游》)

人尽祝、富贵又长年。(《长生乐》)

斟美酒，祝芳筵。(《诉衷情》)

频祝愿。如花似叶长相见。(《渔家傲》)

祝辰星。愿百千为寿、献瑶觥。(《拂霓裳》)

……

晏几道常用的动词多是表达其漂泊相思的行为和悲哀凄凉的情怀，从而晏几道词作相应地便具有沉郁幽怨的风格特点，最典型的莫过于“拚”：

才听便拚衣袖湿。(《浣溪沙》)

彩弦声里，拚作尊前未归客。(《六么令》)

难拚此回肠断，终须锁定红楼。(《河满子》)

拚却一襟怀远泪，倚阑看。(《愁倚阑令》)

已拚长在别离中。(《浪淘沙》)

自怜轻别，拚得音尘绝。(《点绛唇》)

当年拚却醉颜红。(《鹧鸪天》)

年年拚得为花愁。(《鹧鸪天》)

已拚归袖醉相扶。(《木兰花》)

明朝三丈日高时，共拚醉头扶不起。(《玉楼春》)

……

3. 常见形容词、副词

	晏殊	晏几道
清	34	28
新	30	39
旧	18	56
满	25	38
生	32	13
暗	9	25
嘉	9	0
难	6	35
淡	14	15
深	13	38
破	4	12
好	26	29

根据上面二晏常见形容词的统计数据，我们可以得知，晏殊常用的形容词和副词多是表达其对清新美好的自然和闲适圆满的生活之欣赏和满足，从而晏殊词作相应地便具有温润清丽的风格特点，最典型的莫过于“新”：

美酒一杯新熟，高歌数阕堪听。（《破阵子》）

岁岁年年，共欢同乐，嘉庆与时新。（《少年游》）

佳人画阁新妆了，对立丛边。试摘婵娟。贴向眉心学翠钿。（《采桑子》）

朱阑向晓，芙蓉妖艳，特地斗芳新。（《少年游》）

兰堂风软，金炉香暖，新曲动帘帷。（《少年游》）

榴花寿酒，金鸭炉香，岁岁长新。（《诉衷情》）

新曲调丝管，新声更飐霓裳。博山炉暖泛浓香。（《望仙门》）

玉池波浪碧如鳞。露莲新。（《望仙门》）

芳莲九蕊开新艳。轻红淡白匀双脸。（《菩萨蛮》）

……

晏几道常用的形容词和副词多是表达其对艳丽残旧的环境和黯淡凄凉的现实之伤感和失望，从而晏几道词作相应的便具有哀感顽艳的风格特点，最典型的莫过于“旧”：

酒罢凄凉。新恨犹添旧恨长。（《减字木兰花》）

兰衾犹有旧时香，每到梦回珠泪满。（《木兰花》）

画鸭懒熏香。绣茵犹展旧鸳鸯。（《南乡子》）

醉拍春衫惜旧香。天将离恨恼疏狂。（《鹧鸪天》）

渚莲霜晓坠残红。依约旧秋同。（《诉衷情》）

旧香残粉似当初。人情恨不如。（《阮郎归》）

兰佩紫，菊簪黄。殷勤理旧狂。（《阮郎归》）

绿鬓旧人皆老大，红梁新燕又归来。（《浣溪沙》）

新怅望，旧悲凉。不堪红日长。（《更漏子》）

……

4. 常见数词

	晏殊	晏几道
几	9	45
三	13	11
百	14	5
千	43	24
万	15	7

根据上面二晏常见数词的统计数据，我们可以得知，晏殊常用的数词多是表达其对雍容富贵生活的满足和陶醉以及由此产生的豪兴，从而晏殊词作相应地便具有旷达闲雅的风格特点，最典型的莫过于“千”：

一同笑，饮千钟，兴何穷。（《诉衷情》）

三月和风满上林。牡丹妖艳直千金。（《浣溪沙》）

人人如意祝炉香。为寿百千长。（《喜迁莺》）

家人拜上千春寿，深意满琼卮。（《少年游》）

一霎雨声香四散。风飐乱。高低掩映千千万。（《渔家傲》）

喜秋成。见千门万户乐升平。（《拂霓裳》）

小槛朱阑回倚，千花浓露香。（《玉堂春》）

阳和二月芳菲遍，暖景溶溶。戏蝶游蜂。深入千花粉艳中。（《采桑子》）

春色初来，遍拆红芳千万树。（《酒泉子》）

……

晏几道常用的数词多是表达其对奔波流离生活的厌倦和伤感以及由此产生的悲痛，从而晏几道词作相应地便具有悲凉沉郁的风格特点，最典型的莫过于“几”：

细从今夜数，相会几多时？（《临江仙》）
从别后，忆相逢，几回魂梦与君同？（《鹧鸪天》）
遗恨几时休？心抵秋莲苦。（《生查子》）
几时花里闲，看得花枝足？（《生查子》）
官身几日闲，世事何时足？（《生查子》）
沉思暗记，几许无凭事！（《清平乐》）
此时金盏直须深，看尽落花能几醉？（《玉楼春》）
几换青春？倦客红尘。（《采桑子》）
一夜西风，几处伤高怀远！（《碧牡丹》）
……

（二）常用意象。作为客观存在的象和作者主观的意相统一的结果，它饱含着作者对物象的理解、情感以及审美情志，因此不同的诗人、词人往往常用意象是不同的。一方面它会反映诗人、词人接触的客观世界，另一方面也会暗中反映诗人、词人拥有的主观世界；也因此它常常能帮助我们达到诗词理解的彼岸，成为我们破译诗词的密码。正因为诗人、词人的意象带有强烈的个性特点，最能见出诗人、词人的作品之风格；所以某种程度上可以说一个诗人、词人有没有区别于其他诗人、词人的独特风格，“在一定程度上即取决于是否建立了他个人的意象群”[1]。翻开二晏词，我们便可以发现二晏各自所开拓的意象天地颇具有自己的独特意蕴。下面我们采用统计的方法，在对二晏词各种常用意象进行精确统计的基础上进行分析解答，以之探讨各自常用意象与他们词作风格的关系。

1. 时空与交通意象

	晏殊	晏几道
春	59	158
秋	55	51

[1] 袁行霈. 中国古典诗歌的意象. 见：中国诗歌艺术研究

续表

	晏殊	晏几道
夜(晚)	37	116
晓(朝)	30	41
今(今朝、此时等)	15	55
昔(当年、旧时等)	8	30
江南	2	13
关山	0	7
楼	15	92
堂	15	4
路/道/陌	13	80
舟	1	8
桥	0	16

根据上面二晏常用时空与交通意象的统计数据,我们可以得知,晏殊因为一生大多数时间都在繁荣的京城,位于达官显宦之列(即使贬谪出京,亦多是任离京不远的州郡长官),所以没有多少凄惶的时空与交通意象。这也导致晏殊词作相应地具有雍容富贵的风格特点,最典型的莫过于别人笔下往往残破凄清的"秋"意象在晏殊词中却是如此清新明丽:

塞鸿高,仙露满。秋入银河清浅。(《更漏子》)

秋光向晚,小阁初开宴。林叶殷红犹未遍。雨后青苔满院。(《清平乐》)

芙蓉金菊斗馨香。天气欲重阳。远村秋色如画,红树间疏黄。(《诉衷情》)

秋风吹绽北池莲。曙云楼阁鲜。(《诉衷情》)

一叶秋高,向夕红兰露坠。风月好、乍凉天气。(《殢人娇》)

玉壶清漏起微凉。好秋光。金杯重叠满琼浆。会仙乡。(《望仙门》)

一霎秋风惊画扇。艳粉娇红,尚拆荷花面。(《蝶恋花》)

高梧叶下秋光晚。珍丛化出黄金盏。(《菩萨蛮》)

玉宇秋风至。帘幕生凉气。朱槿犹开，红莲尚拆，芙蓉含蕊。(《连理枝》)

……

晏几道则因为一生大多数时间沉沦于官场底层，奔波于全国各地，其词下的常用时空与交通意象自然而然会是他四海漂泊、奔波的写照；这也导致晏几道词作相应地具有悲凉凄惶的风格特点，最典型的莫过于别人笔下常常是灿烂美丽的“春”意象在晏几道词中却是如此黯淡伤感：

春冉冉，恨恹恹。(《阮郎归》)

一醉醒来春又残。野棠梨雨泪阑干。(《鹧鸪天》)

春恨最关情，日过阑干曲。(《生查子》)

春残雨过，绿暗东池道。(《洞仙歌》)

可怜春恨一生心，长带粉痕双袖泪。(《玉楼春》)

一春弹泪说凄凉。(《浣溪沙》)

每到春深，多愁饶恨。(《于飞乐》)

更谁情浅似春风。一夜满枝新绿、替残红。(《虞美人》)

人情却似飞絮。悠扬便逐春风去。(《梁州令》)

……

2. 动物与植物意象

	晏　殊	晏几道
燕	29	22
雁/鸿	14	34
莺	14	18
鸳鸯	5	4
梧桐	7	2
荷(莲、芙蓉)	38	34
兰	14	16
梅	12	44

续表

	晏　殊	晏几道
菊	7	6
杏	4	20
柳	19	51
杨	14	25

根据上面二晏常用动物与植物意象的统计数据，我们可以得知，晏殊笔下常用的动物与植物意象都是其雍容富贵生活和闲适恬静心灵的映衬，这导致晏殊词作相应地便具有闲雅俊朗的风格特点，例如“燕”：

金菊满丛珠颗细，海燕辞巢翅羽轻。（《破阵子》）
无可奈何花落去，似曾相识燕归来。（《浣溪沙》）
小阁重帘有燕过。晚花红片落庭莎。（《浣溪沙》）
燕子归来。几处风帘绣户开。（《采桑子》）
芙蓉花发去年枝。双燕欲归飞。（《少年游》）
杏梁归燕双回首。黄蜀葵花开应候。（《木兰花》）
被啼莺语燕催清晓。（《迎春乐》）
翠叶藏莺，朱帘隔燕。炉香静逐游丝转。（《踏莎行》）
草际露垂虫响遍。珠帘不下留归燕。（《蝶恋花》）
……

而晏几道词下出现的常见的动物与植物意象都是其四处奔波的生活现状和漂泊孤傲的心灵的托寄，这导致晏几道词作相应地便具有幽怨孤洁的风格特点，例如“雁”：

欲尽此情书尺素。浮雁沉鱼，终了无凭据。（《蝶恋花》）
关山魂梦长，鱼雁音尘少。（《生查子》）
楼倚暮云初见雁，南飞。漫道行人雁后归。（《南乡子》）
归雁行边远字，惊莺舞处离肠。（《河满子》）
雁书不到，蝶梦无凭，漫倚高楼。（《诉衷情》）
惟有雁边斜月、照关山。（《虞美人》）

水阔山长雁字迟。(《南乡子》)

天涯倚楼新恨，杨柳几丝碧。还是南云雁少，锦字无端的。(《六么令》)

寒雁来时。第一传书慰别离。(《采桑子》)

……

3.天体与气象意象

	晏　殊	晏几道
日	30	50
月	33	110
云	25	81
雨	23	40
东风/春风	14	27
秋风/西风/金风	18	12
露	36	20
霜	5	13

根据上面二晏常见天体与气象意象的统计数据，我们可以得知，晏殊词常用的天体与气象意象多是温润秀洁，这导致晏殊词作相应地便具有温润闲雅的风格特点，例如“露”：

紫薇枝上露华浓。(《望仙门》)

玉碗冰寒滴露华。(《浣溪沙》)

夜来清露湿红莲。(《浣溪沙》)

寒鸿高，仙露满。秋入银河清浅。(《更漏子》)

玉露金风月正圆。(《长生乐》)

半夜月明珠露坠。(《渔家傲》)

晚荷花缀露珠圆。(《拂霓裳》)

晓来清露滴。(《菩萨蛮》)

珠露下、独呈纤丽。(《睿恩新》)

……

而晏几道词常用的天体与气象意象多是清寒凄美，这导致晏几道词作相应地具有凄清幽美的风格特点，例如“霜”：

晓霜红叶舞归程。（《临江仙》）

几点护霜云影转。谁家芦管吹秋怨。（《蝶恋花》）

寒催酒醒。晓陌飞霜定。（《清平乐》）

空把吴霜鬓华，自悲清晓。（《泛清波摘遍》）

几点吴霜侵绿鬓。（《玉楼春》）

天边金掌露成霜。（《阮郎归》）

晚秋霜霰莫无情。（《浣溪沙》）

渚莲霜晓坠残红。（《诉衷情》）

忍霜纨、飘零何处。（《解佩令》）

……

4. 生理情怀意象

	晏　殊	晏几道
心	21	60
手	1	15
头	13	31
肠	7	27
眼	10	15
身	3	30
脸	12	17
魂	7	23
影	5	21
鬓	6	18
泪	12	49
梦	20	59
恨	9	83
愁	19	55
怨	6	18
恼	4	19

续表

	晏　殊	晏几道
慵	1	10
狂	2	10
悲	1	7
怜	3	27
乐	5	1
喜	5	2
惜	21	11

根据上面二晏常见生理情怀意象的统计数据，我们可以得知，晏殊词常用的生理情怀意象与他达官贵人的处境和幸福圆满的生活息息相关，这导致晏殊词作相应地便具有恬淡俊朗的风格特点，例如"脸"：

为我转回红脸面，向谁分付紫檀心。（《浣溪沙》）
鬓辫欲迎眉际月，酒红初上脸边霞。（《浣溪沙》）
脸霞轻，眉翠重。欲舞钗钿摇动。（《喜迁莺》）
露莲双脸远山眉。偏与淡妆宜。（《诉衷情》）
胭脂谁与匀淡，偏向脸边浓。（《诉衷情》）
琼脸丽人青步障。风牵一袖低相向。（《渔家傲》）
脸傅朝霞衣剪翠。重重占断秋江水。（《渔家傲》）
芳莲九蕊开新艳。轻红淡白匀双脸。（《菩萨蛮》）
元是今朝斗草赢。笑从双脸生。（《破阵子》）
……

而晏几道词常用的生理情怀意象则与他沦落社会下层，厮混于歌儿酒女息息相关，这导致晏几道词作相应地便具有缠绵悲凉的风格特点，例如"肠"：

却倚缓弦歌别绪。断肠移破秦筝柱。（《蝶恋花》）
当日佳期鹊误传。至今犹作断肠仙。（《鹧鸪天》）
凭谁细话当时事，肠断山长水远诗。（《鹧鸪天》）

残睡觉来人又远，难忘。便是无情也断肠。（《南乡子》）

百分蕉叶醉如泥，却向断肠声里醒。（《木兰花》）

多应不信人肠断。几夜夜寒谁共暖。（《木兰花》）

细思巫峡梦回时，不减秦源肠断处。（《玉楼春》）

坐中应有赏音人，试问回肠曾断未。（《玉楼春》）

欲将沉醉换悲凉。清歌莫断肠。（《阮郎归》）

……

下面我们一起来看两组因为常用语汇、意象不同而导致风格相异的具体作品。

荷叶初开犹半卷。荷花欲拆犹微绽。此叶此花真可羡。秋水畔。青凉伞映红妆面。　美酒一杯留客宴。拈花摘叶情无限。争奈世人多聚散。频祝愿。如花似叶长相见。（《渔家傲》）

笑艳秋莲生绿浦。红脸青腰，旧识凌波女。照影弄妆娇欲语。西风岂是繁花主。　可恨良辰天不与。才过斜阳，又是黄昏雨。朝落暮开空自许。竟无人解知心苦。（《蝶恋花》）

这一组作品写的都是正在开放的美丽秋莲，晏殊之词因为“真可羡”、“美酒”、“情无限”、“频祝愿”、“如花似叶”、“长相见”等带有强烈喜庆色彩的语汇和意象，所以具有清新明丽的风格；而晏几道之词因为“西风”、“岂是”、“可恨”、“天不与”、“朝落暮开”、“空自许”、“竟无人解知心苦”等带有强烈悲凉色彩的语汇和意象，所以具有哀感顽艳的风格。

小阁重帘有燕过。晚花红片落庭莎。曲阑干影入凉波。　一霎好风生翠幕，几回疏雨滴圆荷。酒醒人散得愁多。（《浣溪沙》）

卷絮风头寒欲尽。坠粉飘红，日日香成阵。新酒又添残

酒困。今春不减前春恨。　　蝶去莺飞无处问。隔水高楼,望断双鱼信。恼乱层波横一寸。斜阳只与黄昏近。(《蝶恋花》)

这一组作品写的都是词人在百花开后的残春的愁苦,晏殊之词因为"小阁"、"重帘"、"燕"、"晚花"、"红片"、"庭莎"、"曲阑干影"、"凉波"、"好风"、"翠幕"、"疏雨"、"圆荷"等温润清丽的语汇和意象,所以具有雍容疏朗的风格;而晏几道之词因为"寒"、"坠粉"、"飘红"、"残酒"、"困"、"恨"、"蝶去"、"莺飞"、"无处问"、"隔水高楼"、"望断双鱼信"、"恼乱"等带有残破衰败色彩的语汇和意象,所以具有缠绵沉郁的风格。

5.2.2 二晏个性、际遇不同,从而词中抒发的情感相异

正如刘勰《文心雕龙·体性》所云:"吐纳英华,莫非情性。是以贾生俊发,故文洁而体清;长卿傲诞,故理侈而辞溢;子云沈寂,故志隐而味深;子政简易,故趣昭而事博;孟坚雅懿,故裁密而思靡;平子淹通,故虑周而藻密;仲宣躁锐,故颖出而才果;公干气褊,故言壮而情骇;嗣宗俶傥,故响逸而调远;叔夜俊侠,故兴高而采烈;安仁轻敏,故锋发而韵流;士衡矜重,故情繁而辞隐。"[1]由上可知作者的个性对于创作的影响很大。其实作者的生平际遇对创作的影响同样也很大——"方伯兄少时,值家门鼎盛,意气横逸,谢郎捉鼻,尘尾时挥,不无声华裙屐之好,故其词多作旖旎语。迨中更颠沛,饥驱四方;或驴背清霜,孤篷夜雨;或河梁送别,千里怀人;或酒旗歌板,须髯奋张;或月榭风廊,肝肠掩抑;一切诙谐狂啸,细泣幽吟,无不寓之于词。"[2]由上面所举陈维崧的遭遇

[1] 刘勰.文心雕龙.见:周振甫注.文心雕龙注释.北京:人民文学出版社,1981:309

[2] (清)陈宗石.湖海楼词序.见:陈乃乾.清名家词(第二卷).上海:上海书店,1982:3

便可以明显看出生平际遇对创作的重大影响。二晏父子恰巧既个性不同——晏殊“感情不似流水，而却似一面平湖，虽然受风时亦复縠绉千叠，投石下亦复盘涡百转，然而却无论如何总也不能使之失去其含敛静止、盈盈脉脉的一份风度。”对于一切事物，“已养成了成年人的权衡与操持，然而却仍保有着一颗真情锐感的诗心”[1]。晏几道“感情往往如流水之一泻千里”，对于一切事物，“但以‘纯情’去感受，无反省，无节制，无考虑，无计较。‘赤子之心’，对此种诗人而言，岂止是‘不失’而已，在现实的成败利害的生活中，他们简直就是个未成熟的‘赤子’”[2]。二晏的人生际遇也迥然相异——关于晏殊，正如沈遘所云：“初以圣童召见，章圣皇帝即以卿器之，维先帝知人之哲，所以奖励而育成其材者，非他臣敢望；而司空亦自以天子为知已，所以感奋一心，以事上者又非他臣所及，故终先帝世未尝去左右，君臣之遇盛以极矣！上嗣位，以先帝之所属，且东朝之旧，遂大任之。夫以少年起远外，为两朝亲臣，登丞相府，为国元老”[3]，得以“谋猷存二府，台阁遍诸生”[4]。功名与事业都达到了古代一个普通文人士大夫梦寐以求的所能够达到的最高峰。关于晏几道，则如其好朋友黄庭坚所言：“晏叔原，临淄公之暮子也。磊隗权奇，疏于顾忌；文章翰墨，自立规模。常欲轩轾人，而不受世之轻重。诸公虽称爱之，而又以小谨望之，遂陆沉于下位。平生潜心六艺，玩思百家，持论甚高，未尝以沽世。余尝怪而问焉。曰：‘我盘姗勃窣，犹获罪于诸公，愤而吐之，是唾人面也。’乃独嬉弄于乐府之余，而寓以诗人之句法。清壮顿挫，能动摇人心。士大夫传之，以为有临淄之风耳，罕能味其言也。余尝论：‘叔原固人英也，其痴亦自绝人。’爱叔原者，皆愠而问其目，曰：‘仕宦连蹇而不能一傍贵人之门，是一痴也；论文

[1] 叶嘉莹. 大晏词的欣赏. 见：迦陵论词丛稿. 石家庄：河北教育出版社，1997:41

[2] 叶嘉莹. 大晏词的欣赏. 见：迦陵论词丛稿. 石家庄：河北教育出版社，1997:40

[3] (宋)沈遘. 赠司空兼侍中晏殊谥元献. 西溪集：卷九. 见：全宋文. 成都：巴蜀出版社，1992：第37册687—688页

[4] (宋)欧阳修. 晏元献公挽辞三首. 欧阳修全集：卷五十六. 北京：中华书局，2001:812

自有体，而不肯一作新进士语，此又一痴也；费资千百万，家人寒饥，而面有孺子之色，此又一痴也；人百负之而不恨，已信人，终不疑其欺己，此又一痴也。'乃共以为然。"[1]结果大半生沉沦社会下层。于是二晏词中各自抒发的情感自然而然会不同——晏殊是"优裕的物质生活并不能满足他渴求着探索人生奥秘的心灵，他心灵的触角常常是其来无端的伸向心灵的深处，而又没有找到自己所寻觅的东西，于是一缕轻烟薄雾似的哀愁就上升到了他的笔头，化成为幽怨动人的小词"[2]，属于闲愁。晏几道则是"真古之伤心人也。其淡语皆有味，浅语皆有致。求之两宋词人，实罕其匹"[3]。"抒发了生活上真正的哀愁，有一种出于不能自已的真情实感"[4]，属于苦情。这个典型的区别几乎在二晏词中无处不见，下面我们就分别从二晏词之字（详见上节）、句、篇入手分析。

首先我们来看句。晏殊词中最常见的句子往往是词人情不自禁流露出的浓厚的时间紧迫感和危机感：

兔走乌飞不住。（《清平乐》）
暮去朝来即老。（《清平乐》）
时光只解催人老。（《采桑子》）
时光只解催人老。（《渔家傲》）
风头日脚干催老。（《渔家傲》）
盛年能几时。（《更漏子》）
所惜光阴去似飞。（《破阵子》）
一向年光有限身。（《浣溪沙》）
春光一去如流电。（《踏莎行》）

---

〔1〕（宋）黄庭坚．小山集序．豫章黄先生文集：卷十六．见：全宋文．上海：上海辞书出版社，2006：第106册150页

〔2〕程千帆，吴新雷．两宋文学史．石家庄：河北教育出版社，2000：102

〔3〕（清）冯煦．蒿庵词话．见：唐圭璋．词话丛编．北京：中华书局，1986：3587

〔4〕胡云翼．胡云翼选词．上海：华东师范大学出版社，2004：271

光阴无暂住。(《拂霓裳》)

念时光堪惜。(《滴滴金》)

春花秋草,只是催人老。(《清平乐》)

……

然而晏几道词中最常见的句子却是词人强烈的痴情与苦心:

追思往事好沾巾。(《临江仙》)

夜夜魂消梦峡,年年泪尽啼湘。(《河满子》)

拚却一襟怀远泪,倚阑看。(《愁倚阑令》)

此时还是,泪墨书成,未有归鸿。(《诉衷情》)

绛蜡等闲陪泪,吴蚕到了缠绵。(《破阵子》)

应是行云归路,有闲泪、洒相思。(《好女儿》)

一曲离亭。借与青楼忍泪听。(《采桑子》)

倦客红尘。长记楼中粉泪人。(《采桑子》)

楼下分流水声中,有当日、凭高泪。(《留春令》)

坠鞭人意自凄凉。泪眼回肠。(《风入松》)

几处佳人此会同。今在泪痕中。(《武陵春》)

别来只是,凭高泪眼,感旧离肠。(《喜团圆》)

莫唱阳关曲。泪湿当年金缕。(《梁州令》)

……

接着我们来看篇。自我抒怀方面,晏殊抒发的情感常常是雍容旷达:

一曲新词酒一杯。去年天气旧亭台。夕阳西下几时回。 无可奈何花落去,似曾相识燕归来。小园香径独徘徊。(晏殊《浣溪沙》)

然而晏几道抒发的情感常常却是沉郁悲凉:

天边金掌露成霜。云随雁字长。绿杯红袖称重阳。人情似故乡。 兰佩紫,菊簪黄。殷勤理旧狂。欲将沉醉换悲凉。清歌莫断肠。(晏几道《阮郎归》)

离别相思方面，晏殊抒发的情感常常是哀而不伤：

一向年光有限身。等闲离别易销魂。酒筵歌席莫辞频。　满目山河空念远，落花风雨更伤春。不如怜取眼前人。（晏殊《浣溪沙》）

然而晏几道抒发的情感常常却是缠绵幽怨：

长相思，长相思，若问相思甚了期，除非相见时。　长相思，长相思，欲把相思说似谁，浅情人不知。（晏几道《长相思》）

咏物方面，晏殊抒发的情感常常是清新疏朗：

宿蕊斗攒金粉闹。青房暗结蜂儿小。敛面似啼开似笑。天与貌。人间不是铅华少。　叶软香清无限好。风头日脚干催老。待得玉京仙子到。凭向道。红颜只合长年少。（晏殊《渔家傲》）

然而晏几道抒发的情感常常却是孤洁凄凉：

笑艳秋莲生绿浦。红脸青腰，旧识凌波女。照影弄妆娇欲语。西风岂是繁花主。　可恨良辰天不与。才过斜阳，又是黄昏雨。朝落暮开空自许。竟无人解知心苦。（晏几道《蝶恋花》）

这三个方面无不十分鲜明具体地体现了二晏词中的情感差异：晏几道比晏殊深刻浓挚，晏殊比晏几道温润宽广。作为纯情的词人，更可以说作为一位已经败落的贵族子弟，沦落大半生的痴人，晏几道所拥有的美丽人生大多是“过去”，因此其词中主要展示着一种无法释怀的伤感与怀旧。又由于他感情过于专注，写的多是经过艺术加工的真人真事，沉迷于自己的苦情世界，没有跳出具体人与事的局限，于是“所表现的悲欢今昔之感与歌酒狎邪之词，乃但为人生之一面，而其所触动者亦但为读者之感情而已"[1];而晏殊作为理性的诗人,更可以说作为一位少年得志且大半生仕途顺利的智者,他那种时时刻刻感叹时光飞逝的不落实处的闲愁以及在极为清醒冷静的理智指导下无论是顺心还是不顺心都积极享受生活的追求,使人们读他的词时,常常会"除去情感上的感动外,另外还有着一种足以触发人思致的启迪"[2]。从而"所触动者已不仅为读者之感情,而且更触动了读者有关整个人生的一种哲想,因此,大晏词乃超越了其表面所写的人生之一面,而更暗示着人生之整体。"[3]也因此即使同样是沉郁伤感之作,晏殊的理性也会使这份沉郁伤感既难形成凄厉之音,也难发为决绝之词;而"只是给那些温润的珠玉染上了一种淡淡的凄清的情调"[4],并且进入到可以予读者以更深广之触引和联想的感发之境界。笔者下面略举他们一对内容题材相同的作品为例:

别来音信千里。怅此情难寄。碧纱秋月,梧桐夜雨,几回无寐。　　楼高目断,天遥云黯,只堪憔悴。念兰堂红烛,心长焰短,向人垂泪。(晏殊《撼庭秋》)

醉别西楼醒不记。春梦秋云,聚散真容易。斜月半窗还少睡。画屏闲展吴山翠。　　衣上酒痕诗里字。点点行行,总是凄凉意。红烛自怜无好计。夜寒空替人垂泪。(晏几道《蝶恋花》)

晏殊此词是其作品中比较少见的情感沉郁之作。它开篇以情语"别来音信千里,恨此情难寄"直接点题,十分醒目。意思是主人公自与情人离别以来,音信远隔千里,惆怅的是,这一片深情无从寄去。以情语开篇后,作者接着以三个四字句铺叙相思之情——"碧纱秋月,梧桐夜雨,几回无寐",描写词中主人公在碧纱窗下,或独自对着皎洁的秋月辗转

[1] 叶嘉莹.大晏词的欣赏.见:迦陵论词丛稿.石家庄:河北教育出版社,1997:43
[2] 叶嘉莹.大晏词的欣赏.见:迦陵论词丛稿.石家庄:河北教育出版社,1997:42
[3] 叶嘉莹.大晏词的欣赏.见:迦陵论词丛稿.石家庄:河北教育出版社,1997:43
[4] 叶嘉莹.大晏词的欣赏.见:迦陵论词丛稿.石家庄:河北教育出版社,1997:48

反侧，或孤单一人卧听淅淅沥沥的夜雨滴在梧桐叶上，总是难以入睡。过片三句“楼高目断，天遥云黯，只堪憔悴”，又以三个四字句继续铺叙相思之苦——登上高楼极望，只见天空辽阔，层云黯淡，更加令人痛苦憔悴。其中“楼高目断”，与上片“几回无寐”似断却连，颇有波澜起伏之势。结句“念兰堂红烛，心长焰短，向人垂泪”，巧妙化用杜牧《赠别》诗：“蜡烛有心还惜别，替人垂泪到天明。”不仅以红烛拟人，达到了“移情”作用；而且“使读者所感受的实在已不复仅是一支蜡烛，而同时联想到的还有心余力绌的整个的人生”〔1〕，从而使该词像他大多数词作一样，除了情感上的感动之外，另外还有着一种足以触发人思致的启迪，晏殊本身也许未尝有此意，然而其词的特色却常常使读者能生此想。晏几道此词则是其词集中具有普遍性的作品，起句“醉别西楼醒不记”也开门见山点明离别：主人公往日醉别西楼，醒后却浑然不记。这似乎是追忆往日某一幕具体的醉别，又像是泛指所有的前欢旧梦，虚实莫辨，笔意极妙。“春梦秋云，聚散真容易”化用晏殊《木兰花》之“长于春梦几多时，散似秋云无觅处”词意。意思是但觉当时之聚，今日之散，竟如春梦秋云，无凭无定，人生缥缈虚幻之感顿现。“斜月半窗还少睡。画屏闲展吴山翠”荡开一笔，转写眼前实境——斜月已低至半窗，夜已经深了，主人公由于追忆前尘，感叹聚散，一直无法入睡；然而床前的画屏却毫不受影响，依然悠闲平静的展示着其上面的吴山的青翠之色。一个“闲”字十分精当地衬托出人的心烦意乱和无聊心情。过片“衣上酒痕诗里字。点点行行，总是凄凉意”，承接全篇的首句“醉别西楼”。“衣上酒痕”，是西楼欢宴时留下的印迹；“诗里字”，是筵席上题写的词章；它们原是欢游生活的表征，只是如今旧侣已风流云散，回视旧欢陈迹，徒翻引起无限凄凉意绪。结句“红烛自怜无好计。夜寒空替人垂泪”，与晏殊词一样是化用杜牧《赠别》诗：“蜡烛有心还惜别，替人垂泪到天明。”在此不说自己寒夜无眠，不说自己“自怜无好计”，不说自己“垂

〔1〕 叶嘉莹.大晏词的欣赏.见：迦陵论词丛稿.石家庄：河北教育出版社，1997：43

泪”，而将这一切归之于红烛。既然连红烛都为自己的“凄凉意”而伤感落泪，其内心哀伤可想而知，真可谓“一字一泪，一字一珠”[1]——不过此词虽然十分感人，但是依然像他的大多数作品一样，“只能算是仍属于情感之感动的层次，而并未进入到可以予读者以更深广之触引和联想的感发之境界”[2]。

5.2.3 社会时代不同，从而词学观念相异

丹纳在论艺术品的产生时曾谈到文学创作受时代背景的影响，他说：“要了解一件艺术品，一个艺术家，一群艺术家，必须正确的设想他们所属的时代的精神和风俗概况。这是艺术品的最后解释，也是决定一切的基本原因。”[3]因此，如果我们要真正系统全面研究二晏词的异同，那么我们除了从二晏个体入手之外，还必须了解二晏各自生活的时代以及他们所生活的不同的时代所必然导致的二晏词学观念的不同。在前面的章节里笔者已经详细地谈到了二晏各自生活的时代以及时代对他们的思想性格与人生道路的影响，故不再赘言；而关于二晏生活的前后时代词学观念的变化以及这些变化对二晏词的创作的影响则更加细微复杂，下面笔者不惮以浅薄的学识，试图首先以二晏为例，然后结合一些相关材料分析证明从晏殊时代到晏几道时代之词学观念确实有变化。

词，作为产生于歌筵酒席之中的歌女演唱的歌辞，一种特殊的句式、长短不齐的音乐文体，它被晏殊所接受和利用的应该主要是它的娱宾遣兴的功能，例如《古今词话》记载的“庆历癸未十二月十九日立春，甲申元日，丞相晏元献公会两禁于私第。丞相席上自作《木兰花》以侑

---

〔1〕(清)陈廷焯．词则．上海：上海古籍出版社，1984：4

〔2〕叶嘉莹．唐宋名家词论稿．石家庄：河北教育出版社，1997：109

〔3〕(法)丹纳．艺术哲学．合肥：安徽文艺出版社，1991：47

觞”[1]；又如《道山清话》记载的“元献公为京兆，辟张先为通判，新纳侍儿，公甚属意。子野诗词，公雅重之，每张来，即令侍儿出觞，往往歌子野所为之词。”[2]这种娱宾遣兴的词学思想观念不仅体现在流传下来的有关晏殊的上列材料中，它还具体体现在其创作的词篇、词句中，词篇在前面已经详细分析，词句则如下：

一曲新词酒一杯。(《浣溪沙》)

芰荷香里劝金觥。小词流入管弦声。(《浣溪沙》)

萧娘劝我金卮。殷勤更唱新词。(《清平乐》)

兰堂风软，金炉香暖，新曲动帘帷。(《少年游》)

新曲调丝管，新声更飐霓裳。博山炉暖泛浓香。泛浓香。为寿百千长。(《望仙门》)

张绮宴，傍熏炉蕙炷、和新声。(《拂霓裳》)

有酒且醉瑶觥。更何妨、檀板新声。(《相思儿令》)

脆管清弦、欲奏新翻曲，依约林间坐夕阳。(《玉堂春》)

……

上列词句无不鲜明地体现了晏殊娱宾遣兴的词学思想观念。

然而到了晏几道，作为生活在激烈党争时期的“贵人暮子”，落拓大半生并因无意中被新旧党争牵连入狱的他(他亲身受到的激烈党争的伤害，据现存材料来看，似乎远比不上许多同时代人)，已经将父亲晏殊那种娱宾遣兴的词学思想观念转变成了析酲解愠——“补亡一编，补乐府之亡也。叔原往者浮沉酒中，病世之歌词，不足以析酲解愠，试续南部诸贤绪余，作五、七字语，期以自娱。不独叙其所怀，兼写一时杯酒间闻见所同游者意中事。……追惟往昔过从饮酒之人，或垅木已长，或病不偶。考其篇中所记悲欢合离之事，如幻如电、如昨梦前尘，但能掩卷

---

〔1〕(宋)杨湜.古今词话.见：唐圭璋.词话丛编.北京：中华书局，1986：23

〔2〕佚名.道山清话.见：宋元笔记小说大观.上海：上海古籍出版社，2001：2934—2935

忭然，感光阴之易迁，叹境缘之无实也！”[1]这种析酲解愠词学思想观念不仅体现在晏几道的《小山词自序》中，它还具体体现在其创作的词篇、词句中，对于词篇，前面已经详细分析，词句则具体如下：

红烛泪前低语，绿笺花里新词。（《清平乐》）

筝弦未稳。学得新声难破恨。（《减字木兰花》）

未知谁解赏新音。长是好风明月、暗知心。（《虞美人》）

才听便拚衣袖湿，欲歌先倚黛眉长。曲终敲损燕钗梁。（《浣溪沙》）

碧箫度曲留人醉，昨夜归迟。短恨凭谁。莺语殷勤月落时。（《采桑子》）

一曲啼乌心绪乱。红颜暗与流年换。（《蝶恋花》）

一曲阳春春已暮。晓莺声断朝云去。（《蝶恋花》）

歌中醉倒谁能恨，唱罢归来酒未消。（《鹧鸪天》）

榴花满盏香，金缕多情曲。且尽眼中欢，莫叹时光促。（《生查子》）

……

上列词句无不鲜明地体现了晏几道析酲解愠的词学思想观念。

晏殊、晏几道父子的这种词学观念转变是一种偶然，还是一种必然呢？下面我们先一起来看与晏殊同时代的著名词人的情况。关于当时的词学观念，欧阳修的《西湖念语》有十分清楚明白的论述：“昔者王子猷之爱竹，造门不问于主人；陶渊明之卧舆，遇酒便留于道上。况西湖之胜概，擅东颍之佳名。虽美景良辰，固多于高会；而清风明月，幸属于闲人。并游结于良朋，乘兴有时而独往。鸣蛙暂听，安问属官而属私；曲水临流，自可一觞而一咏。至欢然而会意，亦傍若于无人。乃知偶来常胜于特来，前言可信；所有虽非于己有，其得已多。因翻旧阕之辞，写

〔1〕（宋）晏几道.小山词自序.见：孙克强.唐宋人词话.郑州：河南文艺出版社，1999：221—222

以新声之调，敢陈薄伎，聊佐清欢。”[1]由“因翻旧阕之辞，写以新声之调，敢陈薄伎，聊佐清欢”可知，当时词人持的是娱宾遣兴的词学观念，在这种词学观念的影响下，他们的作品中蕴含的情感往往比较平和，很少凄厉之音，具有当时承平盛世的影子，下面以他们各自的具有词人自我形象的代表作为例：

黄金榜上。偶失龙头望。明代暂遗贤，如何向。未遂风云便，争不恣狂荡。何须论得丧。才子词人，自是白衣卿相。

烟花巷陌，依约丹青屏障。幸有意中人，堪寻访。且恁偎红翠，风流事、平生畅。青春都一饷。忍把浮名，换了浅斟低唱。（柳永《鹤冲天》）

东城渐觉风光好。縠皱波纹迎客棹。绿杨烟外晓寒轻，红杏枝头春意闹。　　浮生长恨欢娱少。肯爱千金轻一笑。为君持酒劝斜阳，且向花间留晚照。（宋祁《玉楼春》）

水调数声持酒听。午醉醒来愁未醒。送春春去几时回。临晚镜。伤流景。往事后期空记省。　　沙上并禽池上暝。云破月来花弄影。重重帘幕密遮灯，风不定。人初静。明日落红应满径。（张先《天仙子》）

平山阑槛倚晴空。山色有无中。手种堂前垂柳，别来几度春风。　　文章太守，挥毫万字，一饮千钟。行乐直须年少，尊前看取衰翁。（欧阳修《朝中措》）[2]

……

从上面这些晏殊时代的词人各自的自我形象鲜明的代表作中，我们可以看出他们抒发的情感基本上比较温柔敦厚、平和旷达。

又如其明显体现这种娱宾遣兴词学观念的具体的词句：

要索新词，殊人含笑立尊前。（柳永《玉蝴蝶》）

---

〔1〕 欧阳修．西湖念语．见：唐圭璋．全宋词．北京：中华书局，1999：153－154

〔2〕 笔者赞同“文章太守”为欧阳修自称。

属和新词多俊格。(柳永《惜春郎》)

唱新词,改难令,总知颠倒。(柳永《传花枝》)

甚时向、幽闺深处,按新词、流霞共酌。(柳永《尾犯》)

使君劝醉青娥唱。分明仙曲云中响。(张先《醉落魄》)

青春才子有新词,红粉佳人重劝酒。(欧阳修《玉楼春》)

红粉轻盈。倚暖香檀曲未成。(欧阳修《踏莎行》)

……

上列词句确实鲜明地体现了晏殊时代的词人娱宾遣兴的词学思想观念。

再如相关的一些词人创作逸事亦可佐证:

耆卿居京华,暇日遍游妓馆。所至,妓者爱其有词名,能移宫换羽,一经品题,声价十倍。妓者多以金物资给之。[1]

侍读刘原父守维扬,宋景文赴寿春,道出治下,原父为具以待。又为《踏莎行》词以侑欢云。[2]

景德中,夏公初授馆职,时方早秋,上夕宴后庭,酒酣,遽命中使诣公索新词. 公问:"上在甚处?"中使曰:"在拱宸殿按舞。"公即抒思,立进《喜迁莺》词。[3]

欧阳永叔为河南幕官时,尝眷一妓。钱文僖为留守,梅圣俞、尹师鲁,同在幕下。一日,宴于后园,客集而欧与妓俱不至。移时方来,钱诘妓何以后至。妓谢曰:"患暑,往凉堂小憩,觉后失金钗,竟未觅得,是以来迟。"钱笑曰:"若得欧推官

---

〔1〕(宋)罗烨. 醉翁谈录:丙集卷二. 续修四库全书. 上海:上海古籍出版社,2002:第1266册421页

〔2〕(宋)吴曾. 能改斋漫录:卷十七. 上海:上海古籍出版社,1979:309

〔3〕(宋)吴处厚. 青箱杂记:卷五. 见:宋元笔记小说大观. 上海:上海古籍出版社,2001:1660

一词，当为偿钗。"欧即席赋《临江仙》云。[1]

……

由"妓者爱其有词名……多以金物资给之"，"又为《踏莎行》词以侑欢"，"上夕宴后庭，酒酣，遽命中使诣公索新词"，"'若得欧推官一词，当为偿钗。'欧即席赋《临江仙》"等可知，这些作品都是娱宾遣兴之作。虽然这一时期偶尔也曾经有人用词表达一些略带悲意的情感，但是因为与当时盛行的娱宾遣兴的词学观念不合，所以均未得到理解和支持，例如：

柳耆卿初名三变，与兄三接、三复齐名，时称柳氏三绝。偶因下第，戏赋《鹤冲天》云："黄金榜上。偶失龙头望。明代暂遗贤，如何向。未遂风云便，争不恣，狂游荡。何须论得丧。才子词人，自是白衣卿相。烟花巷陌，依约丹青图障。幸有意中人，堪寻访。且恁偎红翠，风流事，平生畅。青春都一晌。忍把浮名，换了浅斟低唱。"此亦一时遣怀之作，都下盛传，至达宸听。时仁宗方深思儒雅，重斥浮华，闻之艴然。次举，柳即登第。至胪唱时，帝曰："此人好去浅斟低唱，何要浮名，且填词去。"[2]

范希文守边日，作《渔家傲》数首，皆以"塞上秋来风景异"为起句，欧阳公常呼为穷塞主之词。及王尚书留守平凉，永叔亦作《渔家傲》一词以送之。后段云："得胜归来飞捷奏。玉阶遥献南山寿。"顾谓王曰："此真元帅之事也。"[3]

上述材料中的柳永仅仅因为抒发了落第的牢骚，结果被皇帝削去了辛辛苦苦夺得的科举名第；范仲淹仅仅因为抒发了守边的艰辛，结果被好

[1] （宋）钱世昭．钱氏私志．文渊阁四库全书影印本．台湾：商务印书馆，1983：第1036册665—666页

[2] （清）叶申芗．本事词：卷上．见：唐圭璋编．词话丛编．北京：中华书局，1986：2307

[3] （宋）魏泰．东轩笔录：卷十一．北京：中华书局，1983：126

朋友欧阳修嘲讽为“穷塞主之词”。由此可见晏殊时代的北宋前期人们作词主要是为了娱宾遣兴。

接着我们一起来看晏几道时代著名词人的情况。关于当时的词学观念，下面几则材料可作参考：

余去岁在东武，作《水调歌头》以寄子由。今年，子由相从彭门百余日，过中秋而去，作此曲以别余。以其语过悲，乃为和之。其意以不早退为戒，以退而相从之乐为慰云耳。[1]

迩来绝不为诗文，然不废书，时作小词以自娱，用以卒岁，毋以为念也。[2]

吾欲托兴于此，时作一首以自遣。[3]

满心而发，肆口而成，虽欲已焉而不得者。……幽洁如屈、宋，悲壮如苏、李，览者自知之，盖有不可胜言者矣。[4]

……

由“其语过悲”，“时作小词以自娱，用以卒岁”，“吾欲托兴于此，时作一首以自遣”，“幽洁如屈、宋，悲壮如苏、李”等可知，当时词人虽然也有不少作品娱宾遣兴；但是析酲解愠的词学观念已经逐渐兴起、形成。在这种词学观念的影响下，他们的作品中蕴含的情感往往比较强烈，有不少凄厉之音，明显具有当时社会激烈党争的影子，下面以他们各自的代表作为例：

大江东去，浪淘尽、千古风流人物。故垒西边，人道是、三国周郎赤壁。乱石穿空，惊涛拍岸，卷起千堆雪。江山如画，一时多少豪杰。　遥想公瑾当年，小乔初嫁了，雄姿英发。

---

〔1〕(宋)苏轼.水调歌头(安石在东海)序言.见：唐圭璋编.全宋词.北京：中华书局，1999：361

〔2〕(宋)陈师道.与鲁直书.后山居士文集：卷十.上海：上海古籍出版社，2000：1882

〔3〕(宋)朱弁.风月堂诗话载晁补之言.文渊阁四库全书影印本.台湾：商务印书馆，1983：第1479册17页

〔4〕(宋)张耒.东山词序.见：全宋文.上海：上海辞书出版社，2006：第127册299页

羽扇纶巾，谈笑间、樯虏灰飞烟灭。故国神游，多情应笑我，早生华发。人生如梦，一尊还酹江月。（苏轼《念奴娇》）

雾失楼台，月迷津渡。桃源望断无寻处。可堪孤馆闭春寒，杜鹃声里斜阳暮。　驿寄梅花，鱼传尺素。砌成此恨无重数。郴江幸自绕郴山，为谁流下潇湘去。（秦观《踏莎行》）

万里黔中一漏天。屋居终日似乘船。及至重阳天也霁。催醉。鬼门关外蜀江前。　莫笑老翁犹气岸。君看。几人黄菊上华颠。戏马台南追两谢。驰射。风流犹拍古人肩。（黄庭坚《定风波》）

买陂塘、旋栽杨柳，依稀淮岸江浦。东皋嘉雨新痕涨，沙觜鹭来鸥聚。堪爱处最好是、一川夜月光流渚。无人独舞。任翠幄张天，柔茵藉地，酒尽未能去。　青绫被，莫忆金闺故步。儒冠曾把身误。弓刀千骑成何事，荒了邵平瓜圃。君试觑。满青镜、星星鬓影今如许。功名浪语。便似得班超，封侯万里，归计恐迟暮。（晁补之《摸鱼儿》）

……

从上面这些晏几道时代的词人各自的自我形象鲜明的代表作中，我们可以看出他们抒发的情感基本上比较沉郁悲凉、凄厉幽怨。

又如其明显体现这种析酲解愠词学观念的具体的词句：

明日西风还挂席。唱我新词泪沾臆。（苏轼《归朝欢》）

幽梦里，传心曲。肠断处，凭他续。（苏轼《满江红》）

还将旧曲，重赓新韵，须信吾侪天放。（苏轼《七夕和苏坚韵》）

弹泪唱新词。（秦观《一丛花》）

新声含尽古今情。（秦观《临江仙》）

曲中幽恨多。（晁补之《代歌者怨》））

有蜀纸、堪凭寄恨，等今夜、酒血书词，剪烛亲封。（周邦彦〈塞翁吟》）

感君一曲断肠歌,劝我十分和泪酒。(周邦彦《木兰花》)

……

上列词句确实鲜明地体现了晏几道时代的词人析酲解愠的词学思想观念。

再如相关的一些词人创作逸事亦可佐证:

张芸叟元丰间从高遵裕辟,环庆出师失利,且为转运使李察讦其诗语,谪监郴州酒。舟行,以二小词题岳阳楼。"木叶下君山,空水漫漫。十分斟酒敛芳颜。不是渭城西去客,休唱《阳关》。　醉袖抚危栏,天淡云闲。何人此路得生还?回首夕阳红尽处,应是长安。""楼上久踟蹰,地还身孤。拟将憔悴吊三闾。自是长安日下影,流落江湖。　烂醉且消除,不醉何如?又看暝色满平芜。试问寒沙新到雁,应有来书"。亦岂无去国流离之思,殊觉婉而不伤也。[1]

东坡在黄州,中秋夜对月独酌,作《西江月》词云:"世事一场大梦,人生几度新凉。夜来风叶已鸣廊。看取眉间鬓上。酒贱长愁客少,月明多被云妨。中秋谁与共孤光。把盏凄然北望。"坡以谗言谪居黄州,郁郁不得志,凡赋诗缀词,必写其所怀。[2]

少游谪古藤,意忽忽不乐。过衡阳,孔毅甫为守,与之厚,延留,待遇有加。一日,饮于郡斋,少游作《千秋岁》词。毅甫览至"镜里朱颜改"之句,遽惊曰:"少游盛年,何为言语悲怆如此!"遂赓其韵以解之。居数日,别去。毅甫送之于郊,复相语终日,归谓所亲曰:"秦少游气貌大不类平时,殆不久于世矣!"未几果卒。[3]

---

〔1〕(宋)周辉.清波杂志:卷四.见:宋元笔记小说大观.上海:上海古籍出版社,2001:5050

〔2〕(宋)阮阅.诗话总龟:后集卷三十三.引古今词话.北京:人民文学出版社,1987:217

〔3〕(宋)曾敏行.独醒杂志:卷五.见:宋元笔记小说大观.上海:上海古籍出版社,2001:3242

> 秦少游发郴州，反顾有所属，其词曰："雾失楼台，月迷津渡，桃源望断无寻处。可堪孤馆闭春寒，杜鹃声里斜阳暮。
>
> 驿寄梅花，鱼传尺素，砌成此恨无重数。郴江幸自绕郴山，为谁流下潇湘去？"山谷云："语意极似刘梦得楚、蜀间语。"[1]
>
> ……

由"去国流离之思"，"赋诗缀词，必写其所怀"，"言语悲怆如此"，"语意极似刘梦得楚、蜀间语"等可知，这些作品都是析酲解愠之作。不过与前一时期不同的是，这一时期的社会已经基本上默认文人用词来析酲解愠，于是这些文人利用词来析酲解愠常常能够得到充分的理解，例如：

> 东坡居士以丙辰中秋欢饮达旦大醉，作《水调歌头》兼怀子由，时丙辰熙宁九年也。元丰七年，都下传唱此词。神宗问内侍外面新行小词，内侍录此进呈。读至"又恐琼楼玉宇，高处不胜寒"，上曰："苏轼终是爱君。"[2]
>
> 挺字子正，应天府宋城人。挺在平凉，凡五年，自以有劳，久留边庭，愤郁为歌词，因中使至，使优伶歌之，有"谁念玉关人老"之句，传达禁中，上亦悯焉，遂召用之。[3]
>
> ……

上述材料中的苏轼和蔡挺利用词来析酲解愠，结果却与北宋前期的柳永、范仲淹大不一样，由此可见苏轼和蔡挺生活的北宋后期社会已经基本上认同文人用词来析酲解愠。

---

〔1〕（宋）周辉．清波杂志：卷九．见：宋元笔记小说大观．上海：上海古籍出版社，2001：5110

〔2〕（明）祝穆．古今事文类聚前集：卷十一．引复雅歌词．文渊阁四库全书影印本．台湾：商务印书馆，1983：第925册176页

〔3〕（宋）徐自明．宋宰辅编年录：卷八．文渊阁四库全书影印本．台湾：商务印书馆，1983：第596册238页

余论　二晏与宋代江西文化

博学能文的二晏父子出现在宋代的江西不是偶然的，它是唐五代以来江西经济、文化、教育飞速发展的必然产物。下面我们先一起来看唐五代以来江西经济飞速发展的一些重要数据。

1.人口数据

时　代	户　数	口　数	资料来源
西汉元始二年(公元 2 年)	67 462	351 965	汉书，卷 28,地理志
刘宋大明八年(公元 464 年)	46 148	330 614	宋书，卷 36,州郡志
唐贞观十三年(公元 639 年)	69 240	319 047	旧唐书，卷 40,地理志
唐天宝元年(公元 742 年)	248 547	1 676 257	新唐书，卷 41,地理志
唐元和年间(公元 806 年—820 年)	293 079		元和郡县志,卷 28
北宋太平兴国年间(公元 976 年—984 年)	591 870		太平寰宇记
北宋崇宁元年(公元 1102 年)	2 007 602	4 459 547	宋史，卷 88,地理志
南宋嘉定十六年(公元 1223 年)	2 267 983	4 958 291	文献通考,卷 11,户口

2.郡县数据

朝　代	郡县数目	资料来源
西汉	一郡十八县	许怀林《试论宋代江西经济文化的大发展》
东汉	一郡二十二县	
隋代	七郡二十四县	
唐代	八州三十八县	
五代	六州四军五十六县	
宋	九州四军六十八县	

3. 北宋江西重要经济数据占全国的地位

时代	经济数据	全国地位	资料来源
北宋元丰年间(公元1078年—1085年)	垦田数四十五万余顷	2	文献通考,卷4,田赋考
北宋淳化年间,(公元990年—994年)	漕粮一百二十万零八千九百石,	3	梦溪笔谈,卷12
北宋天禧年间(公元1017年—1021年)	造漕船1 130艘	1	文献通考,卷25,国用考
北宋崇宁元年(公元1102年)	人口4 459 547	1	宋史,卷88,地理志
北宋宣和元年(公元1119年)	上供钱物1 276 098贯	3	文献通考,卷23,国用考

接着我们一起来看唐五代以来江西文化飞速发展的一些重要数据。

1. 作家作品数据

朝代	作家数量	著作种数	资料来源
汉	4	9	光绪《江西通志·艺文略》
晋	17	21	
南北朝	4	7	
唐五代	60	85	
宋	389	1 786	

2. 藏书家

朝　代	藏书家	资料来源
唐	2	王河《中国历代藏书家辞典》
宋	90	
元	7	
明	23	
清	39	
近现代	14	

3. 北宋江西重要文化数据占全国的地位

文化数据	全国地位	资料来源
唐宋古文八大家有江西人 3 名	1	《唐宋八大家文钞》
北宋诗人有江西人约 315 名	4	《全宋诗》
北宋词人有江西人约 70 名	2	《全宋词》
北宋宰相有江西人约 6 名	4	《宋史》
北宋学者有江西人约 55 名	3	《宋元学案》
北宋《宋史》列传人物有江西人约 82 名	3	《宋史》

再接着我们一起来看唐五代以来江西教育飞速发展的一些重要数据。

1. 学校数据

朝代	新修建州(军)学、县学所数	新修建书院所数	资料来源
唐代前期	5	4	光绪《江西通志》
唐代中后期	4	5	
五代	2	2	
北宋	50	46	
南宋	21	170	

2. 进士、状元数据

朝 代	进 士	状 元	资料来源
唐代前期	12	0	光绪《江西通志》
中晚唐五代	92	2	
北宋	1 652	7	
南宋	3 697	4	

2. 北宋江西重要教育数据占全国的地位

数 据	在全国地位	资料来源
北宋江西有官学 61 所	前列	刘锡焘《宋代江西文化地理研究》
北宋江西有书院 60 所	1	

续表

数　据	在全国地位	资料来源
北宋状元有江西人 7 名	4	光绪《江西通志》
北宋进士有江西人约 1652 名	3	

除了这些比较宏观的经济、文化、教育方面的影响之外，江西文化对二晏父子还有一个十分微观具体的影响值得一提，那就是南唐冯延巳在抚州播下的词的种子：

晏元献尤喜江南冯延巳词。其所自作，亦不减延巳。[1]

病世之歌词，不足以析酲解愠，试续南部诸贤，作五七字语，期以自娱。[2]

于是词史上有了所谓的江西词派：

宋初大臣之为词者：寇莱公、晏元献、宋景文、范蜀公，与欧阳文忠并有声艺林；然数公或一时兴到之作，未为专诣；独文忠与元献，学之既至，为之亦勤，翔双鹄于交衢，驭二龙于天路。且文忠家庐陵，而元献家临川，词家遂有西江一派。[3]

晏家临川，欧家庐陵，王安石、黄庭坚，皆其乡曲小生，接足而起，词家之西江派，尤早于诗家。[4]

晏相当年向抚州，仕途得失底须忧。若从词史论勋业，功在江西一派流。[5]

北宋前期词以晏殊、欧阳修、晏几道等为主体，二晏为临川人（今江西抚州人），欧为庐陵人（今江西吉安人）；故称为江西词派。[6]

---

〔1〕 (宋)刘攽. 中山诗话. 见：何文焕辑. 历代诗话. 北京：中华书局，1981：288

〔2〕 (宋)晏几道. 小山词自序. 见：孙克强. 唐宋人词话. 郑州：河南文艺出版社，1999：221

〔3〕 (清)冯煦. 蒿庵词话. 见：唐圭璋. 词话丛编. 北京：中华书局，1986：3585

〔4〕 刘毓盘. 词史. 上海：上海书店，1985：23

〔5〕 叶嘉莹. 唐宋词名家论稿. 石家庄：河北教育出版社，1997：35

〔6〕 马兴荣等. 中国词学大辞典. 杭州：浙江教育出版社，1996：264

北宋前期词坛上，晏殊、晏几道父子和欧阳修等人代表着一种创作趋向，他们都继承南唐词的遗风，都以小令见长，都以风格的清丽婉约为词。由于二晏为临川（今江西抚州）人，欧阳修为庐陵（今江西永丰）人。所以后人称他们为江西词派。[1]

……

不管江西词派是否成立，宋代的代表性文学——词在江西确实取得了空前绝后的成就：

数　　据	占全国比例	资料来源
宋代江西词人共 188 人	13%	邱昌员《历代江西词人论稿》
宋代江西词人之词作共 5 127 首	26%	
宋代江西词人有词集之人数共 57 人	18%	
宋代江西词人被词话品评次数共 2 531 次	27%	
宋代江西词人在本世纪研究篇次共 1 698 篇次	29%	
宋代江西词人入选历代词选篇次共 1 617 篇次	24%	
宋代江西词人入选当代词选篇次共 685 篇次	30%	
宋代十大著名词人江西人选 4 名	40%	

江西文化影响了二晏父子，二晏父子——尤其是作为北宋前期政坛、文坛的领袖之一的晏殊也影响了江西文化。二晏父子对江西文化的影响包括直接影响和间接影响。直接影响中最主要的是对江西文人的提携，例如晏殊对江西文人的提携颇多——欧阳修、王安石、刘敞、刘恕等许多北宋江西文人都得到过晏殊的提携和关照。间接影响中最主要的是晏殊一方面以文学起家使自己功成名就，另一方面以文学和道德治家又使五代和宋初原本默默无闻的江西晏氏家族一举成为江西四大望族。关于晏殊以文学起家的事迹，大家都已经十分熟悉，笔者在前面也有详细论述，故不再赘言；然而晏殊以文学和道德治家的情况，今人很少听说，笔者就以晏殊残存下来的材料为证。首先我们来看晏殊

〔1〕 王兆鹏等．宋词大辞典．南京：凤凰出版社，2003：836

的《答中丞兄家书》：

殊再拜三哥廷评、三嫂座前：领手书，深喜王事外万福安宁，此中婆婆、新妇等如常。寄物甚多，倍烦神明，骨肉不必如此。四郎思晦下面三孩儿贻、矩、宗愿，知已取在彼，知令读书否？假如性不高，亦令读书、学诗、学礼；宜亲老宿有德之人，所冀向后自了得一身，免辱门户也。此最日夕急切事。二十七宁殿直二年，大段听人言语，谨卓不曾出入，兼识好慈善得力，免劳人心力，亦应是从有家累，知惜身事兄弟，且免一件忧煎。因信上闻，希令诸子知之。若能稍学好事，免为人所嗤笑，成立得身，父母一生放心有望矣。门前不要令小后生轻薄不着实者来往，或寻得一有年甲严谨门客教训诸子甚好。先少师所以常孜孜于此事，重念余白、饶鼎朴实，嫌其余轻薄。殊日思量，方知是格言也。近日京师官中行公事甚多，细视多是人家子弟轻事玩狎，非类致之者。是知小儿女尤宜亲近有德，远轻薄之徒也。二娘子已商量与应茂才异等秀才富弼为亲，极有行止文艺。

这是晏殊写给哥哥晏融夫妇的家信，开头简短的两句客套话之后，立即是详细得略显啰嗦的关于家族子弟教育的叮嘱——“令读书否？假如性不高，亦令读书、学诗、学礼；宜亲老宿有德之人，所冀向后自了得一身，免辱门户也。此最日夕急切事”；“希令诸子知之。若能稍学好事，免为人所嗤笑，成立得身，父母一生放心有望矣。门前不要令小后生轻薄不着实者来往，或寻得一有年甲严谨门客教训诸子甚好”；“近日京师官中行公事甚多，细视多是人家子弟轻事玩狎，非类致之者。是知小儿女尤宜亲近有德，远轻薄之徒也。”家信中的这种不厌其烦地对家族子弟文学与道德两方面教育的叮嘱，从一个侧面鲜明地显示了晏殊以文学和道德治家的情况。

接着我们来看晏殊的《答赞善兄家书》：

十一哥赞善兄、十一县君尊嫂座前：庄客至，知大事礼毕；日月迅速，哀痛无极，奈何！奈何！志文本及寄殊生日衣服及孩儿妳妳等信物柑子、黄雀、鲊等，领讫。地远不须烦神，况人事有何穷极？置得宅子，大抵廉白守分为官，须随宜作一生计，且安泊亲属，不必待丰足。尝见范应辰率家人持十斋，自云："一以劝其淡素好善，次则减鱼肉之价，聚为生计。"果置得一两好庄及第宅，免于茫然，此最良图。况宦游何穷期，兼官下不得营私。魏四工部，可为戒也。然须内外各宜俭约为先，方可议此。殊家间仆吏等，直至今两日内破一顿猪肉，定其两数，或回换买他鱼肉，亦只约猪肉钱数，以此可久。此持久之术，是以常为宗亲及相知交游言之。建节之说，皆虚传也。今边事尚未息，须当他委重任，乃建节，或兼见命，必不于优闲处用此职。况须因干求经营方受，殊一生不曾干求，况今虽位极人臣，更何颜求觅？是以须待出于特命，且不能效人干请结托，以致势虽恬静，若非久特差，则远近高下，应难推避。不然，则必不可求请。凡虚传者，但请勿信。古今贤哲有识见知耻者，量力度德，常忧不能任者。不佞当负以重愧，畏重责，是以终无幸求。其更识高者，非亲耕不食，非亲蚕不衣，孺子之类是也。盖功利不能及人，而坐受窃其膏血，纵无祸，亦须愧赧也。殊来多介僻者，理在此，今因信略及之。

这是晏殊写给堂哥晏詹夫妇的家信，由信的开头"庄客至，知大事礼毕；日月迅速，哀痛无极，奈何！奈何！志文本及寄殊生日衣服及孩儿妳妳等信物柑子、黄雀、鲊等，领讫"，可知信写于对方刚刚办完长辈的丧事；然而晏殊仅仅简短安慰了两句，然后立即转入道德立身的琐碎的劝说。当时人吴曾见了这封书信，特意录入自己的《能改斋漫录》，并高度赞扬到："予尝谓公以童子被遇章圣，观《庆历圣德诗》，名首诸公，则公之为人可知也。方国家承五季，文章卑陋，公师杨刘，独变其体，识欧阳公诸生，遂以斯文付之，殊之文于是视古无愧。功德如范富，气节如孔道辅，咸出其门，然则仁宗治致太平，非公而谁？大抵善观人者，不于其显，必于其幽；不于其外，必于其内。以书规兄嫂，守官必曰'廉'，曰'官下不可营私，当以魏四工部为戒'。首尾大约本于节俭，至引古人非亲耕不食，亲织不衣，兹非畏独根诸中而不欺者邪？"[1]

晏殊这种利用文学和道德治家的成效十分显著，笔者仅仅以晏殊之后的短短几十年里的北宋晏氏家族为例：

1. 进士 8 名。

时间	进士及第	资料来源
皇祐元年(公元 1049 年)	晏殊儿子晏知止进士及第	《抚州府志》、《临川县志》
皇祐五年(公元 1054 年)	晏殊从孙晏升卿进士及第	
嘉祐四年(公元 1059 年)	晏殊从孙晏朋进士及第	
元丰二年(公元 1079 年)	晏殊侄孙晏中进士及第	
绍圣四年(公元 1097 年)	晏殊侄孙晏绍休进士及第	
大观三年(公元 1109 年)	晏殊曾孙晏敦复进士及第	
政和五年(公元 1115 年)	晏殊曾孙晏敦临进士及第	
宣和三年(公元 1121 年)	晏殊曾孙晏肃进士及第	

2. 烈士 1 名。

溥字慧开，丞相元献公之孙，叔原之子，豪杰不羁之士也。好古文，长于籀学，作《晏氏鼎彝谱》一卷，载所亲见三代鼎彝及器窾。靖康初官河北，金人犯顺，散家财，募兵扞御，与妻玉牒赵氏戎服率义士力战而死。[2]

对此，当时人曾经高度赞扬：

阅公旧书，有所谓《义方记》六条，则又见公修身齐家之有道，宜其子孙咸有孝友睦姻之实。安得此本家诵而人习之，则

[1] (宋)吴曾. 能改斋漫录：卷十二. 上海：上海古籍出版社，1979：367

[2] (宋)翟耆年. 籀史. 文渊阁四库全书影印本. 台湾：商务印书馆，1983 年：第 681 册 442 页

风俗岂有不厚耶？[1]

予观晏元献公之八子，咸循循雅饰，一言一行无不合于规矩准绳；于是，知公之有家教也。后得所著《义方记》，阅之益信公之善训其子，而其子之善继善承，真所谓毋吞尔祖也。近时见燕山窦禹钧氏，以义方训子，而仪、严、侃、福、僖俱为名臣。[2]

见晏丞相《义方记》，则一本《礼经》参诸家训，不为高举，不为难行，名教所关，为义甚大。凡欲明诚意、正心、修己、治人之学者，必当于是求之。[3]

宜夫，自元献公而下，位登台鼎、职守专城者，若珠贯绳联。[4]

……

这无可争议地会成为江西文人争相效仿的榜样——"有晏元献、王文公之为乡人，故其党乐读书而好文辞，皆知尊礼"[5]；"临川自晏元献公、王文公主盟于本朝，由是诗人项背相望"[6]；"为父兄者，以其子与弟不文为容；为母妻者，以其子与夫不学为辱"[7]；于是宋代以前极少有文学世家的江西在宋代罕见地出现了一大批全国著名的文学世家——临川王氏（王益、王安石、王安国、王安礼、王雱等），新喻刘氏（刘敞、刘攽、刘奉世等），庐陵欧阳氏（欧阳修、欧阳发、欧阳棐等），南丰

---

〔1〕 晏氏宗谱引欧阳修语

〔2〕 晏氏宗谱引周敦颐语

〔3〕 晏氏宗谱引程颐语

〔4〕 晏氏宗谱引朱熹语

〔5〕 (宋)谢逸.临川集咏序.溪堂集:卷七.见:全宋文.上海:上海辞书出版社,2006:第190册323

〔6〕 (宋)周必大.跋抚州邬虑诗.文忠集:卷四十八.见:全宋文.上海:上海辞书出版社,2006:第230册431页

〔7〕 (宋)吴孝宗.余干县学记.见:(宋)洪迈.容斋随笔·四笔:卷五.北京:中国世界语出版社,1995:433125

曾氏（曾巩、曾布、曾肇、曾宰、曾季貍、曾协等），分宁黄氏（黄庶、黄大临、黄庭坚、黄叔达等），鄱阳洪氏（洪皓、洪遵、洪迈、洪适等），婺源朱氏（朱松、朱榛、朱熹等），金溪陆氏（陆九韶、陆九龄、陆九渊等），庐陵刘氏（刘辰翁、刘将孙等）……从而导致了江西文化在宋代达到了其历史上空前绝后的地步。

附录　二晏化用诗句统计表

1.晏殊化用诗句的统计表

晏殊词句	化用诗句
脆管清弦、欲奏新翻曲。(《玉堂春》)	清弦脆管纤纤手,教得霓裳一曲成。(白居易《〈霓裳羽衣歌〉和微之》)
银簧调脆管,琼柱拨清弦。(《拂霓裳》)	清弦脆管纤纤手,教得霓裳一曲成。(白居易《〈霓裳羽衣歌〉和微之》)
惟有擘钗分钿侣。(《破阵子》)	钗留一股合一扇,钗擘黄金合分钿。(白居易《长恨歌》)
长安多少利名身。(《酒泉子》)	帝都名利场。(白居易《常乐里闲居偶题十六韵》)
劝君看取利名场。(《喜迁莺》)	帝都名利场。(白居易《常乐里闲居偶题十六韵》)
一曲呈珠缀。(《点绛唇》)	最忆阳关唱,真珠一串歌。(白居易《晚春欲携酒寻沈四著作》)
长于春梦几多时,散似秋云无觅处。(《木兰花》)	来如春梦几多时?去似朝云无觅处。(白居易《花非花》)
龟鹤命长松寿远。(《蝶恋花》)	松柏与龟鹤,其寿皆千年。(白居易《效陶潜体》)
春葱指甲轻拢捻。(《木兰花》)	轻拢慢捻抹复挑。(白居易《琵琶行》)
再拜敛容抬粉面。(《木兰花》)	整顿衣裳起敛容。(白居易《琵琶行》)
垄头呜咽水声繁,叶下间关莺语近。(《木兰花》)	间关莺语花底滑,幽咽泉流水下滩。(白居易《琵琶行》)
暮去朝来即老。(《清平乐》)	暮去朝来颜色故。(白居易《琵琶行》)
多少襟怀言不尽,写向蛮笺曲调中。此情千万重。《破阵子》)	弦凝指咽声停处,别有深情一万重。(白居易《夜筝》)
歌敛黛,舞萦风。(《喜迁莺》)	歌眉敛黛不关愁。(白居易《赠晦叔忆梦得》)

续表

晏殊词句	化用诗句
柳条花纇恼青春。(《凤衔杯》)	柳眼黄丝纇,花房绛蜡珠。(白居易《和微之春日投简阳明洞天五十韵》)
枕簟微凉生玉漏。(《木兰花》)	天凉玉漏迟。(白居易《小曲新词》)
蜀锦缠头无数。(《山亭柳》)	五陵年少争缠头,一曲红绡不知数。(白居易《琵琶行》)
须尽醉,莫推辞。人生多别离。(《清平乐》)	相逢且莫推辞,去听唱阳关第四声。(白居易《对酒》)
一曲新词酒一杯。(《浣溪沙》)	艳歌一曲酒一杯。(白居易《长安道》)
梧桐叶上萧萧雨。(《踏莎行》)	秋雨梧桐叶落时。(白居易《长恨歌》)
清歌妙舞,急管繁弦。(《长生乐》)	修蛾慢脸灯下醉,急管繁弦头上催。(白居易《忆旧游》)
无奈绕堤芳草,还向旧痕生。(《相思儿令》)	野火烧不尽,春风吹又生。(白居易《忆旧游》)
不觉星霜鬓边白。(《滴滴金》)	愁霜侵鬓根。(白居易《朱陈村》)
星霜催绿鬓。(《拂霓裳》)	愁霜侵鬓根。(白居易《朱陈村》)
蜡烛到明垂泪。《破阵子》)	蜡烛有心还惜别,替人垂泪到天明。(杜牧《赠别》)
斟美酒、泛觥船。(《燕归梁》)	觥船一棹百分空。(杜牧《题禅院》)
斟美酒,祝芳筵。奉觥船。(《诉衷情》)	觥船一棹百分空。(杜牧《题禅院》)
觥船一棹百分空。(《喜迁莺》)	觥船一棹百分空。(杜牧《题禅院》)
榴花满酌觥船。(《长生乐》)	觥船一棹百分空。(杜牧《题禅院》)
捧觥船。一声声、齐唱太平年。(《拂霓裳》)	觥船一棹百分空,十载青春不负公。(杜牧《题禅院》)
念兰堂红烛,心长焰短,向人垂泪。(《撼庭秋》)	蜡烛有心还惜别,替人垂泪到天明。(杜牧《赠别》)
从他醉醒醒醉,斜插满头花。(《诉衷情》)	尘世难逢开口笑,菊花须插满头归。但将酩酊酬嘉节,不用登临恨落晖。(杜牧《九日登齐山》)
拍碎画堂檀板。(《更漏子》)	画堂檀板秋拍碎。(杜牧《自宣州赴官入京路逢裴坦判官归宣州因题赠》)
曲终休解画罗衣,留伴彩云飞。(《喜迁莺》)	只愁歌舞散,化作彩云飞。(李白《宫中行乐词》)

续表

晏殊词句	化用诗句
长安紫陌春归早。(《迎春乐》)	高楼对紫陌,甲第连青山。(李白《南都行》)
待得玉京仙子到。(《渔家傲》)	遥见仙人彩云里,手把芙蓉朝玉京。(李白《庐山谣寄卢侍御虚舟》)
未知心在阿谁边,满眼泪珠言不尽。(《木兰花》)	但见泪痕湿,不知心恨谁。(李白《怨情》)
晚来妆面胜荷花。(《浣溪沙》)	秀色掩古今,荷花羞玉颜。(李白《西施》)
古罗衣上金针样,绣出芳妍。(《采桑子》)	石竹绣罗衣。(李白《宫中行乐词》)
博山炉暖泛浓香。(《望仙门》)	博山炉中沉香火。(李白《阳叛儿》)
何妨与向冬深。(《瑞鹧鸪》)	梅花万里传,雪片一冬深。(杜甫《寄杨五桂州谭》)
蜻蜓点水鱼游畔。(《渔家傲》)	点水蜻蜓款款飞。(杜甫《曲江》)
残杯冷炙谩消魂。(《山亭柳》)	残杯与冷炙,到处潜悲辛。(杜甫《奉赠韦左丞丈二十二韵》)
有梅红亚雪中枝。(《瑞鹧鸪》)	花蕊亚枝红。(杜甫《上巳日徐司录林园宴集》)
腊月初头、庾岭繁开后。(《瑞鹧鸪》)	梅蕊腊前破,梅花年后多。(杜甫《江梅》)
燕子双双。依旧衔泥入杏梁。(《采桑子》)	双双新燕子,依旧已衔泥。(杜甫《春日梓州登楼》)
经宿雨、又离披。(《凤衔杯》)	湘茎久薛涩,宿雨增离披。(温庭筠《和沈条军招友生观芙蓉池》)
分行珠翠簇繁红。云髻袅珑璁。(《喜迁莺》)	绣衫金騕褭,花髻玉珑璁。(温庭筠《握柘词》)
萧娘敛尽双蛾翠。回香袂。(《秋蕊香》)	舞转回红袖,歌愁敛翠钿。(温庭筠《感旧陈情五十韵献淮南李仆射》)
红丝一曲傍阶砌。珠露下、独呈纤丽。(《睿恩新》)	红丝穿露珠帘冷,百尺哑哑下纤绠。(温庭筠《春愁曲》)
莫学蜜蜂儿。等闲悠扬飞。(《菩萨蛮》)	飔飔扫尾双金凤,蜂喧蝶驻俱悠扬。(温庭筠《春愁曲》)
为谁消瘦减容光。(《浣溪沙》)	自从消瘦减容光。(元稹《莺莺传》)

续表

晏殊词句	化用诗句
不如怜取眼前人。(《浣溪沙》)	还将就来意,怜取眼前人。(元稹《莺莺传》)
不如怜取眼前人。(《木兰花》)	还将就来意,怜取眼前人。(元稹《莺莺传》)
烟水隔。无人说似长相忆。(《渔家傲》)	别后相思隔烟水,菖蒲花发五云高。(元稹《赠薛涛诗》)
红笺小字。说尽平生意。(《清平乐》)	小迭红笺书恨字,与奴方便寄卿卿。(韩偓《偶见》)
林叶殷红犹未遍。雨后青苔满院。(《清平乐》)	雨后碧苔院,霜来红叶楼。(韩偓《效崔国辅体》)
整鬟凝思捧觥筹。欲归临别强迟留。(《浣溪沙》)	踏青会散欲归时,金车久立频催上。收裙整髻故迟留,两点深心各惆怅。(韩偓《踏青词》)
鬓亸欲迎眉际月,酒红初上脸边霞。(《浣溪沙》)	歌凝眉际恨,酒发脸边春。(韩偓《无题》)
芙蓉一朵霜秋色,迎晓露、依依先拆。似佳人、独立倾城,傍朱槛、暗传消息。静对西风脉脉。(《睿恩新》)	芙蓉凝红得秋色,兰脸别春啼脉脉。(李贺《梁台古愁》)
天若有情应老。(《喜迁莺》)	天若有情天亦老。(李贺《金铜仙人辞汉歌》)
一寸秋波如剪。(《更漏子》)	一双瞳人剪秋水。(李贺《唐儿歌》)
玉露金风月正圆。(《长生乐》)	由来碧落银河畔,可要金风玉露时。(李商隐《辛未七夕》)
总把千山眉黛扫。未抵别愁多少。(《清平乐》)	总把春山扫眉黛,不知供得几多愁。(李商隐《代赠》)
眉叶细,舞腰轻。(《诉衷情》)	眉细从他敛,腰轻莫自斜。(李商隐《谑柳》)
幽鹭慢来窥品格。(《渔家傲》)	幽鹭独来无限时。(郑谷《西蜀净众寺五题》)
一霎好风生翠幕,几回疏雨滴圆荷。(《浣溪沙》)	一霎芰荷雨,几回帘幕风。(郑谷《乖慵》)
去年天气旧亭台。(《浣溪沙》)	去年天气旧池台。(郑谷《和知己秋日伤怀》)

续表

晏殊词句	化用诗句
前欢往事，当歌对酒。(《少年游》)	当歌对酒，人生几何。(曹操《短歌行》)
一杯销尽两眉愁。(《浣溪沙》)	何以解忧，唯有杜康。(曹操《短歌行》)
春光一去如流电。(《踏莎行》)	人生复能几，倏如流电惊。(陶渊明《饮酒诗二十首》)
黄花已满东篱。(《破阵子》)	采菊东篱下，悠然见南山。(陶渊明《饮酒》)
炉中百和添香兽。(《木兰花》)	月映九微火，风吹百合香。(何逊《七夕诗》)
眉叶细，舞腰轻，宿妆成。(《诉衷情》)	雀钗横晓鬓，蛾眉艳宿妆。(何逊《嘲刘郎中》)
欲摘嫩条嫌绿刺。(《渔家傲》)	试牵绿茎下寻藕，断处丝多刺伤手。(张籍《采莲曲》)
莫傍细条寻嫩藕。怕绿刺、罥衣伤手。(《雨中花》)	试牵绿茎下寻藕，断处丝多刺伤手。(张籍《采莲曲》)
一夜前村、间破瑶英拆。(《瑞鹧鸪》)	前村深雪里，昨夜一枝开。(齐己《早梅》)
前溪昨夜深深雪。(《瑞鹧鸪》)	前村深雪里，昨夜一枝开。(齐己《早梅》)
金乌玉兔长飞走。争得朱颜依旧。(《秋蕊香》)	金乌长飞玉兔走，青鬓长青古无有。(韩琮《春愁》)
兔走乌飞不住。(《清平乐》)	金乌长飞玉兔走。(韩琮《春愁》)
一寸秋波如剪。(《更漏子》)	一寸横波剪秋水。(韦庄《秦妇吟》)
杨柳阴中驻彩旌。芰荷香里劝金觥。小词流入管弦声。(《浣溪沙》)	松桂影中旌旆色，芰荷风里管弦声。(韦庄《汉州》)
春葱指甲轻拢捻。(《木兰花》)	烦君玉指轻拢捻。(李群玉《索曲送酒》)
叶下鸡鹊眠未稳。风翻露飐香成阵。(《渔家傲》)	风荷珠露倾，惊起睡鸡鹊。(李群玉《池塘晚影》)
被啼莺语燕催清晓。正好梦、频惊觉。(《迎春乐》)	打起黄莺儿，莫教枝上啼。啼时惊妾梦，不得到辽西。(金昌绪《春怨》)

续表

晏殊词句	化用诗句
恼他香阁浓睡，撩乱有啼莺。(《诉衷情》)	打起黄莺儿，莫教枝上啼。啼时惊妾梦，不得到辽西。(金昌绪《春怨》)
蕣华浓，山翠浅。(《更漏子》)	有女同车，颜如蕣华。(《诗经·郑风·有女同车》)
垄头呜咽水声繁。(《木兰花》)	垄头流水，鸣声呜咽。(汉乐府《垄头水》)
带缓罗衣。(《踏莎行》)	相去日已远，衣带日已缓。(《古诗十九首·行行重行行》)
青楼临大道。(《迎春乐》)	青楼临大路。(曹植《美女篇》)
玉宇秋风至。(《连理枝》)	玉宇来清风。(刘铄《拟明月何皎皎》)
绿鬓朱颜。(《少年游》)	绿鬓愁中改，红颜啼里灭。(吴均《闺怨》)
绮席凝尘，香闺掩雾。(《踏莎行》)	膏炉绝沉燎，绮席生浮埃。(江淹《休上人怨别》)
何时驿使西归，寄与相思客，一枝新。报道江南别样春。(《瑞鹧鸪》)	折梅逢驿使，寄与陇头人。江南无所有，聊寄一枝春。(陆凯《赠范晔》)
南雁依稀回侧阵。(《蝶恋花》)	侧阵移鸿影。(唐太宗《秋日翠微宫》)
萦舞袖、急翻罗荐。(《殢人娇》)	甫国佳人至，北堂罗荐开。(卢照邻《观妓》)
东风杨柳欲青青。(《诉衷情》)	客舍青青柳色新。(王维《送元二使安西》)
暖景融融，戏蝶游蜂。深入千花粉艳中。(《采桑子》)	风恬日暖荡春光，戏蝶游蜂乱入房。(岑参《山房春事》)
年年岁岁情。(《破阵子》)	年年岁岁花相似，岁岁年年人不同。(刘希夷《悲白头翁》)
中夜梦余消酒困。炉香卷穗灯生晕。(《蝶恋花》)	梦觉灯生晕，宵残雨送凉。(韩愈《宿龙宫滩》)
千缕万条堪结。(《望汉月》)	千条金缕万条丝，如今绾作同心结。(刘禹锡《竹指词》)
秋花最是黄葵好。天然嫩态迎秋早。染得道家衣。淡妆梳洗时。(《菩萨蛮》)	娇黄新嫩欲题诗，尽日含毫有所思。记得玉人初病起，道家妆束厌禳时。(薛能《黄蜀葵》)

续表

晏殊词句	化用诗句
高梧叶下秋光晚。(《菩萨蛮》)	高梧一叶坠凉天。(李郢《早秋书怀》)
劝君莫惜缕金衣。(《酒泉子》)	劝君莫惜金缕衣。(无名氏《金缕衣》)
一叶秋高,向夕红兰露坠。(《殢人娇》)	受露红兰晚,迎霜白薤肥。(李吉甫《九日小园独谣》
海燕辞巢翅羽轻。(《破阵子》)	燕知社日辞巢去。(皇甫冉《秋日东郊作》)
遏云声,回雪袖。占断晓莺春柳。(《更漏子》)	舞疑回雪态,歌转遏云声。(许浑《陪王尚书泛莲池》)
免使繁红。一片西飞一片东。(《采桑子》)	树头树底觅残红,一片西飞一片东。(王建《宫词》)
莫辞终夕醉。(《破阵子》)	莫辞终夕醉。(徐夤《和仆射二十四丈牡丹八韵》)
此情言不尽。(《木兰花》)	惆怅此情言不尽。(唐无名氏《疯狂歌》)
何处有知音。(《木兰花》)	何处有知音。(耿沣《雨中宿义兴寺》)
何人剪碎天边桂。散作瑶田琼蕊。(《秋蕊香》)	惆怅天边桂,谁教岁岁香。(黄滔《贻张蠙》)
鹦鹉前头休借问。(《木兰花》)	鹦鹉前头不敢言。(朱庆余《宫词》)
雪藏梅,烟著柳。(《更漏子》)	就暖风光偏著柳,辞寒雪影半藏梅。(马怀素《奉和人日燕大明宫恩赐彩缕人胜应制》)
五色斑龙,暂降人间世。(《鹊踏枝》)	昆仑凝想最高峰,王母来乘五色龙。(曹唐《汉武帝将候西王母下降》)
人面不知何处,绿波依旧东流。(《清平乐》)	人面不知何处去,桃花依旧笑春风。(崔护《题都城南庄》)
越娥红泪泣朝云。(《瑞鹧鸪》)	半夜娃宫作战场,血腥犹杂宴时香。西施不及烧残蜡,犹为君王泣数行。(陆龟蒙《咏西施》)
莫惜明珠百琲。(《迎春乐》)	明珠百琲将何当。(丁谓《代意》)

2.晏几道化用诗句的统计表

晏几道词	化用诗句
织成云外雁行斜,染作江南春水浅。(《玉楼春》)	织为云外秘雁行,染作池中春水色。(白居易《缭绫》)
妆成尽任秋娘妒。袅袅盈盈当绣户。(《玉楼春》)	曲罢曾教善才服,妆成每被秋娘妒。(白居易《琵琶行》)
忆曾挑尽五更灯,不记临分多少话。(《玉楼春》)	夕殿萤飞思悄然,孤灯挑尽未成眠。(白居易《长恨歌》)
非花非雾前时见。(《采桑子》)	花非花雾非雾,夜半来天明去。(白居易《长恨歌》)
满路落花红不扫。(《清平乐》)	落叶满阶红不扫。(白居易《长恨歌》)
野棠梨雨泪阑干。(《鹧鸪天》)	梨花一枝春带雨。(白居易《长恨歌》)
月底三千绣户。(《清平乐》)	后宫三千佳丽。(白居易《长恨歌》
千花百草。送得春归了。(《清平乐》)	千花百草凋零后。(白居易《题李次云窗竹》)
烟雾九重城。(《临江仙》)	九重城开烟尘生。(白居易《长恨歌》)
分钿擘钗凉叶下。(《蝶恋花》)	钗擘黄金合分钿。(白居易《长恨歌》)
是擘钗、分钿匆匆。(《风入松》)	钗擘黄金合分钿。(白居易《长恨歌》)
春冉冉,恨恹恹。(《阮郎归》)	春冉冉其将尽。(白居易《汎渭》)
秋月春风。醉枕香衾一岁同。(《采桑子》)	今年欢笑复明年,春花秋月等闲度。(白居易《琵琶行》)
几点吴霜侵绿鬓。(《玉楼春》)	愁霜侵鬓根。(白居易《朱陈村》)
春梦秋云,聚散真容易。(《蝶恋花》)	来如春梦几多时?去似朝云无觅处。(白居易《花非花》)
回头满眼凄凉事,秋月春风岂得知。(《鹧鸪天》)	今年欢笑复明年,春花秋月等闲度。(白居易《琵琶行》)
欢尽夜,别经年。(《鹧鸪天》)	悠悠生死别经年。(白居易《长恨歌》)
琵琶弦上说相思。(《临江仙》)	低眉信手续续弹,说尽心中无限事。(白居易《长恨歌》)
衣上酒痕诗里字。(《蝶恋花》)	襟上杭州旧酒痕。(白居易《故衫》)
从今屈指春期近,莫使金尊对月空。(《鹧鸪天》)	人生得意须尽欢,莫使金樽空对月。(李白《将进酒》)
来时醉倒旗亭下。知是阿谁扶上马。(《玉楼春》)	阿谁扶上马。不省下楼时。(李白《鲁中都东楼醉起作》)

续表

晏几道词	化用诗句
捣衣砧外，总是玉关情。(《少年游》)	长安一片月，万户捣衣声。秋风吹不尽，总是玉关情。(李白《子夜吴歌》)
笙歌宛转。台上吴王宴。宫女如花倚春殿。舞绽缕金衣线。(《清平乐》)	风动荷花水殿香，姑苏台上宴吴王。(李白《口号吴王美人半醉》)
今夜落梅声里、怨关山。(《虞美人》)	黄鹤楼中吹玉笛，江城五月落梅花。(李白《与史郎中饮听黄鹤楼上吹笛》)
兰衾犹有旧时香，每到梦回珠泪满。(《木兰花》)	床中绣被卷不寝，至今三载闻余香。(李白《寄远》)
正好一枝娇艳，当筵独占韶华。(《清平乐》)	一枝红艳露凝香。(李白《清平调》)
已恨飞镜欢疏(《洞仙歌》)	小时不识月，呼作白玉盘。又疑瑶台镜，飞在白云端。(李白《古朗月行》)
铜虎分符领外台，五云深处彩旌来。(《浣溪沙》)	是时君王在镐京，五云垂晖耀紫清。(李白《侍从宜春苑奉诏赋龙池柳色初青听新莺百转歌》)
小来竹马同游客。(《采桑子》)	妾发初覆额，折花门前剧。郎骑竹马来，绕床弄青梅。(李白《长干行》)
不将心嫁冶游郎。《浣溪沙》	见我佯羞频照影，不知身属冶游郎。(李商隐《蝶三首》)
斜阳只与黄昏近。(《蝶恋花》)	夕阳无限好，只是近黄昏。(李商隐《乐游原》)
无处说相思，背面秋千下。(《生查子》)	十五泣春风，背面秋千下。(李商隐《无题》)
绛蜡等闲陪泪，吴蚕到了缠绵。(《破阵子》)	春蚕到死丝方尽，蜡炬成灰泪始干。(李商隐《无题》)
碧罗团扇自障羞。(《浣溪沙》)	云屏不取暖，月扇未遮羞。(李商隐《拟意》)
个人鞭影弄凉蟾。楼前侧帽檐。(《阮郎归》)	新人桥上着春衫，旧主江边侧帽檐。(李商隐《饮席代官妓赠两从事》)
又成春瘦。(《点绛唇》)	只知解道春来瘦。(李商隐《赠歌妓》)
争奈归期未可期。(《鹧鸪天》)	君问归期未可期。(李商隐《夜雨寄北》)

续表

晏几道词	化用诗句
天若多情终欲问。(《玉楼春》)	天若有情天亦老。(李贺《金铜仙人辞汉歌》),
几点吴霜侵绿鬓。(《玉楼春》)	吴霜点归鬓。(李贺《还自会稽歌》)
轻如曲水飘香。(《河满子》)	曲水飘香去不归。(李贺《杂曲歌辞。三月》)
绿浦归帆看不见。(《浪淘沙》)	绿浦归帆少。(李贺《大堤曲》)
曳雪牵云留客醉。(《浪淘沙》)	牵云曳雪留陆郎。(李贺《洛妹真珠》)
蛾叠柳脸红莲。多少雨条烟叶恨。(《浪淘沙》)	花袍白马不归来,浓蛾叠柳香唇醉。(李贺《洛妹真珠》)
弯环正是愁眉样。(《蝶恋花》)	长眉对月斗弯环。(李贺《十月》)
红烛自怜无好计。夜寒空替人垂泪。(《蝶恋花》)	蜡烛有心还惜别,替人垂泪到天明。(杜牧《赠别》)
天教命薄。青楼占得声名恶。(《醉落魄》)	十年一觉扬州梦,赢得青楼薄悻名。(杜牧《遣怀》)
新月又如眉。长笛谁教月下吹。(《南乡子》)	何人教我吹长笛,与倚春风弄月明。(杜牧《题元处士高亭》)
明朝三丈日高时,共拚醉头扶不起。(《玉楼春》)	醉头扶不起,三丈日还高。(杜牧《醉题五绝》)
南去北来今渐老。(《浪淘沙》)	南去北来人自老。(杜牧《汉江》)
强半春寒去后,几番花信来时。(《清平乐》)	强半春寒去却来。(杜牧《题池州贵池亭》)
种花人自蕊宫来。牵衣问小梅。今年芳意何似,应向旧枝开。(《诉衷情》)	君自故乡来,应知故乡事。来日绮窗前,寒梅着花未?(王维《杂诗》)
仙源归路碧桃催。(《浣溪沙》)	春来遍是桃花木,不辨仙源何处寻。(王维《桃源行》)
却似桃源路失。(《风入松》)	春来遍是桃花木,不辨仙源何处寻。(王维《桃源行》)
渭城丝雨劝离杯。(《浣溪沙》)	渭城朝雨浥轻尘,客舍青青柳色新。劝君更尽一杯酒,西出阳关无故人。(王维《送元二使安西》)
雪尽寒轻。(《踏莎行》)	雪尽马蹄轻。(王维《观猎》)

续表

晏几道词	化用诗句
渌酒尊前清泪，阳关叠里离声。（《临江仙》）	渭城朝雨邑轻尘，客舍青青杨柳春。劝君更尽一杯酒，西出阳关无故人。（王维《送元二使安西》）
今宵剩把银釭照，犹恐相逢是梦中。（《鹧鸪天》）	夜阑更秉烛，相对如梦寐。（杜甫《羌村》）
无端轻薄云，暗作廉纤雨。翠袖不胜寒，欲向荷花语。（《生查子》）	天寒翠袖薄，日暮倚修竹。（杜甫《佳人》）
无端轻薄云，暗作廉纤雨。翠袖不胜寒，欲向荷花语。（《生查子》）	翻手作云覆手雨，纷纷轻薄何须数。（杜甫《贫交行》）
不学行云易去留。（《采桑子》）	川云自去留。（杜甫《游修觉寺》）
隔叶莺声。（《采桑子》）	隔叶黄鹂空好音（杜甫《游修觉寺》）
日日露荷凋绿扇。（《蝶恋花》）	擎荷翻绿扇。（韩偓《晚登三山还望京邑》）
天边金掌露成霜。（《阮郎归》）	应是仙人金掌露，结成冰入蒨罗囊。（韩偓《三月二十七日自抚州往南城县舟行》）
何处别时难。玉指偷将粉泪弹。（《南乡子》）	别易会难长自叹，转身应把泪珠。（韩偓《代小玉家为蕃骑所虏后寄故集贤裴》）
钗燕重，鬓蝉轻。一双梅子青。（《更漏子》）	中庭自摘青梅子，先向钗头戴一双。（韩偓《夜深》）
碧草池塘春又晚。（《蝶恋花》）	池塘生春草。（谢灵运《登池上楼》）
芳草池塘绿。（《生查子》）	池塘生春草。（谢灵运《登池上楼》）
谢客池塘生绿草。（《清平乐》）	池塘生春草。（谢灵运《登池上楼》）
渡头杨柳青青。（《清平乐》）	杨柳青青江水平。（刘禹锡《竹枝词》）
云间十二琼梯。（《清平乐》）	江上楼高十二梯，梯梯登遍与云齐。（刘禹锡《楼上》）
碧藕花开水殿凉。（《清平乐》）	杨柳风多水殿凉。（刘禹锡《昭阳曲》）
故园三度群花谢，曼倩天涯犹未归。（《鹧鸪天》）	曼倩不归花落尽。（温庭筠《河中紫极宫》）
满路落花红不扫。（《清平乐》）	廉外落花红不扫。（温庭筠《春晓曲》）

续表

晏几道词	化用诗句
冶游慵。绿窗春睡浓。(《更漏子》)	窗间桃蕊宿妆在,雨后牡丹春睡浓。(温庭筠《春暮宴罢寄宋寿先辈》)
莲叶雨,蓼花风。秋恨几枝红。(《燕归梁》)	湖声连叶雨,野气稻花风。(张籍《送朱庆余及第归越》)
白纻春衫杨柳鞭。碧蹄骄马杏花鞯。(《浣溪沙》)	皎皎白纻白且鲜,将作春衣称少年。(张籍《白纻歌》)
东野亡来无丽句。于君去后少交亲。追思往事好沾巾。白头王建在,犹见咏诗人。(《蝶恋花》)	于君去后交游少,东野亡来箧笥贫。赖有白头王建在,眼前犹见咏诗人。(张籍《赠王建》)
南枝开尽北枝开。长被陇头游子、寄春来。(《虞美人》)	折花逢驿使,寄与陇头人。江南无所有,聊赠一枝春。(陆凯《寄范晔》)
南枝欲附春信,长恨陇人遥。(《诉衷情》)	折花逢驿使,寄与陇头人。江南无所有,聊赠一枝春。(陆凯《寄范晔》)
殷勤借问家何处。(《采桑子》)	君家住何处。(崔灏《长干行》)
可羡邻姬十五,金钗早嫁王昌。(《河满子》)	十五嫁王昌,盈盈人画堂。自矜年最少,复倚婿为郎。闲来斗百草,度日不成妆。(崔灏《古意》)
恨无人似花依旧。(《点绛唇》)	去年今日此门中,人面桃花相映红。人面不知何处去,桃花依旧笑春风。(崔护《题城南诗》)
落花犹在,香屏空掩,人面知何处。(《御街行》)	去年今日此门中,人面桃花相映红。人面不知何处去,桃花依旧笑春风。(崔护《题城南诗》)
南楼翠柳,烟中愁黛。(《少年游》)	南楼春日暮,杨柳带青渠。(皇甫冉《赠别》)
南楼杨柳多情绪。(《梁州令》)	南楼春日暮,杨柳带青渠。(皇甫冉《赠别》)
渚莲霜晓坠残红。(《诉衷情》)	红衣落尽渚莲愁。(赵嘏《长安秋望》)
一声长笛倚楼时。(《虞美人》)	长笛一声人倚楼。(赵嘏《长安秋望》)
户外绿杨春系马,床前红烛夜呼卢。(《浣溪沙》)	门外碧潭春洗马,楼前红烛夜迎人。(韩翃《赠李翼》)
凤城寒尽又飞花。(《玉楼春》)	春城无处不飞花。(韩翃《寒食》)

续表

晏几道词	化用诗句
落花人独立，微雨燕双飞。(《临江仙》)	落花人独立，微雨燕双飞。(翁宏《春残》)
飞雨落花中。(《临江仙》)	落花人独立，微雨燕双飞。(翁宏《春残》)
水漾横斜影。(《扑蝴蝶》)	疏影横斜水清浅，暗香浮动月黄昏。(林逋《山园小梅》)
暗香浮动，疏影横斜，几处溪桥。(《诉衷情》)	疏影横斜水清浅，暗香浮动月黄昏。(林逋《山园小梅》)
谢女香膏懒画眉。(《鹧鸪天》)	自伯之东，首如飞蓬。岂无膏沐，谁适为容。(《诗经·卫风·伯兮》)
离多最是，东西流水，终解两相逢。(《少年游》)	今日斗酒间，明日沟水头。躞蹀向沟上，沟水东西流。(卓文君《白头吟》)
玉人团扇恩浅，一意恨西风。(《诉衷情》)	新裂齐纨素，鲜洁如霜雪。裁成合欢扇，团团似明月。出入君怀袖，动摇微风发。常恐秋节至，凉飙夺炎热。弃捐箧笥中，恩情中道绝。(班婕妤《怨歌行》)
长恨涉江遥。(《生查子》)	涉江采芙蓉，兰泽多芳草，采之欲遗谁？所思在远道。(《古诗十九首·涉江采芙蓉》)
对酒当歌寻思着。(《醉落魄》)	对酒当歌，人生几何。(曹操《短歌行》)
衣化客尘今古道。(《浣溪沙》)	京洛多风尘，素衣化为缁。(陆机《为顾彦先赠妇诗》)
绿柳藏乌静掩关。(《浣溪沙》)	杨柳正藏乌。(梁简文帝《金乐歌》)
粉塘烟水澄如练。(《蝶恋花》)	澄江静如练。(谢朓《晚登三山还望京邑》)
楼倚暮云初见雁，南飞。漫道行人雁后归。(《南乡子》)	人春才七日，离家已二年。人归落雁后，思发在花前。(薛道衡《人日诗》)
又是陌头风细、恼人时。(《虞美人》)	忽见陌头杨柳色，悔教夫婿觅封侯。(王昌龄《春闺怨》)

续表

晏几道词	化用诗句
凭谁问取归云信，今在巫山第几峰。（《鹧鸪天》）	朝云暮雨连天暗，神女知来第几峰。（张子容《巫山》）
碧藕花开水殿凉。（《鹧鸪天》）	杨柳风多水殿凉。（刘长卿《昭阳曲》）
又应添得几分愁，二十五弦弹未尽。（《木兰花》）	二十五弦弹夜月，不胜清怨却飞来。（钱起《归雁》）
暗作廉纤雨。（《生查子》）	廉纤晚雨不能晴。（韩愈《晚雨》）
疑是朝云。来作高唐梦里人。（《采桑子》）	可怜无定河边骨，犹是深闺梦里人。（陈陶《陇西行》）
风有韵，月无痕。（《诉衷情》）	月光摇浅濑，风韵碎枯菅。（柳宗元《酬曹长使君》）
闲敲玉镫隋堤路。（《虞美人》）	闲敲玉镫游。（张祜《少年乐》）
醉后满身花影、倩人扶。（《虞美人》）	满身花影倩人扶。（陆龟蒙《春日酒醒》）
日日双眉斗画长。（《浣溪沙》）	春来空门画眉长。（韦庄《题袁州谢秀才所居》）
少陵诗思旧才名。（《临江仙》）	少陵诗思清。（韦骧《紫荆花》）
素衣染尽天香，玉酒添成国色。（《望仙楼》）	天香夜染衣，国色朝酣酒。李正封断句
约开萍叶上兰舟。（《鹧鸪天》）	约开莲叶上兰舟。（曹松《陪湖南李中丞宴隐溪》）
须教月户纤纤玉，细捧霞觞滟滟金。（《鹧鸪天》）	最宜轻动纤纤玉，醉送当欢滟滟金。（罗邺《题笙》）
玉笙犹恋碧桃花。今宵未忆家。（《阮郎归》）	可怜缑岭登仙子，犹自吹笙醉碧桃。（许浑《故洛城》）
缕金衣新换。（《留春令》）	劝君莫惜金缕衣，劝君惜取少年时。（无名氏《金缕衣》）
人情却似飞絮。（《梁州令》）	早是人情飞絮薄 。（李咸《依韵修睦上人山居十首》）

主要参考文献

文渊阁四库全书影印本.台湾:商务印书馆,1983

四川大学古籍整理研究所.全宋文.上海:上海辞书出版社,2006

北京大学古文献研究所.全宋诗.北京:北京大学出版社,1991

唐圭璋.全宋词.北京:中华书局,1999

唐圭璋.词话丛编.北京:中华书局,1986

曾昭岷等编.全唐五代词.北京:中华书局,1999

(元)脱脱等.宋史.北京:中华书局,1977

(清)徐松.宋会要辑稿.北京:中华书局,1957

夏承焘.夏承焘集.杭州:浙江古籍出版社、浙江教育出版社,1998

施蛰存.词籍序跋萃编.北京:中国社会科学出版社,1994

施蛰存,陈如江.宋元词话.上海:上海书店出版社,1999

马兴荣等.中国词学大辞典.杭州:浙江教育出版社,1996

王兆鹏,刘尊明.宋词大辞典.南京:凤凰出版社,2003

王兆鹏.词学史料学.北京:中华书局,2004

张惠民.宋代词学资料汇编.汕头:汕头大学出版社,1993

孙克强.唐宋人词话.郑州:河南文艺出版社,1999

宋元笔记小说大观.上海:上海古籍出版社,2001

宛敏灏.二晏及其词.上海:上海商务印书馆,1935

李国定.晏殊晏几道.南昌:百花洲文艺出版社,2004

林大椿校点.珠玉词.上海:上海商务印书馆,1928

林大椿校点.小山词.上海:上海商务印书馆,1930

吴林抒校笺.珠玉词.南昌:江西人民出版社,1985

吴林抒校笺.小山词.南昌:江西人民出版社,1988

吴林抒,万斌生.二晏研究论集.上海:学林出版社,1991
吴林抒,邹自振.晏殊晏几道纪念集.抚州:江西抚州二晏研究所,1993
胡士明校点.珠玉词.上海:上海古籍出版社,1988
王根林校点.小山词.上海:上海古籍出版社,1988
刘扬忠.晏殊词新释辑评.北京:中国书店,2003
王双启.晏几道词新释辑评.北京:中国书店,2007
叶嘉莹.迦陵文集.石家庄:河北教育出版社,1997
柏寒.二晏词选.济南:齐鲁书社,1985
单芳.晏殊珠玉词译评.兰州:甘肃文化出版社,2001
陶尔夫.晏欧词传.长春:吉林人民出版社,1999
朱德才.增订注释晏殊晏几道词.北京:文化艺术出版社,1999
陈寂.二晏词选.广州:广东高等教育出版社,1988
漆侠.宋代经济史.上海:上海人民出版社,1987
鲁亦冬.中国宋辽金夏经济史.北京:人民出版社,1994
王水照.宋代文学通论.开封:河南大学出版社,1997
吴熊和.唐宋词通论.杭州:浙江古籍出版社,1985
方智范等.中国词学批评史.北京:中国社会科学出版社,1994
刘尧民.词与音乐.昆明:云南人民出版社,1982
施议对.词与音乐关系研究.北京:中国社会科学院,1985
彭国忠.元祐词坛研究.上海:华东师范大学,2002
诸葛忆兵.徽宗词坛研究.北京:北京出版社,2001
陶尔夫,诸葛忆兵.北宋词史.哈尔滨:黑龙江教育出版社,2002

后　记

由于经费问题，本书删减了引言、二晏运用典故统计表、二晏年谱新编、二晏资料汇编等二十余万字；本书的大部分章节已经发表在《文学遗产》等数十家学术期刊。然而因为笔者古典文学修养和理论水平有限，本书不可避免地存在许多缺陷与不足——尤其理论深度不够；毕业一年来，笔者曾多次计划将这本很不成熟的博士论文中一些章节重写；然而世上事十有八九不如意：刚工作的磨合适应，数不清的表格填写，推不脱的各种活动，难预料的家庭变故……加上兴趣的转移，计划便一次次泡汤，于是只能暂且以如此不成熟的模样出现。对于存在的缺陷与不足，同样只能暂且寄希望于将来自己水平提高后，能够抽空撰写成相关的系列单篇论文进行弥补。

当我即将为本书划上最后的句号时，心情久久不能平静。遥想当年，不懂世事的我一心一意沉迷于科学家的梦想，也曾经幸运地让这个梦想开过一些小花朵，在家乡的小山村里书写过已经随岁月飘逝的传奇。然而贫穷的家庭使自己不得不早早地走上了谋生的道路，经历了一段不堪回首的岁月。幸运的是 2002 年我顺利地考上了研究生，终于摆脱了梦靥一样的生活，重新尝到了做人的尊严和快乐，既结识了许多给予过我关照和帮助的好朋友，又从各位老师处学到了许多知识，弥补了没有上大学的缺陷——在此深深地祝福那些师友，祝愿他们永远健康、幸福快乐！到了 2005 年硕士研究生即将毕业的时候，我怀着崇敬的心情报考了博士研究生并幸运地被录取。来到南开后，经常追随叶师嘉莹先生左右，高山仰止于叶先生的崇高人品与渊博知识；三年来叶先生的殷殷教导，更是没齿难忘——论文中处处存在的先生对我的潜移默化的影响或许可以作证。可惜自己资质过于驽愚，基础又太差，没能在学业上让叶先生欣慰开心过片刻，至今回想，愧疚不已。至于博士论文的撰写，则从框架结构到标点符号，处处都凝注了孙师克强的心血，他费尽心血地点化我这块驽愚的顽石，手把手地教会了以前许多我弄不懂的东西。如果这篇论文有丝毫可取的地方，都应该归功于两位先生——尤其是孙先生。如果没有两位先生费尽心血的指导，连我自己也无法想象这篇论文能够如期完成！虽然论文因为我个人能力的问题，还存在一些缺陷与不足，但是丝毫不能损伤两位先生对我指导的兢兢业业、一丝不苟。另外南开三年难忘的时光里还要衷心感谢陈洪先生，是陈先生主持的面试给予了我南开学习的机会，也是陈先生多方面的关照帮我度过了许多学习与生活的难关并顺利毕业。

毕业后我来到了新疆石河子大学任教，感谢师兄郑亮无微不至的关照与关怀；感谢文学艺术学院李赋院长、周呈武主任、朱秋德书记等在工作上的指导与帮助；感谢科技处魏志远处长等在科研上的资助与支持；感谢南开大学出版社王之江总编对论文出版的热心帮助；感谢南开大学出版社张潆文师妹对论文认真细致的编辑。

感谢我的爸爸妈妈，他们不仅给予了我健康健全的身体；而且他们在不断面临的灾难面前毫不气馁、顽强地为儿女支撑起一片爱的天空，给予了我健康健全的心灵。感谢我的爱人阳海燕女士，是她的爱伴我安全度过了成年后两次人生低谷，本论文许多数据与资料是她帮我查找与录入。

最后要虔诚的感谢自从我的生命个体呱呱落地以来，给予过我无数帮助和关照却无法在此罗列出来的人，正是你们的无微不至的帮助和关照使我这棵卑贱微弱的生命之树能够茁壮成长至今，即使面对再大的风雨，我也将奋然而前行。

唐红卫

2009 年 7 月 8 日深夜于石河子象牙城